21세기 한국시의 표정

21세기 한국시의 표정

초 판 인 쇄   2020년 08월 19일
초 판 발 행   2020년 08월 27일

저   자   김윤정
발 행 인   윤석현
발 행 처   박문사
책 임 편 집   최인노
등 록 번 호   제2009-11호

우 편 주 소   서울시 도봉구 우이천로 353
대 표 전 화   02) 992 / 3253
전   송   02) 991 / 1285
홈 페 이 지   http://jncbms.co.kr
전 자 우 편   bakmunsa@hanmail.net

ISBN 979-11-89292-69-0   93800   정가 25,000원

21세기
한국시의
표정

김윤정

박문사

시라는 장르가 존재할 수 있는 것은 좋은 시가 지속적으로 생산되어 그러한 시를 사랑하는 사람들이 존재하기 때문이다. 좋은 시가 무엇일까에 관해서는 다양한 관점이 있겠지만 적어도 그것에 다른 목적에 복무하는 공작이나 조작이 끼어있을 리 없다. 시인들은 그저 좋은 시를 쓰기 위해 혼신의 노력을 기울일 뿐일 테다. 좋은 시는 그처럼 순수한 열망을 지닌 시인들에 의해 탄생한 가장 순연한 것들임은 물론이다. 시의 순수성은 물질주의화 된 세계 속에서 드물게 존재하는 정신의 샘물과 같다고 할 수 있다.

시를 캄캄한 밤하늘의 반짝이는 별과 같다고 여기며 이 길에 들었다. 어둠을 배경으로 진행형으로 빛나는 별을 볼 때의 환희를 시에서 똑같이 느꼈던 경험은 시를 절대적인 것으로 규정하게 했다. 시는 세상의 무엇과도 같을 수 없고 같아서도 안 된다는 고집스럽고 편벽된 생각으로 한 세월을 살았던 셈이다. 그 시간 동안, 특히 비평을 하는 순간 내 앞에 놓인 시들은 분명 내가 시를 처음 체험했을 때의 그 신비롭고 경이로운 감각으로 투영되곤 하였다. 나의 비평의 시선에 놓인 시들은 시인들의 순연한 영혼에 의해 빚어진 빛나는 별들과 같은 것이었다. 시의 매혹적인 언어를 호흡하며 그것들에 불어넣어졌을 시인의 정신을 더듬는 일이야말로 나의 비평의 궤적이자 과제였다고 할 수 있다. 나는 나의 비평이 시인의 인간으로서 지니기 마련인 무성한 의식의 숲들을 가로질러 그의 순백의 정신에 직면할 수 있기를 언제나 바랐다. 무분별하고 소란스런 세상 속에서 시인이 혹여 알아채지 못했을지라도 나의 비평이 숨겨진 그의 영혼을 응시하고 그도 기꺼이 그것을 긍정해주기를 소망하며 비평을 써왔다.

그런 점에서 나의 비평은 여전히 골짜기의 백합을 꿈꾸듯 고지식하고 맹목적일 것이다. 또한 시에 관해 부과되는 이러한 나의 외곬됨은 시를 더욱 엄격히 바라보게 할 것이다. 시에 관해 공정과 불공정을 구분하고 호불호를 가름 짓는 나의 행동은 더욱 까칠할 것이다. 그러다가 어느 날 시를 둘러싼 두터운 세속의 더께들을 보게 될 때 절망하고 분노에 차기도 할 터이다. 도무지 시와 시 아닌 것들을 시를 통해 분간해낼 수 없음을 보면서 시의 존재 이유를 묻곤 할 것이다. 시 아닌 것들과 구별되지 않는 것이라면 그것을 과연 시라고 할 수 있는가 반문하면서 말이다. 그것이 무엇이 되었든지 간에 그 기준들을 골똘히 구해내면서 시와 시 아닌 것들 사이에 선을 그으려는 행위는 당분간 지속될 것이다. 그러한 까다로움이야말로 내가 시를 사랑하는 방식인 셈이다.

이는 그 무엇보다 시가 물질주의적 세계 속에서 희소하게 남은 정신적인 지표이기 때문이다. 돈으로 환산되지 않는, 그래서 무용하다고 여겨지는 그 점이야말로 오늘의 물화된 세상 속에서 시가 존재하는 근거이자 방식이 되어야 하는 까닭이다. 그러므로 시를 사랑하는 사람들은 시를 사랑할 뿐 시로부터 다른 것을 구하고자 하지 않을 것이며 시의 순수성을 왜곡하는 일련의 물적 메카니즘으로부터 시를 지키고자 할 것이다. 참으로 현실과 동떨어진 얘기가 되겠지만 그러나 나는 이러한 의식들이 많으면 많을수록 전적으로 물질로 뒤덮인 이 세계 속에서 시의 정신이 조금이라도 더 오래 유지될 것이라 믿는다. 이러한 희소한 의지가 없다면 신기루 같은 시의 정신성이 조금치의 흔적이라도 세상에 드리울 수 있을 것인가. 결국 이러한 외곬의 정신들이 시에 대한 사랑을 구현함으로써 시는 우리 곁에 바른 모습 그대로 가능한 한 오래도록 남게 될 것이다.

시를 향한 편벽됨을 가지고 3년여 간 쓴 비평들을 엮는다. 시의 무용성에도 불구하고 시의 경제적이고도 문화적인 제도들이 유지되는 것을 보면 놀랍기조차 할 때가 있다. 새로움이라는 이름으로 시가 나날이 어려워지는 가운데서도 시가 대중성을 띨 때엔 어리둥절해지기도 한다. 시를 둘러싼 내가 헤아리지 못하는 여러 겹의 인자들과 맥락들이 작동하고 있기 때문이리라. 이 책에 수록된 비평들은 그러한 겹겹의 층위들 사이 한 켠에 이슥히 자리하고 있는 것들이다. 이러한 비평들이 하나의 표정으로 온전히 드러날 수 있도록 해주신 박문사에 감사드린다.

2020. 7.

김윤정

차 례

1부 특집

2부 리뷰

3부 집중 조명

4부 서평과 해설

1부

특집

21세기
한국시의
표정

시의 르네상스와
성숙한 문화의 장場

1. 셀럽시인들의 전성시대

　최근 들어 시의 르네상스, 셀럽[1]시인들의 전성시대라는 말들이 심심치 않게 들려오고 있다. 시가 대중성을 띠면서 시집의 판매부수가 늘어나고 그와 함께 대중에게 영향력을 끼치는 시인들이 대두되는 현상이 나타난 것이다. 유명세를 타는 시인들은 마치 연예인처럼 TV 프로그램이나 각종 문화 이벤트에 출연하여 대중과의 소통을 꾀한다. 이때 시인들에게 던져지는 시선은 대중이 연예인을 바라볼 때와 다르지 않다. 연예인을 바라볼 때의 신비감과 경외감, 그리고 소통의 행위에서 오는 재미와 유쾌함 등이 뒤섞여 있는 것이다. 이러한 현상은 시인도 스타가 될 수 있다는 것, 시인도 대중의 욕구를 한 몸에 받을 수 있으며 따라서 문화 권력의 한가운데에 놓일 수 있다는

　1　셀럽은 celebrity의 약자로 유명인사, 명성이라는 사전적 의미를 지닌다. 요즘 '유명인사'라는 의미로 통용되는 셀럽은 연예인을 비롯하여 대중들에게 영향력을 행사하는 다양한 직종의 인사들을 포괄한다. 일종의 비연예인의 스타화를 떠올리면 되겠다. 언론인 손석희, 전 정치가인 유시민, 소설가 김영하, 영화평론가 허지웅, 스타 강사 설민석이나 최재기 등이 오늘날 셀럽 지식인으로 꼽히고 있다.

사실을 말해준다.

부르디외는 문학작품 역시 생산과 수용의 사회적 조건 속에 존재하는 사회적 산물 중 하나로 간주한다. 심미적 체험과 자율적 속성이라는 독특한 기제를 지니는 문학은 그에 따라 사회와 역사를 초월한 채 창조되는 것이 사실이지만, 그렇다고 해서 문학이 놓이는 사회의 집단적, 제도적, 사회적 관계성이 배제되는 것은 아니라는 것이다. 문학은 자체 내 미의 질서를 절대적 원리로 지님에도 불구하고 동시에 사회적 제도 속에서 실재한다. 외재적으로 보았을 때 문학은 제반 사회 경제적인 관계 속에 위치지워지는 제도화된 가치의 하나인 것이다.

이러한 측면에서 보았을 때 오늘날 시인을 셀럽이 되게 하는 사회 경제적인 관계는 무엇인가? 물론 우리는 시인이 사회의 중심에서 시대를 이끌어가며 지도자적인 역할을 행하였던 경험을 지니고 있다. 1970년대 시대의 진두에서 민주화 실천을 행하였던 시인들은 사회의 지도자이자 정치의 중심인물이었으며 많은 지식인들의 선망과 존경의 대상이 되곤 하였다. 시는 민주화를 갈망하는 많은 시민과 지식인들의 관심이 모이는 지대였고 또한 이들의 의식을 형성하였던 주요 가치였다. 이 시대에 시인은 가장 영향력 있는 존재 중 하나였던 것이다.

그러나 오늘날 셀럽시인들의 영향력을 말할 때 우리는 1970년대와는 매우 다른 양상을 이야기해야 한다. 오늘날 영향력을 끼치는 시인들이란 과거의 고급문화, 엘리트문화와 다른 소위 대중문화 속에서의 존재를 가리키는 것이기 때문이다. 197, 80년대의 시인들의 영향력이 지식인 혹은 엘리트들 사이에서 행사되는 것이었다면 최

근의 셀럽시인들의 유명세는 철저히 대중 속에서 대중에 의해 구현
되는 것이다. 사실상 시인들의 셀럽화는 고급문화와 대중문화의 경
계가 사라진 상태에서의 대중화된 권력의 양상을 띤다고 해도 틀리
지 않다. 그리고 바로 이점 때문에 셀럽시인들의 대두는 문학에 종
사하는 많은 사람들을 당혹하게 하는 요인이 되기도 한다. 대중화된
문화 속에서의 권력이 되어 버린 셀럽 시인들의 권위를 문학의 본질
적 관점에서 보았을 때 얼마만큼 승인을 해주어야 하는 것일까 하는
것이다.

2. 셀럽시인들의 탄생과 문화 권력

문화의 권력을 이야기하면서 가장 우선적으로 고려해야 할 요소
는 매체일 것이다. 매체의 비중은 곧 그에 의존하는 콘텐츠 및 그것
을 생산하는 주체의 영향력을 결정짓는 주된 요인이다. 동시에 매체
는 시대와 나란히 존재하면서 시대를 이끌어가는 주요 인자에 해당
한다. 그런 점에서 1970년대와 지금의 2010년대의 매체의 지형에는
커다란 격차가 존재하며, 이때의 차이가 문학의 성격에 있어서의 질
적 차별성을 야기할 것이라는 점도 충분히 유추가능하다. 말하자면
인쇄매체가 사회와 문화의 중심에 놓이던 시대와 영상 및 전자 매체
가 그 중심에 놓이는 시대의 문학을 둘러싼 제도적 결정성은 큰 차
이가 있을 수밖에 없다. 우리는 이 과정에서 지식인이 어떤 존재로
세밀하게 위치 변화를 겪게 되었는지 살펴볼 수 있거니와, 셀럽시인
들의 탄생의 시기에 우리가 주목하게 되는 환경의 변화는 곧 인터넷

매체의 결정성이다. 단순히 하나의 도구로서가 아닌 세계 자체가 되어버린 인터넷 환경으로 인해 사회에서의 권력의 질서는 급격하게 재편성되었다고 말할 수 있다. 오늘날 인터넷 매체는 여러 제도의 층위들 가운데 가장 중심적이고 가장 주도적인 지위에 놓여 있다고 해도 과언이 아니다. 시의 르네상스와 셀럽시인들의 등장, 그리고 그들이 문화의 새로운 중심이자 권력이 되어가고 있는 현상은 바로 인터넷 매체가 제도의 중심에 놓이는 데서 비롯한다.

셀럽시인으로서 가장 대표적으로 언급될 수 있는 이들은 단연 댓글시인 제페토와 SNS 시인 하상욱일 것이다. 사회적으로 중요한 사건이 있을 때마다 시로써 댓글을 쓰며 공감대를 형성했던 제페토와 도시인들의 소소한 일상을 바탕으로 촌철살인적 글귀를 행사하는 하상욱 시인은 유명세를 타면서 대중의 관심을 모았다. 제페토가 여전히 익명으로 있다면 하상욱은 TV 예능 프로그램에도 출연하여 자신의 모습을 널리 드러낸 바 있다. 하상욱은 대중에게 시와 시인의 개념을 새로이 정립시키면서 당당히 제도의 한 가운데에 자리잡았다.

셀럽시인인 이들의 존재를 보면 오늘날 시집의 출판과 판매를 유도하는 것은 그것들 자체라기보다 이미 인터넷에서 이루어지는 사전 유통이 아닌가 생각될 정도다. 블로그를 통한 콘텐츠 관리와 각종 SNS를 통한 시 텍스트의 확산이 시집 출판 및 판매를 결정하는 커다란 요인이 되고 있다는 것이다. '제페토'가 7년간 자신의 블로그에 쓴 120여편의 시를 모아 『그 쇳물 쓰지 마라』라는 제목의 시집을 발간한 경우라든가 하상욱이 자신의 SNS에 올린 시들을 바탕으로 『서울 시』 시리즈를 출판하고 있는 경우 이들 시들은 출판과 동시에 베스트셀러가 되었다. 요컨대 인터넷이라는 매체는 시가 대중화되는 최적의 유통 경로로 작용한다는 것이다.

　어쩌면 시의 르네상스 현상 역시 시라는 장르가 인터넷 환경에 최적화되어 있기 때문일는지 모른다. 가령 대중의 취향에 잘 들어맞는 시들은 블로그나 SNS에서 '퍼오기' '퍼가기'를 통해 급속도로 확산된다는 것을 알 수 있다. 적당한 길이와 심미성을 지닌 시 장르는 블로그를 장식하는 데 매우 안성맞춤이다. 순간적으로 정서에 작용하는 시는 이웃을 끌어모으는 데 있어 블로그의 주요 수단이 되는 것이다. 인터넷 대중 역시 자신과 공감대를 이룬다고 판단되는 블로그들을 일상의 한 공간으로 활용함에 따라 블로그들은 시가 안정적으로 소통되는 통로 구실을 하게 된다. 따라서 잘 관리되는 블로그는 수많은 이웃의 방문을 받으면서 대중성을 확장시켜 나가며, SNS 상에서 늘어나는 팔로워들의 수 또한 대중성을 보장하는 지표가 된다. SNS에 올려진 하상욱의 시들에 공감하는 팔로워들의 숫자는 그의 시를 성공시킨 이유의 전부라 해도 틀리지 않다. 이처럼 이웃과 팔로워들의 숫자는 자신의 존재감을 확인하는 계기가 되는 동시에 포스팅한 콘텐츠의 판로 가능성을 나타내는 것이다. 이웃과 팔로워들의 규모는 곧 블로거나 에디터의 힘을 의미한다고 말할 수 있다.

　실제로 인스타그램과 같은 SNS는 상품 판매를 위한 마케팅의 장소가 된다. SNS는 개인이나 중소기업처럼 TV광고나 포털사이트의 광고비용을 감당할 수 없는 이들에게 유용하다고 알려져 있다. SNS에 자신의 상품을 올리고 이를 판매의 루트로 삼는 일은 오늘날 흔한 일에 속한다. 인기 있는 파워유저라면 SNS에서의 마케팅 활동은 이미 성공한 것이나 다름없다는 것이다. 따라서 오늘날 SNS는 상품 판매를 위해 매우 중점적으로 고려되는 매체라 할 수 있다.

　이러한 SNS의 소통 메카니즘은 지적 콘텐츠에도 그대로 적용된다. SNS 상에서 소통되는 콘텐츠는 비단 물적 상품에만 국한되는 것은 아닌 것이다. 그것은 매우 사적인 경험에서부터 개성적인 단상, 시나 웹툰, 소설과 같은 콘텐츠에 이르기까지 다양한 문화콘텐츠들을 포괄하거니와, 이들 콘텐츠들은 광케이블의 복잡성과 속도만큼이나 복잡하고 빠르게 자신의 활로를 전개해나간다. 언어와 운영 체계가 가로막지 않는 한 이들 콘텐츠들의 소통을 막는 것은 어디에도 없다. 이는 인터넷이라는 네트워크 자체가 권력의 기반이 된다는 사실을 말해준다. 말하자면 인터넷 상에서 콘텐츠가 소통되면서 우리는 그것을 중심으로 한 힘의 이동과 형성을, 권력의 흐름과 집중을 경험하게 된다.

　이러한 상황은 파워 블로거나 SNS 상의 파워 유저의 계정들이야말로 인터넷 시대의 문화 권력에 해당됨을 말해준다. 인터넷 상의 파워풀한 계정들이야말로 새로운 문화의 발원지이자 시대를 이끌어가는 문화 리더들인 셈이다. 네트워크상에서 부여되는 권력인 까닭에 그것은 리더와 팔로워 사이의 밀착 관계에 의해 형성된다. 블로거와 이웃들, 에디터와 팔로워들은 자신들의 취향을 매개로 초밀착 관계를 이루며 네트워크의 두께와 속력에 준거하여 확장된다. 인터넷을 통해 형성된 권력이 초권력이 되는 까닭이 여기에 있다. 또한 이 점은 대중성이 큰 블로그나 SNS의 콘텐츠가 문화유통업자들에 의해 주목받게 되는 이유를 말해준다.

　인터넷이라는 매체적 속성에 의해 형성되는 이와 같은 소통의 메카니즘은 오늘날 문화 권력의 지형적 특성을 말해준다. 오늘날의 문화 권력은 그것이 판매 부수와 인지도와 같은 제도적인 지표로 결정되는 한, 특정 지식인의 독창성이나 시인의 예술성에 의해 이루어지는 것이 아니라 대중에 의해 형성된다. 대중의 정서와 취향, 대중의 호감도, 대중의 선택은 오늘날의 문화 상품을 생산하고 소비하며 유통시키는 가장 주된 요인이 된다. 그 힘이 문화 시장으로 고스란히 연결된다는 점에서 문화 권력을 결정짓는 요인은 대중인바, 이러한 대중이 빛의 속도와 확산도를 지닌 매체와 결합됨으로써 그들은 오늘날 초권력의 존재로 등극하게 된다. 이러한 정황을 고려할 때 시의 르네상스와 셀럽시인들의 등장은 초권력의 존재로 부상한 대중의 호명에 따른 것이라는 점을 알 수 있다.

이는 지금의 문화적 지형이 197, 80대와 얼마나 다른지 새삼 느끼게 해준다. 인쇄매체가 매체의 중심을 이루던 시대에 매체는 대중과 상당한 간격 아래 놓여 있었던 반면 이들 매체에의 접근성이 원활했던 지식인들이야말로 문화의 중심 존재에 속하였다. 그와 같은 환경 속에서 문화의 제도적 권력을 형성하는 이들은 단연 지식인들이었던 것이다. 또한 문화를 이끌어갔던 권력에 준하여 우리는 지식인들에게 권위를 승인할 수 있었다. 그러나 오늘날 인터넷이라는 매체와 밀착되어 있는 주체들인 대중들에게 우리는 어느 정도의 권위를 승인하고 있는가? 우리는 인터넷을 중심으로 한 문화 권력의 질서를 얼마만큼 용인하고 있는가?

오늘날 인터넷을 사용하지 않는 자는 거의 없다는 점에서 대중의 의미는 보다 포괄적이다. 이는 과거 엘리트와 대중이 구분되고 고급문화와 대중문화의 차이가 뚜렷했던 시대에서 통용되던 '대중'의 의미와 오늘날의 '대중'의 의미가 동일하지 않다는 점을 암시한다. 대중은 전국민을 대상으로 한다고 말해도 무방하며 나아가 언어의 경계가 없는 한 전세계 시민을 포괄한다고 해도 틀리지 않다. 이 속에

서 과거 지식인과 대중들을 가름하던 지적 수준을 논하는 것은 무의
미해진다. 한마디로 오늘날의 대중은 모든 피플들에 해당하는 것으
로, 여기에서 대중을 과거에 그러했듯 배운자와 못배운자, 이성과
감정, 남성과 여성, 지성과 감각, 성숙과 미성숙 등의 기준으로 판별
하는 것은 불가능해진다.

이들 대중들은 이리저리 뒤섞이고 이리저리 휩쓸린 채 예측불가
능한 이동경로로써 흐름을 만들어낸다. 대중들은 때로 사회에 비판
적인 이성적인 모습으로 등장하기도 하고 때로 가볍게 웃고 즐기는
유쾌한 얼굴로 나타나기도 한다. 또한 한없이 정서적이고 낭만적인
모습을 드러내는가 하면 냉정하게 득실을 따지는 합리주의자의 면
모를 보이기도 한다. 대중들은 단일하게 고정된 실체로서가 아니라
매순간 형태를 달리하는 유동적인 존재로 현상한다. 그들의 선택은
아메바의 변화와 움직임만큼이나 불확정적이다. 대중들의 이동과
흐름에는 어떠한 공식도 존재하지 않는 것이다. 문화 시장이 인터넷
상의 대중들의 움직임에 더욱 주목하게 되는 이유도 여기에 있다. 오
늘날 문화의 지형도는 대중이 보여주는 이같은 불확실성이 확정하
기 때문인 것이다.

3. 문화의 장場과 그 성장

인터넷 매체가 형성하는 이와 같은 권력의 매카니즘을 본다면 지
금의 셀럽이 내일의 셀럽으로 보장될 수 없다는 점을 짐작할 수 있
다. 권력의 중심이 대중인 시대에 순전히 대중에 의해 선택된 셀럽

의 권위는 오직 대중에 의해 부여받은 것이다. 셀럽은 대중이 호명하는 한에서 셀럽이다. 이러한 상황은 정치적 권력이 국민으로부터 나온다는 명제를 떠올린다. 모든 권력은 대중들로부터 비롯된다. 문화 권력도 예외가 아닌 것이다. 과거의 대중문화의 저급성을 떠올리며 오늘날 대중에 의해 부과된 문화 권력을 제아무리 외곽으로 밀쳐내려 해도 떠밀리는 것은 문화 권력이 아니라 바로 그러한 시도를 행하는 이들이다. 문학의 고유성과 본질적 가치를 내세우면서 시장의 유통 질서와의 차별성을 강조한다 해도 그것이 자신의 권력을 보장하는 근거가 될 수는 없다. 사회는 이미 문화를 둘러싼 제도화의 메카니즘을 구축하고 있으며 문학이나 시 역시 이와 같은 객관적인 승인 제도 내에서 존재할 따름이다.

그러나 제도에 의해 승인된 권력은 영원할 수도 절대적일 수도 없다. 자율성과 창조성을 내재적 속성으로 지니고 있는 문학은 외재적 권력을 향해 끊임없이 질문하고 회의하는 거점이 된다. 시인들은 문화 권력이 된 시의 개념에 대해 문제제기하면서 새로운 시의 정의定義를 구현하고자 하는 존재들이다. 시인들에 의해 새로이 정립된 시의 개념은 기존의 시의 문법을 넘어서는 역동적인 실체로 작용한다. 이와 관련하여 부르디외는 문학과 예술이 일으키는 '문화 투쟁의 장場'으로 설명하고 있다.[2] 부르디외는 문화의 장場이 자본의 분배구조에 의해 위계화 되어 있다고 하면서, 그것이 '대량생산의 하위장'과 '제한생산의 하위장'으로, 자본의 독점자들과 이에 맞서는 자들로, '대중을 위해 만들어진 작품'과 '대중을 만들어야 하는 작품'으로,

---

2 현택수, 「문학예술의 사회적 생산」, 『문화와 권력-부르디외 사회학의 이해』, 나남 출판, 1998, p.27.

'부르조아 예술'과 '예술을 위한 예술'로 구조화되어 있다고 말하고 있다.[3] 이때 이들의 하위장들은 고정불변한 채 자신의 지위와 정체성을 구축하는 것이 아니라 끊임없이 힘의 관계 속에 놓인 채 권력의 위계 질서를 재편성하려 든다. 가령 각각의 하위장들은 대중 문화와 고급 문화로, 자본주의화된 예술과 반자본지향의 예술로 영원히 구분된 채 정립되어 있는 것이 아니라 각각 문학의 정의定義를 둘러싼 알력 관계 속에 놓이는 존재들이라는 것이다. 실제로 부르디외는 문학의 장을 작가에 대한 '정의내리기' 싸움터[4]로 규정하고 있다. 그리고 '문학적인 것'과 '비문학적인 것'의 차이는 단지 '정의내리기' 또는 '경계선 설정'의 결과일 뿐이라고 말한다. 즉 무엇이 문학작품이고 아닌가 하는 것은 그 사이에 경계를 짓고 이를 제도화하는 힘에 의한 것이라는 점이다.[5]

　부르디외의 '장' 개념은 권력을 중심에 두고 벌어지는 문학 내에서의 갈등과 투쟁의 양상을 효과적으로 보여주고 있거니와, 이것은 작가들 자신이 지향하는 문학의 본질과 가치를 둘러싼 치열한 힘들의 겨루기에 해당한다 할 수 있다. 여기에서 각각은 말 그대로 하위장들인 채 위계화되면서 동일하게 문학의 가치와 본질을 입증하기 위해 상승하려는 존재들이 된다. 이들은 동일하게 궁극의 지위를 추구하게 되는데 이러한 과정에서 얻게 되는 하나의 결과가 곧 제도화와 권력이라 할 수 있다. 이는 영원히 권력과 무관한 하위장도 영원히 권력을 지속하는 하위장도 없음을 의미한다. 장場은 권력을 향한

3　위의 글, pp.27-28.
4　위의 글, p.30.
5　위의 글, p.22.

각각의 하위장들 사이의 긴장과 대결이 전제될 때 형성되는 것이자 또한 이들 사이의 투쟁이 있을 때라야 장場의 성장이 가능해진다.

결과적으로 투쟁의 과정에서 획득된 권력과 제도화는 장場의 수준과 성격을 나타낸다. 마찬가지로 오늘날 인터넷 대중에 의해 이루어지는 문화 권력의 양태는 우리의 문화적 장場의 수준과 성격을 말해주는 지표가 된다. 그리고 이는 곧 그것을 양산하는 대중의 수준과 성격을 지시하는 것이기도 하다. 대중과 권력의 장場은 구조적으로 상동성을 나타내기 때문이다. 셀럽시인들의 전성시대가 시의 르네상스라는 의미있는 현상을 가리키지만, 특정 셀럽이 문학의 궁극적 목표도 절대적 가치도 될 수 없는 것도 이점에서 알 수 있다.

사정이 이러하다면 문화 종사자들이 추구해야 할 바는 명백하다. 그것은 대중의 진보와 장의 진화를 위해 자신이 가늠하는 문학의 가치를 내세우는 일이 된다. 문학의 장속에서 자신이 속한 하위장을 실현하고자 투쟁하는 일이 그것이다. 사실상 그것은 자신이 꿈꾸는 문학의 정의와 본질, 가치를 내포하고 있을 것이다. 그러나 그것은 때로 너무도 희소하여 대중과 교감하지 못할 수도 있다. 그것은 어두운 그늘에서 누구와도 소통되지 않는 고백적 중얼거림이 될 수도 있을 것이며, 다중으로부터 가장 멀리 떨어진 채 내세우기 위해서가 아니라 감추기를 위해 존재할 수도 있다. 또는 '자기 자신을 향한 사라짐이야말로 문학의 본질'[6]이라 여기며 오히려 더욱 적극적으로 제도의 이면을 향해 나갈 수도 있겠다. 의도적으로 일반대중의 요구에 응하지 않음으로써 정치 경제적 문학행위를 거부하고 문학의 품위를 지

6 이기언, 「문학은 무엇일 것인가?」, 『예술가』 2017. 가을, p.24.

키려는 일[7]도 가능하다. 모든 문학들이 대중과의 결합과 문화 권력을 지향하는 것은 아니라는 것이다. 또한 모든 시인들이 셀럽 되기를 꿈꿀 필요도 없다.

그러므로 중요한 것은 존재하는 것이다. 자신이 규정하는 문학의 정의를 바탕으로 살아 존재하는 일, 그것을 통해 문학의 가치와 자율성과 창조성을 실현하는 일이 요구된다. 부르디외는 문학의 그와 같은 실재함이 경제자본을 키우는 대신 상징자본을 확대시킨다고 말하고 있다. 그리고 그것이야말로 잠재된 문화 자본이라 한다.[8] 문학의 새로운 정의를 내세우는 상징자본은 문화 권력과 힘겨루기를 하면서 문학의 차원을 한 단계 상승시키는 계기로 작용할 것이다. 그리고 그것은 결국 문화의 장을 성장시킬 저변이자 대중의 의식을 진보에로 이끄는 동력이 될 것이다. 또한 이를 묵묵히 실현하는 작가들이 많을수록 문화의 토양은 더욱 풍성해질 것이며 문화는 더욱 높은 수준을 향해 나아가게 될 것이다.

■ 『리토피아』 2017년 겨울호

---

7 현택수, 앞의 글, p.28.
8 위의 글, p.28.

'장소'를 통한
국제적 모더니티에의 도전

− 영동 지역 시인들을 중심으로

오늘날 로컬리티에 관한 담론은 모더니티의 국제적 실현 속에서 주변 및 지역의 입장이 철저히 외면되는 상황을 배경으로 전개되었다. 서구를 중심으로 전개된 모더니티가 식민지를, 제3세계를, 주변 국과 지방을 양산하면서 중앙의 집중화를 가져왔다면 로컬리티는 이러한 상황이 중심의 횡포이자 모더니티의 부조리라는 인식을 표방한다. 이러한 중심center 지향적 모더니티는 현재 진행 중인 것으로서, 편향된 정부 시책에 의해 지역민의 삶이 희생되어 온 예는 허다하다. 사드THAAD 문제를 보더라도 당국은 성주 지역 주민들의 의견이나 입장은 전혀 고려하지 않은 채 일방적이고도 졸속으로 미사일 배치를 시행하고 있음을 알 수 있다. 정부의 시책 뒤엔 물론 미국이라는 거대 국가가 있거니와 미국으로부터 한국으로, 정부로부터 지역으로 이어지는 위계화에는 중심과 주변 사이의 모순 및 획일적 모더니티의 폭력성이 도사리고 있다.

이러한 사정은 포스트모더니즘의 맥락에서 제기되어온 로컬리티 담론이 정치사회적 성격을 띠는 것이며 지금 이 순간에도 유효한 것임을 말해준다. 냉전 체제가 무너졌음에도 여전히 계속되고 있는 한 반도의 긴장은 우리에게 탈모더니즘의 관점에서의 로컬리티 논의 가 정당한 것이며 지속적으로 지지를 받아야 함을 말해준다. 로컬리 티 담론은 단지 서울이라는 중앙에 대항한 주변부 옹호의 차원에 놓 이는 것이 아니라 일방적인 국제적 모더니티를 폭로하고 그에 저항 하는 탈식민주의의 함의 역시 지니는 것이다. 로컬리티에 관한 이러 한 사항들은 역으로 지금 여기에서의 우리의 삶을 성찰하게 한다. 지 역에서의 삶을 둘러보는 일은 결국 국가의, 그리고 국제적 사태를 확 인하는 일과 다르지 않다.

『동안』에 발표되는 신작시들은 대부분 강원 지역 시인들의 것들 로 지역의 삶의 바탕 위에서 쓰인 것이다. 각각의 시들에서 우리는 강릉과 동해의, 삼척과 태백의 그리고 춘천과 원주 등지에서의 구체 적이고 실질적인 삶을 만나게 된다. 이들 시에서 마주할 수 있는 삶 의 면면들은 모두 지역의 고유한 특성들을 나타내는 것들이다. 그러 나 본고에서는 그 중에서도 지명地名이 언급되는 시들을 중심으로 하 여 지역의 삶을 살펴보고자 하였다. 지역의 구체적인 장소를 가리키 는 지명地名은 그 속에 개인을 넘어선 집단의 삶을 축적하기 때문이 다. 즉 특정 장소를 나타내는 지명은 지역적 삶의 구체성과 보편성이 고도로 함축되는 지점이 된다. 지명地名은 지역인들의 삶을 대표하는 상징의 의미를 지니는 것이다. 지역인들은 '지명'을 통해 자신의 삶 의 테두리를 형성하고 이 속에서의 보편적이고도 구체적인 삶을 실 현한다. 우리가 '지명地名'을 통해 지역적 삶의 특징을 살펴보는 이유 가 여기에 있다. 특정 장소 내에서 지역인들은 어떤 정서적 경험을 하게 되는 것일까? 지역인들에게 지명은 삶에 관한 어떠한 상상력을 유도하는가?

　'지명'을 중심으로 한 지역민들의 삶의 실상은 지역의 특수한 면면들에 해당할 것이다. 그러나 그러한 삶의 양상은 결코 지역성에 국한되지 않는다. 지역적 삶의 구체성이 기반될 때 한 국가의 전체적 삶 또한 구현될 것이기 때문이다. 지역적 삶의 구체성은 국가적 삶의 보편성이 될 근거이며 지역의 삶이 온전할 때 전체의 삶 또한 건강할 것이다. 결국 전체는 부분을 위해 존재하며 부분이 건재할 때 전체 또한 보장될 것이다. 이는 지역인들의 삶이 그것에서 끝나는 것이 아니라 국가적인 나아가 국제적인 차원의 질서와 만나게 될 것임을 의미하는바, 오늘날 영동 지역의 삶이 그것들과 어떻게 만나는지를 확인하는 것이 이 글의 목표이다.

　　　매직펜으로 벽면 가득 「목마와 숙녀」를 도배한
　　　성남동 광장 근처 닭갈비 전문점
　　　그러나 닭갈비보다 술을 더 많이 마셨던 곳
　　　술보다 사람을 더 많이 만났던 곳
　　　사람보다 글쟁이 환쟁이 만났던 곳

　　　늦은 밤 대취한 고 서윤택 교수를 만났던 곳
　　　소설가 최성각을 처음 만났던 곳
　　　(중략)

　　　문학이 무거운지 세상이 무거운지
　　　'왜 가볍게 못 살고 무거웠던지?'

시인은 세상과 맞짱 떠야 하는지 견사둔흫어아 하는지?
전쟁을 치르듯 격론을 치렀던 곳!
'그때 발 딛고 서있던 곳이 곧 최전방?'

잠깐만 쉿! 김지하 시집『황토』복사본 은밀히 건네던
〈아침이슬〉 읊조리던 때론 구호 외치듯
〈행복의 나라로〉 나직이 부르던 곳!
아무리 취해도 감히 취할 수도 없었던
아무리 외로워도 도저히 외롭지 않던
다 갚지 못한 외상술값이 남아있던 곳!
1일 주막이라도 한번 해야 할 것 같은
　　　　　강세환, 「강릉 안경아줌마집-1978년 봄 혹은 겨울」
　　　　　　　　　　　　　　　　　(『동안』, 2016년 여름호) 부분

　'강릉 성남동'에 있던 '안경아줌마집'은 40여 년 전의 흔적을 지니
고 있는 곳이다. 그곳은 '1일 주막이라도 한번 해야 할 것 같은'이라는
표현에서 짐작되듯 기억 속의 장소일 뿐 지금은 없는 곳이다. 의식 속
에만 있는 장소인 '강릉 성남동의 안경아줌마집'은 현실에서의 부재
와 결핍을 강조하고 있을 따름이다. 그것은 시간의 흐름 속에서 물리
적으로 사라져 버린 장소이다. '강릉 성남동의 안경아줌마집'은 부재
하는 까닭에 그리움의 정서만을 일으키는 결핍의 상채기가 된다.
　그것이 부재와 결핍에 대한 증거가 될지라도 시인이 '그곳'에 대
해 의식을 떠올리는 것은 '그곳'에 대한 기억이 '우리'의 삶을 구성하
는 중요한 부분이 되기 때문이다. '그곳'은 '우리'들의 만남이 있던

곳이고 '우리'의 낭만과 열정과 순수함과 정의가 꽃피던 곳이다. '그곳'에서 시대를 걱정하고 사회 정의를 논할 때 '우리'는 하나가 되어 '외롭지 않'을 수 있었다. '안경아줌마' 역시 '그곳'이 '우리'들의 보금자리가 될 수 있게 해 줄 만큼 넉넉하고 따뜻한 인심을 지녔던 인물이다. '나'는 따뜻했던 장소에서의 시간들을 통해 '우리'가 되었고 '사회'가 되었으며 '공동체'가 되었고 '정의'가 될 수 있었다. 그런 점에서 '강릉 성남동의 안경아줌마집'은 지금은 부재하지만 지금의 내 삶을 형성하는 데 있어서 밑거름이 되었다 할 수 있다. 시의 화자는 '강릉 성남동의 안경아줌마집'에 대한 반복되는 기억을 통해 과거와 현재로 이어지는 주된 가치를 확인하고 있다.

기억은 의식 속에서 시간을 정지시키거나 운동시킬 수 있는 능력이다. 또한 경험에 대한 기억은 주로 장소를 통해 이루어진다고 한다.[1] 이점은 우리가 왜 그토록 추억에 집착하며 장소를 중심으로 한 기억에 의식을 집중시키는지 짐작하게 한다. 그것은 시간의 물리적이고도 객관적인 속성에 기인하는 것이다. 물리적이고 객관적인 측면에서 시간은 한번 흘러가면 다시는 돌이킬 수 없는 불가역적 성질을 지닌다. 시간은 일회적이고 가속加速적이다. 이러한 시간의 속성에 편승하여 미지의 미래를 향한 질주의 속도를 보이는 것이 모더니티라 할 수 있다. 시간의 이러한 상황은 그러나 인간적이지 않다. 이러한 시간성은 인간과, 혹은 인간의 의식과 동떨어진 것이다. 인간은 가속된 시간으로써 삶을 구성할 수 없으며 인간의 의식은 끊임없이 가역적이다. 바로 이 때문에 인간은 지나간 시간을, 그리고 사라

---

1 신지은, 「장소와 기억, 그리고 기록」, 부산대한국민족문화연구소, 『장소 경험과 로컬 정체성』, 소명출판, 2013, p.50.

진 장소를 기억하고자 하는 것이리라. 이점에서 장소에 대한 기억이야말로 광포한 시간성에 대한 인간의 저항이자 부정에 해당한다.

지나간 시간과 공간에 대한 기억은 시간의 가속성을 정지시키고 인간의 경험을 반추케 함으로써 삶을 통합시킨다 할 수 있다. 이러한 의식의 작용이야말로 자아의 정체성을 형성하는 주요 요인이 되는 것이다. 특히 장소로부터 비롯한 친밀감[2]의 기억은 인간의 삶에서 안정감의 기능이 얼마나 큰 것인지 말해준다. 따뜻하고 안전하게 느껴졌던 구체적 장소에의 기억을 통해 인간은 자신의 고유성과 정체성, 그리고 삶을 구성하게 된다.

강세환의 시에 등장하는 '강릉 안경아줌마집'은 현재에는 부재하지만 과거의 기억 속에 강하게 존재함으로써 삶의 진정한 가치가 무엇인지를 환기시킨다. 여러 지인들과 어우러져 공통의 가치를 논했던 그때의 따뜻하고 친밀했던 시공간은 오늘날 그 실체마저 사라진 공동체의 가치를 떠올리게 한다. 그때의 경험에 대한 기억을 통해 시적 자아는 진정한 가치에 근거한 현재의 삶의 구성을 도모하게 될 것이다. 특히 '강릉 안경아줌마집'이라는 구체적인 장소를 통해 몸으로 각인된 경험은 오래도록 남아 현재가 처한 가치의 부재와 결핍을 극복하게 할 것이다. 이로써 과거와 현재의 아득한 거리 사이에서 '강릉 안경아줌마집'이라는 친밀한 장소가 지니는 고유한 기능에 주목하게 된다.

경험이 기록되어 있지만 부재하는 장소가 과거와 현재를 잇는 매

---

2 신지은은 장소 그 자체가 물질성을 지니고 있는 까닭에 인간에게 몸으로 기억되는 것이며 그 때문에 장소야말로 인간이 친밀감을 느끼는 기억의 매개체에 해당한다고 본다. 신지은, 위의 글, pp.41-2.

개가 되는 경우를 김진자의 시에서도 만날 수 있다.

묵호 역전 굴다리를 지나면서부터 봉사 아저씨가 애타게 찾던
나포리 다방은 간판을 내린지 몇십 년
지팡이를 두드리며 간절하게 나포리를 찾아 가던 그 길 위엔
오봉을 들고 다니던 이 양의 **빼딱구두** 소리도
비로드 한복 치마 꼬리 붙잡고 올림머리 곱게 단장한
예쁜 마담도 사라진 지 오래다

－이보시오 나포리 다방이 어디요
－얼만큼 더 가야 나포리 다방이 있소

그 다방이
묵호 논골 바람의 언덕에 추억으로 불을 켰다

뱃일 나갔다 돌아 온 김씨의 비린내 나는 돈도
한껏 아양을 떠는 이 양의 콧소리도 없지만
이까다리 훔쳐먹고 명태 눈알을 뜯어 먹던 시절들
어깨에 짊어진 짐만큼이나 고단했던
아버지의 잔기침 소리와
명태 덕장에서 언 손으로 청춘을 보낸 엄마들의 삶이
못 다한 이야기로 담벼락에 피어난다
　　김진자, 「나포리 다방-눈 내리는」(『동안』, 2017년 봄호) 부분

'묵호 역전 근처의 나포리 다방'처럼 구체적인 장소를 둘러싸고 추억을 노래하는 시가 많은 까닭은 기억되는 경험 가운데에서 가장 중심에 놓이는 것이 공간이자 장소이기 때문일 것이다. 오감을 통해 각인되는 경험의 내용들은 가장 우선적으로 장소의 분위기를 기록한다고 하거니와, 이는 장소가 지닌 물질성이 인간의 감각과 밀접히 연결될 수 있기 때문일 것이다. 특정 장소에 대한 친밀한 느낌이 발생하는 것도 이와 관련된다. 위의 시에서 이야기되는 추억의 중심에 '나포리 다방'이 있는 것도 이 때문이다.

기억 속에 있는 '묵호 역전' 근처의 '나포리 다방'은 그 지역에 살던 수많은 인물들의 삶들을 모아내고 있다. '나포리 다방'은 묵호 지역의 한가운데에서 지역 주민들을 이어주고 맺어주는 가교가 된다. '나포리 다방'에는 '봉사 아저씨', '빼닥구두 소리내며 걷던 '이양', '올림머리 곱게 단장한 예쁜 마담', '뱃사람 김씨', 그리고 '어머니와 아버지'의 삶이 엉겨 붙어 있다. 이들의 인생은 '나포리 다방'을 매개로 하여 서로 조우하고 교차된다. 따라서 '나포리 다방'은 '묵호'에 터를 짓고 살던 사람들을 떠오르게 하는 배경이자 이미지가 된다. 그것은 마치 '나포리 다방'이 있음으로써 지역 주민이 존재하기라도 한 것 같다. 이는 지역의 장소가 인간의 삶에 어떤 의미와 기능을 지니는가를 말해주는 대목이다. '나포리 다방'은 그 지역의 가장 친근한 상징과도 같다. 그래서인지 그곳을 지나는 사람들은 저마다 '나포리 다방'을 찾곤 한다. '이보시오 나포리 다방이 어디요' 하면서 말이다. '나포리 다방'은 묵호의 사람들이 서로를 확인하면서 공동체로서의 삶을 엮어갔던 중심된 장소였던 셈이다.

그러한 '나포리 다방'이 이제는 사라져 과거의 기억 속에만 존재하게 되었다. 세련된 도시 문화라든가 외지의 자본에 밀려났거나 세월 속에서 소실해 버린 그것은 더 이상 지역 사람들의 상징적 장소가 아니다. '나포리 다방'의 소실과 더불어 주민들의 공동의 터전도 희미해져갔다. 시간 속에서 사라진 과거의 장소는 그것이 얽어놓았던 사람들의 삶 또한 흩어 버렸다. 그 결과 현재는 과거의 추억을 그리워나 하고 있을 부재와 결핍의 상태일 뿐이다. 위 시의 화자는 '나포리 다방'이 있던, 시간 저편으로 사라진 그때를 '슬프도록 아름다운 시절들'이라 명명한다.

이처럼 추억의 장소가 되었을 뿐이지만 그러나 '나포리 다방'은 그 지역에서 살던 사람들의 의식에 강하게 기억되어 있다. '나포리 다방'은 현재엔 없는 장소지만 의식이 과거로 소급해 갈 때마다 수면 위로 떠오르면서 그 실체를 드러낸다. 그것은 비록 물리적 측면에서는 부재하지만 사람들의 의식 속에서 살아남아 과거와 현재를 이어주고 사람과 사람을 이어주는 끈이 된다. 그것에 대한 지역민들의 기억은 '나포리 다방'을 현재에 재현시키고 그것을 중심으로 형성되었던 훈훈한 공동체의 흔적을 상기시킨다. 이점에서 '나포리 다방'은 현재에도 그 지역의 가치를 구현하는 매개가 되고 있다고 말할 수 있다. 이는 지역의 구체적 장소가 지역민들에게 가치에 대해 인식시키고 지역민들로 하여금 정체감을 얻게 하는 데 기여한다는 점을 말해준다. 이것이야말로 지역의 구체적 장소로서의 '나포리 다방'이 지니는 의미이자 힘인 것이다.

삶의 터전으로서의 구체적 장소가 사라진 후 경험되는 정서적·의식적 현상은 대도시로 나가 살던 이가 고향으로 돌아왔을 때 겪게 되는 체험과 크게 다르지 않다. 그것이 완전한 이주이건 잠시 이루어지는 방문이건 간에 '고향'은 부재와 흔적 사이에서 자아의 의식의 통합을 이루는 데 기여한다.

얼마만인가, 탕아가 집을 찾듯이
어머니의 땅에 발을 디딘지
날은 쾌청하고
다리 위에서 바라보는 멀고 가까운 풍경들은
옛날처럼 새로워 나를 부른다

나는 이곳을 잊지 못했다
기슭마다 가 닿은 물결이 여기저기서
들판의 숨소리를 깨우고
화창한 봄에 맞춰
새는 노랫소리를 돋우어
돌아온 자의 머쓱함을 감춰주려고 했다

누군가의 입에서 시작하는 노래
그 노래를 흥얼거리며
소양강 어느 지류에 이르렀을 때
문득, 생은 혼자가 아니었다
방금 헤어진 자의 얼굴에서
나는 평온함과 긍지의 눈빛을 읽었다

이승호, 「춘천」(『동안』, 2016년 여름호) 부분

　과거의 친밀했던 장소가 기억 속에 남아 자아의 정체감을 구축해 주는 주요 기제로서 작용한다면 '고향'은 이와 같은 기능을 발휘하는 대표적 장소라 할 만하다. '고향'은 '집'이라든가 '술집' 혹은 '다방'과 같은 작은 공간의 범위를 넘어서 있지만 그것이 주는 익숙함과 친근함은 이들 소규모의 장소와 다른 것이 아니다. 지명地名으로 구체화되는 고향은 그 지역에 거주하는 모든 주민들을 하나의 공통된 집단으로 연결시킨다. 특히 지역을 상징하는 건축물이나 자연물, 지역의 문화가 주민들로 하여금 그 지역에 대해 친근한 장소감을 느끼게 하는 요소[3]가 되는 것처럼 사람들은 이들 요소들에 의해 특정 지역을 푸근한 고향으로 인식하게 될 것이다.

　위 시의 화자에게 춘천을 자신의 '고향'으로 각인시키는 요소는 무엇보다 자연의 풍광이다. '물결'과 '들판', '화창한 봄'과 '새'는 그가 고향에서 만날 수 있는 고유한 경관들이다. '소양강'에 이르면 화자의 고향에 대한 인식은 극대화된다. 이들을 대면하면서 화자는 일순간에 행복감에 사로잡힌다. 실제로 위 시에서 화자는 '고향'으로 돌아온 자신을 '탕아'로, 고향에 대해서는 '집'과 '어머니의 땅'으로 표현하고 있거니와, 여기에서 '탕아'는 근대적 삶을 위해 도시로 떠난 자들이 느끼기 마련인 자아 분열감을, '집'과 '어머니의 땅'은 '고향'에서 느낄 수 있는 친밀한 장소감을 나타낸다. '집'과 '어머니의 땅'이란 고향이 자아에게 부여하는 안전감을 가리키는 것으로, 화자

　3　이 푸 투안은 기념비, 성지, 신성한 전투지 또는 묘지와 같은 것들이 고향의 이정표가 된다고 말한다. 그리고 이 가시적 기호들은 사람들의 정체감을 높이며 장소에 대한 인식과 충성심을 북돋워준다고 한다(이 푸 투안, 『공간과 장소』, 구동회·심승희 역, 대윤, 1995). 이는 이러한 고장의 상징들이 거주민들에게 어떤 의미와 기능을 나타내는지 잘 말해준다.

는 '집'과 '어머니의 땅'에서 비로소 갈등과 분열, 소외를 잊고 편안히 안식할 수 있게 된다.

자연물로 뒤덮인 고향은 그에게 신비로움마저 느끼게 한다. 더욱이 '방금 헤어진 자의 얼굴에서 읽은 평온함과 긍지'는 그로 하여금 '생은 혼자가 아니'라고 하는 지극한 만족감과 안정감을 갖게 해준다. 화자에게 고향은 그것을 공유한다는 이유만으로도 사람들과의 유대감을 형성한다. '춘천'이라는 고향에서 느낀 이러한 정서는 매우 고무적인 것이어서 화자는 이후 매우 폭넓고 풍성한 의식들을 경험하게 된다. 고향의 품에서 그는 비로소 '꿈을 꾸고', '슬픔과 울음'을 해소할 '포근함'을 느끼며 '생의 기쁨을 찬미'하게도 되는 것이다. 그에게 훼손되지 않은 자연을 간직하고 있는 고향은 생의 근원으로서의 장소에 해당한다는 것을 알 수 있다.

실제로 친근한 장소는 자아로 하여금 불안하게 변화하는 세계 속에서 안전에 대한 감각을 갖게 하는바, '고향'에서 얻게 되는 이러한 경험은 자아에게 과거 현재 미래의 삶을 통합시키면서 자아의 정체성을 구축하는 기반이 되어 준다. 특히 고향의 경우처럼 친밀한 장소가 사적 공간을 넘어서서 지역성을 띨 때 자아는 집단적 유대감을 얻게 된다. 이는 특정 장소가 가져다주는 개인적이고도 집단적이며 공시적이고도 통시적인 의식 경험이라 할 수 있다. 장소가 부여하는 이와 같은 전체성과 통합성은 그것이 역사적 사건이 발생하였던 현장일 때 그 성격이 더욱 두드러지게 나타난다.

몇 며칠 내린 비로 전천의 배腹가 희다
피 묻은 화살들이 침묵으로 앉은 자리

바람이 바닥을 쓸자 아우성도 잦아진다

대낮에도 커튼이 쳐진 은밀한 북녘 닭장
애면글면 흰 구름만 창을 톡톡 쳐 보는데
반사된 햇살 눈초리가 그렁그렁 촉촉하다

하늘이 산맥을 낳고 산은 다시 물길을 낳아
서녘에서 자란 꿈이 바다로 가는 길 위에
남북을 양손에 움켜쥔 손바닥에 불이 띈다
　　　　김영철, 「청운교 가운데 서서」(『동안』, 2016년 여름호) 전문

　위 시의 원문에는 '청운교'와 '전천'에 대한 주석이 달려 있다. 이
들은 모두 지역과 관련된 대상들로서 '청운교'는 '전천을 가로질러
동해시 남쪽의 이원동과 북쪽의 동회동을 잇는 다리'이고, '전천箭川'
은 '달방댐과 무릉계곡에서 모인 물이 동해로 흐르며 임진왜란 때
전사자의 피와 화살箭이 하천에 가득 떠 내려와서 붙게 된 이름'이라
고 한다. 이중 '전천'은 역사적 사건을 배경으로 해서 붙여진 지명인
만큼 이 지역을 대표하는 기념비적 장소라 할 수 있다. 즉 '전천' 역
시 국가적 재난으로부터 비껴 있지 않았으며 그 와중에 수많은 지역
민들이 희생되었다는 역사적 사실은 이 지역에 대한 지역민들의 애
착을 높이고 더 강한 유대감을 형성할 것이다. '전천'이라는 장소에
서의 비극적이면서 비장했던 역사적 사건을 기억하면서 지역민들
은 평화와 안녕의 가치를 되새기게도 될 것이다. 이는 '전천'이라는
역사적 장소가 이곳 거주민들을 통시적 공시적으로 통합시키는 기

능을 할 것이라는 점을 말해준다.

이에 비해 '청운교'는 다소 추상적이다. 그것은 역사적 사실과는 그다지 상관없는 것으로 현대에 이르러서야 전천에 놓여진 다리인 것이다. '청운교'는 화자가 지금 서 있는 우연적인 공간일 따름이다. 그런 점에서 '청운교'는 공동체에 전체성을 부여하는 특별한 장소로서의 기능이 상대적으로 약하다고 말할 수 있다. 그러나 위 시에서 '청운교'의 장소성은 이것으로 국한되지 않는다는 점에 주목할 수 있다. 위 시의 시적 상상력은 '청운교'를 동해시의 남쪽과 북쪽을 잇는 것으로서가 아니라 국가의 분단된 현실을 상기하는 매개로 설정하고 있기 때문이다. '대낮에도 커튼이 쳐진 은밀한 북녘 닭장'은 휴전선 너머의 폐쇄적인 북한 사회를 비유하며, 그로부터 '반사된 햇살 눈초리가 그렁그렁 촉촉하다'는 진술은 분단의 슬픔을 암시한다 할 수 있다. 말하자면 위 시의 화자는 '청운교 가운데 서서' 동해시의 남북이 아닌, 조국의 남북에 대해 아파하고 있다.

이때 '전천강'은 화자에게 기묘한 의식의 통합을 이루어낸다. '전천강'의 역사와 관련 있을 그것은 현재의 자아에게 또 다른 형태의 비극감과 비장감을 조성한다. '전천강'의 장소성은 시적 자아에게 분단이라는 현재의 비극을 결연하게 극복해야 한다는 당위감을 불러일으키는 것이다. '전천'의 역사가 많은 이들의 희생 위에 있었던 만큼 그것은 분단의 상황과 같은 비극적 상태에 머물러 있는 것이 아니라 밝고 희망찬 미래로 전이되어야 하는 것이리. 이는 시적 자아의 현재적 의식이 장소에의 기억에 의해 과거, 미래와 통합하는 순간을 나타낸다. 시적 자아가 놓인 현재는 전천이라는 장소가 지닌 역사성에 의해 결핍과 불구성을 극복하고 긍정적인 미래에로 비전을

열어 놓게 된다. 더욱이 '하늘이 산맥을 낳고 산은 다시 물길을 낳'
는, 그리고 '서녘에서 자란 꿈이 바다로 가는' 동해의 장엄한 자연 경
관은 자아로 하여금 '남북을 양손에 움켜쥔' 듯한 벅찬 열정을 갖게
한다. 여기에서 '전천'과 '청운교'가 교차하는 장소의 특이성은 시인
에게 지역의 범위를 벗어나 대번에 국가 차원의 시적 상상력을 발휘
하도록 기능하였음을 알 수 있다.

　위 시를 통해 우리는 지역의 특정한 장소가 지역 주민들을 통합시
키는 것은 물론 국가적 비전을 제시하는 데에까지 이르게 됨을 확인
한다. 그것은 개인이 자신의 자아정체성을 회복하는 과정에서 얻어
진 결과였다. 지역의 역사적 장소를 통해 이루어진 통합적 자아 구축
은 상상의 지평을 지역을 넘어서 국가의 범위로 확대시켜 나갔던 것
이다. 이는 지역의 특정 장소에 기반하여 이루어진 지역민의 삶이 그
지역에 한정되지 않고 공동체의 전체적 국면과 긴밀히 상호작용하
게 됨을 암시하는 대목이다.

　동해시의 '전천'은 위 시에서와 같이 역사적으로 기념될 만한 장
소로서뿐 아니라 지형적 특성으로 인해 영동의 지역성 특수성을 잘
드러내는 장소로서 기억될 듯하다. 그것은 '전천'이 내륙에서 흘러
온 물이 바다로 흘러가는 길목이자 강과 바다의 점이 지대에 해당된
다는 점에서 그러하다.

　　전천강을 살아서
　　움직이게 하는 것은
　　북평 갯목에 있는 바다이다.

만약 그곳에서 바다가
부르지 않는다면
전천강은 흐르지 않을 것이다.

그냥 아무데나 박혀 썩어가는
웅덩이가 되었을 것이다.

그대는 나의 바다이다.
그대가 있어 나는 살아있다.

그대가 하는 손짓이 있어
나는 강물 되어 흐른다.

　　　　김영춘, 「그대가 있어」(『동안』, 2017년 봄호) 부분

　영동 지역의 거주민들에게 '바다'는 경험의 최대치를 보장하는 특수한 장소에 해당할 것이다. 영동이 '바다'를 마주하고 있는 점은 '해양시'라는 독자적인 장르를 개척하게 한 요인이 되기도 하였거니와 실제로 영동의 바다는 정서적이고도 실용적이며 또 신화적인 공간이기도 하다.[4] 영동의 바다는 맑고 탁 트인 시야를 통해 그것을 대하는 사람에게 웅혼한 기상과 너른 마음, 그리고 천인합일과 같은 신비로운 정서를 주는 것이 사실이다. 삼면이 바다이므로 남해와 서해 어

---

4 이 푸 투안은 공간에 대한 해석으로 신화적 유형, 실용적 유형, 추상적·이론적 유형의 세 가지가 있다고 하면서 이들이 경험을 통해 중복되는 면이 있음을 강조하고 있다. 이 푸 투안, 위의 책, p.35.

디서고 바다를 마주할 수 있지만 특히 동해가 주는 의식은 독특하다. 우리는 삼면의 바다에서 각기 다른 분위기와 정서를 갖게 되는데 그 중 동해의 바다에선 광활하고도 역동적이며 야성적인 이미지를 느끼게 된다.

위 시에서 말하고 있는 '바다'는 '전천강을 살아서 움직이게 하는' 것이자 '나'를 '살아있게 하는' 근원적이고 신성한 것이다. 전천강과 마주하고 있으므로 전천강의 흐름을 고스란히 받아내는 동해의 '바다'는 그 위용과 달리 위협적이거나 광포하지 않으며 오히려 전천강을 고여서 썩는 웅덩이가 될 운명으로부터 구해준 존귀한 대상이다. '바다'가 있음으로써 '전천강'은 끝없이 흘렀고 상호 침투하였으며 그로 인해 맑음과 생기를 유지할 수 있었다는 것이다. 그리고 그러한 도도한 작용으로 인해 '전천강'은 앞의 「청운교 가운데 서서」에서와 같은 역사적인 상상력을 빚어낼 수 있었던 것이리라. 이는 영동 지역에 있어서 동해의 '바다'가 주는 의미가 어떠한지를 짐작하게 한다.

그러나 현실적 차원에서 보았을 때 동해의 '바다'는 다른 면의 '바다'에 비해 가장 비실용적이었고 그런 만큼 여전히 신비에 싸여 있는 대상인 듯하다. 가령 남해가 일본과 마주하고 있어 한반도에 모더니티를 구축하였던 길에 해당하며 서해가 역시 중국과의 관계 속에서 오늘날 현대화의 과정을 걷고 있다고 한다면 동해는 망망대해라는 인식이 지배적이다. 또한 동해는 분단 체제 속에서 제한된 영역을 점유하는 것으로 여겨지곤 한다. 말하자면 동해는 한편으론 광활함과 신비로움의 정서를 주지만 다른 한편으론 경계와 공포의 정서로도 전유되는 것이다.

동해와 관련한 이러한 인식은 물론 분단 상황을 포함한 동해의 지

형적이고 지역적인 특수성에서 비롯되는 것일 터이다. 그러나 동해
는 제한된 영역 내에서 공포와 경계의 대상이 되는 대신 우리 역사의
역동성과 광대성을 확보하는 통로가 되어야 한다. 동해의 비실용성
이 야기한 경계와 공포의 정서는 실용성을 확대함으로써 진취성과
웅혼함의 정서로 전환되어야 할 것이다. 이들 정서는 분명 동해의 바
다가 지니고 있는 이미지와 분위기를 고스란히 담고 있는 것으로서
영동 지역의 고유한 정서에 관련될 것이다. 또한 그것은 위 시가 말
한 대로 '그대가 있어 내가 살아있는' 상황, '그대가 하는 손짓이 있
어' '내가 세차게 흐르는 강물'이 되는 상황과 직결되는 것일 터이다.

한편 동해와 관련한 진취성과 웅혼함의 정서 회복은 이글의 서두
에서 언급하였던 국제적 차원의 폭력적 모더니티에 대한 저항의 함
의를 띤다고도 말할 수 있다. 분단이 야기하는 공포와 경계의 무의
식적 정서를 극복할 때라면 우리는 비로소 동해 바다의 힘차고 당당
한 주체가 될 것이다. 그리고 이때의 동해 바다는 더 이상 '동해'라는
지역적 명칭을 띠는 것이 아니라 '한국해'라는 국가적 차원의 명칭
을 획득하게 될 것이며 이를 바탕으로 우리는 '일본해'와 겨루고 폭
력으로 일관하는 국제적 모더니티와도 대결할 수 있게 될 것이다.

지금까지 영동 지역의 지명과 관련한 특정 장소를 통해 지역민들
의 삶의 양상들을 살펴보았다. 지역민들의 삶의 터전이 되는 장소들
은 지역민들에게 친밀감과 안정감을 주는 것들로서 지역민들은 이
를 바탕으로 삶을 통합시키고 자아정체성을 형성할 수 있었다. 또한
이들 장소는 개인의 사적 차원을 넘어서 있는 것이므로 공동체의 결
속을 유지하는 매개가 되기도 하였다. 장소를 통해 획득하는 이들 의
식은 매우 귀중한 것이다. 그것은 우리의 상상의 지평을 넓힘으로써

우리의 삶을 지역 내의 차원이 아닌 국가적이고도 국제적인 차원으로 그 범위를 확장해 가도록 할 것이기 때문이다.

■『동안』 2017년 여름호

시 치료학으로서의
위상시학의 정립[1]

1. 위상학의 개념

위상학topology 혹은 위상기하학은 유클리드 기하학 이후 등장한 현대 기하학의 한 분야에 해당한다. 유클리드 기하학이 고전기하학을 대표하는 것이며 정연한 도형의 길이와 체적, 크기 등의 양적 측면에 대해 다루는 것이라면 위상기하학은 고전기하에서 처리할 수 없었던 다양한 도형들, 일그러진 것이라든가 굴곡지고 기괴한 것들, 엉키고 꼬여있는 것 등 특수한 형상의 도형들을 포함한 모든 도형들

---

1 위상시학(Topological Poetics)은 생소한 용어일 것이다. '위상학(Topology)'은 수학이나 과학 혹은 건축학에서 사용하는 용어이지 문학에서 흔히 사용되지는 않기 때문이다. 위상시학은 위상학과 시학을 결합시켜 만든 합성어이다. 위상시학에서는 위상학적 성질을 띠는 인체가 시와 어떻게 반응하고 작용하는가를 중심으로 고찰하게 된다. 인체가 시에 대해 반응을 나타내고 시가 인체와 작용을 일으키려면 양 측 모두 에너지적 성질을 띨 때 가능해진다. 즉 인체가 에너지장이고 시 역시 일종의 에너지일 때 이들 사이의 교섭이 에너지 반응 현상으로 나타나게 된다. 『위상시학』에서는 시공간의 특질을 다루는 상대성 이론과 미시적 입자 운동을 다루는 양자 역학을 통해 에너지장으로서의 인체의 성질을 규명하고 시와 인체 간의 상호작용을 논하는 시학으로서 정립되었다. 본문의 내용은 『위상시학位相詩學-시치료의 원리와 방법』(김윤정, 박문사, 2019)을 요약한 것임을 밝혀둔다.

45

을 고찰의 대상으로 하여 그들의 구조를 문제 삼게 된다. 위상기하학은 고전기하와 달리 도형의 양적 성질에 관여하는 대신 도형이 공간 속에서 차지하는 점, 선, 면 및 위치에 따라 그 위位와 상相에 관한 연구를 진행한다.

삼각형이나 사각형, 육면체나 원기둥과 같은 일정한 크기를 지닌 정연한 도형이 아닌, 기괴하고 굴곡진 도형을 다룬다고 해서 고무판 기하학이라고도 불리는 위상기하학이 수학과 물리학에서 관심을 끌게 된 것은 특히 공간이 편평한 것이 아니라 중력에 의해 함몰되고 휘어졌다고 하는 아인슈타인의 일반상대성 이론에 의한다. 질량을 지닌 모든 물질은 에너지를 지닌다고 하는 아인슈타인의 $E=mc^2$이라는 공식은 중력에 의해 휘어진 공간이 그 공간적 성질로 인해 에너지장을 띠게 됨을 제시하고 있거니와, 굴곡진 도형이 관심의 중심으로 등장한 이래 공간은 더 이상 3차원적 존재나 정연한 형태적인 단위로 파악되는 것을 넘어서게 되었다.

위상학적 도형, 즉 위상공간은 평면 및 부피 등의 크기를 내포하는 3차원의 차원을 벗어나게 됨으로써 수학과 물리학을 무한의 영역으로 이동시킨다. 공간은 단지 3차원에 국한되어 있는 것이 아니라 우주의 모든 방향 어느 지점으로도 연장가능하다. 즉 순수공간의 위치 분석을 가능하게 하는 위상기하학의 관점으로 인해 도형은 무한한 영역으로 확장된 차원을 이루게 된다. 차원이란 공간에서의 수직적 분포를 나타내는 것으로 최근에 이르기까지 수학적으로 밝혀진 차원은 11차원이다. 이는 수학과 물리학에 유한 대신 무한의 자리를 열어준 것을 의미한다. 이를 가능하게 한 것이 유클리드 기하학을 넘어서는 비유클리드 기하학, 특히 위상기하학이다.

위상기하학에서 다루는 공간은 굽은 것일 수도 눌린 것일 수도 있으며, 꼬여 있으며 비틀리고 압축된 것일 수도 있는 등 보다 다양하고 일반적인 모양들을 나타내게 된다. 그것은 기하학을 통해 우리가 떠올릴 수 있는 정연하고 체계적인 형태보다 훨씬 더 기괴하고 복잡하며 유연하다. 특히 위상기하학에 의한 11차원의 대수적 발견은 과학자들에 의해 우주의 구조를 밝히는 데에 적용되었다. 우주의 구조 가운데 예컨대 우주에서 발견된 블랙홀은 중력장에 의해 형성된 특수한 공간이며 이때의 블랙홀의 중심을 중력 특이점이라 말하는데, 특이점의 성질에 따라 블랙홀의 구조는 회전하거나 회전하지 않는 블랙홀, 대칭의 블랙홀과 비대칭의 블랙홀, 닫힌곡선이나 열린 곡선의 블랙홀 등 다양한 형태로 나타날 수 있다. 특이점의 연장으로 발생하는 블랙홀의 다양한 형태의 공간 구조는 이에 대한 규명을 위한 위상기하학의 필요성을 야기한다. 말하자면 위상기하학은 공간에 대한 새로운 발견과 함께 중요하게 인식되기 시작한 새로운 기하학이라 할 수 있다.

2. 인체의 위상기하학적 특질

위상기하학이 유연하고 복잡한 형태의 공간 구조를 다루게 되며 그것이 블랙홀과 같은 함몰된 곡선 구조에 의해 주목받기 시작한 데서 짐작할 수 있듯 위상기하학에서 공간은 가장 주요하게 다루어야 할 요소이다. 공간은 위상구조체를 자리잡게 하는 바탕이자 그 자체라 할 수 있을 만큼 공간과 구조는 밀접한 관계를 지닌다. 더욱이 함몰된 공간으로 말미암은 곡선의 기하에서 시간 역시 느리게 흐른다는 성질을 상기할 때 구조체의 형태와 성질을 규명하는 데 시간과 공간은 함께 논의되어야 하는 요소임을 알 수 있다. 이는 시간과 공간이 분리되어 있는 것이 아니라 서로 융합되는 것이자 시공이 결합된 결과 그에 따른 특수한 구조체가 빚어지게 됨을 말해주는 대목이다.

시공성에 관한 이와 같은 인식은 시간과 공간을 추상적으로 이해했던 기계론적 절대주의의 세계관과는 매우 다른 관점의 것이다. 뉴턴에 의하면 시간과 공간은 사건들이 일어나는 배경에 불과하여 시공간은 그 속에서 일어나는 사건들에 의해 아무런 영향을 받지 않는다. 뉴턴 물리학의 관점에서는 시공간이 사건으로부터 독립되어 있는 것처럼 시간과 공간은 서로 분리되어 있으며 시간은 과거에서 현재, 그리고 미래로 뻗어가는 단일한 선으로 간주되었고 공간 역시 거리와 방향으로 일정하고 편평하게 구획되는 것이었다.

이러한 절대적 시간과 공간의 개념을 변혁시킨 자는 아인슈타인이다. 아인슈타인의 상대성이론은 시간과 공간이 뗄 수 없이 서로 뒤얽혀 있다는 것을 보여주는 것으로 공간은 시간을 포함하면서 휘어진다는 것을 말하고 있다. 중력에 의해 휘어진 공간은 시간까지도 휘게 만들어 시간의 길이를 변화시킨다는 것이다. 밀도가 높아 함몰된 공간에서 시간은 느리게 흐르며, 공간은 시간을 휘감으면서 특유의 굴곡을 형성한다. 그리고 이렇게 하여 형성된 시공간spacetime의 기하학은 $E=mc^2$[2]에 나타나는 것처럼 질량과 에너지 사이의 함수관계를

2 물질과 에너지 사이의 대칭성을 말해주는 이 공식은 질량이 있는 모든 물질은 에너지를 발생시키고 모든 에너지는 물질을 양산할 수 있다는 의미를 지닌다. 즉 1kg

보여준다. 아인슈타인의 상대성 이론에 의하면 에너지는 결국 질량, 즉 공간의 함몰의 정도에 기여하는 중력의 세기와 직접적으로 연관된다. 아인슈타인은 우리가 생각하는 중력이라는 것이 실제로는 시공이 휘어져 있다는 사실의 표현에 불과하다고 생각했던 것이다. 에너지장은 궁극적으로 말해 굴곡진 공간의 함몰에 의한 것이다. 이는 시공간이 사건과 분리되어 있다는 시공성에 관한 절대적 관점을 넘어선 것으로 시공간의 상대성을 나타내고 있다.

이처럼 일반 상대성 이론은 공간의 3차원에 시간이라는 차원을 더해서 시공이라는 4차원의 개념을 형성했으며, 이렇게 하여 형성된 시공은 중력 효과를 통해 공간의 휘어짐과 에너지장의 발생을 일으킨다는 사실을 제시하게 되었다. 이는 우주에 편재하는 시공성의 상대성을 가리키는 것이다. 이로써 시간과 공간은 추상적인 개념이 아니라 우주에 존재하는 실재이자 물리적 실체가 되며, 각자 독립적으로 존재하는 것이 아니라 상호간의 특질을 규정하는 필연적 조건이 된다. 시간은 공간에 의해 속도가 결정되며 공간은 시간에 의해 특질과 구조가 결정된다. 시간과 공간은 시공으로 결합하여 우주를 구성하는 기본 구조가 될 뿐 아니라 그 자체로 고유한 위상구조체를 이루게 된다.

시간은 공간과 함께 응축되어, 공간을 관통하는 대신 공간과 함께 그 자리에 머문다. 시간에게 공간은 일종의 매질이 되어 공간은 시

의 물질이 소멸하면 그에 따른 빛과 열이 발생하고 빛과 열이 가해졌다는 것은 그만큼 물질이 생산되었음을 가리킨다. 이때의 질량 에너지는 정지해 있을 때도 성립하며 운동하고 있을 때에는 c^2만큼의 에너지량을 지니게 된다. 질량과 에너지 사이엔 상대성이 존재한다는 이론으로 이것이 곧 특수상대성 이론이다. 이를 기반으로 하여 중력장을 기하학적으로 다룬 것이 일반상대성이론이다.

간을 포함하는 특수조직을 이룬다. 특히 중력장이 가속화되어 있는 공간 속에서 시간은 공간의 밀도를 가중시키면서 공간의 형태를 축조하는 데 기여한다. 이렇게 하여 형성된 위상구조체 속에서 시간은 흘러가서 소멸하는 것이 아니라 공간과 결합된 채 일정한 형태로서 구축된 채 존재하게 된다. 시간은 영원히 직진함으로써 화살처럼 지나가는 것이 아니라 공간 속에서 무한히 연장되어 동형의 위상구조체를 축조하는 데 기여한다는 것이다. 그리고 이러한 방식으로 전개되는 시공의 연장은 곧 차원의 연장과 같은 것이다.

아인슈타인에 의해 4차원이 발견된 이래 현재까지 11차원의 존재가 수리적으로 밝혀졌다. 차원은 시공간의 구조체 속에 존재하는 수직의 방향으로, 과학자들은 차원의 진행이 여분 공간에 따른 것이라고 말한다. 즉 여분공간이 존재할 때 그 자리에 직교의 방향이 존재할 수 있게 된다. 수학자들이 대수적으로 증명한 11차원은 공간과 시간이 결합하여 형성한 위상학적 구조와 관련된다. 스티븐 호킹은 11차원이 우리가 경험하는 차원과 아무런 상관이 없는 것으로 들리겠지만 사실상 우리가 경험할 수 있는 4차원을 제외한 7차원, 즉 5차원 이상의 차원은 워낙 작은 크기로 말려 있기 때문에 우리가 알아차릴 수 없는 것이라고 한다. 과학자들은 이 말려 있는 차원들이 막 brane[3]에 밀착되어 형성되어 있어 2차원의 끈[4]처럼 이루어져 있다고

---

3 초끈이론(Superstring theory)에 의하면 전자나 쿼크 등 물질을 형성하는 소립자나 쿼크 등 물질을 형성하는 소립자나 광자 등은 브래인(brane, 막)에 붙어서 떨어지지 않는다고 한다. 대신 중력을 전하는 소립자인 중력자는 브래인에 달라붙지 않는 여분차원으로 움직일 수 있다고 한다. 이는 중력이 여분차원을 형성하고 그 후 물질이 초끈의 연장을 이룬다는 과정을 짐작하게 한다.
4 초끈(superstring)을 가리킨다. 초끈은 쿼크나 전자같은 소립자의 최종 모형으로 6개 차원의 말려있는 구조는 초끈을 통해 이루어진다. 6개의 여분 차원은 작은 공간

말한다. 그것은 시공간의 연장이 이 막을 타고 이 막에 의거하여 진행된다는 것임을 의미한다. 시간이 한번 흘러가 소멸하지 않고 머물러 있으며 그것이 특정한 형태로서 구현된다고 하는 것도 이러한 막의 존재 때문이라 할 수 있다. 막에 밀착되어 전개되는 시공의 형태로 인해 시간은 직선적으로 흐르는 대신 갇히게 되며 절대적으로 불가역적인 대신 가역적이 된다.[5] 이는 여분공간의 분량과 관련되는 차원의 증가로 인해 시공간이 이리저리 휘어진 위상구조체로 나타나게 됨을 가리킨다. 시공간의 형상인 막은 무한히 연장될 수 있는 것이므로 4차원의 심화로 이루어진 11차원의 위상 공간 속에서 그것은 수직의 11개의 방향에 따라 굽어지고 휘어지며 나선처럼 말리고 엉키며 압축되고 눌리는 기괴한 형태를 이루게 된다. 이러한 형

에 초끈의 형태로 말리게 된다는 것이다. 블랙홀 안에서는 에너지가 음수가 되어버려 블랙홀에 가까워질수록 시간은 흐르는 게 아니라 공간 방향으로 기울어지는데 이때의 초끈이 말리는 방향의 여분차원에 중력파가 흐른다는 점에 근거하여 초끈이론은 양자역학과 상대성이론을 결합하는 이론으로 부상되었다. 즉 초끈은 중력에 따라 꼬물거리고 진동하여 동일한 유형을 이루는 입자들의 운동 방향이라 할 수 있다. 1974년 프랑스 이론물리학자 Joel Scherk와 미국의 이론물리학자 John Henry Schwarz에 의해 창시된 초끈이론은 실험적인 증거의 뒷받침을 받을 수 전혀 받을 수 없을 만큼 작은 규모를 다루는 것이지만 그 이론이 중력을 중심에 놓는 중력 기술 이론이라는 점과 이외 다른 성공적인 양자 중력이론이 없다는 점에서 매력적이다. 실제로 블랙홀 내부의 특이점의 운동은 끈이론과 유사하다는 가능성이 있다고 여겨진다(Leon M. Lederman외, 『시인을 위한 양자물리학』, 전대호 역, 승산, 2013, pp.351-63). 이후 러시아의 수학자 안드레이 오쿤코프(1969출생, 2006년 필즈상 수상)가 끈이론에 위상수학을 적용하게 되면 블랙홀의 상태수를 계산할 수 있다는 사실을 밝혀내어 초끈이론은 오늘날 뭉쳐져서 보이지 않는 6차원 공간의 기하학적 성질과 구조를 밝히는데 가장 유력한 이론으로서 각광받게 되었다 (오구리 히로시, 『중력, 우주를 지배하는 힘』, 박용태 역, 지양사, 2013, p.247). 오늘날 초끈이론은 중력이론과 양자 역학 이론을 융합한 세계의 근원을 이루는 궁극의 이론이자 통일이론으로서 주목받고 있다.

5 간혹 SF영화에서 블랙홀을 통해 차원 이동한 주인공이 과거로 돌아가는 경우를 보게 되는데 이러한 사건의 모티프가 되는 것이 시간의 말림으로 인한 시간의 축적 및 시간의 가역성에 있다 할 것이다.

태의 위상 구조체가 과학자들이 말하는 우주의 구조이다.

이처럼 일정한 공간을 점유하되 기괴한 형태로 일그러져 있는 위상구조체의 성격을 판별하는 데 있어 위상기하학이 적용될 수 있으며, 특히 블랙홀의 내부에서 발생하는 양자 운동이 초끈을 통해 위상구조체를 형성한다는 사실은 블랙홀의 생성과 소멸을 위상학의 관점에서 이해하게 한다는 점에서 흥미롭다. 위상시학은 시공간의 성질에 따라 형성되는 이와 같은 위상구조가 인체에도 고스란히 나타난다는 관점 위에서 성립되었다. 인체가 위상구조체를 이루고 있으며 그에 따라 인체를 해명하는 데 있어서 위상학의 개념이 적용될 것이라는 점이다. 특히 위상시학에서 다루고자 하는 인체는 양자 운동이 유효하게 일어나는 범주, 미시적인 까닭에 눈에 보이지 않지만 질량과 에너지로 인해 공간의 함몰이 일어나고 그에 따라 흡수된 시간과 정보에 의해 중력장을 가속화시키며, 또한 증가하는 에너지양으로 차원이 상승하여 말리고 주름지고 응축된 초끈의 기괴한 위상구조체가 형성되는 범주, 신비하지만 두려운 블랙홀을 안고 있는 우주와도 그 구조가 일치하는 범주의 그것이다. 그것은 해부를 통해서도 보이지 않지만 필경 인체에 징후로 나타나 존재를 확인케 하는 범주로서, 이는 마치 홀로그램이 3차원의 영상과 2차원의 물체 사이의 차원의 가감을 원리로 하여 작동하는 것처럼 인체의 4차원 이상의 고차원의 정보가 3차원의 인체에 투영됨에 따라 징후를 나타내는 범주와 관련된다.

우리는 아무리 정밀한 기계로 진단해도 판별되지 않지만 고통은 여러 지점에서 다발적으로 지각되고 이미 병은 자연회복력을 통해 치유되기 힘들 정도로 진행되고 있는 경우를 드물지 않게 접하게 된다. 이러한 현상은 눈에 보이지 않지만 실재하는 고차원인 미시적 차원에서 이미 병적 상태가 진행되고 있는데도 현상적으로는 질병의 성격을 뚜렷이 이해할 수 없는 경우에 해당한다. 이러한 경우는 인체를 눈에 보이고 측정할 수 있는 차원의 실체로 보는 대신 위상학이 상정하는 것처럼 너무 미시적이어서 판별이 불가능한 고차원의 지대가 인체에 있어 이곳에서 현상에 대한 원인이 전개되고 있다고 간주하는 것이 합리적일 수 있다. 말하자면 인체는 3차원의 감각적 실체로서 존재하지만 그 속에 에너지 장場을 품고 있다고 가정할 수 있으며 이 에너지 장은 4차원 이상의 고차원의 지대에서 안정적으로 존재하는 것이 아니라 인체의 균형에 균열을 일으키면서 작용하고 있다고 말할 수 있는 것이다.

요컨대 인체 속에는 눈에 보이지 않는 미시 차원의 에너지장이 존재하고 있으며 그 안에는 중력에 의한 '텅 빈 공간'과 함께 소립자인 양자들이 요동치면서 끊임없는 운동 과정과 역학이 이루어지고 있다. 이는 양자의 역학이 인체 내부의 에너지장 속에서 전개된다는 것을 의미하는 것으로, 이에 따라 인체 역시 우주와 마찬가지로 시공의 상대성 및 그것의 특수성이 야기하는 특정한 위상구조체를 형성하게 될 것이라고 추론할 수 있다. 과학자들이 입증한 우주의 원리인 중력장에 의한 공간의 함몰과 그에 따른 에너지장의 형성, 그리고 시간의 진행에 따른 양자의 운동 및 그로 인한 초끈의 기괴한 구조체의 형성 등은 인체에서도 고스란히 적용될 수 있게 된다. 다시 말해 우주 에너지장에서 벌어지는 양자의 역학이 인체 내부에서도 그대로 펼쳐질 수 있다는 것이다.

인체에 관한 이러한 관점은 인체 내부에 있어서도 시공의 특수한 양상인 블랙홀의 존재를 상정하게 한다. 과도한 중력의 작용으로 과도한 밀도와 에너지를 형성하는 블랙홀이 우주의 균일성 가운데 강력한 암흑에너지를 발휘하고 있는 것처럼 인체 가운데에서 균일성 가운데 특수한 시공성의 지대가 존재할 수 있다는 것이다. 인체 내부에 존재할 블랙홀은 우주 여행시 우주의 블랙홀이 공포의 대상이 되는 것처럼 두려움의 대상이 될 수 있다. 공간 구조상 비균일성과 강력한 암흑에너지를 띠는 블랙홀은 인체에서도 인체에 균열을 발생시키고 인체의 균형을 파괴할 것이기 때문에 그러하다. 더욱이 균형을 깨뜨리는 이 지점이 해소되지 않을 경우 그러한 불균형의 상태는 더욱 가속화되고 심화될 것이기에 인체 내의 이와 같은 지점은 두려워해야 하는 것이 아닐 수 없다. 중력장의 영향에 의해 생긴 만큼 생득적이라고도 할 수 있는 그곳은 인체 내 공간적 특수성으로 인한 강한 에너지장을 띠는 지점으로 작용하므로 인간의 삶 속에서 겪게 되는 모든 에너지의 입출입에 영향을 받게 되는 취약한 지대가 된다. 병증의 출발이 되는 지점도 바로 여기가 된다고 할 수 있다.

3. 인체 치료학으로서의 위상시학

이로써 인체 내 위상구조체는 인체의 병증과 예후를, 병증의 원인과 결과를 판단하게 하는 근원적인 정보가 된다는 것을 알 수 있다. 이에 따라 위상시학은 위상구조로서의 인체를 대상으로 하는 시학의 마련을 목적으로 한다. 이때의 시학은 인체라는 대상과 만나면서 시가 인체의 에너지장에 어떻게 관여하는지 그 역할을 문제 삼게 된다. 즉 위상시학은 시가 인체라는 에너지장에 작용하면서 인체의 위상구조를 어떻게 변화시킬 수 있는가를 질문하게 된다는 것이다. 시는 에너지 출입이 일어나고 있는 인체에 작용함으로써 어떤 반응을 일으킬 수 있을까? 시는 인체 에너지장에 좋은 영향을 미칠까 혹은 악영향을 미칠까? 나아가 시는 인체의 위상구조체를 변화시킬 수 있을까? 그 변화가 인체의 건강에 이바지하게 될까 혹은 건강에 해악을 끼치게 될까? 시는 인체의 위상구조체를 보다 안정되고 균형된 상태, 인체의 공간을 균일하고 편평한 방향으로 이끌어갈 수 있을까? 이러한 질문들이 위상시학에서 제기하는 질문들이고 이러한 질문들을 해결함으로써 인체의 건강에 기여하고자 하는 것이 위상시학의 목표에 해당한다.

그런 점에서 위상시학은 인체 치료를 추구하는 시 치료학이 될 것이다. 위상시학은 시를 통해 치료를 꾀하는 문학치료학의 일종인 것이다. 그런데 위상시학에서 추구하는 치료는 기존의 문학치료학이 시를 통한 심리적이고 정서적인 체험에 주력하고 있다는 점에 비해 보다 복합적이고 총체적이며 근원적인 치료를 꾀한다. 위상시학은 몸과 마음이 분리되지 않는다는 대전제 아래 마음의 치유를 통해 몸을 치료하고 또한 몸의 치료를 통해 마음을 치유한다는 유기적인 관점을 취한다. 위상시학은 시의 정서적 성질이 정신적 측면에 그치는 것이 아니라 인체의 변화에도 영향을 미치게 되며, 시의 물리적 성질이 인체에 작용함에 따라 몸을 치료하고 나아가 정신의 변화 또한 이끌어낼 것이라는 입장을 보여준다. 몸과 마음, 육체와 정신 양측면의 동시적 치료, 이것이야말로 위상시학이 견지하는 치료의 고유한 개념이며 위상시학이 지향하는 바라 할 수 있다.

　시적 재료가 언어인 점에서 시는 여러 차원에서의 기능적 매체가 된다. 언어가 발휘할 수 있는 기능은 음운의 소리에서부터 시작하여 어휘의 특질, 문장의 의미의 영역에까지 확대될 수 있다. 언어의 음운상의 발음은 물론이고 시의 감각적 이미지 및 시적 정서는 모두 뇌의 신경 체계를 거쳐 특정한 파장을 띠는 에너지 정보로서 유통된다. 파동에너지로서의 시는 뇌의 전기적 신호 체계 내에 유입되어 신체를 변화시키는 데 기여할 수 있게 된다. 이는 시가 언어를 재료로 삼음으로써 인지적 대상이기 이전에 물리적 인자가 된다는 것을 의미한다. 뇌의 신경 체계 내에서 전기적 에너지가 되는 시는 그것을 읽고 느끼는 데에 따라 인체 에너지의 흐름에 귀속될 수 있다. 이때의 인체는 역시 특정한 에너지장에 해당되는 것으로서 시와의 접촉에 의해 특정한 반응 현상을 일으킬 수 있다. 시가 지닌 언어의 특이성으로 인해 인체에 작용하는 에너지로서 작용함으로써 시는 인체의 위상구조를 변화시키는 특정한 에너지를 생성할 수 있게 된다. 따라서 시는 인체의 특정한 위상 구조를 변화시키기 위해 의식적으로 선택될 수 있다. 시적 언어가 뇌의 신경 체계에서 전기적 정보로 전환되어 인체에 유입되는 순간 시는 막연한 감상과 이해의 대상이 되는 것이 아니라 대체의학의 관점에서 적극적으로 활용될 수 있게 되며 그것은 인체의 위상구조에 반응하는 특정한 에너지로서 기능한다는 것을 알 수 있다.

　인체에 관한 구조적 변화와 실질적 치료를 추구하는 위상시학은 치료의 방법으로 크게 네 가지 경로를 제시하고 있다. 크게 정서적 경로와 물리적 경로가 있고 각각의 경로는 동종 요법과 이종 요법의 하위 범주를 지닌다. 정서적 경로와 물리적 경로는 시적 언어의 성질에 기댄 구분으로 정서적 경로가 언어의 의미적 요소와 관련된다면 물리적 경로는 음성적 요소와 관련된다. 시의 가능한 유형들을 망라하여 상관되는 네 가지 경로는 모두 치료의 관점에서 인체의 공간 구조인 위상기하학적 구조를 변화시키는 데 기여하게 된다.

　인체 에너지장의 성질이 위상기하학의 형태를 띠게 됨에 따라 이와 교섭하는 시적 에너지가 작용해야 하는 방향은 분명하다. 에너지원로서의 시는 인체 에너지장을 비정상적인 것으로부터 정상적인 것으로 변화시켜야 한다는 당위성을 지니게 되는 것이다. 위상 시학은 에너지장으로서 기능하는 인체의 위상기하학적 구조를 변화시킴에 따라 인체를 정상화시키고자 하는 과학적 치료의 시학인 것이다.

■『시와정신』 2020년 봄호

2부

리뷰

21세기
한국시의
표정

환희로운 미래를 위한
일상적 시간에의 대자화對自化
─ 이기철 · 조현석 · 김인희 · 김경수 · 김영의 시

 흔히 삶의 양태의 차이를 설명하는 대표적인 범주로 시간성을 내세울 때 그때의 시간은 개개인의 경험과 정서에 따른 구체적이고 상대적인 것이다. 시, 분, 초의 균등한 단위에 의해 기계적으로 측정되는 시간이 보편적 세계를 형성해 가는 데 비해 상대적 시간은 그것과 대결하고 그것에 저항하면서 개인의 삶의 결들을 만들어 간다. 개인은 자신이 고유하게 경험한 미추 및 호불호의 사건들에 즈음하여 추상적이고 기계적인 시간들에 질적 성질을 부여한다. 그것이 어떻게 경험되었는지에 따라 시간은 일회성을 넘어서기도 하고 늘어남과 줄어듦 사이를 오가기도 하는 것이다.
 개인이 부여하는 의미화에 따라 차별되는 시간성은 양적 측면에 있어서도 마찬가지로 고유성을 띤다. 개인화된 시간의 양적 성격이란 개인이 자신의 삶의 과정 속에서 채워가고 쌓아가는 시간성과 관련된다. 특정한 사건을 위해 투여하는 시간의 양에 의해 개인은 자신의 역사를 구축한다. 사회가 구성원들의 행동의 양적 투입에 의해 역사를 구성해가는 것처럼 개인은 자신의 행위에 양적 시간성을 투여함으로써 고유한 자아를 형성해가는 것이다.

　시간의 양적 측면은 그것이 체감될 때의 무미건조함으로 인해 무의미하고 하찮은 것으로 치부되기 쉬우나 실상 그것은 세계의 형성에 있어 가장 본질적이라 할 만하다. 세계의 모든 현상과 사건의 이면에는 시간의 양적 축적이 가로놓여 있기 때문이다. 종국에 있어 세계를 이룩하는 것은 시간의 양적 측면이다. 양적 시간성은 세계의 원인이라 할 수 있는 것이다. 이는 시간의 양적 측면이 우연성보다는 필연성에 기여함을 말해준다. 특정 사태가 결과라 한다면 시간의 양적 측면은 그것을 야기한 원인으로서 이 두 국면 사이엔 철저한 인과관계가 성립한다. 시간의 양적 축적의 끝에는 필연적으로 의미있는 사건이 현상하게 될 것이라는 점이다.

　그러므로 우리는 어떤 사태에 처해 그 속에 도사리고 있는 시간성을 유추하여 사건을 이해한다. 물론 이때의 시간성은 양적 측면과 질적 측면 모두를 가리키거니와, 현상적인 사건 이면에 있었을 경험의 질적 내용들과 축적된 시간의 양적 측면은 보이지 않는 차원에서 구성되는 사건에 관한 핵심적인 정보라 할 수 있다. 결국 사태와 주체의 본질적인 성격은 곧 그 속에 구축되어 있는 시간들의 질과 양에 의해 구현된다 하겠다. 그가 경험한 시간들은 어떤 성질의 것이었고 그것의 시간양은 얼마만큼의 것인가. 특정 사태를 현상시켰던 시간의 양은 어느 지점에서 시작되어 이어지는 것인가. 원인으로서의 시간성에 따라 우리가 마주하게 될 사태는 아름답고 환희로울 것인가 혹은 파괴적이고 비극적일 것인가. 시간성에 관한 이 모든 질문들은 지극히 추상적이나 시간성은 우리들 삶의 구체성을 해명하는 데 있어 가장 유효하고 핵심적인 범주일 것임에 틀림없다. 우리의 삶은 결국 시간의 함수인 까닭이다.

> 내 그대에게 가리라, 비 오는 날엔,
> 살빛 드레스도 좋지만 비너스란제리면 더 좋겠어
> 볼륨 낮은 포터블을 화환처럼 안고
> 그대 뻐꾹새울음 같은 목관 저음을 들었으면 좋겠어
> 끝없는 속삭임, 끝없는 흐느낌
> 죽음은 신성한 것, 때묻지 않은 것
> 꽃잎도 차마 내려앉지 못하는 불가촉 성소聖所
> 오 청년아, 너는 아직 거기에 갈 시간은 아니야
> 향유할 젊음 흑장미처럼 피워놓고
> 파도의 물굽이에서 남은 청춘을 다 써야 해
> 시간은 치차처럼 달려가지만
> 우리는 시간을 야금야금 먹는 순금벌레
> 그리고 함께 가, 불타는 세계의 끝
> 그 화양연화 속으로
>
> 이기철, 「송브르 디망쉬」 전문

'어두운 일요일sombre dimanche'의 제목처럼 침울한 음색으로 불리는 Damia의 노래를 모티브로 하고 있는 위의 시는 '죽음'이라는 사건을 통해 시간에 관한 시인의 관점을 제시하고 있다. 위 시에서 '치차처럼 달려가는 시간'이란 속도의 맹목성과 함께 영원한 반복성 또한 암시하는 것으로 무미건조한 일상이 지루하게 이어지는 상황을 환기시킨다. 다미아의 노래에서 제시되는 바 죽음에의 의지 역시 이

같은 시간성 위에서 성립하는 것이리라. 권태로운 일상에 비해 죽음은 감미로운 축복처럼 다가오기 때문이다. 죽음이 꿈으로 미화되는 것은 의미도 변화도 없이 계속되는 시간성이 전제될 때 해명 가능하다. 무슨 일이든 일어나라는 절박한 절규 속에서 비롯된다는 점에서 '송브르 디망쉬'에서 찬미되는 자살은 일상의 시간성 및 그것의 숨막힐 듯한 폭압성을 말해준다.

'뻐꾹새울음 같은 목관 저음'으로 울리는 죽음을 향한 '끝없는 속삭임', 즉 다미아의 '송브르 디망쉬'는 실제로 권태로운 일상을 끝장낼 것 같은 구원의 음성처럼 여겨진다. '죽음은 신성한 것, 때묻지 않은 것'이라는 유혹은 영구한 일상성 위에 군림하는 최상의 가치처럼 다가오게 마련이다. 일상이 끝없는 어둠이라면 그에 비해 죽음은 눈부신 빛처럼 여겨지는 것이리라. 일상의 시간성을 고려할 때 그 자체로 가장 격한 사건이 된다는 점에서 죽음이야말로 가장 매혹적인 사태에 해당한다. 권태에 빠져버린 청년들이 죽음을 '불가촉 성소'로서 절대화하는 이유도 여기에 있다. 시에서 전하고 있는 노래 '송브르 디망쉬'의 메시지는 결국 시간에 대한 것, 일상의 시간이 지닌 죽음보다도 절망적인 권태와 관련된다. 시인에게 '송브르 디망쉬'에 나타난 죽음에의 예찬은 일상의 시간성을 선명히 드러내는 계기로서 간주되었던 것이다.

샹송 '송브르 디망쉬'의 전언과 달리 화자가 '오, 청년아 너는 아직 거기에 갈 시간은 아니야'라고 외치는 것도 이러한 까닭에서이다. 화자에게 '죽음'은 일상의 시간성과 동전의 양면처럼 분리되지 않는 것인데, 물론 화자는 '죽음'을 절망적인 일상을 극복하는 방편으로서 여기지는 않는다는 것을 알 수 있다. 화자에게 '죽음'은 '송브르 디망쉬'에서처럼 획득됨으로써 구원이 되는 것이 아니라, 당연히 끝없이 지연됨으로써 구원의 가능성이 열리는 것으로 여겨진다. 죽음은 일상의 시간성을 넘어선다는 이유로 찬미될 수 있는 것이 아니라 오히려 일상의 시간성에 역행한다는 점에서 절대로 미화될 수 없는 것이다. 여기에서 긍정되는 것은 죽음이 아니라 일상이다.

사실상 위 시의 절반은 일상의 시간성에 대한 긍정으로 채워지고 있다. '향유할 젊음 흑장미처럼 피워놓고 파도의 물굽이에서 남은 청춘을 다 써야 해'라는 구절은 죽음에의 찬미가 가져올 비극과 오류를 간곡히 지적하는 것에 해당한다. 그것은 시간이 제 아무리 '치차처럼 달려가'더라도 그에 굴복하거나 지배당하지 말 것을 당부하는 메시지다. 시간의 수레바퀴가 우리 자신을 깔아뭉개려 들수록 우리는 '시간을 야금야금 먹는 순금벌레'가 되어야 할 것이다. 권태로 찌든 일상의 시간성이 암흑처럼 다가올수록 그것을 극복하는 것은 죽음이 아니라 오히려 밝음이 아니겠는가. '순금벌레'는 곧 밝음을 나타내는 상징적 이미지라 할 수 있다.

위 시의 고유함은 우리에게 일상의 시간성을 전면에 내세워 그것을 긍정적으로 의미화하고 이를 선명하게 이미지화한 데 있다. 시인이 의식하는 일상의 시간성은 '송브르 디망쉬'에서 암시받을 수 있는 것처럼 죽음보다도 절망적일 수 있다. 시에서 죽음을 일상의 시간성과 대비시킨 점 또한 일상의 시간성이 지닌 죽음 같은 암울함을 나타내기 위함이다. 시인은 죽음과 일상의 시간성을 병립시킴으로써 일상적 시간의 성격을 분명히 하고 있는 것이다. 그리고 시인의 이러한 태도는 일상의 시간성을 극복하는 구원의 방편 또한 암시한다 하겠다. 그것은 무엇보다 일상을 환하게 태우는 밝음과 관련된다.

시에서 청년을 향해 '순금벌레'가 되어 '불타는 세계의 끝'으로 '함께 가'자고 외치는 것도 이 때문이다. 그것은 일상의 시간을 벗어남으로써가 아니라 시간을 밝게 불사름으로써 가능한 것이거니와, 인생에서 가장 아름답고 행복한 순간이라는 의미의 '화양연화'는 일상의 시간성을 극복한 청년이 비로소 맞이할 수 있는 눈부신 결실에 해당하는 것이다.

이기철의 시가 일상의 시간성을 긍정함으로써 삶과 죽음의 의미에 관해 말해주고 있는 것처럼 조현석의 「治命」 역시 일상의 시간성에 의해 이룩된 아름답고 신비한 죽음의 한 이미지를 그려내고 있다.

바람 일어나지 않아도
아무도 모르게 살며시 피어나는
잔물결조차 출렁이지 않아도
천천히 아주 천천히 물들며 번지는

빛의 앞인 어둠을 먼저 드러내는 붉은 햇살
햇빛 반사하는 심연의 힘을 보여주는 호수
빛과 수면, 그 어디에도 속하지 않는
노랗거나 붉거나 한 노을 지나
치명의 보랏빛 하늘 잠깐

느릿느릿 눈치채지 못하게
짧은 순간 피었다가
뒤섞여 뒤로 숨듯 스며드는

감전되듯 짧게 쩌릿하게
죽었다가 깨어나도
얻어내지 못하거나 다시 피우지 못할
그리운 미소 잠시 한번
                    조현석, 「治命」 전문

　무의미한 일상의 반복이 죽음을 떠올릴 정도로 권태롭게 여겨질 때의 시간에 대한 감각은 지독한 느림에 다름 아닐 것이다. 굼벵이가 땅속에서 하루같이 반복해야 했던 17년의 시간, 박쥐가 어두운 동굴에서 숨죽이듯 보내는 20여 년의 시간은 인간이 연명을 위해 살아가는 평생의 시간에 견줄 만하다. 인간이 보내야 하는 일상의 시간은 위 시의 '바람 일어나지 않'고, '잔물결조차 출렁이지 않는' 모습에서 그 이미지를 얻게 된다. 그러나 그러한 시간들을 견딘 후에 다가오는 시간은 지나온 시간들을 보상할 만큼의 환하고 아름다운 것이 될 터이다. 앞의 이기철이 말한 바 꽃처럼 피어나는 화양연화의 순간처럼 말이다. 위 시에서 묘사되고 있는 '아무도 모르게 살며시 피어나는'이라든가 '천천히 아주 천천히 물들며 번지는'과 같은 이미지는 죽음처럼 어두운 시간을 지나온 자가 맞이하는 축복의 순간을 가리키고 있다.
　'치명治命'은 운명할 무렵 맑은 정신으로 하는 유언이라는 사전적 의미를 지니고 있다. 임종을 앞둔 이가 어느 날 문득 잠시 원기를 되찾는 '회광반조回光返照'의 시기가 있는데 '치명'은 이러할 때 내려지는 생의 마지막 말이라 할 수 있다. 꺼지기 직전의 촛불이 가장 환히 불타오르는 것과 같이 죽음 직전에 이루어지는 '치명'은 우리에게 생명의 신비를 느끼게 하는 데 충분하다. 어쩌면 평생토록 보였던 모습보다도 떠 또렷하고 총기어린 '치명'은 어둠의 터널 끝에서 마주하는 빛의 환희로움을 느끼게 해주는 계기이기도 할 것이다. 이러한 '치명'을 시인은 '빛의 앞인 어둠을 먼저 드러내는 붉은 햇살', '햇빛 반사하는 심연의 힘을 보여주는 호수' 등으로 이미지화 하고 있거니와, 이들은 '치명'이 '어둠'과 '심연'으로 상징되듯 오랜 시간의 기다림이 있은 뒤라야 비로소 가능한 것임을 말해준다. '치명'이 허락하는 빛의 순간은 매개 없이 던져지는 것이 아니라 죽음과 같이 이어지는 시간이 전제될 때 찰나적으로 경험되는 것이라는 점이다. 생과 죽음의 경계에서 이루어지는 이러한 '치명'의 신비로움을 시인은 '빛과 수면, 그 어디에서 속하지 않는' '보랏빛 하늘'로 묘사하고 있다.

'치명'이 어둠의 시간을 배면으로 하는 빛의 순간이라는 점에서 그것은 무미한 일상의 끝에서 만나는 축복의 시간과 다르지 않다. 또한 그런 이유로 '치명'은 '화양연화'라는 비유를 얻을 수도 있겠다. 그것은 어둠과 빛, 죽음과 삶이 충돌하여 빚어내는 신비로운 아름다움인 것이다. 죽음에 가장 근접한 지점에서 만나는 이 순간적 아름다움을 시인은 시간성에 기대어 묘사하고 있거니와, 그것은 '느릿느릿 눈치채지 못하게/ 짧은 순간 피었다가/ 뒤섞여 뒤로 숨듯 스며드는', '다시 피우지 못할/ 그리운 미소'인 것이다. 그것이 느닷없으면서 다시 돌이킬 수도 없는 것이어서 더욱 절박한 '치명'은 이처럼 오직 숨막힐 듯한 느림의 시간을 인내한 자에게 부여되는 드문 축복이라 할 수 있다.

조현석의 시는 아름다움이라든가 축복과 같은 가치들이 우연적으로 주어지는 것이 아니라는 사실을 상기시킨다. 그것들은 시인이 통찰한 대로 '빛 앞에 어둠'이 '먼저' 있고 '햇빛을 반사'하는 데 '심연의 힘'이 있는 것과 마찬가지의 이치를 지니는바, 소중한 가치들의 이면에는 필연적으로 보이지 않는 근거들이 전제되어 있다. 그리고 이때의 근거들이란 무엇보다 오랜 시간에 걸쳐 서서히 이루어진 시간의 양적 축적과 관련되는 것이다.

> 돌들은 더 영글어지고
> 혼자 남은 고양이는 강가의 바위틈에 집을 짓고
> 갈대숲을 지나가는
> 강물은
> 푸른 하늘을 지나
> 언제 닿을지 모르는 바다를 향해 흘러갈 뿐
> 잠시 고양이와 눈을 마주치는 건
> 고양이의 푸른 눈빛을 닮은
> 태초의 어느 푸른 바다를 기억하는 것
>
> 강물은
> 물 위에 비친 풀들의 푸른 눈빛을
> 고양이의 쓸쓸한 눈빛을
> 젖은 바위 위에 널어두고
> 새벽이면 다시 푸르게 일어서는 풀빛을 안고
> 그렇게 흘러오고, 흘러가고 있었던 것을
> 　　　　　　　김인희, 「내 곁을 흐르는」 부분

　시인이 그리고 있는 위 시의 서경은 강과 그 주변에 산재되어 있는 돌과 풀과 고양이를 중심으로 하고 있다. 흘러서 푸른 바다로 향하는 강물은 푸른 하늘과 고양이의 푸른 눈빛과 조응하면서 고즈넉한 정경을 전개하고 있다. 아름다운 풍경 속에 놓인 이들을 응시하며 이들의 고요를 시적 서정으로 풀어내는 것이 위 시의 화자의 몫이다. 이때 화자가 행하는 서정의 전략은 이들에게 감겨져 있는 시간성에 상상의 촉수를 드리우는 일이다. 이제 강과 돌과 풀과 고양이는 무정의 사물이 아니라 시간의 역사를 품은 유정물이 된다.

　흐르는 강물에게 있어서 돌과 풀과 고양이는 어떤 의미를 지니는 존재들인가. 시간성을 중심으로 서술을 하고 있는 위 시의 화자에게 이들은 강물의 주변에 있음으로써 강물과 함께 시간을 공유하는 것들에 해당한다. 시간은 이들을 에워싸고 이들 사이에 공동의 역사를 구성하고 있는 것이다. 이 속에서 '돌들은 더 영글어지고' '고양이는 강가의 바위틈에 집을지'으며, '풀들의 눈빛'은 더욱 '푸르러지고' 강물은 이들을 품은 채 '흘러오고 흘러가고' 한다. 이 가운데 푸른 바다를 향해 한없이 흐르는 강물의 주변에서 '고양이'는 '태초의 어느 푸른 바다의 기억'과 결국 동일화되어 '푸른 눈빛'을 빛내고 있다. 또한 '풀빛'은 강물의 흐름과 더불어 '새벽이면 다시 푸르게 일어나'기를 거듭하고 있는 것이다.

　강과 주변의 사물들을 두고 화자가 보여주는 이 같은 서정적이고도 아름다운 묘사는 사물들 사이를 하나로 묶어주는 끈으로 시간을 설정하였기에 가능했던 것이 아닐까. 시간은 이들을 단일한 시간의 공동체로 엮으면서 공유되는 역사에 따라 서로 동일화되어가는 양상을 나타낸다. 강물과 돌과 풀과 고양이 등을 공통적으로 흐르는 시간은 이들 사이에 아름다운 시적 공간을 창출하게 된다. 특히 영원한 흐름을 나타내는 강물이 중심에 있음으로써 그 주변의 사물들은 아름다움의 깊이를 더해간다는 것을 알 수 있다. '돌들이 더 영글어지고' '고양이의 눈'이 더 푸르러지며 '풀빛' 역시 언제고 '다시 푸르러지'는 아름다운 현상들은 강물이 지니는 영원한 시간성을 공유한 데서 비롯하는 것이다.

강물이 구축한 풍경의 아름다움에 강물의 영원한 흐름이라는 시간성이 놓여 있다는 점은 의미심장하다. 더욱이 그것이 주변 사물들과 공유된 것이라는 점에 주목할 때 시간이 지닌 현상에 대한 원인으로서의 기능은 보다 분명해진다. 시간은 현상을 낳거니와 시간은 현상이라는 결과에 대한 가려진 원인이다. 이때 인과관계의 망 속에 놓인 원인으로서의 시간은 질적 성격보다 양적 측면이 더 주목된다 하겠다. 오랜 시간의 양적 축적이야말로 의식하지 못하는 가운데 세계에 유의미한 변화를 가져오기 때문이다. 느리게 이어지는 가운데 이룩되는 세계의 변화는 때로 폭발적이기도 하다. 시간의 양적 축적이 변화를 위한 임계점에 이를 때 세계는 알 수 없는 가운데 격변을 이룰 것이다. 때문에 이러한 변화들에 대해 우연이라 말할 수 없다. 이러한 변화들의 원인으로 시간의 오래되고 측량 불가능할 정도의 양적 축적을 말해도 이상할 것은 없다. 위의 시에서 묘사되고 있는 풍경의 아름다움의 근거에 강물의 영원함이라는 시간성이 놓여 있는 것처럼 말이다.

김인희의 시는 우리에게 자연이 품고 있는 태고의 시간이야말로 미적 현상을 일으키는 원인임을 암시하고 있다. 자연이 지닌 완벽한 아름다움에는 결국 그것을 야기한 시간성이 가로놓여 있는 것이 아닐까 하는 것이다. 그것을 감싸고 흐르는 시간이 오래도록 축적되어

임계점에 이를 때 그것은 완벽한 아름다움과 같은 의미있는 사건으로 현상하게 될 것이다. 이는 시간의 양적 축적이 사태의 질적 변환을 일으킨다고 하는 명제를 상기시키는바, 김경수의 「11시가 사는 어항」은 곧 변화를 갈망하는 주체가 계속되는 오랜 시간 앞에서 겪는 고독과 고통을 다루고 있어 눈길을 끈다.

바람이 불지도 않는데 수초와 금붕어가 함께 출렁이고
파란 수초 안으로 11시가 몸을 숨기자 금붕어도 파랗게 변한다.
누가 황금 의자에 앉고 싶어 하는가?
황금 의자는 나무 의지가 되고 싶어 하는데.
그녀의 소식을 싣고 오는 꽃잎을 시집詩集 속에 넣어두지만
흐르는 강물 위에 떠내려오는 것은 적막 혹은 그늘이다.
침묵과 고독이 냉정한 징표이므로
12시는 11시의 또 다른 얼굴이다.
살아있는 자들의 눈빛을 사랑하는
금빛 금붕어가 침묵을 흡입하고 둥근 경계를 내뱉는다.
어항 속에도 바람이 분다.
그것은 존재하는 자들의 슬픔이 만든 기압의 차이이다.
우주의 한 행성에서 날아온 빛이 우리들의 손금에 내린다.
우리는 사라질 존재라는 사실을 알리는 차가운 정보일 뿐이다.
그 빛을 가슴에 품으면 빛은 알을 깨고 나올까?
어항 혹의 금붕어는 어두움 속에서도
사라지는 빛의 자락을 흡입한다.

김경수, 「11시가 사는 어항」 부분

위 시에서 '11시'라는 시간적 규정은 특수한 의미를 띤다. 그것은 전체 시간 가운데 오랜 진행의 시간이 있었음을 암시하는 동시에 완성에 이르기 직전의 미완의 시간성을 가리키기 때문이다. 하루 혹은 그 이상의 오랜 일상의 시간을 거쳐 왔지만 아직 미정의 상태에서 11시는 12시라는 종착지점에서 내려질 결말을 기다리게 된다. 지루하고 긴 시간의 끝에 만나게 될 결과는 완성일까 혹은 여전한 진행일까. 11시에 처한 위 시의 자아는 완성을 향한 마지막 선고를 불안과 초조함으로 기다리고 있다.

위 시의 자아가 기대하는 완성은 빛과 같은 것이다. 그것은 '살아있는' 것과, 그리고 '우주의 행성'과 관련되는 것이자 '어항 속의 금붕어'가 꿈꿀 만한 국면의 전환에 해당하는 것이다. 그것은 '알을 깨고 나오는' 것과 같은 해방의 경지에 놓이는 것으로 위 시에서 그것은 '황금 의자'라는 이미지를 얻고 있다. '11시의 금붕어'는 알껍질 같은 '어항'으로부터 탈출하여 자유의 축복을 구하고 있는 것이리라.

그러나 시의 어조는 전반적으로 침울하고 무겁다. 시적 화자는 '어항'의 상태를 '적막 혹은 그늘'로 묘사하고 있거니와, '흐르는 강물 위에 떠내려오는' 그것은 사태의 급반전보다는 동일한 상태의 지속을 암시한다. 영원히 계속될 것처럼 여겨지는 '적막 혹은 그늘'은 낙관적인 희망 대신 '침묵과 고독'을 연상시킨다. 적막, 고독, 침묵이 지배하는 사태는 어둡고 '냉정한 징표'일 뿐이다. 11시의 어항을 감싸고도는 이 같은 분위기는 완성을 기대하기 마련인 시간인 12시마저도 절망적인 상황으로 몰아가고 있다. '12시는 11시의 또 다른 얼굴'로 다가올 뿐이다.

이 속에서 '금붕어'가 할 수 있는 것은 '살아있는 자들의 눈빛을 사

73

랑하'면서 '침묵을 흡입하고 둥근 경계를 내뱉는' 작업을 반복하는 일일 것이다. 금붕어는 어항을 가득 채우는 차갑고 냉정한 공기를 쉴 새 없이 삼키고 끊임없이 빛을 향한 열망을 뿜어낸다. '우주'에서 내려와 '손금'에 닿은 빛이 '금붕어'의 '차가운' 운명을 예보할지라도 금붕어의 이러한 행동은 멈추지 않는다. 금붕어는 여전히 완성의 시간에 도래할 축복 같은 변화를 꿈꾸기 때문이다. '어항속의 금붕어'에게 바랄 수 있는 것은 오로지 변화의 국면인 것이다. 따라서 설사 12시의 사태가 11시의 그것과 다르지 않을지라도 그의 꿈과 행동은 변함없이 지속될 것이다. 때문에 그는 어항에 쬐이는 빛을 바라보며 그것을 '가슴에 품으면 빛은 알을 깨고 나올까?'하고 질문한다. 그리고는 '어두움 속에서도' 계속해서 '사라지는 빛의 자락을 흡입'는 것이다.

'11시가 사는 어항 속 금빛 금붕어'처럼 우리에게 현재 진행에 대한 보상은 완성일 것이다. 현재 우리가 놓여 있는 시간이란 앞을 기약할 수 없을 것처럼 미약하고 무미하며 불완전하다. 언제나 같은 자리에 있는 듯 영원히 반복되는 일상의 시간성이 곧 현재의 얼굴인바, 그러므로 현재에 대한 구원은 현재와 다른 미래라 할 수 있다. 현재를 살아가면서 언제나 미래를 꿈꾸게 되는 것도 이 때문이다. 현재가 견딤의 시간이라면 미래는 구원의 시간인 것이다. 그러나 그것이 진정한 축복이자 구원이 되려면 미래에 닥칠 변화는 현재적 국면의 질적 변환이어야 할 것이다. 그것이 이루어질 때 비로소 우리는 완성을 향해 한 걸음씩 나아간다 할 수 있을 것이기 때문이다.

김경수의 「11시가 사는 어항」이 속박된 현재의 일상을 잘 형상화하고 있는 것처럼 김영의 「넙치」 역시 이와 동일한 조건 속에서 현재와 미래, 고통과 구원 사이의 삶의 실상을 적나라하게 묘사하고 있다.

여기는 해저 120미터 해곡海谷
산다는 것은 압력을 견디는 일이지

백상아리 같은
수백의 인간들이 내 가슴을 짓밟을 때
내 가슴이 견뎌야 하는 압력은
12,000 헥토파스칼

이 압력을 견디고 살아남기 위해서는
오로지 바닥에 납작 엎드리는 일
잘난 놈들이 백상아리 청상아리처럼 설쳐 댈 때
내가 할 수 있는 일이라고는
온몸이 바닥을 이루는 일
마치 주검처럼
죽음보다 깊은 잠에 빠지는 일

그렇다고 내가 정녕 죽은 것은 아니야,
흑암 속에서도 한줄기 암청색 쪽빛으로
오로지 한 곳만을 응시하다
사팔뜨기가 될지라도
나에게도 그곳을 향한 한 자락 꿈은 있지
갈라파고스! 갈라파고스!
(중략)

> 적도의 심장으로 나를 데려갈
> 용오름이 올 때까지 납작 납작 납작
> 넙치로 살아가야 하는 계절
>
> 김영, 「넙치」 부분

현재의 시간이 미약하고 지리멸렬한 것이 되는 것은 우리의 삶이 압박감으로 다가오기 때문일 것이다. 삶이 진공 속에서 이루어지는 것이 아닐진대 현재적 삶이란 온통 뒤엉킨 인간관계 속에서 허다한 부당함과 침묵으로 채워지는 것이 아니겠는가. 온통 그러한 것들이 만들어내는 속박과 구속으로 숨조차 쉴 수 없는 것이 현재적 일상이라 할 것이다. 시인이 말하는 바 '해저 120미터 해곡'과 그곳에서 '견뎌야 하는 압력이 12,000 헥토파스칼'이라 함은 우리가 삶의 현재 속에서 체감하는 굴레와 억압을 단적으로 나타낸다.

현재적 삶의 이러한 조건 아래 우리가 살아갈 생활의 방도는 위 시의 화자에 따르면 '바닥에 납작 엎드리는 일'이 된다. '잘난 놈들이 백상아리 청상아리처럼 설쳐 댈 때', 숱한 차별과 소외, 소위 갑질과 업신여김이 판치는 세상에서 기나긴 현재의 터널을 건널 수 있는 방법은 '넙치'처럼 '온몸이 바닥'이 되도록 엎드리는 일이라는 것이다. 이는 불합리와 부조리에 비굴하게 복종하라는 것이라기보다 때를 기다리며 이들을 깊숙이 참아내라는 것을 의미하거니와, 실제로 그러한 조건 속에서 천박한 이들과 더불어 똑같이 행동한다면 스스로를 더 큰 불합리와 부조리 속에 몰아가게 될 뿐 그것들을 극복하는 일은 없을 것이다. 세상이 들끓는다 하여 그에 부화뇌동하는 일은 자신 역시 경박한 인물이라는 굴레에 가두어 놓는 일이다. 그것은 부당한 상황을 확대재생산하는 것이자 영구히 아수라장 같은 현재 속에 자신을 방치하는 일이라 할 수 있다.

그가 이러한 상황으로부터의 탈출을 꿈꾸는 미래지향적 인물이라면 현재적 조건을 충분히 인식하고 견디는 길을 택할 것이다. 이때의 견딤은 맹목적인 순응이 아닌 상황에 대한 대자적對自的 태도를 취하는 것으로, 이러할 때 주체는 비로소 상황 전체로부터의 탈피가 가능해진다. 주어진 불합리의 상황을 이해하고 자신의 어느 한 부분도 그에 점령당하기를 거부할 때야말로 자아는 상황으로부터 분리되어 그가 처한 상황을 극복할 수 있게 된다는 것이다. '납작 엎드려' '마치 주검처럼/ 죽음보다 깊은 잠에 빠지는 일'이 그와 관련될 텐데, 이는 자신을 상황에 귀속시키는 것을 격하게 거부하는 태도로서, 결국 이렇게 함으로써 자아는 현재의 시간을 온전하고도 충실히 견디어냈다고 말할 수 있다. 그리고 이러한 견딤의 과정에서 이루어지는 시간의 양적 축적은 자아로 하여금 미래에서의 질적 차이로 국면 전환하도록 이끄는 요인으로 작용할 것이다.

실제로 위 시의 화자는 '주검처럼, 죽음보다 깊은 잠에 빠지는 일'이 '정녕 죽은 것이 아니라'고 강변한다. 화자가 말하는 바 '넘치'처럼 '바닥이 되는 일'은 앞서 언급했듯 자신을 지키면서 현재를 살아내는 일에 해당한다. 그는 자아와 현재를 모두 대자화시킴으로써 그 둘을 모두 지켜내고 이들이 온전히 미래로 귀결되도록 한다. 화자에게 '납작 엎드리는' 전략은 미래에 대한 강한 신념이 있기에 가능했던 것으로, 그는 어떠한 죽음과 같은 상황에서도 미래를 꿈꾸면서 현재를 극복하고자 하고 있음을 알 수 있다. 이때 시에서 '흑암 속에서' 빛난 '한줄기 암청색 쪽빛'은 그가 추구한 미래를 대변한다. 화자는

77

'사팔뜨기가 될지라도' '오로지 한 곳만을 응시한'다고 말하고 있는 데 이는 그가 견지하는 미래적 가치의 절대성을 나타낸다. 그에게 미래의 꿈은 현재의 상황을 넘어서고 자신을 고양시키기 위한 절대적 신념이자 유일한 가치가 되거니와, 위 시의 화자는 이를 근거로 하여 현재를 넘어서고자 한다는 것을 알 수 있다. 위 시는 현재와 미래, 고통의 인내와 밝은 희망이 극명하게 대비되는바, 미래의 완성을 위해서 현재는 불가불 인내되고 감수될 성질의 것이다. 마찬가지로 '넙치'가 되고자 하는 현재의 시간이 의미있을 수 있다면 그것이 미래의 빛을 향해 있다는 점에서 그러하다.

지금까지 시간성과 관련지을 수 있는 시들을 중심으로 그들이 제시하고 있는 삶의 의미를 살펴보았다. 시간성이 개개인의 고유한 경험과 역사를 구성하는 핵심적 인자인 까닭에 시간성에 주목하는 일은 각 시들의 개성적인 근거를 확인하는 계기에 해당한다. 그러나 그와 같은 고유함 가운데에서도 공통된 것이 있다면 모든 인간의 삶을 지배하는 일상적 시간이다. 일상적 시간은 생명이 주어진 이들이라면 생득적으로 부여받는 조건인 것이다. 생 전체와 언제나 함께 전개된다는 점에서 일상적 시간은 구속으로 다가오기도 한다. 그리고 일상적 시간의 이 같은 속성은 우리로 하여금 그것에 대해 대자화될 것을 요구한다. 일상적 시간에 어떻게 다가가고 그것을 어떻게 다룰지에 따라 삶의 양상이 크게 달라질 것이기 때문이다. 현재와 미래의 시간상을 구축하는 것도 이 때문일 것인데, 이러한 구도를 생성하는 일이야말로 일상적 시간을 대자화할 수 있는 유효한 길이 된다.

일상적 시간을 의미 있는 현재가 되게 하기 위해서는 미래라는 지점이 요구된다. 그리고 현재가 유의미한 미래로 이어지기 위해서는 일상적 시간의 지속적인 축적 또한 요구된다. 대부분의 경우 현재는 견딤으로 미래는 꿈으로 다가온다. 미래에 당도하기 위한 시간의 양을 채우는 일이 쉽지 않겠기에 그러할 것이다. 이는 일상적 시간의 양적 축적이 있을 때라야 비로소 미래라는 국면이 도래할 수 있음을 암시한다. 중요한 것은 대자화된 관점 속에서 시간의 양적 축적을 이루는 일이다. 반복되는 일상의 시간이 유의미하게 채워질 때 현재는 미래로 순연될 수 있는 것이다. 일상적 시간의 양적 축적이 미래에 이르러 비극이 아닌 환희로운 질적 전환으로 이어질 수 있는 길이 바로 그것일 터이다.

■ 『시사사』 2019년 1, 2월호

물화된 세계에서의
절대성을 향한 의식의 개시(開示)

― 박형준 · 유안진 · 김효은 · 송은숙 · 박병란의 시

　이미 공유하는 가치에 대한 합의가 희미해져버린 오늘날 우리 삶의 보편적이고도 공통적인 기저는 그저 추상적인 일상 이외의 것이 아닐지 모른다. 오늘날 이데아로서도 신으로서도 내세워지지 못하는 우리의 가치는 대개 물신에게 자리를 내어준 혐의가 있으나 물신은 인간을 주인으로 세우기보다 노예로 전락시키는 까닭에 진정한 가치를 지닌다고 보기 어렵다. 정신과 영혼을 고양시켜 자아를 세계 내의 존재가 되게 하여 준다는 점에서 절대성의 함의를 띨 그 가치는 이제 더 이상 시대에서 구할 수 있는 것이 아니라 개개인들의 사적 영역에서나 구할 수 있는 파편적인 것이 되었다. 합의된 이데아도 신도 아니라면, 그렇다고 현대인들의 보편적 가치로서 군림하는 물신 역시 추종의 대상이 아니라면 인간이 구할 수 있는 가치는 오직 개인 스스로 개별적으로밖에 추구할 수 없는 불확실한 것이 된 것이다.

　그런 점에서 스스로에게 있어 정신적 근원이자 마음의 고향과 같은 지대가 존재한다는 것은 커다란 행운이 아닐 수 없다. 자아의 동일성의 근거가 될 그것을 생득적일 만큼 굳건히 안고 살아가는 이들

은 얼마나 축복인 것인가. 그러나 급속도로 전개되는 현대문명의 한
복판에서 태어나고 살아가는 대부분의 현대인들은 이와 같은 근원
을 지니고 있지 못하다. 대부분의 현대인들은 현대의 속도전 속에서
매순간 자기소외를 경험하기 마련이다. 변화무쌍한 세계 속에서 스
스로 주인이 되기보다 오히려 자기 자신을 물신의 제물로 바치게 되
는 현대인들이 자신의 동일성의 근거를 찾는 일은 하늘의 별따기만
큼이나 어려운 일이다. 물신이 장악하고 있는 세계에서 그것은 누구
에게나 보편적으로 주어지는 것이 아닌 강한 자기의식과 근원에의
상상력을 지닐 때 비로소 얻을 수 있는 극히 제한적이고도 예외적인
것이다.

　이러한 사정은 어쩌면 시의 본질과 역할에 대한 윤리성을 새삼 확
인케 하는 계기일 수 있겠다. 시야말로 강렬한 의식과 열린 상상력을
자장으로 하여 형성되는 몇 안 되는 매체이기 때문이다. 대부분의 현
대적 매체들이 물신과 결탁하여 생멸하는 시점에서 시는 그들과는
썩 다른 궤도 속에 놓이는 운명을 지닌다. 한마디로 시는 자본의 관
점에서 볼 때 아주 생산성이 떨어지는 것이라는 점이다. 시집을 팔아
자본을 얻는 일은 오히려 빵을 만들어 파는 일보다 효율적이지 못하
다. 시집으로 자본을 얻겠다는 발상이야말로 정신의 무기를 모두 버
리고 물신이라는 적에 투항하겠다는 것과 다르지 않다. 적어도 그것
은 시의 고유성을 외면한 채 스스로 현대의 가짜 문화가 되겠다는 입
장의 표명이겠다.

　물론 시 역시 자본의 유통구조로부터 벗어날 수 없으며 필연적으
로 현대 문화의 자양 속에서 존재할 수밖에 없다는 점은 시의 물신화
를 불가피하게 한다. 시가 재료로 삼는 언어가 훼손된 일상적 언어와

분리되지 않는 점도 시쓰기의 어려움을 가중시킨다. 그러나 이러한 점들이 시로 하여금 윤리적 기능으로서의 시의 본질을 방기하도록 허락하는 것은 아니다. 오히려 현대 문화의 일부분이라는 점에서 시는 물신을 대체할 인간주의적 가치를 구하는 길을 택해야 한다. 개인의 개별적 지대로 뿔뿔이 흩어져 있을지라도 인간의 정신이 그것 없이 존립할 수 없는 까닭에 시는 바로 그러한 절대적 가치에의 지향성을 잃지 말아야 한다. 개개인들에 따라 그것들은 서로 다른 가치들로, 서로 다른 재현의 방식으로 구현될 테지만 그러한 다양성 속에서도 시는 절대적 가치에 대한 말하기를 포기해서는 안 될 것이다. 그때의 말하기는 때로 말 못함이나 머뭇거림으로 혹은 그리움이나 헤매임으로 이루어질 것이나, 이 모든 말하기는 우리로 하여금 확정지을 수 없되 그렇다고 부재하지도 않을 근원을 꿈꾸게 해준다는 점에서 유의미하다. 이처럼 흔적의 형태일지라도 가짜 문화에 지배되는 대신 근원의 존재를 증명하는 시쓰기야말로 시의 존재 이유이자 시의 윤리성이 아닐까 한다.

> 밤에 강변에 나오면 만나는 사람
> 세 시를 새벽이라고 해야 되나
> 한밤중이라고 해야 하나
> 사람들이 산책을 나오기에는 어중간한 시간
> 오늘도 여전히
> 사내는 가로등 밑에 서서 책을 읽는다
>
> 나는 가방에 글러브와 야구공을 챙겨 넣고

강변으로 나와
가로등 밑 책 읽는 사내를 지나
고가도로 아래
교각에 가서 공을 던진다
고가도로 위로 차들이
빠르게 지나가는 소리를 들으며
속도가 나지 않는 공을
교각의 벽을 향해 던진다

밤 세 시에 가로등 불빛 아래서
사내가 읽는 책에는 아직 이 세상에 나오지 않은
완벽한 문장이 있을 것 같다
승수보다 패수가 많은 사회인야구 패전처리 투수도
밤 세시에 교각의 벽을 마주하고 있으면
어떤 타자도 칠 수 없는 이 세상
단 하나의 공을 던질 수 있을 것 같다

박형준, 「책과 공」 전문

모두 잠들어 인적이 드문 시간, 모든 업무가 끝나고 생산 활동이 더 이상 이루어지지 않는 시각인 '새벽 세 시'에 화자가 구하고 있는 것은 '단 하나의 공'이다. 이런 수사는 심상치 않다. '단 하나의', '유일한', '완벽한' 등은 절대성의 함의를 띠기 때문이다. 실제로 위 시에서 화자는 '어떤 타자도 칠 수 없는 이 세상 단 하나의 공'이라 부연하고 있거니와 이것은 '단 하나의 공'이 위 시의 화자를 현재 상황으로부터 벗어나게 해줄 의의를 지니는 것임을 암시한다. 즉 위 시에서 '단 하나의 공'은 화자를 구원해줄 정도의 위상을 띠고 등장한다.

'단 하나의 공'의 절대성은 같은 시각 '가로등 밑에 서서' '책 읽는 사내'의 책에 수록된 '완벽한 문장'에 비견할 수 있다. 그것 역시 '아직 이 세상에 나오지 않은' 유일하고도 무이한 문장에 해당될 것이다. 말하자면 '단 하나의 공'과 '완벽한 문장'은 지금까지 없었던 것이라는 점, 유일무이하다는 점, 그것을 구하는 자들을 구원할 것이라는 점에서 절대적 가치를 지닌다.

이러한 절대적 가치를 위 시의 등장인물들은 '한밤중'이라고 할지 '새벽'이라고 할지 애매한 시각에 '사람들'이 없는 장소에서 '차들이 빠른 속도로 지나가는 고속도로'를 배경으로 하여 구하고 있다. 이 같은 조건들, 그러니까 시간상 구분짓기에 불분명하고 장소 자체가 다수의 사람들과 무관하며 빠른 속도성으로부터도 벗어난다고 하는 조건들은 모두 현대의 문명적 조건과 대비되는 것들이다. 현대의 문명적 조건과 대비되는 상황 아래 구하고 있는 '유일한 문장'과 '단 하나의 공'이야말로 그 자체로 사적인 절대성의 의미를 지니는 것인 동시에 현대 사회의 이면에 놓인 가치를 상징한다.

반면에 현대 사회에서 가치 있는 것으로 여겨지는 것은 합리성과 대중, 속도 등의 조건을 갖춘 것들이다. 많은 대중이 선호하며 현대의 변화의 속도에 부응하면서 효율적인 생산성을 내세울 때 비로소 가치가 정해진다. 이것들은 곧 상품성의 전제 조건인바, 이들을 내포한다는 점에서 상품성은 물신 사회에서의 절대적 가치가 된다. 이에 비해 위 시의 '책 읽는' 행위라든가 '사회인야구 패전처리 투수'가 '속도가 나지 않는 공'을 던지는 행위 자체는 효율성과 거리가 멀다.

이것들은 상품화의 원리와는 상관없을 뿐 아니라 오히려 그것에 대조되는 것들이다. 이점에서 '책과 공'의 가치는 물신이 아닌 다른 것을 향한다고 말할 수 있다. 또한 이 둘은 상품성과는 다른 궤도에서 개개인들에 의해 구해지고 있는 사적인 가치를 나타낸다.

우리는 '아직 이 세상에 나오지 않은 완벽한 문장'이라든가 '어떤 타자도 칠 수 없는 이 세상 단 하나의 공'이 과연 무엇인지, 그것들이 사회에서 실현될 때 어떤 효과로 나타날지 알 수 없다. 그러나 개개인의 이들 행위가 현대의 보편적인 것과는 다른 가치를 향하고 있으며 그것들이 개개인의 순수한 열정에 의해 추구된다는 사실은 우리로 하여금 현재 이곳이 아닌 다른 지대를, 혹은 구원의 근원을 상상케 해준다는 점에서 고귀함에 닿아 있다. 이는 시가 드러내는 본질과 관련되는 것이자 시의 윤리성에도 이어지는 것이 아닐 수 없다.

> 나에게 오면
> 고요도 적막이 되다니
> 땡볕 피해 집안에 들어왔는데
> 어둠 깜깜이라니
> 나에게 오면 대낮도 한밤중 되다니
> 전등을 켜다만다 TV도 켜다만다
> 적막과 어둠이야말로 태초太初 아닌가
> 안경을 벗고 더듬어 찾아 안약을 넣고 눈을 감고…
> 나 지금 돌아가는 중이라
> 어제에서 엊그제로, 더 먼 과거, 미래 아득으로
> 뒤돌아 긴 길을 돌고 돌아서

머나 먼 태초라니, 놓치면 안 돼

부디 한 덩이 진흙이 되어지이다
당신의 손에 올라앉은 작은 진흙덩이
새 숨결을 불어넣어 주실 거다
새 아담 새 하와, 다 아닌 무엇으로
인간의 오감五感을 뛰어넘는 처음인 다만 새것으로.

유안진, 「재탄생의 기회」 전문

유안진의 위 시는 우리에게 매우 선명하게 근원의 의미를 전달해 주고 있다는 점에서 주목된다. 위 시에서 풀어놓고 있는 담론은 자아의 동일성의 근거가 될 소위 근원의 내포와 외연에 관한 것이라 할 수 있다. 위 시의 중심된 어휘는 곧 '태초太初'인 것이다. '태초'는 시간상 최초이자 공간상 세상이 분화되기 이전의 크나큰 공空이라는 점에서 근원이라 할 만하다. 그것은 우주의 기원이자 모든 만물의 탄생의 기점이다. 우주의 원리가 작용하고 있었을 것이라는 점에서 이는 우리에게 절대성을 띠고 다가온다.

이러한 '태초'는 시에서 '적막과 어둠'의 공간성을 지닌 채 시적 자아를 '나에게 오'게 하는 지대로서 형상화되고 있다. 한창 외부 활동을 한 뒤 돌아와 맞이한 '적막과 어둠'의 공간은 '나'의 내밀한 사적 영역이자 '나'로 하여금 '나에게'로 '돌아가게' 하는 지대인 것이다. 이곳에 이르러 비로소 진정한 '내'가 된다는 점에서 '태초'는 '나'에게 절대적 의미를 지니는 근원으로서 작용한다. 그러한 근원성을 시인은 시간적으로 '어제에서 엊그제로, 더 먼 과거, 미래 아득'의 시점

87

으로 설정하고 있거니와, 근원의 시간성은 이처럼 태고의 그것이자 동시에 시간의 구획이 이루어지지 않은 원형의 그것이다. 근원의 시간성이란 과거가 미래가 되고 미래가 과거가 되는 통합된 시간성을 가리키는 것으로서, 곧 우주의 시원을 이루고 있는 것이다. 죽음의 순간에 흔히 '돌아간다'라고 일컫게 되는 것 역시 이러한 사정에서 비롯된다. 그런 점에서 위 시의 화자가 '나 지금 돌아가는 중이라' 하는 말은 '적막과 어둠'의 공간에 돌아왔음과 함께 미래를 거쳐 과거적 시원으로 돌아가는 여정이라는 중의적 의미를 담고 있다 할 수 있다.

한편 '태초'와 관련된 이와 같은 우주적 시원성을 시인은 '당신'과 결부시키고 있다. 여기에서 '당신'은 '진흙덩이'에 '새 숨결을 불어 넣어 주실 거'란 사실을 볼 때 조물주를 가리킨다 할 것인데, 이러한 창조주를 향해 화자는 '아담도 하와'도 아닌 '인간'을 '뛰어넘는' 새로운 존재로 자신을 재창조하실 것을 발원하고 있다. 여기에서 '인간의 오감을 뛰어넘는' 존재가 구체적으로 무엇인지 알 도리는 없다. 다만 적어도 그것은 인간의 조건을 넘어서는 초월자를 뜻하는 것일 테다. 이는 곧 현실에 처한 유한성으로서의 인간 존재에 대한 구원의 의미를 띠는 것으로서, 위 시는 이와 같은 구원의 역사가 '태초'라고 하는 근원적 지대에서 완성될 것임을 암시하고 있다.

위 시에서 유안진 시인이 보여주고 있는 근원에의 지향성은 매우 뚜렷하고 그 의미 역시 상당히 구체적이라 할 수 있다. 시인에게 근원성은 '태초'라 하는 시공간의 시원성을 가리키고 있으며 나아가 그것은 막연한 범신론적 관점이 아닌 창조주 신과 결부되어 있다. 위 시가 자아가 행하는 내면의 성찰과 더불어 신을 향한 기도의 언술로

병렬적으로 제시되는 것도 이러한 사정에 따른 것이다. 이같은 동양
적이기도 하고 기독교적이기도 한 근원성에 관한 시인의 상상력은
결코 낯선 것이 아니다. 시인이 보여주고 있는 근원성에 관한 정보는
동양과 서양에 있어서의 원형적 상상력에 해당하는 것이라 할 만하
기 때문이다. 그러나 그것이 시인의 음성으로써 발화될 때 우리는
그것을 단지 관념으로서가 아닌 진리를 육화한 숭고함으로 경험하
게 된다. 시인의 의식 속에 근원에의 지향성은 어떤 상황 속에서도
흔들림 없이 굳건히 자리하고 있는바, 시인은 이러한 자신의 신념을
바탕으로 우리에게 시원에의 상상력을 불어넣어 주고 있으며 이를
통해 창조와 구원에의 가능성을 꿈꾸게 한다는 것을 알 수 있다.

　　　네 이름 수면 위
　　　장막에 갇혔지
　　　바다라는 기표 위로
　　　밀려가고 밀려오는
　　　소름꽃 상여꽃 돛배 저 멀리

　　　너울성 파도가
　　　목울대에 넘실대지
　　　까치발 들어봐도
　　　눈꺼풀 위로
　　　차오르는 불행의 수위

　　　그 어둠 그 꿈

아득하게 밀폐된
강철의 창문
그 아침 실종된 시간들을 기억해
무너지던 비명의 파도

이 세상 벼랑과 저 세상 벼랑
사이 휘몰아치는
맹골의 해협
그 사리의 난바다
너 어디쯤에 박혀 아직 울고 있니

(중략)

모래 위에 그리는
간절한 악보, 주여
우리를 구원하소서
지워지고 지워지는
약속의 무지개

노아의 방주
비둘기가 전해온
오랜 약속
당신이 먼저 파기 했으므로
                김효은, 「4월의 기도」 부분

위 시는 우리가 아직도 생생하게 기억하고 있으며 여전히 아픔에서 자유로울 수 없는 2014년 4.16의 세월호 사건을 다루고 있다. 많은 시가 그것을 언급하였고 여러 매체들이 다루었음에도 불구하고 아직도 선연한 슬픔으로 남아있는 그날의 사건을 위 시는 정제된 시적 형태로 형상화하고 있다. 시의 구절마다에서 우리는 희생자의 이름들과 그들의 무너져간 꿈과 소멸해간 생명을 보게 된다. 또한 그 순간 닥쳤을 상황의 급박함과 공포와 절망감을 위 시를 통해 환기할 수 있게 된다. '맹골의 해협'에 '휘몰아쳤던' '난바다'의 광포함과 탈출의 통로들이 닿을 수 없는 '벼랑'으로 다가왔을 그때의 두려움을 위 시는 잘 묘사하고 있다. 시인은 우리가 알아야 하고 울어야 할 갈피들을 훌륭하게 재현해내고 있는 것이다.

그런데 이같이 재현된 현재적 상황은 우리를 깊은 절망과 슬픔에 가둘지언정 그로부터의 초월과 구원으로는 이르게 하지 못한다. 침몰해간 거대한 선박의 모습은 자연에 대한 공포를 환기시키는 한편 인간의 한없는 무기력을 경험케 하는 것이다. 광포한 자연의 힘 앞에서 속절없이 무너져야 했던 그때의 상황은 언제까지나 우리를 참담함으로부터 헤어나오지 못하게 하는 요인이다. 그날의 사건은 우리를 압도한 채 우리의 마음을 거대하게 점령해가는 것이다. 이러한 상황 속에서 우리가 아무리 정서적으로 아픔과 울분을 토해낸들 그것이 진정 우리를 구원에로 이끌지는 못한다.

이러할 때 시인이 호소하게 된 대상은 '주'이다. '간절한 악보'를 '그리'면서 시적 화자는 '주'를 향해 '구원'을 호소한다. '주'가 인간을 구원하겠노라고, 인간을 위한 '노아의 방주'를 마련하여 인간에게 환란으로부터 벗어날 수 있는 피난처를 제공하겠노라고 약속했으므로 우리가 처한 절박한 상황에 '주'를 찾는 것은 지극히 당연한 일이라 할 것이다. 그러나 그러한 '주'를 찾는 행위는 곧이어 환멸로 이어진다. '주'가 존재했더라면 그와 같은 참사를 방관만 했던 것인가. '주'가 존재한다면 인간을 위한 '오랜 약속'을 행한 그가 어떻게 그와 같은 참사를 주관했던 것인가. 이러한 질문들은 존재할 '주'에 대한 원망 혹은 '주'의 존재함에 대한 회의에로 귀결된다. 이때 '주'는 보편적 현대인에게 그러하듯이 아득한 거리에서 부정된다. 현대가 그리 선언했듯 '주'는 그 존재가 불투명하기 그지없는 것으로 낙인찍힌다.

그러나 이와 같은 불확실한 존재로서의 신에 대해서 현대인들은 또 다른 선택을 하는 것이 가능하다. 존재의 불투명성에 따른 즉답의 유예가 그것이다. 즉 신은 확고하게 존재함으로써 숭앙되는 것이 아니라 불확실하기 때문에 확고함이 유예되는 존재가 된다. 존재의 불확실성으로 인해 우리는 끊임없이 신에 대한 확정을 지연시킬 수 있게 된다. 이는 신의 부재를 확정하는 대신 존재의 불확정성을 한없이 지속시키는 것을 의미한다. 이때 불확정성의 팔호 내에 자리하게 된 신의 존재는 인간으로 하여금 영원히 구원을 추구하도록 이끌게 될 것이다. 인간은 신의 유무를 떠나 여전히 구원을 필요로 하고 그것을 위해 무엇인가를 지향하게 될 것이기 때문이다. 그것이 무엇인지 영원히 정체가 드러나지 않을 수도 있을 것이나 분명한 것은 인간은 언제까지나 그것을 기다릴 것이라는 점이다. 마치 '고도를 기다리'듯이 말이다. 이러한 사태는 오늘날과 같은 고도의 현대 문명의 특색을 드러내는 한편 그 속에서 더욱 유효하리라는 우리의 형편을 나타낸다. 이러한 사태는 척박하고 비루한 현대인의 삶에 대한 필연적이고도 불가피한 응답인 것이다.

　아욱 밭 사이에 그게 있었다 구장탄데라고 내 어린 기억으로 개들의 무덤이라는 곳 커다란 무덤처럼 둥근, 크기도 꼭 그만한 흙무덤 사이사이 사금파리 켜켜 쌓이고 환삼동굴이 그 위를 빽빽이 덮어 크기도 크기지만 환삼덩굴 꺼칠꺼칠한 이빨 드러내며 막아서 쉽게 올라가지 못하던 그 위 햇살 만 흥건히 고여 있다 뚝뚝 떨어지던 녹슨 병뚜껑 찾아 하루 종일 햇살을 퍼내 아욱 밭에 흘려보내던 그게

　돌이켜보니 개 구狗자에 장사 장葬도 있으니 개 무덤이 맞는 걸까 여름에 어른들은 냇가다리 아래 솥을 걸고 개를 삶았다 우리가 다가가면 저리 가라 소리치고 무슨 궁리나 모의를 하듯 오래 머무르며 가끔씩 노래도 불렀다 멱을 감으러 가면 자갈 위로 큰 돌을 괴어 만든 아궁이 옆에 불에 탄 나무들과 소주병이 별자리처럼 흩어져 있었다 그건가 삶기거나 그을린 개들의 뼈가 비릿하게 차곡차곡 쌓여 있는, 마을에서 사라진 개들이 몸을 누이는 곳 하지만 그 둥근 무덤 내가 태어나기도 전에 부모님들이 터를 잡기도 전부터 있어 왔다고 했다

　김해에 가면 조개 무덤이 전시되어 있다 아득한 시절 조개를 먹고 던져 놓은 곳 조개껍질 말고도 어쩌면 깨진 항아리와 금이 간 그물추와 어쩌면 고래의 이빨 사슴의 뿔 곰의 갈비뼈 그 뼈로 만든 귀 떨어진 바늘과 오랜 세월 곰삭은 어둠과 함

께 어둠의 살이 되어 있다 햇살 아래 끌려 나와 하얗게 바래
서 꽃처럼 지층에 박혀 있다 그 무덤이 유리창 안에　박제되
어 어둠과 햇빛 사이 새벽의 빛으로 있다 그러니 구장탄데를
허물면 하얀 꽃 같은 사금파리 아래 그을린 뼈들이 개 뼈들이
어금니와 송곳니가 촘촘히 별들처럼 박혀 있겠다 어느 날 잃
어버린 머리핀과 잃어버린 금단추와 가운데 구멍을 뚫고 실
을 넣어 돌리던 동전도 함께

　　그런데 요즘 가끔가다 개 짖는 소리가 들린다 아욱 밭도 구
장탄데도 사라지고 정확한 위치도 잊었는데 그 어디 쯤 길이
나고 그 어디쯤 전봇대가 서고 그 어디 쯤 집들이 들어섰는데
가끔씩 우어어 개들이 우는 소리 들린다 냇가의 숲처럼 까만
밤사이로 올려다보면 그런 날은 하늘에 겨우겨우 떠 있는 별
들이 하얀 아욱 꽃을 닮았다 큰개자리에 있다는 가장 밝은 별
시리우스 그리로 그 모든 개들이 어쩌면 슬그머니 보이지 않
던 마을의 개들도 목에 옛날 옛적 잃어버린 커다란 인형의 눈
을 달고 루돌프사슴처럼 딸랑거리며 달려가는 것이다
　　　　　　　　　　　　　　　　　　　송은숙, 「구장탄데」 부분

　'구장탄데'는 시인의 설명이 말해주듯 '개들의 무덤'을 가리킨다.
마을의 한 귀퉁이 '아욱'이 제멋대로 자라는 '아욱 밭의 사이에' 죽은
개들로 이루어진 무덤 언덕이 있었던 모양이다. 마을 사람들이 개를
때려잡아 삶아먹은 뒤 뒤처리를 위해 개무덤을 만들었을 것이다. 그
렇게 해서 만들어진 개무덤은 화자의 '어릴 적 기억'으로 제법 '커다

란 무덤처럼 둥글'고 '크기도 꼭 그만한 흙무덤'이었으며, 그 안엔 개들의 '그을린 뼈들'과 '어금니와 송곳니'는 물론이고 아이들이 가지고 놀았던 '녹슨 병뚜껑'이며 '머리핀과 잃어버린 금단추', '동전'들이 뒤섞여 있었다. 그것은 오랜 시간, '내가 태어나기도 전에 부모님이 터를 잡기도 전부터 있어왔'던 곳이다. 이러한 '구장탄데'가 그런데 지금은 흔적도 없이 사라지게 된다. 도시개발이 이루어진 것이다. '구장탄데'가 있던 자리에는 '길이 나고' '전봇대가 서고' '집들이 들어섰'고, 그에 따라 '구장탄데'는 모든 이의 기억 속에서도 사라질 운명에 놓이게 되었다. 위 시는 이러한 '구장탄데'의 역사성, 과거의 기억과 현재의 모습을 담고 있다.

위 시에 등장하는 과거에 현존했던 '구장탄데'와 흔적조차 찾을 수 없는 현재의 '구장탄데' 사이의 역사성은 존재와 부재 사이의 실존적 의미에 관해 생각하게 한다. 미묘한 감정들을 일으키며 뚜렷이 존재했던 '구장탄데'가 어느덧 사라졌을 때, 그런데 그것의 현존성이 완전히 소멸했음에도 불구하고 시적 화자는 '구장탄데'로부터 자유롭지 못하다. 아무도 기억하지 않을 단지 쓰레기더미에 불과했던 그것이었음에도 화자에겐 그리움이기도 하고 슬픔이기도 한 복합적인 감정이 스멀스멀 피어오르는 것이다. 도시개발로 흔적조차 사라졌는데도 화자의 가슴 속에 맴도는 복잡한 감정들은 더욱더 끈끈하게 밀려오고 있다. 화자가 경험하는 이러한 복합 감정은 '구장탄데'가 존재했던 오랜 세월처럼 혹은 '구장탄데'에 뒤섞여 있던 온갖 잡동사니들처럼 끈질기고도 어지럽게 지속되고 있다. 이는 '구장탄데'가 화자의 의식 속을 켜켜이 채우면서 그것의 존재성을 유지하고 있음을 말해주는 것이거니와, 이때 '구장탄데'에 대한 화자의 의식은 대상의 부재함도 넘어설 정도의 강한 실존성을 발휘하고 있다 하겠다.

그런데 '구장탄데'의 존재성을 지속시키는 작용을 하는 것은 화자의 의식만이 아니다. 주변을 떠나지 않는 개짖는 소리가 그것이다. '구장탄데' 근처에는 '가끔가다' 환청처럼 구슬픈 '개들이 우는 소리'가 들리는 것이다. 더욱이 그러한 날 '하늘의 별들'은 '하얀 아욱꽃'을 떠올리게 하고 '큰 개자리'의 '가장 밝은 별 시리우스'는 마을에 있던 개들이 한데 모여 달려가는 것처럼 여겨지는 것이다. 이러한 상황에서 화자의 '구장탄데'에 관한 기억과 의식은 더욱더 공고해짐을 알 수 있다. 이러할 때면 '구장탄데'는 사라졌어도 사라진 것이 아니라 오히려 전우주가 '구장탄데'를 소환하는 것처럼 보인다.

위 시는 부재에도 현존성을 발휘하고 있는 '구장탄데'에 관한 이야기를 다루고 있거니와 시인이 말해주는 그와 같은 신비로운 현상은, '김해 조개 무덤'에서도 확인할 수 있는 것처럼, '오랜 세월'이 '지층'들 속에 '박혀 있'음에 따라 나타나는 것, 즉 시간이 공간이 되는 상황 속에서 발생하는 것이다. 말하자면 존재의 생명성은 그 자체로 끝나는 것이 아니라 그가 살아온 시간을 장소에 침투시켜 흔적을 남기게 됨에 따라 소멸에 이르러서도 영구히 지속된다는 것을 알 수 있다.

'구장탄데'와 관련한 이와 같은 사실은 부재하는 절대성에 관해 우리가 취할 수 있는 한 접근법을 유추하게 한다. 우리가 추구해야 할 절대적 가치는 부재함으로 인해 단호히 부정될 것이 아니라 오랜 동안 퇴적된 시간성에 근거하여 영원히 환기되어야 할 성질에 속한다는 것이다. 이데아든 신이든 혹은 그 무엇이든 간에 절대성은 그

부재함이 현존의 완전한 소멸에 대한 조건이 되지 않는다. '구장탄데'를 통해 살펴보았던 것처럼 절대성 역시 인류의 기억 속에서 그것이 존재했을 시간의 흔적과 더불어 영구히 현존하는 것이 아닐까 하는 것이다. 이는 절대성에 대해 부정과 단절 대신 끝없는 연기와 지속의 접근법이 현대인들에게 여전히 유효할 수 있음을 말해주는 대목이다.

> 강철 같은 눈사람을 굴리며 당신과 웃고 있다면
> 눈사람은 겨울 한 철 내내 만발할 것입니다
>
> 실타래를 돌돌 뭉치면 실 뭉치가 됩니까
> 실 뭉치를 살살 당기면 실타래가 됩니까
> 처음은 도대체 누가 기억하자는 겁니까
> 처음의 모습은 누가 먼저 시작한 걸까요
>
> 십일월의 햇살은 아직 뭉칠만합니다
> 저 고민스런 은행의 노랑을 다 털어내고
> 눈 내리기 전 고스란히 가을을 바칠 생각입니다
>
> 주먹주먹 은행잎을 뭉치면 눈사람이 됩니까
> 꾹꾹 낙엽을 밟으면 겨울이 옵니까
> 내게 첫 눈은 당신이어서
> 송곳 같은 당신의 등을 껴안고 후미지도록 녹고 싶습니다

　　그 세계에도 눈이 옵니까
　　거기서 눈을 굴려 이 세계로 오시지 않으렵니까

　　핀 하나에 몸을 지탱하는 나비처럼
　　우리 좀 가벼워지면 안 될까요

　　우리들의 우아한 자세는
　　어디서부터 시작 되나요 아직도 나는 많이 아프고
　　밤이면 당신이 오는 인기척에 떨고 있고
　　　　　　　　　　　　　　　박병란, 「인기척」 부분

　빈 여백으로 남겨진 채 무한히 그 부정否定이 지연되고 있는 절대
성은 그것을 구하는 이에게 완전한 부재 대신 언뜻언뜻 얼굴을 내비
치는 존재가 아닐 수 없다. 그것은 지루한 일상 속 뜻밖의 기쁨으로
다가올 수도 있고 차가운 도시의 따뜻한 인정으로도 다가올 수 있으
며 오랜 낙담의 세월 가운데 갑작스런 반전으로도 다가올 수 있을 것
이다. 예기치 않던 희망이 절망을 대신할 때, 오랜 고통이 눈 녹듯이
사라질 때 우리는 세계에 신비롭게 존재하는 절대적 가치를 새삼 확
인하게 될 것이다. 괄호쳐진 절대성은 머나먼 관념이 아니라 구하고
바라는 중에 현시하는 살아있는 것이다. 때문에 절대성을 내포한 삶
은 고정불변하는 것이 아니라 변화와 함께 하는 생성적인 것이라 할
만하다.
　위 시의 화자가 기다리고 있는 '당신' 역시 화자의 오랜 기억 속에
내재되어 있는 채 화자의 생을 이끌어가는 계기로서 작용하고 있다.

'당신'이 그러한 존재가 되었던 시점이 언제인지 계기가 무엇인지 알 수 없으되 '당신'과 '나'는 인생이 이루는 '실타래'와 '실뭉치' 간의 오랜 인연의 끈을 이어오고 있음을 짐작할 수 있다. '당신'이 절대적 존재로 자리하고 있는 '나'에게 생은 항상 기다림과 설렘으로 가득 차 있고 세계는 기대와 기쁨으로 충만하다. '나'에게 계절의 모든 길목들은 온통 눈부신 빛깔과 아름다운 소리로 생동한다. '나'에게 세계를 대면하는 매순간이 조화로운 음악처럼 다가오는 것은 '당신'이라는 절대성을 배제하고서는 설명되지 않는다. 가령 '십일월의 햇살은 아직 뭉칠만하'다고, '저 고민스런 은행의 노랑을 다 털어내고/ 눈 내리기 전 고스란히 가을을 바칠 생각'이라는 고백은 절대적 존재 안에서 지극한 평온을 얻은 자의 완전한 긍정의 자세를 나타내는 것이다. 그와 같은 화자의 고백이 일순간 세계 전체를 평안하게 다독일 듯한 느낌을 주는 것도 우연은 아니다.

　그런데 '나'의 삶에서 분리되기 힘든 채 '내' 삶의 모든 국면에서 시작과 끝을 이루고 있는 '당신'은 위 시에서 '그 세계'의 존재이지 '이 세계'의 그것은 아니다. '당신'이 초월자임을 말해주는 대목이다. 한편 그러한 '당신'이 '내' 삶의 내면들에 속속들이 스며 있음은 '나'의 '당신'을 향한 지향성의 강도를 암시하거니와, 화자는 초월자를 희구함으로써 자신의 유한성을 초월코자 한다는 것을 알 수 있다. 그가 꿈꾸는 '우아한 자세'는 곧 '그 세계'의 힘으로 '이 세계'의 비루함을 초극하여 '가벼운 나비처럼' 날개짓할 때 비로소 가능해지는 것에 해당한다.

　박병란의 위 시는 현대적 일상을 살아가는 우리에게 절대적 가치에 대한 희구가 어떻게 현상할 수 있는지에 관한 하나의 형상을 보여주고 있다. 신의 죽음과 부재를 선언하면서 탄생한 현대 문명 속에서 절대성을 추구하는 것 자체가 반시대적 관념에 불과하다는 저항이 있을 것이나 절대성에 대한 지향성은 시적 상상력에 있어서의 필연적 계기임을 확인할 수 있다. 그것은 신의 존재 여부에 관한 확실성을 초월한 지평에서 이루어지는 인간 의식의 불가피한 개시開示로서, 이를 통해 인간은 척박한 문명의 영토를 가로질러 비로소 구원과 창조의 세계에 이를 수 있게 된다. 이때 자아가 보이는 절대성을 향한 열망의 강도에 따라 절대성이 삶 속에 개재하는 양상 또한 차별적으로 현상할 것이다. 그러나 분명한 것은 생에 개입하는 절대성은 인간을 그것에 구속시키고 고정시키는 것이 아니라 우리의 생을 생성의 한가운데 놓이게 할 것이라는 점이다. 절대성을 향해 열려진 인간의 의식은 물화된 오늘의 세계를 새로운 창조의 힘으로써 초극하게 될 것이다.

■ 『시사사』 2019년 3, 4월호

시적 언어가 할 수 있는 것과
진리에의 가능성

– 김윤정·김민우·채호기·김태희·구애영의 시

칸트는 이성비판을 통해 인간의 앎의 경계를 설정하고자 하였고 지각할 수 없이 생각만 할 수 있는 순수 사유의 영역으로 '물자체物自體'를 제시하였다. 물자체는 인간이 선험적이고 주관적인 조건으로써는 인식할 수 없는 현상에 대한 원인이자 실체에 해당한다. 이성에 대한 믿음이 극에 달하던 시기에 인간의 인식 능력에 대해 질문하면서 칸트는 인간이 알 수 없는 것에 대해 예단하지 않도록 한계를 설정해 두었다. 인간의 지각능력이 아무리 뛰어나다 하더라도 인간의 인식이 도달할 수 없는 영역이 존재하기 마련인데 그것은 신의 영역으로서 인간이 왈가왈부할 수 없다는 것이다. 다만 물자체도 현상을 매개로 하여 인간의 감성을 자극할 때 인간은 직관을 통해 물자체를 인식할 수 있다고 하였다. '직관 없는 사고는 공허하고 개념 없는 직관은 맹목이다'라는 칸트의 유명한 명제도 여기에서 비롯된다.

인간의 인식 능력에 대해 경계를 두려고 했던 칸트의 이와 같은 관점은 초기 비트겐슈타인에 이르러 비슷한 명제로 반복된다. 그는 언어와 명제는 외적 사실과의 대응 요소를 지니고 있는 한 의미를 지니지만 외적 사실과 연관될 수 없는 문장들, 즉 감각 가능한 세계에 대응하지 않는 종교, 형이상학, 예술 등 가치를 나타내는 언어는 무의미하며 말해질 수 없는 것들이라 말한다. 이때 비트겐슈타인은 이들 말해질 수 없는 것들에 대해서는 침묵해야 한다는 과격한 명제를 던지기도 하였다. 그러나 이것은 비트겐슈타인이 언어의 한계를 지정하는 것일 뿐 언어에 의해 명명될 수 없는 외적 영역을 부정하는 것이 아니었다. 언어가 실재를 담아내야 한다고 믿었던 초기의 비트겐슈타인에게 형이상학과 같은 외적 영역은 언어로 규정되지 않을 뿐 여전히 신비로운 세계로서 남아있게 된다.

그러나 후기에 이르러 비트겐슈타인은 언어에 관한 아주 새로운 관점을 제시한다. 언어는 실재하는 세계와의 대응성을 바탕으로 진리를 보장받는 것이 아니라 공동체에 의해 사용되고 운용되는 바에 의미가 구현될 수 있다는 관점이 그것이다. 언어는 약속된 규칙과 수행과정에 따라 의미를 지니게 되는 일종의 게임이라는 것이다. 언어는 내용의 실재성에 의해 존립하는 것이 아니라 공공적 활용성에 따라 존재한다는 이것이 그의 유명한 언어 게임 이론이다.

초기에서 후기를 거치면서 비트겐슈타인은 우리에게 언어에 관한 중요한 시사점을 제공한다. 말해질 수 있는 것에 대해서는 명확히 말하되 말해질 수 없는 것은 침묵해야 한다는 비트겐슈타인의 초기의 언어관은 논리 밖 영역인 형이상학적 신비의 세계를 전제하고 있으나 후기의 관점에서는 인간의 모든 활동이 언어 게임 내로 포섭됨에 따라 외적 세계에 관한 가능성 자체가 무의미해지는 사태가 벌어진다. 이 시기에는 더 이상 언어가 진리를 확보할 수 있느냐 없느냐가 중요한 문제가 되지 않게 되며, 언어의 실재성보다는 다양성을 강조하게 됨에 따라 가치 상대주의에 대한 여지를 열어놓게 된다.

한편 1953년에 출간된 『철학적 탐구』를 통해 제시된 비트겐슈타인의 이러한 관점은 2차 대전 직후의 허무주의적 세계관 및 가치의 상대성을 대변하는 것이자 이 시기에 급부상하고 있던 언어 상대성 이론인 구조주의 철학과 맞물리는 것이어서 주목을 요한다. 주지하듯 구조주의 언어관은 언어가 사물과 일치하는 것이 아닌 기호인 이상 자의적일 따름이며 언어의 의미는 사물로부터 비롯되는 것이 아니라 기표-기의 간 규약과 체계에 의해 규정되는 것이라는 관점을 나타낸다. 구조주의 언어관을 따를 때 언어는 규칙을 따를 뿐 세계의 실재성을 지향하지 않으며 예술 작품 역시 자율적 질서에 따라 구성될 뿐 세계를 반영할 의무로부터 자유로워지게 된다. 이같은 실재와 구분된 기표-기의의 자의성이 해체주의 철학의 출발점이 된 것도 잘 알려진 사실이다.

이러한 사정을 고려하면 비트겐슈타인은 그의 언어관을 통해 우리에게 의미지향성과 부정성, 진리에 대한 믿음과 회의, 가치의 절대성과 상대성이라는 두 관점을 획기적으로 구분하는 세계관을 제시하였다는 사실을 알 수 있다. 그리고 비트겐슈타인이 보여준 이와 같은 상반된 태도는 우리의 의식이 언어와 진리에 관한 한 두 갈래의 관점 사이에서 어느 쪽인가를 명확히 지정하지 못한 채 갈팡질팡하고 분열될 수 있음을 말해준다. 언어에 관해 우리는 한 편으로 진리를 지시하고 진리에 다가갈 수 있다는 믿음을 지니고 있는가 하면 다른 한 편으로 진리가 무화된 세계에서 언어 역시 그에 종속된 채 존재하고 기능할 뿐이라는 관점을 지니게 되는 것이다. 이 같은 언어관의 분열과 찢김이 시를 쓰는 이들에게 더욱 뚜렷한 현상으로 나타나는 것은 물론이다. 특히나 포스트모더니즘의 문화 현상 속에서 진리의 상대성과 언어의 의미 해체에 주력했던 근래에 언어의 본질을 탐구하기 마련인 시인들은 세계의 진리 가능성 및 언어의 세계와의 관련성에 대해 질문하곤 하는 것이다. 세계는 칸트가 말하였던 대로 진리를 내포하고 있는가 내포하고 있지 않은가. 언어는 그러한 세계를 반영하는가 반영하지 않는가. 세계에 진리가 있다면 그것은 어떻게 현상하고 있으며 언어가 그러한 진리를 반영한다면 언어의 형태는 어떠해야 하는가 등이 그러한 질문들이다.

> 거짓이 거짓인 걸 몰랐다가 거짓이란 걸 알게 되었을 때
> 함께 자라난 진실이 진실이 아닌 거짓이란 걸 알게 되었을 때
> 사람이라면 누구나 당연하게 거짓을 버릴 것 같지만
> 어떤 사람들은 거짓이 더 편하다
> 거짓을 믿는 사람이 많을수록 파생된 거짓 속 사람들이 일가일수록
> 어떤 거짓은 진실보다 편하다
> 인공 플라스틱을 삼킬 생명체가 내 가까이 어디에 있을까 싶겠지만
> 내가 먹는 것
> 다른 사람도 먹을 수 있나 먹을 수 없나 서로 따져 물을 필요 없고
> 오래 믿어 온 시간의 벽 서로 허물어야 할 이유 없이
> 믿었던 거짓의 한 순간조차 바로 잡지 않고
> 멀쩡한 주변이 모두 먹을 수 있어 진실이 되어 버린 거짓이

있다

  그 일가만 소화할 수 있는 플라스틱이 있다

  입 안에 넣을 수 없는 플라스틱을 그들만 뜯을 수 있는 방법
으로

  침에 섞어 놓으면

  다수여서 진실인 힘에 으스러지는

  플라스틱을 갉아먹고 분해하는 애벌레처럼

  살아있는 생명체는 누구도 소화할 수 없는 걸 먹고 흡수하
는 일가

  무엇과 배교해도 그들의 뭉쳐 놓은 숫자만한 진실일

  배설물들

김윤정, 「플라스틱을 먹는 일가」 부분

오늘날 거짓이 진실을 압도하는 사태는 위 시에서 제시하고 있는
것처럼 '플라스틱을 먹는 일가'에 한정되는 것일까? 위 시에서 '플라
스틱을 먹는 일가'는 미세 플라스틱으로 해양이 오염된 상태에서도
그와 같은 환경 문제를 도외시하는 현대인들을 가리키는 것일 테지
만, 문제가 있음을 알면서도 그것을 시정하려 하지 않고 타성에 젖
은 채 사는 경우는 이러한 환경문제에만 국한되지 않는 것이 현실이
다. 오늘날 많은 국면들 속 대부분의 사람들은 '거짓이 거짓인 줄 몰
랐다가 거짓이란 걸 알게 되었을 때'에도 여전히 이를 개선하고 바
른 길로 나아가려 하기는커녕 아무렇지도 않은 듯 거짓을 덮은 채 기
존 방식대로 살아가는 길을 택한다는 것을 알 수 있다. 지금껏 진실
이라고 믿었던 사실이 거짓임이 판명되었을 때 '사람이라면 누구나

당연하게 거짓을 버릴 것 같지만' 실상은 그렇지 않다는 것이다. 사람들에게 중요한 것은 진실과 거짓의 갈림이 아니라 내게 얼마나 편리한가 그렇지 않은가일 뿐이어서 설령 그것이 진실이 아니라 할지라도 단지 그 때문에 버릴 이유는 되지 않는다. '어떤 거짓은 진실보다 편한' 것이다.

진실의 여부 대신 편의성과 편리성이 위주가 되는 사회는 끔찍할 수 있지만 그것은 실제 우리가 몸담고 있는 세계에 해당한다. 우리 사회에서 그것이 얼마나 합당하고 진리에 부합한가를 따지는 일은 불필요하고 불편한 일일 뿐이다. 우리는 그저 주어진 규약과 체계에 따라 적당히 인정하고 적당히 타협하도록 요구되는 세상 속에서 살아가고 있는 것이다. 이 속에서 이미 견고해진 질서와 체계를 문제시하고 부정하는 것은 일을 복잡하게 만드는 까닭에 사회로부터 지탄받을 일이 된다. 중요한 것은 진실이 아니라 약속된 시스템일 뿐이다.

시인은 이와 같은 현대의 시스템화된 현실을 수적 횡포와 관련시킨다. '거짓을 믿는 사람이 많을수록', '거짓 속 사람들이 일가일수록' '거짓은 진실보다 편하다'는 것이다. 다수의 사람들이 믿고 수행하는 한 진실은 올바른 것에 의한 것이 아니라 익숙함에 의해 판명된다. 그 익숙함이 오랜 시간 지속되어 온 것일수록 그것을 되바꾸는 일은 더욱 어려워진다. 설령 그것이 '먹을 수 없는 것'임에도 불구하고 다수에 의해 오랜 시간 동안 익숙하게 받아들여졌던 것이라면 '먹을 수 있는 것'이 된다. 요컨대 진실을 만드는 것은 다수에 의한 보장이다. 다수에 의해 구축된 체계는 진리를 으스러뜨리고 거짓을 진실로 둔갑시키는 횡포를 일삼게 된다.

'플라스틱을 먹는 일가'를 향해 의식의 허위와 둔감증을 비판하고 있는 위의 시는 그러한 부조리가 현대 사회 전체의 실상과 다르지 않다는 점에서 문제적인 관점을 내포한다. 우리가 살아가고 있는 사회는 결코 진리에 의해서 지탱되고 있지 않은 것이다. 현대의 경제와 정치, 교육과 문화 속에서 진리와 창조를 구하는 일은 동화같은 이야기 외에 아닌 것이 되어 버렸다. 현대 사회의 모든 영역들은 예외 없이 약속된 체계에 따라 규정된 채 편리성의 동력을 바탕으로 운영되고 있다 하겠다. 여기에서 예술이나 시, 언어도 물론 제외되지 않는다. 가장 창조적이므로 진리를 향해 나아가야 할 이들 예술과 시, 언어조차도 그것이 다수에 의해 규약되었다는 이유로 '다른 사람도 먹을 수 있나 먹을 수 없나 서로 따져 물을 필요 없'이 편리한 '거짓'을 택하게 되는 혐의를 지닌다. 마치 주어진 게임 내에서의 규칙을 따르듯 말이다.

> 대학 신입생 시절, 신입생 환영회가 끝나고
> 다 같이 수강 신청하러 학교 근처 PC방에 갔는데
> 새내기고 복학생이고 자리도 못 잡았어요.
> 1번 이용자 이용 중⋯⋯
> 2번 이용자 이용 중⋯⋯
> 3번 이용자 이용 중⋯⋯
> 이용자, 당신이 자리를 독점하고 있었죠.
> 당신이 선점하지 않은 자릴 찾고 수업을 찾느라
> 당신 눈치만 보고 있었죠. 새내기고 복학생이고
> 이용자, 당신에게 또 이용당하는 중이었어요⋯⋯

이용자 당신에게 이용당한 인연은
열두 살 때 PC방에 처음 가볼 적부터 시작됐죠.
이용자, 당신이 즐겨하던 스타크래프트 하려는데
이용자, 당신 다음 차례로 꼬박 한 시간 기다렸죠.
이용자, 당신의 PC방 정복기에 정신을 못 차리다
이용자, 당신의 유닛들은 금세 내 본진을 정복하고
이용자, 당신은 날 보고 허접ㅋㅋㅋ비웃더군요.
이용자, 당신과 게임 한 판 하려고 했을 뿐인 나는
당신의 조롱거리로나 대판 이용당했었죠.

(중략)
독서실 복도마다 심심찮게 내걸린

♥합격을 축하합니다♥
......
4번 이용자●●님 – 공무원(지방직) 필기시섬 합격
4번 이용자●●님 – 공무원(국가직) 필기시험 합격
7번 이용자 ●●●님 – 경찰직 필기시험 합격
14번 이용자 ●●●님 – 소방직 필기시험 합격
......

*

문예지며 시집 페이지를 넘기는 이용자님,

(중략)

우주만물 발아래 두며
끌리는 대로 꼴리는 대로
이용하고 또 이용하는
만물의 영장 이용자님 사랑해요.

　　　　　　　　김민우, 「이용자 선생님께 드리는 송시」 부분

　'이용자'는 고유명사인 듯싶지만 우리 일상의 도처에서 만나게 되는 익명의 모든 사용자를 가리킨다. 뒤집어 말하면 '이용자'는 우리 사회를 구성하는 모든 익명의 사람들이 보통명사에서 머물지 않고 사회의 주체처럼 행세함에 따라 고유명사가 되어 버린 세태와 관련된다. 즉 '이용자'는 이름도 얼굴도 가려진 사람들이지만 시스템 속에서 주인이 되어 고유한 '나'를 압도하고 지배하는 존재라 할 수 있다. 그런 점에서 '이용자'는 '나'의 정체성을 위협하는 얼굴없는 타자이다. '나'는 스스로 고유성과 정체성을 보유하고 있음에도 불구하고 끊임없이 얼굴 없는 타자인 '이용자'를 상대하고 그와 대결해야 하는 부담을 안고 살아가게 된다.

　위 시에서 '이용자'는 사실상 현대 사회 속 자아가 대면해야 하는 시스템화된 세계 전체라 할 수 있다. 규약화되고 체계화된 사회 속에서 자아는 항상 '내'가 알지 못하는, 그러나 '나'의 우위에서 '나'를 억압하는 타자를 대면하게 된다. 그것은 '학교'에도 있고 '도서관'에도 있으며 '게임'에도 있고 심지어 '시'에도 있다. 그것들은 모든 영역 모든 국면에 도사리고 있으면서 그 세계를 지탱하고 있는 실로 그

영역의 주인공들이라 할 만하다. 시인은 그러한 존재들을 향해 '이용자'라는 평범하면서도 기묘한 명칭을 부여하고는 그들이 누리는 지위를 선명하게 형상화하고 있다. '이용자'는 '만물의 영장'으로서 '나'를 '이용'하는 당사자에 해당하는 반면 '이용자'에게 '12살 때부터' 지금까지 항상 '이용당한' 사람인 '나'는 '이용자 이 새끼 두고 보자!'하는 식으로 '이용자'를 이기기 위해 벼르는 인물이다.

오랜 시간과 모든 지점에 걸쳐 전개되어 왔으므로 대부분 그것을 당연한 것으로 받아들이게 되는 '이용자'에 의한 '이용당함'은 사실 매우 자괴스러운 것이다. '나' 역시 시스템의 일부를 채우고 있는 만큼 '이용자'들이 시스템을 장악하고 있는 순간 '내'가 그들에게 '이용당'하고 있다는 것은 기정사실이 되고, '나'는 그들의 주변에서 중심인 그들을 향해 기웃거리는 소외되고 힘없는 존재가 되어버리기 때문이다. '나'와 '이용자'들을 모두 한 시스템으로 질서화하는 세계에서 주변부로 밀려나는 '나'는 그들의 '눈치'를 보며 처분만을 바라는 인물로 전락하게 된다. 이미 주인의 자리를 '선점한' '이용자'와 그렇지 못한 '나'는 주인과 노예처럼 한쪽은 영원한 승자로 한쪽은 영원한 패자로 구획될 뿐이며 이러한 구조 속에서 '나'는 언제고 당당한 주체가 될 수 없다고 여겨진다.

이러한 사태가 더욱 충격적으로 다가오는 영역은 다름 아닌 '문단'이다. '이용자'는 '문예지며 시집 페이지를 넘기는' 인물이기도 한 것이다. '시집'과 '문예지' 역시 '이용자'를 중심에 두고 있는 완결된 체제라는 사실은 우리를 더욱 아연하게 만든다. 이는 '시집'과 '문예지'를 향해 진정어린 가치의식을 품은 채 살아왔던 많은 시인들을 좌절케 하는 대목이기도 하다. 스스로 '나'의 주인이 되고자 시작한 일임에도 문단이라는 체제 내에서 주변으로 소외될 뿐이라는 사실을 받아들이는 일은 쉽지 않다. 시스템 상 노예로 전락하지 않기 위해 중심을 기웃거려야 하는 수많은 '나'들은 예상치 못한 '이용자'의 존재 앞에서 갈 바를 잃게 된다. 더욱이 '이용자'가 진리의 담지자라는 확신을 얻지 못할 때 '이용자'를 대하는 '나'들의 방황은 더욱 깊어질 것임이 분명하다.

어둠을 파고드는 스파클라 반짝이는 침엽

무엇이 생명의 뇌관을 건드렸나?
그것은 장미가 될 수 있었고 고양이도 될 수 있었다. 암탉이
며칠째 품고 있는 동그란   것을 향한 도화선이,
빛을 내며 터지는⋯⋯
(어둠을 파고드는 스파클라의 반짝이는 침엽
알을 둘러싸는 가깝고 불확실한 무엇의 힘⋯
영혼⋯의지⋯)

손을 들어(왼손인가? 오른손인가?) 펜을 쥐고,
탁자 위에 놓인 백지 한 장이
펜을 끌어당길 것이다(손은 펜에 끌려갈 것이다)
'사람'이라고 쓰면 안 된다고 무엇이 속삭인다(손의 요정?)
멀고 불확실한 형체가 둘러쌀 분명한 물질이 백지에(펜 삽)
묻혀야 할 것이다.
(어둠을 파고드는 반짝이는 침엽 스파클라 빛살

펜을 둘러싸는 가깝고 불확실한
무엇의 힘…영혼…의지)

"물 핵산 단백질 지질"……을 둘러싸는 "무엇?"
"물 핵산 단백질 지질"을 둘러싸는 "빛"
"빛"의 다른 쪽 끝은 "수정체"

도화선의 한쪽 끝은 "무엇"
"무엇"이 점화되면 "영혼"…"천사"…"유령"…"힘"…"의지" …
"요정"…이 터지고 반짝이며 불탄다
도화선의 이쪽 끝은 "몸"("몸"이 문제다. "몸"은 없다. "누
군가의 몸"이 있다)

채호기, 「자기<s>분석</s>부상」 부분

시인이 '자기분석'을 지우고 '자기부상'을 덧칠한 까닭, '자기부
상'과 '자기분석'을 서로 겹쳐 쓴 까닭은 무엇일까? 뒤집힌 문자로서
의 '자기분석' 위에 불명확하게 덧칠된 '자기부상'이 나타내고자 하
는 의미는 무엇인가? 또한 그것이 '어둠을 파고드는 스파클라 반짝
이는 침엽'이라는 제명題名보다 위에 자리잡은 채 상위의 제명題名을
차지하는 이유는 무엇일까?
  이러한 의문들은 우리의 의식을 대번에 언어와 시, 그리고 진리의
상관성을 향하도록 한다. 언어는, 지금 우리가 사용하고 있는 언어는
바른 것인가, 시는 어떠한가, 진리는 무엇인가와 관련한 질문들이 그
것이다. 무엇보다 '어둠을 파고드는 스파클라 반짝이는 침엽'이 제

시하는 이미지의 형체와 그것이 환기하는 '생명의 뇌관'이라는 의미
는 위 시가 객관적 사실과 초월적 진실을 동시에 겨냥하며 쓰여진
것임을 짐작하게 한다.

가령 '어둠을 파고드는 스파클라 반짝이는 침엽'이 '생명의 뇌관'
이자 '"물 핵산 단백질 지질"을 둘러싸는 무엇'이며 '도화선'을 기점
으로 '다른 쪽 끝'이 '수정체'이자 "몸"에 닿아있다는 진술은 우리로
하여금 그것을 '반짝이는 침엽'과 같은 돌기를 지닌 세포의 형상과
관련시키고 그로부터 생명체의 물질적 단위를 환기시키도록 한다.
'물 핵산 단백질 지질을 둘러싼' 채 '수정체'의 전신으로 기능하며
'스파클라'처럼 '반짝이는' 그것은 생명을 유지하고 확산시키는 생
명체의 기본 단위인 세포의 형상 및 지시가 아닐 수 없다.

그런데 그것이 '생명의 뇌관'임은 물론 '"물 핵산 단백질 지질"을
둘러싸는 "빛"'이라는 대목, 그리고 그것이 도화선을 기점으로 하여
'한쪽 끝'인 "무엇"에 닿고, 그 '"무엇"'이 '"영혼", "천사", "유령",
"힘", "의지", "요정"에 닿는다'는 진술은 '어둠을 파고드는 스파클
라 반짝이는 침엽'이 단지 생명체의 물질적인 단위만을 지시하는 것
이 아니라 동시에 '영혼' 등 생명의 본질과도 관련됨으로써 과학적
사실을 넘어서는 초월적 진실 역시 내포하고 있음을 말해준다. '반
짝이는 침엽'의 '어둠을 파고드는 스파클라'같은 '빛'은 단지 물질에
그치는 것이 아니라 '영혼, 힘, 의지' 등의 비물질적이고도 신비한 영
역과도 연관되는 것이다. 그것은 물질의 단위일 뿐만 아니라 생명체
에 생명성을 불러일으키는 물질 이상의 정신적인 것에 해당한다.

이같은 사정을 고려할 때 위 시에서 제시하는바 '생명의 뇌관'이
라 할 '어둠을 파고드는 스파클라 반짝이는 침엽'은, '도화선'을 기점

으로 '한쪽 끝'의 신비로운 것과 '다른 쪽 끝'의 '수정체'를 거느리는 데서 짐작할 수 있듯, 물질이자 비물질이면서 '몸'과 정신을 동시에 지시한다 하겠다. 그리고 이는 시인이 '어둠을 파고드는 스파클라 반짝이는 침엽'을 통해 객관적이고도 과학적인 사실과 눈에 보이지 않는 초월적 진실을 한데 아우름으로써 본질과 현상, 실체와 표상을 통합적으로 제시하고자 함을 말해준다. 그것은 칸트의 개념을 빌어 말하면 생명성이라는 물자체가 생명체로서의 현상을 획득하고 있는 사태라고도 할 수 있다. 말하자면 시인에게 '어둠을 파고드는 스파클라 반짝이는 침엽'은 단지 물질이나 단지 정신이 아니라 물질과 정신이 결합되어 이룩하는 진리의 현현체가 된다. 그것이 '어둠을 파고드는 스파클라'라고 하는 불꽃의 형상을 띠게 되는 것도 이 때문이다.

시에서 이와 같은 형상과 의미를 통해 시인이 도달하고자 하는 것은 세계의 진리 가능성에 대한 인식에서 그치지 않는다. '자기분석'이라는 언표를 빗금치고 전복하면서 도달하는 국면은 '자기부상'이라는 흐릿하면서도 실재하는 지대이거니와 이는 '자기분석'으로 대변되는 이성적 사유를 부정하였을 때 닿을 수 있게 되는 진리의 세계를 암시하는 대목이다. 뿐만 아니라 이것은 언어적 측면에서 역시 언어가 게임화되고 자동화된 사용을 초극하였을 때 비로소 진리 현현 가능성을 획득할 수 있다는 사실과 맞물려 있다. '자기분석'을 전복하고 '자기부상'을 겹쳐 제시하는 기묘한 행위를 통해 시인은 언어와 세계의 진리 가능성을 동시적으로 나타내고 있는 셈이다. 즉 세계는 물자체와 현상의 불꽃튀는 통합을 이루었을 때 결국 진리를 구현한다 할 수 있으며 언어 또한 물화를 극복하였을 때라야 진리의 담지자

가 될 수 있게 된다. 그것이야말로 언어와 세계의 동시적 진리 가능성
이라 할 수 있으며 이를 구현하는 것이 시적 언어임은 물론이다.

　모든 것이 규약화된 체제에 의해 운영되고 언어 운용 역시 게임에
불과한 세계에서 진리가 깃들 수 있는 자리는 어디에서도 구하기 힘
들다. 반면 추상적 세계를 붕괴시키고 '생명의 빛'으로서의 진리를
구현한 세계에서라면 모든 사태는 달라질 수 있다. 이때는 세계도 언
어도 진리를 품을 수 있으며 이때의 언어는 그것이 진리를 담고 있
다는 점에서 특수한 언어이자 시적 언어라 일컬어질 수 있게 된다.
위 시의 두 번째 연에서 시인이 형상화하고 있는바 '펜'이 '손의 요
정'과 '분명한 물질인 백지'에 이끌리되 '펜을 둘러싸는 가깝고 불확
실한 무엇의 힘…'이 '어둠을 파고드는…스파클라 빛살'을 일으키는
시점은 곧 시인이 염두에 두는 시적 언어가 탄생하는 순간을 가리키
는 것이 아닐까. 즉 시적 언어는 시인의 전언에 따르면 어떠한 이성
적 분석도 규약화된 게임도 아니며 그렇다고 알 수 없는 추상적 관
념도 아닌, 물질과 정신, 언어와 세계가 충돌하는 지점에서 이 모든
것들이 동시에 빛을 발하는 시점에 구현되는 진리의 실체임을 짐작
할 수 있게 된다.

　　마중 나온 발음은 온전했다
　　너의 이름이 만들어지던 날 오후에는
　　아주 작은 것들이 배를 앓다가
　　뜨거운 숨을 뜨겁다고 말했다.
　　넘어지는 소리가 여기에서는
　　들리지 않았다.

얼굴에는 완성된 입이 없었고
소리는 비를 닮아 있었다.
옛날 이야기는 시간을
힘주어 상실시켰다.
엎드린 인형을 일으켜 세우면
성대를 울려 울 수 있을까,

원래의 밤이다.
사람들은 검은색을 어둡다고 한다.
입안에서 이름을 꺼냈고
그것이 원래는 어두운 곳에 있었다는 것을
모른 채, 우리는 밝은 마당에 서 있다.
내일도 누군가 온다.
그것이 색깔이 된다면,
비가 그치고, 이름이 된다.
맡아 본 적 없는 색깔이
혀를 박차고 나온다.
고른 치열을 순식간에 잊고
바닥에 추락한다.

부서진 것들을 주워 모으니
한동안 이름이 되었다.

　　　　　　　　　김태희, 「이름의 오해」 전문

채호기 시인이 말하는 대로 시적 언어가 물질과 정신, 세계와 언어의 진리성이 만나는 지점에서 빛으로 탄생하는 것처럼 위 시의 '이름' 역시 그 성립의 상황이 단순하지 않다. 위 시가 형상화하고 있는바 '이름'은 사물에 대해 부여되는 그저 습관화된 명명이 아닌 까닭이다. 위 시에서 '이름'은 사물과 분리된 채 규약 체계 내에서 주어지는 기호에 불과한 것이 아닌, 역시 물질과 정신이 신비롭게 만나고 그것이 생명성을 향해 있다는 점에서 세계의 진리에 닿아 있다 하겠다. 위 시의 화자가 일컫는 '이름'은 자동화된 채 발화되는 것이 아니라 세계와의 정밀한 소통을 통해 비롯되는 신비로움을 띠는 것이다.

가령 위의 시에서 '너의 이름'은 '온전'히 '발음'되되 '아주 작은 것들이 배를 앓다가 뜨거운 숨을' 토해내듯 발화되는 것이지 일상화된 언어 관습에 따라 쉽게 이루어지는 것이 아니다. 그것이 발화되는 순간은 외적으로 볼 때 아무렇지도 않은 것처럼 보이지만 내적으로는 '넘어지'고 헤매고 갈등하는 많은 사태들을 품고 있는 것으로서, 이는 '너의 이름'이 내적 정황과 외적 질서 사이의 현격한 차이와 간격 아래서 빚어지는 것임을 암시한다. '너의 이름'은 결코 약속된 규약에 따라 자동적으로 이루어지는 것이라 볼 수 없다.

'너의 이름'이 외적 질서에 따라 성립되는 것이 아니라는 점은 그것이 발화되었을 때 발화 주체인 '내'가 겪는 혼란을 볼 때에도 확인할 수 있다. 위 시에서 그것이 협의된 규약에 맞추어 이루어졌을 때라면 경험하게 될 당당함과 확신이 발화주체인 '나'에게 없다. '너의 이름'을 발화하고도 '나'는 여전히 머뭇거리고 주저하며 회의하고 불안하기 때문이다. '너의 이름'을 '입에서 꺼낸' 순간의 '나'에게 '얼굴'은 '완성된 입이 없'는 것처럼 부자연스러웠고 '소리는 비를 닮아 있'던 것처럼 어수선했다. 이들은 '너의 이름'을 말한 순간에 '내'가 느꼈을 세상에 대한 낯설고 익숙지 않은 감각을 나타내는 것으로서, '너의 이름'을 말할 때 '나'는 세상 앞에서 아주 고독하고 외로운 자아로 오롯이 남게 되는 것이다.

그러나 이같은 세상과의 부조화한 감각은 '나'를 전혀 다른 세계로 이끌어가는 지점이기도 하다. '너의 이름'을 발화할 때의 세계와 부조화스런 순간 일상의 '시간'이 지워지고 '상실된' 채로 '나'는 '엎드린 인형을 일으켜 세울' 수 있기를 소망하는 세계로, '어두운 곳'인지도 망각한 채 '밝은 마당에 서 있는' 세계로 돌연 자리하게 되기 때문이다. 그곳은 관습과 규약이 무화되는 곳이자 허위와 기만이 서식할 수 없는 지대이다. 그곳은 체계화된 세상과 달리 오직 순수한 진리만이 남을 수 있는 매우 예외적인 곳이기도 하다.

언어 게임 대신 창조적인 발화가 이루어지는 이곳에서 '나'는 아주 낯설고 새로운 세계에 노출되기 마련이다. 이때 무언가를 향한 '이름'은 '맡아 본 적 없는 색깔이 혀를 박차고 나오'듯 폭발적으로 발화된다. 기존의 정돈되고 질서화되어 있던 언어들은 '고른 치열을 순식간에 잊고 바닥에 추락'하는 일을 마다하지 않는다. 이곳에서의 언어는 그처럼 동적이고 예측할 수 없는 생기를 나타내는 것이다. 그것은 힘으로 가득 차 있으며 신비로운 생명성을 띠고 현상한다. 이는 세계의 진리가 '내'가 발화하는 '이름'으로 구현되는 순간이기도 하다. 언어 게임 내의 규칙으로 규격화되지 않는 그것은 규격화되지 않는 이유로 온전히 추슬러지지 않을 수도 있을 것이나 그것은 '나'에게 '한동안 이름이 되어' 창조와 진리의 빛을 발하게 될 것이다. 이처럼 혼돈과 암흑을 딛고 발화한 '이름'이야말로 세계의 진리를 향한 빛의 언어라 할 만한 것이다.

중고 서점의 지하 계단은 늘 팍팍하다 건너뛰고 싶은 시퀀스, 작은 종이박스를 그릇처럼 놓고 바짝 엎드린, 고서의 겉장 같은 사람이 곧바로 나를 뒤집어 쓴다

흉문처럼 듬성듬성 빠진 머리카락, 굽은 등으로부터 읽혀진 쾌쾌한 배경이 내력으로 읽힌다

고아는 아니었지만 고아 같았던 시절, 나는 자주 엎드렸다 달거리가 시작되었을 때부터 모든 것이 허기졌고,

엎드린 채 숨죽이며 읽었던 '주홍글씨' 속 주인공은 끝내 구원되지 않았다 도덕은 나의 기쁨이었을까 두려움이었을까

광기 같은 공복이 지금까지 나를 따라다녔다 구입한 헌 책의 책등을 만져보면 여태껏 읽어본 적 없는 낯선 장르 속에 부록처럼 내가 끼어 있다.

그때 엎드렸던 내 등은 누가 지켜봤을까

처연한 달빛이 쏟아졌던 것 같았고 지나가던 바람이 창문을 두드리다 진득한 달거리 냄새에 놀라 도망간 것도 같았는데,

119

　　저 걸인의 한결같은 집요함 속에 내 몸의 기억들이 오버랩
되어 흑백 필름처럼 자꾸 되감기고만 있다

구애영, 「오버랩」 전문

　위 시는 깊고 쾨쾨한 지하의 중고 서점에서 마주쳤던 '걸인'을 보면서 지난 날 자신의 모습을 '오버랩'시킨다는 모티프를 바탕으로 쓰여지고 있다. 누구도 주목하지 않고 사랑할 수 없는 도시의 부랑자는 화려한 자본의 세계에서 소외되는 것이 마땅한 인물이다. 그들에게 연민을 느낀다든가 호기심을 갖는다든가 혹은 그들을 응시하는 것조차 자본으로 도포된 사회에서는 금기시된다. 그들은 자본의 세계 저 끝으로 밀려난 채 추방당한 존재들인 것이다. 그들이 영원히 외지고 어두운 세계로 방치되는 것이야말로 이 시대의 모랄이다. 즉 그들은 이 시대의 주류로부터 격리된, 주체가 될 수 없는 존재들에 해당한다.

　이들이 주체가 될 수 없음은 이들이 말할 수 없는 존재들임을 의미한다. 이들은 스스로 자신들에 대해서 말하는 것이 금지되어 있는 자들인 것이다. 사회의 습하고 구석진 지대에 정물처럼 놓여 있는 것이 그들의 자리이자 존재방식이라는 점에서 그들이 발언권을 지니고 사회의 중심에 위치하게 될 가능성은 없다. 극도로 자연스럽게 모든 것에 대해 침묵하도록 강제되고 있는 이들은 우리 사회의 서발턴(subaltern, 하층민)들이다.

　이런 관점에서 볼 때 '걸인'과 자신을, '걸인'의 '굽은 등'에서 '그때 엎드렸던 내 등'을 겹쳐 보기 하는 시인의 행동은 사회의 주어진 경계를 넘어서는 아주 도발적인 태도에 속한다. 걸인의 '홍문처럼

듬성듬성 빠진 머리카락'과 '굽은 등'이 풍기는 '퀴퀴함'을 호흡하면서 그의 흉물스러울 '내력'과, '구원'과 '도덕'을 찾아 '엎드린 채 숨죽이며' 독서에 몰입하던 자신의 내력을 '오버랩'시키는, 결코 자연스럽지 않은 일을 아무렇지도 않게 행하고 있는 시인은 세상의 관점을 가로지르는 과감한 자이다. 어둡고 습한 곳에 '종이박스'처럼 던져져 있을 '그'가 '곧바로 나를 뒤집어 쓰'도록 허용하는 '나'는 소외되는 것이 마땅하다고 규정된 사람들에게 말걸기를 시도한 아주 예외적인 인물이다. 말하기가 금지된 자를 향해 말을 걺으로써 시인은 '나'를 기꺼이 그들과 하나가 되게 하고 있는 것이다.

그러나 어쩌면 '나' 역시도 내내 언제나 소외되었던 서발턴이 아니었을까. 실제로 화자는 '고아는 아니었지만 고아 같았던 시절'의 기억으로부터 자유롭지 못하다. '달거리가 시작되었을' 청소년기의 시절부터 화자는 '모든 것이 허기진' 외로움에 시달려야 했고 그것을 스스로 달래기 위해 '엎드린 채 숨죽이며' 독서에 매달려야 했음을 고백한다. '광기 같은 공복'이 가시지 않을 때마다 '헌 책'을 헤매다니던 화자에게 독서는 고상한 것이거나 지적인 것이 아니라 그저 허기짐을 채워주는 본능적인 것이었다. 따라서 책은 그에게 지성인의 표지이기 이전에 서발턴의 표지가 되었고 그것은 그를 더욱 외롭게 하는 요인으로 작용하였을 터이다. 책으로 인해 그의 외로움은 더욱 고착되고 당연시되었던 것이다. '헌 책의 책등을 만져보'며 '낯선 장르 속에' '내'가 '부록처럼 끼어 있다'는 생각을 하게 되었던 것도 이 때문이다. '나'는 '여태껏 읽어본 적 없는' '낯선' 책과 더불어 마찬가지의 '낯선' 자로 머물게 되었다.

시에서 화자가 묻듯 '그때 엎드렸던' 그의 '등은 누가 지켜봤을까'? 허기져 웅크린 채 책의 문자들을 곱씹었을 '그'에게 말을 걸어 준 이는 누구였을까? '처연한 달빛이 쏟아졌던 것도 같았고' '지나가 던 바람이 창문을 두드리다' '진득한 달거리 냄새에 놀라' '도망한 것도 같았던' 그때의 감각은 무엇이었을까? 그때 겪었을 화자의 외로 움은 지금 지하 서점의 '걸인'이 느끼고 있을 외로움과 다르지 않은 것이다. 그렇다면 그는 지금 여전히 허기져 말할 수 없는 서발턴으로 남아 있는가 아니면 그로부터 탈출하여 말하는 주체가 되었는가.

이들 질문에 대한 답을 우리는 알지 못한다. 그러나 이러한 질문들 은 우리에게 시가 무엇이고 시적 언어란 어떤 성질을 나타내는가에 관해 암시해준다. 시적 언어야말로 말할 수 없는 이를 말할 수 있게 하는 것, 사회의 게임에서 소외되어 구석진 자리에서 숨죽이고 있을 언어와 관련될 것이기 때문이다. 이들 소외된 언어에 시선을 던져 시 민권을 부여하고 이들 언어를 통해 소외된 자들이 어엿한 목소리의 주체가 될 수 있도록 하는 이들이 시인이거니와 시적 언어는 사회의 주변부로부터 발화되어 사회의 허기진 공복을 채우고 사회에 더 이 상 침묵을 강요당하는 지대가 없도록 행동하는 언어가 아닐까. 그런 점에서 시적 언어는 파리의 하층민들 속에서 미를 구현함으로써 진 리를 구하고자 하였던 보들레르의 언어와 겹쳐지는 것이 아닐까.

사회의 고착화는 언어의 고착화와 분리된 채 진행되지 않는다. 사 회의 부조리는 언어의 부조리로 현상하며 사회에 부재하는 진리는 곧 언어에서의 진실됨의 파괴로 이어진다. 마찬가지로 사회의 규격 화는 그대로 언어적 규격화에 대응한다 하겠다. 이점에서 사회에 가 득한 거짓이 언어에서의 진리 부재로 나타난다고 해도 놀랄 것은 없 다. 시인들이 강조하듯 여기에는 문단이라 해서 예외가 아니다. 이에 견주어 보면 예외적 시인들에 의해 경주되고 있는 진리를 품은 시적 언어를 향한 노력이 경외스럽다. 시적 언어는 어느 순간에도 고착될 수 없는 것이다. 고착되지 않는 것이야말로 시적 언어라 할 것이다. 게임화된 언어에 대한 경계는 매순간 이루어져야 하는 시적 언어의 윤리라 할 만한 것이다.

■『시사사』2019년 5, 6월호

3부

집중 조명

21세기
한국시의
표정

생의 의지를 포착하는
이채로운 시선의 자리

― 정채원 론

    정채원의 시를 지배하는 가장 주요한 요소가 있다면 그것은 대상을 관찰하는 독특한 각도의 시선이다. 그것은 독자의 앞에 오롯이 자리하면서 그의 시에 다가가는 길목이 된다. 당당히 버티고 있다는 표현이 적절할 그 시선은 때로 그가 바라보는 대상과 독자 사이를 가로막는 장막이 된다. 그런 점에서 그의 시선은 고유하지만 고독하고 섬세하지만 배타적이다. 이러한 사정은 그의 시에 대한 독자의 감정 이입을 방해한다. 대신 시는 대상을 바라보는 시선으로 인해 잔잔하고 고요해진다. 그의 시는 냉정하리만큼 담담하다. 그의 시가 아득히 멀다는 느낌은 그러한 점에서 비롯한다. 어쩌면 시인은 의도적으로 자신의 고유한 시선을 드리울 자리를 찾아들어간다. 그리고 그러한 자리를 찾았을 때 비로소 시인은 대상을 향한 시의 그림을 그린다. 시인이 그린 시의 그림이 생소하면서도 신비스러운 까닭이 여기에 있다. 그런 점에서 그는 정통적인 시의 예술가다. 시가 이룩할 수 있는 예술의 경지를 배타적으로 추구하는 것이 정채원의 시라 할 수 있다. 그의 시선은 대상이 가장 아름다울 수 있는 지점을 찾는 예술가의 그것이다.

하지만 대상이 지닌 아름다움이란 무엇인가. 그것은 외적인 것인가 내적인 것인가. 정채원 시의 독자성은 이와 관련될 것인데, 그의 시가 사실적이고도 환상적인 이미지로 가득 차 있다는 점은 그가 시의 회화성에 주력한 것으로 보이도록 한다. 그러나 그는 대상을 시각적으로 전유하는 데 그치지 않는다. 그는 대상이 지닌 내적 본질을 응시하고자 하기 때문이다. 특히 그의 시선이 머무는 곳은 존재가 유한성을 초극하기 위해 필사적인 고투를 펼쳐내는 지점이다. 정채원의 고유한 시선은 곧 시적 대상이 꿈틀대듯 몸부림치면서 그것이 생명의 드라마로 펼쳐지는 지대와 관련된다. 정채원 시인이 구하는 것은 굴레에 갇힌 존재의 운명과, 동시에 그가 보여주는 생명성의 국면이다. 시인은 이를 온전히 드러내기 위해 감정을 내세우는 대신 끊임없이 대상을 향한 새로운 시선을 제시한다. 그의 시선은 시적 대상이 보여주는 생명의 몸짓이 온통 아름다움의 그것이 될 수 있는 순간을 마주하기 위해 할애된다. 그 고요함의 시선은 때로 벌레를 바라보는 인간의 것이 되어야 했으며 또는 인간을 바라보는 신의 시선이 되어야 했다. 그에게 모든 대상이란 한 치도 벗어날 수 없는 운명 앞에서 처절한 생의 의지를 보이는 유한한 존재였던바, 그는 그러한 유한한 존재가 생명을 향해 펼치는 몸부림이야말로 스스로 가장 아름다울 수 있는 모습이라 여겼다.

여름에는 내 피로 너를 만들었고
겨울에는 뼛가루로 너를 만들었다

아니,
여름에는 얼음으로 너를 만들었고
겨울에는 모래로, 모래바람으로 너를
만들었다, 되도록 빨리 지워지는 너를

길잃은 사막에서 쓰러지기 직전 나타나는
신기루 속의 신기루
달려가 잡으면 가시풀 한 줌으로 흩어지는
너를 알면서도
그런 줄 알기에 더 놓지 못했다

철창에 갇혀 온종일 커피 열매만 먹는 사향고양이는
오늘도 피똥 아니, 커피똥을 싼다
수도 없이 창자벽에 제 머리를 박으며
캄캄한 내장 속에서 발표된 내 편지는
차가운 혀를 사로잡을 만큼 중의적일까

「파타 모르가나」 부분

'마녀 모르간 또는 신기루'라는 작가의 주석을 달고 있는 위 시의 제목만큼 'Fata Morgana'는 신비스럽게 느껴진다. '마녀 모르간'이라는 어휘 자체가 일으키는 비실재감과 더불어 시는 환상적인 이미지로 채색되어 있다. 시가 지닌 이와 같은 환상성은 시를 난해하게 한다. 그러나 정채원의 시를 단지 유미주의자의 그것으로 규정할 수 없는 것은 대상의 본질을 응시하고자 하는 시인의 시선 때문이다. 위 시에서 시적 대상은 '신기루'와 같은 공허한 것일지라도 시인에게 그것은 명백히 실재한다. 시인의 시선은 독자의 눈에 설기만 한 대상을 선명한 실재의 것으로 본다. 실상 시인은 있지도 않은 대상을 스스로 빚어내고 숨을 불어넣어 실재하는 것으로 존립시킨다. '여름에는 내 피로', '겨울에는 뼛가루로' '너를 만들었다'고 위 시의 화자는 말하는 것이다. 시에서 '신기루'의 환상적 이미지는 유희의 끝자락에서 공허하게 존재하는 것이 아니라 시인의 실존에 의해 필사적으로 창조된다.

그러나 만들어진 '너'는 '나'의 '피와 뼈'로만 이루어진 것이 아니다. '너'를 구성하는 재질은 '얼음'과 '모래'와 '모래바람'이기 때문이다. '여름'의 '얼음'과 겨울의 '모래, 모래바람'이 상징하는 것은 소멸할 운명의 그것이라는 점이다. 화자가 말하듯 그것은 '빨리 지워질' 것이다. 창조를 위한 뜨거운 의지에 의해 탄생한 것이지만 그것은 영원할 수 없는 운명 또한 지니고 있다. 뼈로 만들어지되 모래바람처럼 허망하다는 사실로 인해 그것은 '신기루'라 명명된다. 그리고 이것은 신 앞에 놓인 유한한 자의 운명을 대변한다. 위 시에서 시인의 시선이 자리하는 곳이 바로 여기이다. 신의 그림자 위에서 대상이 전경화되는 곳, 시적 대상의 유한성이 도드라져 보이는 곳이 시인의 시선이 자리하는 지점이다. 위 시의 화자가 '달려가 잡으면 가시풀 한 줌으로 흩어지는/ 너를 알면서도/ 그런 줄 알기에 더 놓지 못했다'라고 말하는 까닭도 여기에 있다.

존재의 유한성은 허망한 것이다. 그러나 그런 만큼 쉽게 방기할 수 없는 것이기도 하다. 이때 인간이 할 수 있는 선택은 포기가 아니라 몸부림이다. 인간은 유한성으로 인해 무력한 대신 유한하기 때문에 치열하다. 이러한 측면에서 대상을 향한 연민 가득한 위 시의 시선은 유한한 존재를 응시하는 절대적 존재의 그것이라 할 수 있다. '철창에 갇혀 온종일 커피 열매만 먹다'가 '커피똥을 싸는 사향고양이'는 자신에게 씌워진 굴레를 견디려고 버둥거리는 유한한 존재의 모습이다. 이러한 생존의 조건을 가리켜 시인은 '수도 없이 창자벽에 제 머리를 박으며/ 캄캄한 내장 속에서 발효된 내 편지'라고 형상화하고 있거니와, 이는 유한한 존재가 놓인 극한의 상황을 안타까움으로 바라보는 초월적인 시선에 의한 것이다.

유한한 존재가 지닌 운명을 통찰하는 시선은 사태를 감정적으로 전유하는 대신 냉철하게 인식한다. 그것은 존재의 생과 사의 조건을 가감없이 보여준다. 「압축보관」은 생사의 양면성을 동시에 응시하면서 유한한 존재가 죽음의 상황에 어떻게 직면해나가게 되는지 생생하게 보여주고 있다.

> 고흐의 가면을 쓰고 압생트를 마시며 친구가 제 코를 베어 갔다고 소리치던 K도 죽었다 K가 P의 애인이었나 묻던 Y도 죽었다 K가 두고 간 가면에 구멍을 뚫고 그 위에 카프카의 가면을 덧씌우던 P도 죽었다 곁에서 그 모습을 보고 붉으락푸르락하던 S도 죽었다 S를 말리던 J도 죽었다 울던 사람도 죽었고 눈 흘기던 사람도 죽었고 웃던 사람도 죽었고 하품하던 사람도 죽었다 아이스크림을 먹던 사람도 죽었고 자전거를 타던 사람도 죽었다 다 죽었다
>
> 십 년이 가도 백 년이 가도 압축보관된 사람만 죽지 못했다

진공상태로 납작하게 구겨진 채 남아 있다 죽은 사람 속에서
도 이따금 꿈틀거린다 언젠가 누가 나를 풀어주겠지 풍선처
럼 **빵빵하게** 살려내겠지 다시 커피를 마시며 너를 씹으며 조
각난 표정을 꿰맬 수 있겠지 역장이 깜빡 조는 사이 잠금장치
가 풀린 환생역 9번 출구로 나가면

「압축보관」 부분

  K도 죽고 P도 Y도 S도 J도 모두 죽는다는 것은 인간의 절대적인
유한의 조건을 가리킨다. 위대한 사람이건 보잘 것 없는 사람이건 인
연으로 얽힌 사람이건 그렇지 않은 사람이건 모든 생명 있는 사람은
죽는다고 위 시는 말한다. 이에 비해 '죽지 않는 압축보관된 사람'은
비실재하는 환상적 존재이다. 그리고 그것은 인간의 유한성을 무한
성과의 대비 속에서 바라보게 하는 계기에 해당한다. '압축보관된
사람'이라는 기괴한 이미지는 인간에게 죽음이 지닌 극한성을 환기
시킨다. 시에서 그가 '꿈틀거리'고 '언젠가 누가 나를 풀어주겠지 풍
선처럼 **빵빵하게** 살려내겠지'라는 소망을 품게 되는 것 역시 죽음
에 대해 저항하기 위한 것이다. '압축보관된 사람'이야말로 죽음을
극복하고자 하는 인간의 열망을 담은 환상적 이미지인 것이다. 그러
한 화자의 소망은 '환생역 9번 출구'라는 상징적 이미지로도 형상화
된다.

  환상적 이미지를 동원하여 죽음의 초극과 생명연장에의 꿈을 표
상함으로써 시인은 생사를 둘러싼 유한과 무한의 의미를 제시한다.
이때 시인은 유한과 무한을 병렬적이고도 등가적인 것으로 조망하
여 유한을 상대화시키는데, 이러한 태도는 유한성에 의한 인간의 감

정적 좌절과 절망을 괄호치는 기능을 한다. 이에 따라 절망의 감정
은 잔잔한 연민이 되고 죽음에의 공포는 담담한 긍휼로 대체된다.
'압축보관'을 통해서라도 생명을 연장하려는 인간의 과도한 욕망조
차 죽음 앞에 던져진 자의 '꿈틀거림'으로, 그것이 추악이라기보다
한계를 초극하려는 생에의 가상한 의지로 보이는 것도 이때의 시선
에 의해서 가능하다.

　이는 정채원의 시에서 '시선'의 의미가 무엇인지 짐작하게 한다.
정채원은 극한의 처절함을 감정적으로 표출하는 대신 이를 응시하
면서 그것을 둘러싼 본질을 이해한다. 이때 시인의 시선이 머무는
곳은 무엇보다 삶과 죽음의 경계이다. 그곳은 곧 죽음의 극한과 생의
의지가 동시에 부각되는 지점이다. 유한과 무한이 충돌하는 곳도 바
로 여기인바, 이곳에서야말로 유한한 존재가 벌이는 생을 위한 사투
가 온전히 조망되는 곳이다. 인간의 고통에 찬 몸부림이 연민과 긍
휼로, 또한 가상함과 아름다움으로 보일 수 있는 것도 바로 이 자리
에서이다.

　생에의 의지를 펼쳐내보이는 대상을 긍휼과 연민으로 바라보는
정채원의 관조적 시선은 「점박이광대」에서 '벌레'를 통해서 역시 나
타난다.

　　　이따금 뒤집혀 허공을 긁는다. 검은 바탕에 흰 점에 있는 놈
　　도, 붉은 바탕에 검은 점이 있는 놈도 찔레 덤불 속을 헤맨다.
　　간신히 가시를 피한 날을 스스로 가시가 된다. 날카로운 이를
　　먹이 속에 찔러 넣고 속을 꺼내 먹는다. 속이 텅 빈 껍질을 통
　　째로 삼키기도 한다. 어둠 속 풍등처럼 날고 싶은 밤, 몸 안에

불덩어리를 품고 바람 따라 날고 싶은 밤이면, 낮 동안 먹힌
것들이 죽은 듯 엎드려 있다가 깨어나곤 한다. 점박이광대벌
레는 그것들을 하나씩 꺼내 되새김질을 한다. 먹이들 중에는
방금 짝짓기를 한 놈, 막 알을 깐 놈, 제 어미를 몰라보고 다른
어미 꽁무니를 무작정 따라가던 놈, 건드리면 바로 울음이 터
질 듯한 놈도 있었다. 그들의 얼룩 위에 되비친 자신의 얼룩
이 물에 젖은 고백처럼 짙게 도드라진다. 주름 깊숙이 숨어든
얼룩은 절대 끄집어 낼 수가 없다. 얼룩들이 거느린 비바람과
그림자들 또한 뱃속에 켜켜이 쟁여져 있다.

「점박이광대」 부분

정채원의 시 대부분이 신비스러운 환상적 이미지를 품고 있는 것
에 비할 때 위 시는 극사실주의의 형태를 띤다. 마치 곤충기를 읽는
듯한 사실적 묘사가 위 시를 차지하고 있다. 물론 위 시의 시적 대상
은 '점박이광대'라는 벌레다. 시인은 '벌레'를 그 무엇에 대한 은유나
상징으로서가 아니라 사실적 묘사의 대상으로 취하고 있다. 때문에
위 시에서 우리가 접할 수 있는 것은 오직 벌레의 생태에 불과하다.
벌레의 일상, 섭생, 생리 등의 모든 생태를 있는 그대로 그리고 있는
것이 위의 시이다. 이러한 객관적이고도 사실적인 묘사는 그의 시의
대부분을 차지하는 환상적 이미지와는 썩 다른 것이다.

한편 위 시의 마지막 연은 위의 벌레와 함께 벌레를 잡아 '제 손등
에 올려놓는' '아직 손금이 여물지 않은 아이'를 동시에 그려 보이고
있다. '뒤집어 놓다가, 하품을 하다가, 머리카락 같은 벌레다리를 하
나씩 떼어내다가, 바닥에 나동그라진 놈을 발로 뭉개버리고 집으로

향하는' 아직 어린 아기의 '절룩거리는' 모습이 그려지고 있는 것이다. 이 역시도 사실주의의 묘사법에서 벗어나지 않는데, 그러나 이때 중요한 것은 벌레와 아이를 동시에 포착하려는 시인의 시선이다. 시에서 시인은 벌레를 가지고 노는 아이를 '신의 모습으로 만들어진 아이'라고 말하고 있거니와, 이는 존재들의 상대적 관계를 암시하는 대목이라 할 수 있다. 즉 벌레에게 있어서 아이는 절대적인 존재이며 아이에게 벌레는 미물에 불과하다. 벌레를 가지고 노는 아이는 벌레 앞에서 절대적 힘으로 군림한다. 시는 이러한 존재들간의 상대적 관계를 포착함으로써 유한한 존재의 한계와 운명에 대해 말하고자 한다. 이때 벌레에게 던져지는 시선은 연민 가득한 것이다. 시가 '아직 떠나지 못한 벌레들이 천 년 만 년 울어대는 어느 날이다'는 구절로 마무리되는 것도 이와 관련된다.

위 시가 인간과 벌레 간의 상대적 관계와 그 속에서 벌레라는 한계적 존재에 대한 연민을 보여주고 있다면 「사해, 사해」에서 형상화되고 있는 것은 신과의 관계 속에서의 인간의 상대성이다.

　　　　사막엔 모래만 있는 게 아니다
　　　　삭망을 아는 달도 있다

　　　　너와 나 사이
　　　　타는 모래만 채워져 있는 게 아니다
　　　　영하의 밤도 있다

　　　　달려오던 전갈은 모래 속으로

재빨리 기호를 숨기고

너도 무엇이 두려운 거니?
무엇을 기다리는 거니? 고도가 되어
사해야 할 그 무엇이 있어
사함 받아야 할 그 무엇이 있어

핑크색 뿔방울뱀 사이드와인더는
고리처럼 구부린 전신을 모래 위로 내던지며 간다
재빨리 먹잇감에 독니를 꽂는 냉혈은
달빛을 흡혈하는 야행성이다

사막에 던진 신의 물음표
우리는 사해로 전진한다

살아 움직이는 끔찍한 부호를
달빛 모래 바다에 던진 까닭을 묻고 싶다

「사해, 사해」 전문

위 시의 제목이 되고 있는 '사해'는 다중적인 의미를 지니고 있다. 그것은 우선 아라비아 반도의 소금바다를 칭하는 고유명사 Dead Sea로서 죽음의 바다라는 뜻을 가리키고 있지만, 시에서 '사해'는 그 것에서 그치지 않고 생사가 교차하는 절대적 공간, 열사熱沙의 땅인 사막을 포함하는 극한의 지대, 나아가 신에 의해 인간에게 부과된 원죄의 지역이라는 의미를 포함하고 있다. 뿐만 아니라 시인은 '사해, 사해'에서처럼 그것을 반복하여 호명함으로써 '죄 사함'을 호소하는 원망의 의미로도 확장하여 지시하고 있다. 이는 '사해야 할 그 무엇이 있어/ 사함 받아야 할 그 무엇이 있어'의 구절에 의해서도 암시된다.

　'사해'가 지닌 이와 같은 복합적인 의미는 '사해'를 중심으로 시가 출렁이게 한다. 일정한 공간으로부터 '죄 사함'이라는 동사에 이르기까지 중의성을 지니게 됨에 따라 시가 일으키는 의미는 더욱 강하게 환기된다. 더욱이 이때의 '죽음'과 '극한 상황'과 '죄' 사이의 의미의 유사성은 시의 전체적 의미구조가 신과 인간 사이의 관계 속에서 이루어지고 있음을 짐작하게 한다. 실제로 '그 무엇을 사해야 할' 주체가 신이라면 '사함 받아야 할 그 무엇'의 주체는 인간이므로, 이러한 관계 아래 '사막에 던진 신의 물음표/ 우리는 사해로 전진한다'는 죄사함을 받기 위한 인간의 극한의 고투의 의미를 지니게 된다. 이때 영원히 원죄에 갇힌 채 살아가야 하는 것이 인간의 조건이라면 죽음의 땅인 '사막'은 인간의 본질을 직시함으로써 신과 대결할 수 있는 지대이기도 하다. 오직 생사의 고투만 남아있을 '사막'은 인간으로 하여금 어떠한 꾸밈도 거부한 채 순수히 원시적이고 본능적인 존재로 있게 할 것이기 때문이다. '재빨리 먹잇감에 독니를 꽂는' '달빛을 흡혈하는 야행성'이 상징하는 것도 이것이다. 극한의 상황은 인간을 오로지 생명성 자체를 위해 존립하게 할 것이다. 이때 맞닥뜨리게 되는 것이 '신의 물음표'이다. 신은 왜 인간에게 '끔찍한 부호'를 새겨 넣었는가, 신은 왜 인간을 '달빛 모래 바다에 던졌는가'.

　'사해'에서 대면하게 되는 이같은 질문은 인간의 운명을 가늠하게 하는 것이다. 인간에게 원죄는 그의 생명 속에 주름처럼 숨겨져 있어 생사의 고비 때마다 인간을 극한으로 몰아넣는 요인이 된다. '사해' 라는 극한의 지대에서 인간은 비로소 이를 정면으로 응시하고 신이 부과한 자신의 운명을 깨닫게 된다. 그것은 절대적 존재에게 있어 상대적 존재의 입지가 무엇인가를 말해보이는 것과 다르지 않다. 이 때 '원죄'는 상대적 존재를 영원히 상대적인 지위에 놓이게 하는 장애이자 근원이 된다. 상대적 존재인 인간이 영원히 '고도'를 기다리는 까닭도 여기에 있다. 오지 않을 것임에도 영원히 기다려야만 하는 운명에 놓여 있는 것이 원죄를 지닌 인간의 조건인 것이다. 이처럼 '사해'는 인간의 본질을 응시하게 할 수 있는 지대가 되는바, 시인이 '사해'에로 '시선'을 드리운 이유도 여기에서 밝혀진다. '사해'를 통해 엿보게 되는 인간의 운명은 생사의 고투로 점철된 순수 생명의 그것이다.

'사해'에 놓여 있는 시인의 시선이 신과 인간의 대립적 구도 속에서 인간의 운명을 응시하기 위한 것이었다면 「축제」의 시선은 인간 자체에 흐르는 생명성을 응시하는 그것이다. 그것은 인간의 신체 속으로 드리운 시선으로서, 신과의 관계를 조망했던 거시적 시선이 아닌 인체 내부를 들여다보는 미시적 시선이라 할 수 있다. 인간의 신체란 결국 그의 운명을 결과짓는 근거인 까닭에 신체 내부에의 응시는 시인의 시선이 찾아갈 또 다른 근원에 해당한다.

> 온종일 망고를 생각하다
> 머리끝에서부터 조금씩 불이 붙기 시작한 사람

  발은 조금씩 차가워지고
  냉기는 발목을 타고 위로 위로

  불붙은 머리 속에서
  눈동자만 얼음사탕처럼 빛난다

  유리처럼 투명한 내화벽을 몸 안에 세우고
  불과 얼음은 서로를 노려본다
                                    「축제」 부분

  태초의 혼돈에서 음양이 분리되고 그로부터 수화水火의 운동이 일
어나 만물이 생성된다고 하는 동양의 우주론은 인체에도 그대로 적
용된다. 분리된 일음일양一陰一陽의 교호작용으로 냉열冷熱이 발생하
고 또 이것의 반복적 교류로 풍화습열조한風火濕熱燥寒이라는 육기六氣
가 형성된다. 이러한 육기의 성질이 한의학에서 인간의 체질을 진단
하고 병을 치료하는 기본적 원리가 된다는 것은 잘 알려진 사실이다.
그런 점에서 위 시에서 제시되고 있는 '냉기는 발목을 타고 위로' 흐
르고 '불붙는 머리 속에서/ 눈동자만 얼음사탕처럼 빛난다'는 인체
에 관한 진술은 상당히 의미있게 다가온다. 그것은 곧 인체에 흐르는
기의 성질을 언급하는 것에 해당하기 때문이다. '차가워진 발의 냉
기'가 '위로' 상승하며 '불붙은 머리'의 뜨거운 열기가 냉기와의 교
류에 의해 아래로 이동하는 현상은 한의학에서 말하는 수승화강水昇
火降의 과정과 일치한다. 한의학에서는 수승화강이 이루어지는 인체

의 상태야말로 건강의 증표로 여긴다. 냉기가 위로 이동하고 열기가 아래로 운동함으로써 순환이 원활해지면 오장육부가 기능을 회복하여 인체는 건강을 얻게 된다.

정채원 시인이 응시하고 있는 대상은 신체 가운데의 '불'과 '물', '열기'와 '냉기'의 흐름이거니와 그것들은 '몸 안에서' '서로를 노려본다'. 시인의 따르면 '불과 얼음'은 '유리처럼 투명한 내화벽'에 의해 분리된 채 서로 길항하고 있다. 이들의 길항은 팽팽히 이어지면서 상승과 하강의 순환을 일으킨다. 이들 기의 흐름에 대한 묘사는 이 시에서도 여전히 시인의 독특한 시선이 이어지고 있음을 말해준다. 그의 시선의 특수함은 보이지 않는 초미시적인 대상마저도 본다. 대상을 응시하는 시인의 고요함은 지금껏 존재의 운명을 비추고 그것의 초극을 이끌어냈던 것처럼 인체 내에서도 생명의 흐름을 읽어낸다. 시인의 시선에 의해 신체를 이루는 에너지의 기원은 그 자체로 멈춰 있는 것이 아니라 생명의 상승을 향해 치닫는다. 인체의 본질은 '불과 물'의 고정적 대립에 그치지 않고 그들의 길항 속에서 생명성을 이끌어낸다. 그들의 팽팽한 길항에 의한 기의 순환은 극한의 상황을 딛고 생사의 고투를 벌이는 인간의 생의 의지와 다르지 않다.

존재가 죽음이라는 조건을 초극하기 위해 행하는 생명에의 투쟁은 시인에겐 언제나 숭고하게 관조되는 시선의 대상이었다. 그와 마찬가지로 '불과 얼음'의 치열한 대결과 상호교유는 급기야 생명력을 상승시키고 인체에 결부되어 있는 한계를 초극한다. '녹아 흐르는 내부'는 곧 인체 내에 응결되어 있던 한계상황이 '불과 물'의 생명 에너지에 의해 초극됨을 의미한다. '얼레 줄은 이미 다 풀렸다'는 꼬이고 뭉치고 응어리진 인체의 조건이 실타래 풀리듯 풀리어 인체를 결박하였던 적증積症이 모두 해소되었음을 가리킨다. 이러한 상황에서 시인이 '온종일' 강박적으로 그 무언가를 '생각하다'가 '유레카!'를 외쳤던 아르키메데스처럼 '망고!' 하고 부르짖었던 것도 무리가 아니다. 이는 시인이 줄곧 견지하였던 생에의 의지가 그 답을 얻는 순간이기도 하였을 것이다. 시의 제목이 '축제'가 될 수 있었던 것도 이 때문이다.

정채원 시에서 '시선'은 그의 시를 지배하는 고요함과 잔잔함을 설명해주는 요인이다. 그의 시가 감정에 치우친다거나 격앙된 어조를 띠지 않고 냉정하리만치 차분하게 쓰여지는 가장 큰 요인은 시인이 대상을 관조하는 태도에 있다. 그러한 그의 태도는 그러나 결코 차갑거나 무심하지 않다. 시인이 응시하는 대상은 시인의 시선에 의해 온전히 자신을 드러낼 수 있기 때문이다. 시인은 그가 바라보는 대상을 실상 있는 그대로 본다. 그리고 그때의 시인의 '시선'은 외양과 일상에만 멈추는 것이 아니라 존재의 본질에까지 다다른다. 존재의 본질이란 그것의 삶의 조건과 운명까지를 의미하는 것이다. 이를 확인하기 위해 시인은 대상을 초월하는 시선의 자리를 찾아야 했거니와 그 자리에서 볼 수 있었던 것은 존재의 생사를 초극하기 위한 고투이자 생에의 의지였다. 그리고 이러한 생의 의지는 결국 인간의 신체 내부에서 강한 '불과 얼음'의 길항에너지로 현상하였다. 이처럼 시인은 인간의 운명을 통찰하는 거시적인 시선에서 인체를 응시하는 미시적인 시선으로 나아가고 있는바, 그의 고요한 시선을 관통하는 것은 철저히 '축제'와도 같은 존재의 생명성을 확인하는 일에 해당되었다.

■『시현실』 2018년 봄호

시공의 결속이 이루어낸
헤테로토피아의 장소

— 강세환 론

　본래 미美는 시간과 공간의 격자화된 무늬가 빚어낸 속성이고 예
술은 그것을 다루는 방식이다. 마찬가지로 시는 세계가 품고 있는 시
간과 공간의 빗살들을 풀어내면서 그 속에서 존재하는 '나'의 실존
을 묻는다. 세계에서 아름다움이 피어나는 것이 어찌 시각적 구도에
의해서뿐이겠는가. 오랜 세월을 두고도 바래지 않는 아름다움을 볼
때, 혹은 오랜 것일수록 느껴지는 깊은 정감은 그 안에 묻혀 있는 시
간을 상상하게 한다. 그러한 시간을 담고 있는 공간과 그 속에서의
시간의 결을 그리는 것이 결국 시가 된다 하겠다.

　강세훈의 시를 두고 시간과 공간을 언급하는 것은 그의 시가 주되
게 다루는 것이 시간의 본질적 속성이자 공간의 특수한 성질이기 때
문이다. 일회적이고 불가역적인 까닭에 아쉬움과 안타까움으로만
전유되는 시간은 인간의 영원한 타자이다. 시간의 일회성이 일으키
는 변화와 흐름은 인간의 운명을 결정짓는 가장 악명높은 조건이다.
인간은 시간의 불가역적인 흐름 속에 던져진 채 떠밀려가듯 살아야
하는 것이다. 권세도 영화도 아름다움도 관계도 시간의 흐름 속에서

영원한 것은 아무것도 없다. 시간은 그 안에 놓인 모든 존재들의 실존을 위협하는 가장 냉혹하고 음험한 권력이다.

시간 아래에서 모든 존재들이 소멸의 운명으로 허덕이고 있을 때 그러나 정작 시간은 영원히 지속되는 스스로의 조직組織을 지닌다. 시간은 고유하고 독자적인 결texture로 추상적인 끈을 만든다. 우주에서 시작된 빛이 몇 억 광년을 날아오듯이 그 어디선가 비롯된 시간은 세상의 존재들을 휘감고 지나간다. 시간은 우주에서 쏜 살같이 존재를 관통하여 그를 춤추게 하고 살아있게 하다가 어느 순간 죽음으로 내모는 장본인이다. 시간이 인간에게 운명적 조건이자 절대 타자인 까닭도 여기에 있거니와, 이러한 시간의 통제 아래 울고 웃으며 단 한 번의 생을 살아내야 하는 것이 인간의 숙명인 셈이다.

시간이 이처럼 살rib이 되어 흐르는 것인 반면 공간은 그것을 관통시키는 매질medium이다. 흔히 그릇으로 비유되듯 공간은 시간을 받아들이고 그것을 품는다. 물론 공간 역시 시간에 의해 파괴되고 소멸할 것이나 시간을 휘게 하고 그것을 자신의 내부에 감아들이는 것 역시 공간이다. 시간의 냉혹함과 무게를 견디면서 오래도록 살아남는 공간이 그것일 텐데, 그런 공간은 으레 오랜 세월의 흔적을 그윽하게 드러내게 된다. 유적들, 낡은 건축물, 오래된 도시의 거리들, 고즈넉한 마을, 산과 들, 그리고 영원성에 가까운 숲은 모두 시간에 의해 형성된 특수한 공간들이다. 이들 특수한 공간들에 이르러 시간은 직진하는 대신 순환하는 고리처럼 휘감긴다. 이들 공간의 내부에서 시간은 오랜 시간에 걸쳐 순환하면서 응결된다. 그리고 이렇게 응결된 시간은 공간과 결속된 채 단단한 시공의 옹이를 만든다. 모든 것이 소멸하는 가운데서도 유일하게 그들 공간이 시간이 멈춘 듯 영원한 느낌을 주는 것도 이 때문이다. 이러한 시공이야말로 깊은 아름다움이 피어나는 지대이거니와 이곳은 이 속에서 살다 간 존재들의 삶과 역사를 기억하고 있다.

시간과 공간에 관한 이러한 해명은 강세훈의 시의 주된 소재인 '동해시 송정동', '동해시 천곡동', '두타산 무릉계곡' 등의 공간에 담겨 있는 시간의 본질을 말해준다. 이들 공간은 시인이 오래도록 지내온 장소로서 시인의 삶의 이야기를 층층이 담아내고 있다. 그는 여기에서 시간의 흐름이 주는 상처와 아픔을 위로받는다. 고향에 다름 아닌 이들 장소는 시간의 혹독함으로부터 시인을 구원하는 계기가 된다. 결국 시인에게 이곳은 부재하면서 존재하고 존재하면서 꿈이 되는 헤테로토피아[1]라 할 수 있다. 시인에게 이 지역이 헤테로토피아가 되는 과정은 그가 시간의 횡포를 초극하며 살아가는 모습과 일치한다.

> 12월의 나무 헐벗은 나무 말 없는 나무
> 어두운 나무 황홀한 나무 외로운 나무
> 혼자 서 있는 나무 우울한 나무
> 고요한 나무 쓸쓸한 나무
> 슬픔의 나무 고통의 나무
> 세월의 나무 눈물의 나무
> 무념의 나무 침묵의 나무

---

1 푸코가 말한 헤테로토피아는 유토피아가 '없는 곳'이라는 점에 비해 '다른 곳'이다. 유토피아는 현실에 존재할 수 없는 장소인 반면 헤테로토피아는 현실에 존재하면서 동시에 '모든 장소의 바깥에 있는 장소들'인 '다른 공간'이다. 김화선, 「헤테로토피아와 로컬리티의 미학」, 『동안』, 2017 여름, p.36.

> 순정의 나무 그해 12월의 나무
> 단순한 나무 불쌍한 나무
> 명료한 나무 수척한 나무
> 더 외로운 나무
> 혼자 우두커니 서 있는 나무
> 딱히 바라볼 것도 없는
>
> 「12월의 나무」 전문

　허허로운 들판에 홀로 서 있는 이미지로 그려져 있는 위 시의 '나무'는 개체로서의 인간을 상징한다. 위 시에서 '나무'는 고독한 인간이 그러한 것처럼 인간이 살면서 경험하기 마련인 모든 감정들 속에 내던져져 있다. 슬픔, 고통, 눈물, 허무, 궁핍, 우울 등 위 시에서 '나무'를 규정짓고 있는 온갖 감정들은 모두 고독한 인간의 것이다. 이들 감정들 속에 내맡겨져 있는 존재란 그저 외로이 '우두커니' 있는 모습으로 보일 뿐 '딱히 바라볼 것도 없'이 초라한 것이다. 인생의 한가운데에서 그에게 남아 있는 것이란 영광보다는 허무와 쓸쓸함뿐이다.

　그런데 위 시의 나무는 유독 '12월의 나무'이다. '12월'은 겨울이자 끝을 의미하지만, 그와 함께 시간의 흐름 속에 있음을 상징한다. 위 시의 '나무'의 실존은 '12월'이 말하는 시간적 조건이 야기한다. 위 시의 '나무'가 지시하듯 인간의 외로움과 쓸쓸함을 빚어내는 것은 시간이다. 시간이란 존재의 운명을 결정짓는 요인이거니와 인간은 저마다 주어지는 시간의 살에 의해 서로 다른 삶을 살게 된다. 시간은 인간을 절대적으로 고독한 개체가 되게 한다. 나에게 스며있는 시간은 어디에서 시작된 것이며 어디로 향하는 것인가. 이러한 시간의 차별성 속에 보편적인 것이 있다면 모두 시간의 흐름 속에 놓여 있다는 점일 뿐이다. 세상의 모든 나무가 다른 것은 그들이 모두 다른 시간을 살고 있기 때문이다. 이처럼 '나무'는 서로 다른 시간을 품고 사는 인간의 고독한 개체성을 형상화한다.

시간의 화살 앞에서 인간이 느끼는 정서가 슬픔과 눈물이요, 허무와 무념인 것은 너무도 자명하다. 그것이 인간을 고독하게 만든다는 것도 분명한 일이거니와, 이로부터 자유로운 자는 아무도 없다. 시간을 관통시킨 채 서 있는 위 시의 외로운 나무가 인간을 상징할 수 있는 것도 이 때문이다. 따라서 시인은 커다란 변동 없이 그저 무난하게 시간이 흘러가는 삶을 소망한다. '별 탈 없이 봄을 맞이하는 월동추'가 시야에 들어왔던 것도 이러한 상황 속에서이다.

겨울 언 땅에서 일어나는
월동추처럼 살고 싶다
들녘에서 별 탈 없이 봄을 맞이하는
월동추처럼

크게 품은 한도 없이
겨울을 지나 봄이 오는
그냥 제 땅에서 봄이 되는
월동추처럼

봄이 오는 그저 평범한 봄 뜰에

147

끄억끄억 눈물도 없이
거침없이 솟아나는
월동추처럼

그렇게 봄이 되고
제때 찾아 봄이 오는
겨울 땅 살아 있는
월동추처럼
「월동추」 전문

'월동추'는 동해안 지역에서 '유채꽃'을 일컫는 말이다. 봄을 가장 먼저 알려주는 꽃이기도 하고 야생 배추와 야생 양배추가 자연 교배한 잡종의 꽃으로도 알려져 있다. 한 송이가 외따로 피는 경우는 거의 없이 군락을 이루어 서식하므로 봄의 유채꽃밭은 아름다운 경관으로 유명하다. 이런 '월동추'는 어느 면으로 보아도 외딴 곳에 홀로 서 있는 '나무'와는 썩 다른 모습이다. '나무'의 고독한 이미지에 비해 '월동추'는 무던하게 보인다. 때가 되자 지체없이 한무리로 피는 '월동추'를 보면서 시인은 스스럼없이 느꼈을 터이다. 그가 '월동추'를 가리켜 '들녘에서 별 탈 없이 봄을 맞이한'다고 말한 까닭도 여기에 있다.

이는 '월동추'가 시간의 흐름에 순응하면서 모나지 않게 살아간다는 것을 의미한다. 무리지어 피는 '월동추'의 습성은 시간이 개체에게 부과하는 운명이나 고독에 연연해하지 않는 것으로 비춰지며, 속도 없이 화사하기만 한 노란꽃은 '크게 품은 한도 없이' 보이기 마련이다. 시인의 눈에 '월동추'는 홀로 개체성을 강조하며 서 있는 대신 '그저 평범한 봄 뜰에 끄억끄억 눈물도 없이' 피는 꽃으로 보였을 것이다. 군락으로 서식하는 '월동추'에게서는 슬픔이나 고통, 우울과 같은 인간의 고독한 감정들이 떠오르지 않는다. 월동추가 피어있는 모습은 언 땅을 뚫고 '거침없이 솟아나는' 씩씩하고 강인한 존재의 그것이다. 이런 월동추를 보면서 시인이 '월동주처럼 살고 싶다'고 말한 것은 충분히 납득할 수 있는 일이다.

시인이 '월동추'에게 마음을 빼앗긴 이유는 무엇보다 그것이 시간을 대하는 태도에서 비롯한다. 어느 존재든 시간의 화살이 비껴가는 일은 없을 것이나 '월동추'에 이르러서 시간은 유독 날을 세우지 않는다. 아니 시간이 가혹한 것은 모든 존재가 동일할 것이지만 그것을 받아들이는 '월동추'의 태도가 다를 수 있겠다. '월동추'는 '겨울을 지나 봄이 오는' 것을 자연스럽게 여기는 것처럼 봄이 가고 한 해가 돌고 또다시 겨울이 오는 것 역시 별스럽지 않게 받아들일 것이기 때문이다. 시간의 흐름은 돌고 도는 것일 뿐, 영원히 순환하는 궤도 속에서 잠시 피어올랐다가 스러지는 것이 살아있는 존재의 운명임을 '월동추'는 거부하지 않는다. 시간을 수용하는 이러한 습성 때문에 시인은 '월동추'를 가리켜 '겨울을 지나 봄이 오는/ 그냥 제 땅에서 봄이 되는' 존재로서 칭한다. 시간의 흐름에 순응하는 '월동추'는 급기야 시간과 하나가 된다. 월동추는 봄과 더불어 봄이 되는 것이다. 그리고 이와 같이 시간과 일치하는 방식의 삶은 시인의 말대로 '제 땅'에서 뿌리내린 채 사는 길이 된다. 이때 '월동추'와 유사한 이미지로 '추암 촛대바위'가 등장한다.

여기 한곳에서 같은 바다 같은 파도에 부딪치면서
뾰족한 수도 없이 한 여자만 쳐다보듯
한 남자만 쳐다보듯
한 세월 온몸으로 살아낸
동해 추암 촛대바위

그대여 혹시 가끔 새로운 꿈을 꾸고 사는가
객지를 떠돌던 여기 떠돌이들이
그대를 보면 촛대바위에 부딪치던 저들을 보면
끝이 무엇인지 시작이 무엇인지
그대는 알고 있었는가

한 곳에서 오십 육십을 살아도
하루 종일 빈방에서 앉았다 일어났다 해도
독거노인처럼 허허로이 사는
그대를 만나면 그대한테 한번 부딪쳐보고 싶었는지
시도 삶과 부딪칠 때 나오듯
삶도 삶과 부딪칠 때 나오듯

「추암 촛대바위」 전문

'동해 추암 촛대바위'를 굳건하고 강인한 이미지로 만드는 것은 그것이 단지 바다와 파도에 둘러싸여 있기 때문이 아니다. 시인이 말하는바 그것은 '같은 바다 같은 파도에 부딪치'는 까닭이다. '같은 바다 같은 파도'는 오래된 시간과 동일한 공간이라는 시간과 공간의 조건에 동시에 관련된다. 추암 촛대바위는 한 장소에서 오랜 세월을 바다와 파도에 대면한 채 살아온 것이다. 그러한 추암 촛대바위를 가리켜 시인은 '한 세월 온몸으로 살아내'었다고 말한다. 시간의 응축은 공간과의 결속을 이끌어내고 시공의 결절을 만들거니와 '같은 바다 같은 파도'로 인한 오래된 시간의 응결로 추암 촛대바위는 한 장소에 굳게 뿌리박히게 된다. 시간은 추암 촛대바위라는 공간에 스민 채 영원한 고리를 이룬다. 오랜 시간과 함께 한 장소에 굳건히 뿌리내린 추암 촛대바위와 같은 존재방식을 두고 시인은 '한 여자만, 한 남자만 쳐다보듯'한 세월이라 말하고 있거니와, 오랜 시간을 담아옴으로써 시공의 결속을 이루어낸 추암 촛대바위야말로 아름다움의 실체라 할 수 있을 것이다.

시간과 공간을 둘러싼 추암 촛대바위의 존재 방식은 '객지를 떠돌던 떠돌이들'의 그것과 매우 다른 것이다. 한 장소에 뿌리내리지 못하는 떠돌이들의 삶이란 실상 시간을 견디어내지 못한 것이다. 그것은 시간의 혹독함을 인내하지 못한 채 스스로 감당해야 할 것들을 회피한 데서 비롯한 삶이라 할 수 있다. 쏜 살같이 휘돌아나가는 시간 앞에서 갈피를 잡지 못하고 속수무책일 때 그는 터전을 상실하고 뿌리 뽑힌다. 반면 시간의 흐름에 묵묵히 따른다면 시간은 그를 할퀴고 지나가는 대신 그의 안으로 휘어들며 순환의 고리를 만들 것이다. 시간이 공간 속에서 응축되고 결절을 만드는 일이 여기에서 일어난다. 그러할 때 시간의 시작과 끝이 있게 되며 생의 결실과 보람이 결과하게 될 것이다. 그리고 그런 상황에서라야 미래를 향한 '새로운 꿈'도 꿀 수 있는 것이리라.

시인은 시간의 가혹함을 회피하지 않고 주어진 조건들을 감당하

는 일을 '삶에 부딪치는' 것이라고 말한다. 시인에 따르면 시간을 인
내하는 것은 '하루 종일 빈방에서 앉았다 일어났다 해도' '한 곳에서
오십 육십을 살아도' 삶의 '허허로움'을 그대로 인정하는 것을 의미
한다. 이는 의미 없이 무한히 반복되는 일상의 시간들일지라도 그것
을 감내하는 것과 다르지 않다. 시인은 그것이야말로 삶에 당당히 부
딪치는 일이라고 말하거니와 시가 쓰여지는 것도 그처럼 부딪치는
삶 속에서 가능하다. 그렇다면 '추암 촛대바위'처럼 시간을 견디는
것이야말로 삶의 본질이라 여기는 시인에게 스스로 감당해야 하는
삶의 조건은 무엇이었을까. 그에게 시간과 공간의 조직은 어떤 형상
으로 빚어질 것인가.

> 내 청춘이 열아홉 살 쯤에서 자라지 못한 곳
> 내 사랑이 더 이루어지지 못하고 돌아섰던 곳
> 사십 년 넘은 내 친구들을 처음 만났던 곳
> 크고 작은 또 시리고 뜨겁던 눈물 흘렸던 곳
>
> 때로 쭈그리고 앉아 때론 선 채로 울던 곳
> 술 먹다 주인 몰래 친구들과 도망 다녔던 곳
> (중략)
>
> 그럼 여기 아직 도망가지 못한 오직 한 사람
> 아직도 뒷골목으로 도망다니는 여기 한 사람
> 그날 밤 몸도 마음도 피했던 바닷가 해송 숲속
> 해변엔 해송들이 모여 해풍과 맞짱 뜨던 곳

해송 해풍 해송 송정 해송 해풍 해송 송정 해송 해풍⋯
이 시를 스마트폰으로 찍어 보내면 누가 읽을까
누가 잠시 걸음 멈추고 뒤를 돌아볼까
—그날 술자리에서 「세월이 가면」을 읊조리던
내 친구 육군 하사 고^故 김형천 군

「면벽125」 부분

 위 시의 중심 소재가 되고 있는 것은 일정한 장소이다. 19세의 청춘이 머무는 곳, 실연의 경험이 있던 곳, 옛 친구들을 다시 만난 곳이라 한 것으로 보아, 나서 자란 장소인 고향을 가리키는 것이리라. 그곳은 청춘의 많은 시기를 보냈던 곳이고 친구들과의 끈끈하고 정겨운 추억을 간직하고 있는 곳이다. 물론 못 이루는 사랑 때문에 가슴앓이를 했던 곳이기도 하다. 이런저런 일들로 인해 그곳은 '시리고 뜨겁던 눈물 흘렸던 곳'이다.

 장소에 관한 이야기로 채워져 있지만 위 시는 현재의 시점에서 과거를 회상하는 형식으로 이루어진 시간 중심의 시이기도 하다. 그런데 시간의 측면에서 보았을 때 현재는 충만하거나 행복한 상태는 아닌 듯하다. 짐작건대 현재는 공허하고 쓸쓸하다. 무엇보다 과거를 추억하는 어조에서 묻어나는 정서가 그러하고 '세월이 간' 후 그 시를 읊조렸던 친구가 더 이상 현재에 존재하지 않는다는 점이 그러하며 청춘이 19세에 정지되어 있다는 점에서 그러하다. 과거의 일상들을 유쾌하고 드라마틱한 것으로 기억하는 것에 비할 때 현재는 무미건조할 따름이다. '뒤를 돌아보지도 않고 앞을 내다보지도 않던 곳'이라는 표현에서 짐작할 수 있듯 과거는 시간의 흐름이 지각되지도

153

지각될 필요도 없던 영원과 같은 시기였던 데 비해 현재의 일상이란 늘상 비어있는 것으로 여겨진다. 그 비어 있는 틈으로 과거의 추억이 밀려오고 미래에 대한 염려가 닥치곤 하는 것이리라. 시인에게 시는 현재의 빈 시간들을 채우려는 간절한 시도들이기도 할 것이다. 그러나 시를 써서 이를 '스마트폰으로 찍어 보낸'들 '누가 읽을까'. 현재에는 시인의 시간들을 함께 나눌 이가 별로 없다. 빈 시간을 살고 있음에도 현재의 사람들이란 그저 현재의 일상을 살기에 바빠 '잠시 걸음 멈추고 뒤를 돌아볼' 여유도 지니지 못하는 이들이다. 이러한 정황들은 시인에게 현재가 공허하고 쓸쓸할 것임을 말해준다.

이러한 현재의 그에게 일상은 도망치고 싶은 것일 터이다. 그에겐 일상을 버리고 떠돌이처럼 객지를 돌고 싶은 생각이 앞설 것이다. 그러나 그러한 길이 자신을 삶으로부터 뿌리뽑히게 하는 일임을 그는 잘 알고 있다. 그것은 무차별적인 시간에 패배하는 일이고 삶을 회피하는 일이다. 그것은 그의 말대로 시가 쓰일 수도 없는 길이다. 따라서 그의 선택은 무엇보다 도망치지 않는 데 있다. 시간의 음험함 앞에서 스스로를 파괴하는 것이 아니라 그것에 대면하고 대결하는 길을 선택해야 한다. 그렇다면 시인이 시간으로부터 도망치지 않을 수 있는 길은 무엇인가.

그는 시간의 흐름 속에 놓여있는 자신을 들여다본다. 과거의 시간 속에서 시인은 '아직 도망가지 못한 오직 한 사람'을 본다. 그는 '아직도 뒷골목으로 도망다니는 여기 한 사람'으로, 이는 도망치지 않는 사람이라기보다 아직 도망치지 못한 사람을 의미한다. 도망치려 하지만 아직 도망치지 못한 것이다. 이때 그가 '몸도 마음도 피했던 곳'은 '바닷가 해송 숲속'이다. '해송'은 '해변'에 무리로 '모여' '해풍과 맞짱 뜨고' 있었다. 해변의 해송 숲은 도망치고 싶던 과거의 시인이 시간으로부터 도망치는 대신 선택한 피난의 장소이다. 이 피난의 장소에 기대어 과거의 시인은 슬픔과 눈물이 밀려올 때마다 그 시간들을 견딜 수 있었을 것이다. 더욱이 해송들의 거센 바닷바람과 '맞짱' 뜨는 모습은 삶에 부딪치는 법을 가르쳐주었던 훌륭한 스승이 되었을 것이다. 그렇다면 과거의 해송 숲은 현재의 나에게도 도망치는 대신 선택할 수 있는 피난처가 되어 줄 수 있을까? 그것은 현재의 현실 속에서 순간이나마 몸과 마음을 편히 기댈 수 있는 꿈의 장소가 되어 줄 수 있을까?

세월보다 낚싯대를 더 믿는 낚시꾼이 있었다
"황어도 놀래기도 잡혔는데…"
"…"
삶의 한기寒氣를 견디는 무료함
삶의 무료함을 견디는 이 한기

이미 낚시 떡밥은 떠내려간 지 오래
황어도 놀래기도 놀다 간 지 오래
입질하는 거라곤
수평선에 남은 한자락 석양 뿐
새하얗게 파도를 뒤집어쓴 흰 갈매기 떼
뒷덜미를 잡아챈 기억에 붙들려

지도에도 없는 길을 따라 너무 깊이 들어왔다

155

무심코 들어선 길을 따라 너무 멀리 왔다
내 꿈에 없던 시간을 따라 너무 오래 왔다
지금 내가 바라보는 하늘을 묻지 마라
한 번의 날갯짓으로 한 순간 날아갈 뿐이다

파도는 파도만 무너뜨릴 뿐이고
낚시꾼은 낚시만 쳐다볼 뿐이고
고기잡이는 고기만 잡을 뿐이다
갈매기는 날기만 할 뿐이고
수행자는 수행만 할 뿐이고
기억도 추억도 사랑도 다시 돌아오지 않는다

한섬에 가면
한나절 다 되어 빈손으로 돌아서도 부끄럽지 않다
　　　　　　　　　　「한섬-동해시 천곡동」 전문

　현재의 시인에게 과거 피난의 장소였던 '해송 숲'은 어떤 의미가
있을까? 여전히 공허한 현재의 현실은 시인에게 춥고 건조할 따름인
바, 위 시에서 '삶의 한기를 견디는 무료함, 삶의 무료함을 견디는 한
기'라 표현함으로써 시인은 공허함 자체가 춥고 쓸쓸한 감정을 불러
일으키고 있음을 말하고 있다. '동해시 천곡동 한섬'으로 낚시질을
떠나곤 하는 것도 이러한 상황에서이다. '한기와 무료함'에 지친 삶
의 피난처가 되어 준다는 점에서 이곳은 '동해시 송정동 해송숲'과
닮아 있다. 그런데 위 시에 의하면 한섬에서의 낚시는 그다지 신통하

지가 않다. 포획량이 턱없이 적은 것이다. '세월보다 낚싯대를 더 믿
는' 한 낚시꾼이 "황어도 놀래기도 잡혔는데…"하면 아쉬워하는 것
으로 보아 이는 예전과 많이 다른 상황일 터이다.

무료함의 시간이 오래 이어졌어도 건질 수 있는 것은 아무것도 없
었으며 눈에 띠는 것은 그저 '한자락 석양과 흰 갈매기 떼' 정도에 불
과하였다. 그렇게 시간을 보낸 후 불현듯 시인에겐 '동해시 천곡동
한섬'이 현실과 너무 동떨어진 공간이라는 자각이 들었다. 시인은
그곳을 '지도에도 없는 길을 따라 너무 깊이 들어온' 곳이라 말하고
있다. 그곳은 현실의 그에게 '너무 멀고 너무 오래 온' 곳이다. 그곳
은 현실의 시간 감각에 비추어 볼 때 아련하고 아득하기만 하다. 현
재의 일상에 비해 '한섬'과 같은 나른함은 가당키나 할 것인가. '한
섬'에서의 낚시질은 현재성이 없는 꿈결처럼 다가왔을 것이며 이러
한 자각으로 시인은 순간 당황해한다. 그것은 마치 꿈속을 너무 오래
헤매는 통에 돌아갈 길도 현재로 들어갈 입구도 잃어버릴 것을 염려
하는 자의 심정과 같다.

'한섬'이 주는 이와 같은 아득함과 비현실감은 시인에게 그것이
어떤 의미를 지니는가를 말해준다. '한섬'은 현실의 공허함과 쓸쓸
함을 달래기 위해 찾아간 피난처로서, 비실재감을 주지만 실재하는
곳이며 현실과 동떨어져 있으되 현실로 돌아오는 길 또한 지워버리
지 않는 특수한 공간이다. 그곳은 효용성과는 전혀 무관한 곳이면서
동시에 일상의 가닥을 확인하게 하는 곳이다. 현재의 현실성과 이어
져 있으되 실상은 현실성을 지니지 않은 곳, 일상과 분리되어 있지
만 일상의 그림자를 지니고 있는 곳, 그곳은 현실 속의 꿈이자 꿈의
현실태라 할 수 있다. 그러한 공간을 가리켜 푸코는 유토피아와 구

별되는 '헤테로토피아'라 명명하였거니와, 그것은 있으면서 없고 없으면서 있는, 부재와 존재를 동시에 지니는 공간이다. 헤테로토피아에 기대어 자아는 안식을 구할 수 있으며 그것을 바탕으로 현실을 살아갈 힘을 얻는다. 위의 시에서 '한섬'은 시인에게 과거의 동해시 송정동의 해송숲이 그러했던 것처럼 현재의 헤테로토피아다.

한편 시인의 과거와 현재를 이어주고 현실과 꿈을 이어주는 공간이 있다면 그것은 '동해시'라 하는 지역적 장소이다. 그곳은 중앙과 동떨어진 곳으로 시인의 현실과 공간적으로 상거되어 있는 곳이며 시간적으로 역시 현재와 구별되는 곳이다. 대신 그곳은 시인의 과거와 현재가 이어져 있는 곳이고 꿈과 현실이 맞닿아 있는 곳이다. 시인에게 그곳은 그의 삶의 시간성을 통합하고 있는 원형적인 공간인 것이다. 또한 그의 실존이 숨쉬는 곳이라는 점에서 그곳은 추상적인 공간이 아닌 구체적인 장소가 되며, 시인의 삶의 시공이 결속되어 있는 까닭에 시인에게 그곳은 영원히 아름다운 곳이 된다.

자아에게 헤테로토피아는 일상의 효용성을 보장해주지는 않지만 일상으로 돌아갈 바탕이 되어 준다는 점에서 유의미하다. 실제로 위의 시에서 '한섬'은 '황어도 놀래기'도 잡히지 않지만 일상의 무료한 시간을 받아들일 여유를 준다. 한섬'에서 시간을 보내면서 시인은 '파도는 파도만 무너뜨릴 뿐이고 낚시꾼은 낚시만 쳐다볼 뿐이고 고기잡이는 고기만 잡을 뿐이고 갈매기는 날기만 할 뿐이고 수행자는 수행만 할 뿐이'라고 말하고 있거니와, 이는 그것에 저항하지 않고 순응하며 받아들이는 것이야말로 일상의 시간을 살아가는 법에 해당함을 암시한다. 어떤 커다란 결과를 탐하기보다 지금 주어지는 시간에 순응할 때 현실은 도망치고 싶은 것이 아니라 부딪쳐 살아갈 수 있는 것이 될 것이다. 시인이 '한섬에 가면 한나절 다 되어 빈손으로 돌아서도 부끄럽지 않다'고 말한 까닭도 이점에서 비롯한다.

　이처럼 강세훈 시인은 인간의 삶의 본질이 되는 것으로서 시간과 공간을 제기하고 있는바, 그의 시를 통해 이들의 직조가 인간의 삶과 운명에 어떻게 귀결되는지 살펴볼 수 있다. 인간에게 과거와 현재가 단절된 시간이 폭력인 것처럼 현실과 꿈의 분리 역시 일상이 주는 폭력이라 할 수 있다. 시인이 동해라는 지역을 찾는 것은 이러한 시간과 공간의 폭력성을 극복하기 위한 것이라 할 수 있다. 그런 점에서 동해의 '해송숲'이나 '한섬'과 같은 지역의 장소들은 현실속에 존재하는 꿈의 공간인 헤테로토피아가 된다. 시간의 단절과 공간의 분리를 극복한 이곳은 시인으로 하여금 현재의 삶에 부딪칠 힘의 근거이자 시를 탄생시키는 바탕이 됨을 알 수 있다.

■ 『동안』 2018년 봄호

'위대한 자아^{self}'를 향한 의식과 무의식의 만다라^{mandala}적 통합

- 이성렬 론

부과된 질서를 따르는 우리의 정신은 합당해야 하고 이치에 맞아야 하며 언제나 이성적이어야 한다. 우리의 의식은 항상 깨어있어야 하고 통제할 수 있어야 하며 항상 단일성을 유지해야 한다. 의식으로 점유된 정신은 체제 내에서 세계에 대해 명백히 정의내릴 수 있어야 한다. 과학은 그러한 의식의 가장 빛나는 정점에 놓여 있거니와 문명 내에서 우리의 의식이 과학을 위해 헌신해 왔음은 주지의 사실이다. 과학이 눈부실 수 있었던 것은 동일성을 유지하고자 했던 인간 의식의 치열성에 기인한다.

이성렬의 시에 입문할 때 가장 먼저 해야 할 것은 그의 시에 가로 놓인 '겹눈'[1]을 확인하는 일이다. 그의 시에 가득한 명징하면서도 신비롭고, 선명하면서도 환상적인 이미지들은 바로 그러한 '눈부신' 의식의 지대와 그 너머를 누비면서 형성된 그의 '겹눈'이 탄생시킨 것들이기 때문이다. 과학과 신비, 의식과 무의식, 이성과 환상 사이

---

1 이성렬 시인의 산문집(천년의 시작, 2017) 제목

의 지대에서 시인은 때로는 가장 냉철한 과학자로서,[2] 때로는 그것을 허물어뜨리는 몽상가로서 두 겹의 시선을 세상에 드리운다. 시인은, 말하자면 철저한 상징계와 꿈으로 점철된 상상계의 점이지대에서 이성의 축조와 파괴를 반복하거니와, '겹눈'은 곧 현실의 확고함과 비현실의 불확실성의 두 지대에 걸쳐져 있는 그의 자리를 가늠케 하는 것이다.

상징계의 권력은 자아를 한편으로 대타자에 근접시키지만 다른 한편 그로부터의 탈주 또한 감행케 하는 것이리라. 대타자의 이름에 응답하는 것이 현실을 살아가는 자아의 숙명인 것처럼 그것의 허위성으로 인해 갈등에 찬 삶을 살아내는 것 또한 현실적 자아의 조건이 된다. 대타자의 힘이 오늘날의 문명을 세운 장본인이라면 그것의 강력함이 찢기고 분열되는 자아를 양산하는 것 또한 사실에 속한다. 인간은 철저하게 과학적이지도 이성적이지도 의식적이지도 않은 탓이다. 인간의 정신은 문명의 면면과 달리 어둠과 그림자를 지니고 있으며 비합리성과 무의식을, 불확실한 미지의 지대를, 감춰진 신비의 세계를 포함하고 있기 때문이다. 인간의 정신은 때로 단일하지 않고 비논리적이며, 상당 부분 명료하지 않거나 통제 불능이다.

이와 같은 상황은 이성렬 시인이 가장 민감하게 응시하는 인간의 조건이 된다. 과학의 위대한 업적과 그 이면이 드러내는 불완전함은 그의 생을 둘러싼 가장 근원적이고 본질적인 질문에 해당한다. 그것은 필경 그가 자연과학자인 동시에 시인이어야 했던 실존적 조건에서 비롯된 것일 텐데, 이성적인 것의 극한과 비이성의 광범위함 사이

---

2 그는 화학자이다.

에서 그 어느 것도 도외시하지 않은 채 '겹눈'을 지니게 된 그는 이 두 지대를 잇는 기묘한 무늬의 시세계를 짜고 있다. 그에게 정신의 이성적 태도는 시의 영역에서 환상과 몽상의 비이성적 태도로 변환 되거니와 그러나 이것은 그의 시세계에서 대극의 상태로 놓여 있는 것이 아니라 공존과 융합을 이루며 초월과 완성을 향해 있음을 알 수 있다. 그것들은 실제로 시인의 삶의 평면에서 의식과 무의식의 교차 를 거듭하며 펼쳐짐과 수렴의 과정으로 나아가고 있다.

의식과 무의식의, 이성과 비이성의 종횡무진한 교차는 단지 확산 도 단지 집중도 아닌 무질서 속의 질서이자 질서 속의 무질서의 형태 를 지닐 것인바, 그것은 융Jung이 말한 바 있듯 가장 구극의 중심에 놓인 위대한 자아self를 향한 통합의 과정에 비견할 만하다. 자신의 실존에서 비롯된 '겹눈'을 통해 시인은 분열된 두 세계를 공존, 융합 시킴으로써 더욱 완전한 자아를 향해 나아가고자 한다. 과학자와 시 인이라는 두 측면의 정체성을 지닌 그에게 그것은 갈등이자 번민의 근거였을 것이나 나아가 그가 구축해야 했던 이상의 정점이기도 했 을 것이다. 이때 이음새도 없이 정방형으로 혹은 사방팔방으로 펼쳐 진 그의 의식과 무의식의 전개는 그의 이상을 실현하는 실질적인 장 치로 작용한다. 이점에서 그의 시는 마치 화려하게 핀 연꽃 형상의 만다라와 같다 할 것이다.

항구가 내려다보이는 산비탈 동네를 오르며 L은 그림자가 무거운지 자주 발을 털었다.

중절모자 아래 머리칼을 간질이는 바람의 손길에 그는 진저리를 쳤다 - 부드러움은 맞지 않는다는 듯.

삶이 스산했는지 묻는 나에게, 꿈속에서만 모든 증오를 소
비하려는 노력이 몹시 힘겨웠다고 술회했다.

따가운 햇볕에 얼굴을 보자기로 싸맨 채로 긴 비탈을 오르
는 어린 여학생을 보며, 그는 부모와 떨어져 살았던 달동네의
삶을 회상했다. 중학생의 어깨에 내려앉는 물지게의 중압을.

치명적인 희망, L은 양반 주인에 항거하여 목숨을 버리는
순간에야 주인과 동등한 위치에 서게 되는 노예 신분의 사내
를 기억해냈다.

왜 그리도 자신의 소속을 끊임없이 멸시하였는지 묻자, 〈더
나은 사람이 되기 위하여〉 스스로 고립되었다고 L은 답했다.
점점 불어나는 몸을 더 이상 감당할 수 없는 껍질을 벗어 태
우려 했다고.

그는 오래전 태양이 지지 않는 나라의 대성당에서 품었던
꿈을 떠올렸다. 그리고 편견과 시기에 젖은 달빛이 얼마나 집
요하게 밤의 냉기 속으로 밀어 넣었는지를.

「L과 함께 걷다」 부분

'하드코어 인생'이라는 부제에서 짐작되는 바 위의 시는 어떤 힘

겨운 삶에 관한 이야기이다. 그것은 '산비탈 동네를 오르듯' 무겁고 숨이 찬 것이기도 하고 스산하고 외로운 것이기도 한 것일 테다. 그러나 무엇보다도 어떤 중한 것을 걸어야 할 정도의 '격함'을 담고 있는 것이어야 '하드코어 인생'이라 할 만하다. 가령 '주인과 동등한 위치에 서'기 위해 '목숨을 버려야 했던 노예'의 인생처럼 말이다. 그 중한 것이란 목숨 정도의 것일 테며 그것을 던져 얻는 것이란 기껏해야 자존심 정도가 아니겠는가. 그의 목숨이 '양반 주인'에 의한 수모와 멸시를 응징하기 위해 쓰여야 하는 상황이라면 그가 처한 삶은 극한에 내몰린 하드코어hardcore한 인생이다. 그러한 이에게 삶은 목숨을 다해야 겨우 유지되는 것일 뿐 이상이나 꿈 등의 잉여적 가치와는 상관없는 것이다. 목숨을 바친 한 순간에 비로소 자유인이 될 수 있었던 노예의 운명은 평생토록 척박한 하층민의 것이었기에 슬프다.

그러나 주인 앞의 노예의 운명은, 이 순간에 그것을 '기억'해낸 'L'의 그것과 다르지 않은 것이다. '끊임없이 자신의 소속을 멸시하는' 이유가 '〈더 나은 사람이 되기 위하여〉 스스로 고립되'는 것이라고 한다면 'L'의 삶 역시 그저 하루하루를 견디고 버티는 축에 들기 때문이다. 그가 소속된 세계를 부정함은, 또한 그러할 때에 비로소 '더 나은 사람이 될' 수 있다 함은 그의 노예다운 삶을 암시한다. 그의 소속된 세계는 그에게 극한의 인내를 요구하는 중이다. 그에게 자신의 '소속'은 '점점 더 불어나'는 두꺼운 '껍질'이 되어 결국 자신을 압살하고 벌레처럼 변신시킬 것이다. 자유와 자율이 억압되는 그 속에서 소속에 대한 '멸시'는 'L'이 취할 수 있는 항거이자 '감당할 수 없는 껍질을 벗어 태우'는 행위에 해당한다. 이점에서 'L'이 죽음으로써 자신을 지킨 노비를 가리켜 '치명적인 희망'이라 한 데엔 어떤 과장이나 수사가 섞여 있지 않음을 알 수 있다. 이는 'L'이 겪는 극도의 압박감과 그로부터 벗어나고자 하는 원망願望을 말해준다.

그렇다면 서로 대화를 나누고 있는 화자 '나'는 'L'과 다른 처지인가? '꿈속에서만 모든 증오를 소비하려' 했으므로 '몹시 힘겨웠다고' 고백하는 '나'에게 인생은 역시 'L'의 것과 대동소이하다. '나' 역시 모든 순간 인내를 위해 '노력'을 다해야 하는 삶을 살고 있는 것이다. 주어진 현실에서 감정들이 자연스럽게 용납되지 못하는 '나'에게 인생은 여전히 억압적이다. 즉 '나' 또한 'L'과 다르지 않은 하드코어한 인생이라 할 수 있다. '나'와 'L'뿐만 아니라 그때의 '노비'도, 우연히 바라본 '햇빛에 얼굴을 싸맨 채 긴 비탈길을 오르는 여학생'도 모두가 마찬가지의 하드코어 인생이다. 삶이 가파른 오르막길을 걷는 것처럼 한없이 무거운 이들에게 현실은 맹목적이고 절대적인 것으로 다가오는바, 이들이 삶을 가리켜 '의지에 선행하는 운명'이라 말한 까닭도 여기에 있다. 이들의 운명은 출구가 없는 갇힌 회로인 셈이다.

그러나 그것이 '의지에 선행하는 운명'이라 할지라도 자신을 노예로 만드는 상징계에의 귀속은 기꺼이 이루어지는 것이라는 점에서 주목을 요한다. '머리칼을 간질이는 바람의 손길'이 '부드러운' 까닭에 '진저리를 쳤던' '그'에게 자신을 옭죄는 '껍질'의 단단함과 엄격함은 오히려 익숙한 성질이기 때문이다. '그'에게 상징계의 견고함은 흐트러짐이나 부드러움보다 우선시된다. '그'가 상징계에 의한 억압을 호소하면서도 그대로 탈주를 감행하지 않는 이유도 여기에 있다. 상징계는 그것이 비록 억압적이고 닫혀 있는 회로라 할지라도 쉽사리 부정되지 않는다. '그'에게 상징계는 목숨이 다할 때까지 충실히 보존될 것이다. 여기에서 '그'를 압도하는 극심한 긴장이 발생할 것임에도 그러하다. 이는 '그'의, 혹은 시인의 가치의식을 말해주는 것이거니와, 위 시의 인물들이 더욱 '하드코어 인생'일 수밖에 없는 이유이기도 하다.

> 밤은 낡은 화음을 거리에 펼치고
> 붉은 고백은 선로에서 몸을 뒤챈다
> 그곳에 다가가려는 건 오랜 결심 후
> 잠든 사이에 언제든 뛰쳐나오는
> 내 안의 들끓는 증오들을 식혀가며
> 낯선 표정으로 목적지를 이탈하는
> 노선버스의 머나먼 시선 끝에
>
> 그들은 서 있었다 비껴가는 유성을
> 노려보는 붙박이별들의 예리한 적대
> 그들이 거느린 행성들의 궤도에 관한
> 강고한 규약과 그들의 계보가 하사하는
> 도살자의 미소를 칼집 속에 감추며
>
> 나의 소외를 입속의 고깃점처럼
> 음미하던 그들의 열락과 입속의 뺨을
> 씹어 뱉던 나의 괴로움 그리고 그대여
> 그런 나와 화해할 수 없었던 자화상을
> 버리지 않은 건 밤하늘을 홀로 거닐던

떠돌이별의 좁은 이마에 돋아난
자잘한 욕망의 두터운 미각이었으니

그러나 오늘 밤 나는 취기를 내려놓고
누구를 축하하기 위한 꽃다발을 구하려
어두운 뒷골목의 침묵을 지난다
닫힌 꽃집 앞에서 오래 서성이며
보도에 누군가 흘리고 간 국화 한 송이를
집어든 채로 모멸하는 악기들이
만들어내는 짧은 노래의 구토를 달래며
　　　「늦은 밤에 꽃집을 찾아가며」 전문

　상징계가 억압적인 것은 그것이 타자들의 욕망으로 뒤엉켜 있기 때문이다. 상징계는 타자들의 공통적이고도 선별된 욕망이 이룩한 지대로, 대개 그것은 자아를 웃도는 힘들의 결정체가 된다. 자아가 상징계에서 느끼는 억압과 소외는 상징계를 축조한 과도한 이성의 작용에 기인한다. 상징계가 때론 지옥으로 때론 대타자로 인식되는 것도 이 때문이다. 그리고 이점은 자아로 하여금 자기 욕망에의 투항을 유도한다. 라캉이 말하였듯 해소되지 않는 상상계의 욕망은 자아의 본래적 욕망으로서 타자인 상징계를 교란시키고 붕괴시키는 에너지가 된다. 상징계를 파괴하는 자아의 본래적 욕망은 자아의 생명력을 고양시키는 과정과 다르지 않다.
　위 시는 상징계의 타자성에 대해 매우 선명하게 형상화하고 있다. 그것은 자아를 고통 속으로 몰아가는 절대 권력으로 현상한다. 상징계의 타자성 앞에서 자아는 오들오들 떠는 희미하고 미약한 존재일 뿐이다. '노려보는 붙박이별들의 예리한 적대'가 '서 있다가 비껴가는 유성'을 향해 있음은 절대 권력자와 자아 사이에 놓인 대립적이고도 불균등한 관계를 암시한다. 권력자의 '행성들의 궤도에 관한 강고한 규약'은 '칼집 속에 감춘 도살자의 미소'만큼이나 음험하고 광포하다. 위 시의 화자에게 '그'가 '나의 소외를 입속의 고깃점처럼 음미하던' 자로 묘사된 이유도 여기에 있다. '나'에게 '그'는 넘을 수 없는 장벽이자 절대적 권력으로 다가오는 타자이며 '그'에 비해 '나'는 '밤하늘에 홀로 거닐던 떠돌이별'과 같은 존재다. '나'를 씹어 먹고자 '칼'을 겨누는 대타자는 '나'에게 '괴로움'의 근원일 뿐이다. 이때 '나'는 대타자와 '화해'함으로써 그에 걸맞는 큰 자아가 되는 대신 자신의 '좁은 이마에 돋아난 자잘한 욕망'에서 즐거움을 찾는 작은 자아의 길을 걷고자 한다.

늘상 '나'를 삼키려 드는 대타자의 광포함을 견뎌야 하는 화자 '나'는 지치고 힘겹다. 대타자의 레이다망으로부터 벗어날 수 있다면 그는 죽음이라도 불사할 것이다. 비로소 죽음이 그것을 이룬다면 그에게 죽음은 정당하고도 기꺼운 것일 테다. 그런 점에서 그가 찾아드는 곳이 '어두운 뒷골목의 침묵'의 지대인 것은 당연하다. 그곳은 밤의 지대이며 '취기'와 '구토', 그리고 '내 안의 증오들'이 들끓는 세계다. 그리고 그것은 자아의 그림자이자 의식 이면의 무의식의 세계이다. 그것은 '잠든 사이에 언제든 뛰쳐나오는' 꿈과 몽상의 지대이며, 의식 속 어딘가에 어둡게 잠재된 마음의 영역이다. 음험한 타자들에 의해 소외되고 상처 입은 마음이 응집하는 그곳은 마그마처럼 격하고 혼돈스러운 영역이기도 할 것이다. 자아에게 상징계가 절대적일

수록 '내 안'에서 이러한 지대는 더욱더 격렬하게 끓어오를 것이다. 그곳에서는 '나'에게 '증오'가 그러하듯이 분노와 원망과 공포와 '모멸' 등속의 상징계의 타자성에 의해 발생했던 감정들이 괴물처럼 증식할 것이다. 상징계와의 긴장된 갈등 속에 놓인 그러한 어둠의 지대는 언제고 은근한 들끓음으로 혹은 광폭한 폭발로 현상될 수 있는 에너지의 근원이기도 하다.

　이러한 상황 속에서 그러나 위 시의 화자가 보이는 궤적은 순화된 상징을 구하는 일임을 알 수 있다. '꽃다발을 구하'는 일이 그것이다. 그것은 '누구를 축하하기 위한' 의로운 것이며 또한 미적인 것이다. 또는 그것은 '한송이의 국화'이기도 하다. 이를 얻기 위해 '나'는 '내 안의 들끓는 증오들을 식히'거나 '취기를 내려놓'거나 '구토를 달래는' 등의 과정을 거친다는 것 또한 알 수 있다. 이때의 상징은 어둠의 지대에서 자라난 심리적 형상물로서 자아의 그림자를 품은 채 정신적 형상으로 승화된 채 구현된 것이다. 시인의 말대로 그것은 '그림자 도시에서' 찾아 나선 '늦은 밤의 꽃집'인바, 위 시의 시적 자아에게 이는 스스로의 마음의 혼돈을 용해시킨 후 구해낸 미적 완성체에 해당한다.

　　길 건너 이층집의 美용실은 밝은 불빛 속의 명상에 잠겨 있다. 임박한 어둠의 발소리를 주시하는 듯, 주름 가득한 이마 아래 눈썹을 내리깔며. 나는 태생적인 불행을 머그잔에 적신 채로, 주머니 안쪽 생의 쿠폰들을 만지작거리며 그 집 간판을 바라만볼 뿐 그곳에서 어떤 미적 실험이 수행되는지 알 수가 없다. 가령, 시간을 급속가열포트에 펄펄 끓인 후 무지갯빛 찌꺼기의 성분을 분석해보는 것인가? 기억의 심장들을 냉동시킬 때 눈물과 함께 부서져 내리는 서리꽃송이 사이의 미세한 인력을 감지하는 것인가?

카라뷰티랩의 장방형 간판 오른편에는 아름다운 모델의 얼굴이 드리워져 있다. 여자의 뺨에는 거리의 소리들을 모두 빨아들이듯 커다란 검은 점 한 개, 그리고 좌하부의 붉은 네온으로 번쩍이는 아름다울 美는 몸통이 온통 퇴화된 벌레를 닮았다.

그것은 더듬이 두 개, 앙상한 등뼈와 가느다란 다리들을 부산히 움직이며 여자의 얼굴을 향해 기어간다. 여자의 미모를 가늠하려는 것일까? 하지만 그녀의 얼굴에 접근하는 美의 홑눈에는 잔털투성이 뺨과 컴컴한 동굴 두 개, 축축한 두 연못 위 초승달 구도의 마른 숲들뿐.

우연히 내 눈을 찌르는 아름다움은 한 줌의 욕정, 사소한 희망들과 함께 길 건너편 딱 그만큼의 거리에서 발생하여 잠시두려움과 증오를 토닥인다. 그것은 몇 세기의 공중을 떠돌다 내 손끝에 내려앉은 고독의 열매인가?

「카라뷰티랩」 부분

위의 시는 시인이 앞서 '상징'을 구하던 과정을 하나의 형상으로서 고스란히 담아내고 있어 눈길을 끈다. 시인의 경우 마음의 어두운 지대로부터 피어오른 상징이 미적 완성체로서의 성질을 띤다 했을 때 '카라뷰티랩'의 여러 이미지들은 시인이 구하던 상징의 결정結晶 과정을 그대로 내포하고 있다 하겠다. 무엇보다 시인은 어둠 속에서 환히 불 밝히고 있는 '카라뷰티랩'의 '간판'에서 의미있는 상징의 형상을 발견하는 것이다. '카라뷰티랩의 장방형 간판 오른편'에 드리워진 '아름다운 모델의 얼굴'이 그것이다. 그 '얼굴'은, 특히 그 가운데 도드라진 '한 개 점'은 장방형으로 길게 펼쳐진 의미들을 한 곳으로 수렴시키는 듯한 모습이다. '한 개 점'은 '거리의 소리들을 모두 빨아들이듯'한 것이다. 더욱이 그녀의 얼굴 아래 그려져 있는 '아름다울 美'의 도상圖像은 '美'의 시각디자인이 유도하는 대로 그녀의 '얼굴'에로 의미를 집중시키고 있다. '美'의 도상이미지는 '더듬이 두 개, 앙상한 등뼈와 가느다란 다리들을 부산히 움직이며 여자의 얼굴을 향해 기어가'기 때문이다. '얼굴'을 향해 있는 '美'의 형상은 '몸통이 온통 퇴화된 벌레를 닮아' 있다. 대신 그것이 향해 있는 '얼굴'은 이 모든 것들을 초월한 아름다움 자체로 현상하고 있다.

'얼굴'과 '美'는 분리되어 있지 않고 서로 관계맺고 상호 환기시키면서 통합적인 의미망을 짜고 있음을 알 수 있거니와, 중심에 놓인 '얼굴'과 주변에 펼쳐진 여러 사태들은 밝음과 어두움, 빛과 그림자의 대조적인 양상을 띠고 있다. 그것들은 수렴과 확산의 관계 속에서 중심과 주변의 위계를 나타낸다. 주변은 중심을 향해 초월과 승화의 지향성을 드러내며 중심은 주변에 산개된 무질서를 원형圓形적 질서 속에 용해시키고자 한다. 중심과 주변은 제각각의 영역 속에서 산발적으로 있는 대신 무질서와 질서로 공존하는 안정된 관계망을 짜고 있는 것이다. 확산과 수렴이 공존하는 그것들은 상호 소통과 융합을 이루어냄에 따라 보다 초월적인 상승을 향해 있음을 알 수 있다.

  '얼굴'과 도상이미지 '美'를 둘러싼 이같은 중심-주변의 관계는 위 시의 화자가 '카라뷰티랩'이라는 '美'의 공간에 이르러 그것을 빛 삼아 어두운 자신의 내면을 돌이키고 있는 장면에 대응된다. 어두운 밤길을 거닐며 도달한 '길 건너 이층집'의 '밝은 불빛 속의 美용실' 앞에서 '주름 가득한 이마 아래 눈썹을 내리깔며', '태생적인 불행'을 상기해내고 있는 '나'의 의식의 흐름은 '나'의 그림자가 빛에 의해 소환된 후 어떻게 빛 속으로 용해되는지를 보여준다. 그것은 '내' 안의 '한 줌의 욕정'이라든가 '두려움과 증오'와 같은 어두운 무의식적 감정들이 '우연히 내 눈을 찌르는 아름다움' 앞에서 잔잔히 '토닥여'지고 다스려지는 일과 같다. 위 시의 화자가 그것을 가리켜 '몇 세기의 공중을 떠돌다' '내려앉은 고독의 열매'라 말하고 있듯, '나'의 어두운 그림자들은 광기에 들린 채 어지럽게 놓여 있는 것이 아니라 의식의 조명에 의해 기억되고 환기되면서 의식과의 고른 질서를 구축하게 되는 것이다. 이러한 작용의 중심에는 '아름다움'의 완성체가 자리하고 있거니와, '美용실'의 아름다운 빛은 불행했던 과거에 의한 '나'의 상처와 어두움들을 어루만지듯 '나'의 정신을 고즈넉한 평온의 상태로 이끌어 가고 있음을 알 수 있다. 그것은 '카라뷰티랩' 간판의 '얼굴'이 퇴화된 벌레 이미지로 펼쳐져 있는 '美'의 기호를 수렴시키는 형국과도 같다. 요컨대 시인에게 미의 완성체란 그 자체로 독립되어 있는 것이 아니라 내면 속 혼돈들을 펼쳐내고 다시 수렴시키는, 그리함으로써 의식의 무질서들을 보다 완성된 질서의 상태로 승화시키는 의미를 지니는 것이리라.

시인이 무의식의 흔적들을 펼쳐내면서 의식의 중심으로 나아가는 과정은 「우울과 몽상 4」에서 원형圓形처럼 전개되는 그의 이야기 서술 과정을 통해서도 확인할 수 있다.

운명을 드러내려는 것들의 비의는 바람의 허벅지에 새겨진 연비聯臂로 가득하다

그 가을날 나는 비원에서 개미마을까지 시간의 궤도를 따라 순례할 수 있었다

(중략)

A路 입구에서 숨을 고른 뒤, 오래된 편지를 손바닥에서 벗겨내어 우체통에 넣었다
옛 주소가 박힌 노란 봉투는 늙은 지문을 접은 채 노숙할 채비를 하였다

B街의 식당가 초입에서 로봇춤을 추는 명랑한 청년들의 허리춤에서 양철 담낭이 빠져나와 빗물구멍으로 굴러 내렸다

C번지의 관청 옥상, 모략과 배신에 뒤진 패거리의 고환 무더기가 서류분쇄기에 갈린 후 흩뿌려졌다, 청소차의 굉음을 향하여

D洞의 방송국 앞, 유명 연예인에 영혼을 청탁하러 온 군중이 환성을 지르며, 자욱한 배기가스로부터 솜사탕을 자아내었다

E대학 구역의 건널목에서 내 곁에 유령처럼 불쑥 솟아난 검은 치마의 여자, 거리에 흩어져 있던 농염한 연애의 파장들이 겹친 순간에 태어난 듯
그렇게 근거없이 생겨나도 괜찮겠냐고, 옛 애인을 닮은 그녀에게 말했다
지난 밤 그녀의 탐스런 가슴이 완성된 시각을 묻자, 달뜬 얼굴을 숙인 그녀의 심장이 홍관조로 우화, 공중으로 날아올랐다

F區와 G區가 갈라지는 H洞 교차로에 문득, 철거된 고가도로가 수직으로 솟아올랐다, 공사장의 붉은 벽돌들을 한 개씩 집어 삼키며, 지하묘지에 이르는 계단으로

얼마나 순한 목숨들이 두 눈에 사슬을 감은 채로 그 길을 까마득하게 내려갔을까?

형상을 이룬 것들의 윤곽은 언제나 폐곡선을 그린다: 눈을 부릅뜬 J상점의 박제 부엉이가 중얼거렸다

(중략)

　　개미마을의 대형 커피숖에는 짙은 페로몬을 내뿜으며 시간
의 낱알과 잎사귀를 분주히 실어나르는 남녀 개미들

　　카페 〈매혹〉의 문 앞 땅 위로 솟은 플라스틱 지하묘비 곁에,
눈가의 다크써클을 붉은 연지로 감춘 여왕개미가 날개를 펼
친 당당한 포즈로 앉아 있었다

「우울과 몽상 4」 부분

　위 시의 제목이 말하는 바 '우울과 몽상'은 상징계를 지탱하는 이
성의 힘이 약화될 때 수면으로 떠오르는 정신의 작용이다. 대부분 잠
재되어 있다가 어느 순간 모습을 드러내는 '우울과 몽상'은 단일한
의식을 교란시키는 이성의 대척자에 해당한다. 그것은 자아의 동일
성을 위협하는 의식의 어두운 그림자이자 의식 속에 내재된 혼돈의
근원이다. 과거로부터 축적된 불행의 파편들은 의식의 이면에 잠복
되어 있다가 우울과 몽상으로 되살아난다. 그 순간의 자아는 상징계
로부터 이반되고 소외되기 마련이다.

　상징계와의 관련 하에 바라본 이와 같은 '우울과 몽상'은 그러나
시인의 관점에 서면 그와는 다른 의미로 전복된다. 시인에 따르면 그
것은 상징계를 공격하고 그를 피폐케 하는 것이 아닌, 오히려 의식의
외연을 확장시켜 통합된 정신으로 나아가게 하는 계기가 되기 때문
이다. 시인의 세계에서 '우울과 몽상'은 무의식과의 상호 소통을 통
해 의식을 확대하고 정신을 승화시키는 데 기여한다. 이는 '우울과
몽상'으로 시도하는 의식의 펼쳐냄과 수렴의 과정에 의해 가능해지

거니와, 이러한 과정은 앞서 시인이 어두운 무의식들 사이에서 미적 완성체로서의 상징을 구현하는 궤적에서 이미 드러난 것이다.

실제로 위 시에서 화자는 어떠한 이성적 의지를 제거한 채, '1802년의 휠덜린이 보르도와 슈투트가르트 사이의 먼 길을 터벅터벅 걸었던 것처럼' 도시의 한복판을 산책하게 되는데, 이때 의식 위에 기록된 '우울과 몽상'들은 의식에 대해 파괴적으로 작용하는 대신 무한한 확산과 집중을 이루어내면서 오히려 정연한 만다라와 같은 형상을 띠게 됨을 알 수 있다. 즉 사방과 팔방으로 펼쳐진 우울과 몽상의 흔적들은 막연히 펼쳐지는 데서 그치지 않고 의미의 중심에로 귀결됨으로써 결국 정방형과 원형이 하나로 결합된 형상을 이룬다는 것이다. 예컨대 '그 가을날 비원에서 개미마을까지 시간의 궤도를 따른 그의 순례'는 A路에서 B街로, 그리고 C번지에서 D洞으로, 또한 E구역에서 F區와 G區로, 나아가 H洞 등 목적된 의식에 따른 것이 아니라 무의식적 충동에 따라 이루어진 것인데, 이처럼 방향을 두지 않은 채 부드러운 출렁거림에 의거한 의식의 궤적은 시인의 경우 의식의 해체에로 귀결되는 것이 아니라 그 이상의 의미에로 향하고 있다. 그리고 그것은 위 시에서 말하는 바 '운명을 드러내려는 것들의 비의'와 관련될 터이다. '바람의 허벅지에 새겨진 연비聯臂'는 서로 이리저리 가로지르면서 '비의'를 '가득' 채우고 있거니와 이들의 숨겨진 의미들은 필경 '운명을 드러내려는' 자아의식의 발로가 아니겠는가 하는 것이다.

우울과 몽상을 통해 의식의 이면에서 솟아오른 종횡무진의 무의식들은 무차별적인 해체와 파괴의 국면으로 치닫는 것이 아닌, 이처럼 미지에의 앎과 그 이상의 목적을 향해 있음을 알 수 있다. 이러한 시인의 관점은 중심과 주변의 위계를 부정하면서 의식의 해방을 지향하는 탈근대의 기획과는 매우 다른 것이다. 그것은 주변의 확산을 옹호하되 그 자체로 머무는 것이 아니라 주변과 중심의 상호 관련을 통해 보다 초월적인 중심에로 나아가는 형국을 나타낸다. 이때의 더욱 상승된 중심은 인간에 관한 본질적인 인식과 관련되는 것으로서, 무의식에 따른 주변의 확산이 사방팔방의 정방형으로 나아가는 형상이자 중심으로의 귀속이 집중된 원형을 띤다는 점은 곧 무의식과 의식의 소통을 통해 위대한 자아로의 통합을 꾀하였던 융의 만다라의 형상을 떠올리게 한다. 또한 이러한 과정에 의해 구축된 통합적 자아는 위 시에서 '짙은 페로몬을 내뿜으며 시간의 낱알과 잎사귀를 분주히 실어나르는 남녀 개미들' 사이에서 '눈가의 다크써클을 붉은 연지로 감춘' 채 '당당한 포즈로 날개를 펼친 여왕개미'의 이미지를 얻게 된다.

> 외로운 시인의 무덤처럼 풀꽃을 흔들며 날은 저물어
> 이윽고 두려운 별들의 침묵이 창가에 내린다
> 아무도 모르게 지갑 속에 쌓이는 먼지에게 말을 걸며
> 무작위로 배치된 옷본들 앞의 침통한 재봉사처럼 묻는다
> 이 낮은 저녁에 너는 적멸을 생각하고 있는가?
> 굶주린 문장들이 사생결단으로 부딪는 세간을 떠나
> 얼음과 물과 수증기 사이의 머나먼 통로들을 가늠하려는
> 그 열망을 참으로 너는 이해하지 못하는 것은 아니지만
> 그러나 잠시 너의 방으로 날아들었다가 홀연히 가버린
> 날개를 다친 새의 가까운 비명을 들으며 짐짓

영원을 떠올리는 것은 아득하지 않겠느냐, 그것은
시간표를 뜯어보며 시시각각 만나고 헤어지는 열차들의
이마를 떠올리는 고독한 결핵환자의 몽유와 같은 것
매번 주인이 바뀐 술집과 다시 화친하려는 술꾼이나
밤의 카페에서 소녀가장 시절을 회상하는 여자처럼
사건들의 표리가 만나는 지평을 서성이다가 너의 지도는
그 잔혹한 거리로 말없이 돌아오는 것이겠지, 누군가
드나들 때마다 파안대소하는 주렴의 부서지는 손길에
죽은 새의 날개가 품은 무거운 수증기가 반짝, 너의
눈가에 내리는 이슬방울의 설렘으로 빛나는 그날에는

「6월의 응혈」 전문

한편 위의 시에서의 '너'에게 죽음은, 그것이 '굶주린 문장들이 사생결단으로 부딪는 세간' 틈새에서 환기되는 것임을 볼 때, 역시 불가피하게 선택되는 성격의 것이다. 그것은 상징계가 지배하는 극한 상황에서 자신을 증명하듯 감행되는, 앞서 '하드코어 인생'(「L과 함께 걷다」)에게 불사되는 것과 같은 것이다. 무자비하고 냉혹한 상징계에서 내가 그와 동등함을 밝히는 길이 필경 죽음이라고 한다면 '너'에게 '적멸'이란 '열망'이 될 수 있다. 그때의 '너'의 죽음은 격한 '세간을 떠나' '머나먼 통로'를 내다보는 구원의 방편과 다르지 않을 것이다.

그러나 그러한 죽음은 또한 '고독한 결핵환자의 몽유'처럼 '아득'하기도 한 것이다. 그것은 구원이라 일컫기에 불확실한, '날개를 다친 새의 가까운 비명'과 마찬가지의 단발마적인 외침에 불과한 것이

179

아니겠는가. 그러므로 그때의 죽음은 상징계의 가혹함을 증명하는 것일지언정, 혹은 '너'의 존엄성을 입증하는 것일지언정 쉽게 구원의 길이라 말할 수는 없는 노릇이다. 그리고 어쩌면 이점이야말로 '너'도 '나'도 그것에 대한 '열망'을 지닐지라도 그것을 단행하지 못하는 이유이기도 할 것이다. 위 시에서의 '적멸'을 꿈꾸는 '너'를 향한 '나'의 나지막한 말들은 '너'에게 이점을 설득하기 위해 행해지는 것임을 짐작할 수 있다. '너' 역시 다시 이곳 '그 잔혹한 거리'로 '돌아와야' 한다는 것이다. '너'와 '나'에게 죽음은 그저 '낮은 저녁' 우울한 몽상으로 읊조려지는 조용한 노래가 되어야 할 것이라는 점이다.

이러한 '나'의 말들은 '너'와 '내'가 처한 하드코어한 인생을 재차 환기시킨다. 즉 그것은 냉엄한 상징계에서 옴짝달싹 할 수 없는 인간들의 처지를 확인케 한다. 상징계의 악惡은 어떤 대부분의 행위도 악惡이 되게 만든다. 상징계의 악은 인간으로 하여금 이도저도 할 수 없게 옭아매는 음험한 힘을 나타낸다. 이 세계에 처한 것이 '의지에 선행하는 운명'으로 다가오는 것도 이 때문이다. 'L'이 '머리칼을 간질이는 바람의 손길에 진저리를 쳤'(「L과 함께 걷다」)던 이유도 여기에 있다. 과도하게 냉혹한 세계에서는 '부드러움'조차 죄악시 될 수 있는 것이다. 결국 '너'와 '나'에게 상징계는 피할 수 없는 '운명'으로 수용되어야 할 성질의 것이다.

이에 따라 우리가 할 수 있는 일은 '매번 주인이 바뀐 술집과 다시 화친하려는 술꾼이나 밤의 카페에서 소녀가장 시절을 회상하는 여자처럼' 흐릿한 의식으로 호기를 부린다거나 불행했던 옛일들을 회억하면서 스스로를 달래고 위로하는 일 정도가 될 것이다. 또는 '사건들의 표리가 만나는 지평'에서 제한된 자유를 호령하다가 어느덧

'말없이' 제자리로 돌아오는 일이 될 것이다. 혹은 '시간표를 뜯어보며 만나고 헤어지는 열차들'을 몽상하는 일도 허용될 수 있을 것이다. 분명한 것은 이러한 일들은 모두 '돌아옴'을 전제로 하고 있다는 사실이다. 또한 그런 점에서 이러한 인식은 다분히 이성적이고 현실적인 것이다. 이는 탈근대주의자들에 의한 상징계에 대한 도전이나 그로부터의 탈주를 주창하는 것이 아닌 것이다.

위의 시는 상징계의 억압 속에서 '죽음' 및 '우울과 몽상'이 지니는 의미를 단적으로 보여주고 있거니와, 결국 '우울과 몽상'은 '죽음'으로부터 혹은 상징계의 압박으로부터 자아를 이탈케 하는 마지막 비상구에 해당함을 알 수 있다. 또한 이것은 이성렬의 시세계가 상징계를 부정하지 않은 채 그것을 대전제로 하여 구축되고 있음을 의미한다. 그에게 아버지의 법으로서의 상징계는 회피할 수 없이 절대적인 대타자의 성격 그대로이다. 그런 만큼 그로 인한 긴장 역시 필연적인 것이어서 이에 따른 압력은 의식 이면의 무한한 지대를 펼쳐내는 계기가 된다. 그의 시에서 질서와 혼돈, 의식과 무의식, 이성과 몽상 사이에 역동적인 혼융이 일어나는 것도 이러한 조건에서이다. 현실과 환상의 양 축을 넘나드는 그의 시에는 두 개의 시선이 동시에 존재한다고도 할 수 있는데, 그러나 시인은 이 두 개의 시선을 단순 나열시키는 데 그치지 않고 이들의 용해를 통해 더욱 승화된 세계로 나아가고자 하고 있음을 알 수 있다. 무의식을 한껏 펼치다가 미적 상징체를 통해 의식의 중심에로 수렴시키는 이성렬 시인의 시적 태도는 그의 시가 해체 이후의 자리에서 통합된 정신으로서의 위대한 자아self를 향해 있는 것임을 말해준다.

■ 『시현실』 2018년 겨울호

181

질료質料로서의 언어를 통해
꿈꾸는 시원始原의 세계

― 정다인 론

정다인의 시는 언어의 통상적인 개념을 부정하는 데서 출발한다. 정다인의 시를 구성하는 언어는 상징의 차원에 놓여 있지 않다. 그의 언어는 대상을 지시하면서 형성되는 기호로서의 언어가 아닌 것이다. 언어를 통해 의미를 환기하는 일반적인 언어의 개념을 통해 정다인의 시에 다가가려 한다면 낭패를 보기 십상이다. 정다인의 시적 자아 역시 이러한 그의 언어에 기반하여 이루어지고 있다고 말할 수 있다. 자아의 정체성을 형성하는 데 결정적 기여를 하는 것이 언어임을 고려할 때, 정다인 시에서의 언어적 특질은 시적 자아의 성격과 직접적으로 관련된다는 것이다. 예를 들어 라캉이 말하였던 바 자아가 언어를 통해 주체 형성에로 나아가게 되는 사정은 언어가 상징계를 대표하는 점에서 그러하거니와, 통상적으로 말해 언어는 인간의 가장 합리적인 정신 위에서 성립된 가장 이성적인 도구이자 매체에 해당한다. 언어를 표현의 매체로 함으로써 인간은 가장 이성적일 수있고, 언어를 도구로 삼을 때 인간은 스스로를 가장 이성적인 존재로 정립할 수 있게 된다. 언어가 지닌 이러한 특성은 언어가 어떻게 상징체계의 가장 중심에 놓여 있는 것이자 그것을 대변하게 되는지 말해주는 대목이다. 언어는 상징계를 대표할 뿐만 아니라 상징계 자체이다. 그리고 바로 언어의 이 같은 성격을 용인할 때 자아는 합리적이고 이성적인 주체로 거듭나게 된다.

그러나 이점은 언어의 이같은 속성을 수용하지 않는다면 그에 따른 자아 형성에 있어서도 동일한 결과를 보장할 수 없게 될 것임을 암시한다. 자아의 정체성이라든가 주체성과 같은 상징계에 합당한 속성들은 이 경우 그 획득이 불분명해진다. 요컨대 상징계적 성격으로부터 비껴나 있을 때 그때의 언어는 자아로 하여금 이성적이고 합리적인 자아, 세계로부터 독립된 주체적 자아를 구축하도록 하는 데 있어서 부족하거나 장애로 작용한다. 기호와 상징으로서의 언어의 중요성이 여기에 있다.

여기에서 주목할 점은 언어에는 기호와 상징으로서의 속성만 있는 것이 아니라는 사실이다. 언어는 기호나 상징이기 이전에 물질이자 질료인 까닭이다. 언어는 사물이나 의식을 대체하여 표현하는 기호적 매개체만 되는 것이 아니라 그 자체로 사물이자 대상이 되는 것이다. 언어는 문자와 소리로 이루어진 까닭에 물질에 기반하는 것으로서, 그로 말미암아 언어는 질료적인 속성을 지니게 된다. 또한 언어의 이와 같은 속성에 따를 때 자아는 세계로부터 독립된 주체로서 정립되는 것이 아니라, 대신 세계와 분리되지 않은 미분화된 자아, 세계의 일부로서 세계와 교감하는 융합적 자아가 된다. 정다인의 시에서 독립적 경계를 획득하기 이전의 세계와의 어우러진 자아를 만나게 되는 것은 그의 시적 언어가 질료적 속성에 기반하여 이루어지는 점과 관련된다.

이것은 인형의 이야기

궁핍의 자궁을 얼굴에 그려넣고
한 땀 한 땀 수를 놓는 찡그림의 수화
아무도 들이지 않은 미로 속을
헤매는 반인반수의 걸음수 만큼
탈색되어진 복선,

깜빡일 때마다 유리 파편이 파고드는
겨울 마녀의 차가운 이야기가 볼을 타고 흘러내린다

온기는 짐승의 피, 나는 차갑다

반인반수의 숨소리가 맺히는 코끝으로
한 방울의 투명한 모음
떨어질 듯 말 듯
창백한 투신, 그 속에서 반짝이는 햇빛
그 속에서 번식하는 유리 파편들

운다, 그것은 동굴의 이야기
비어있다는 것 때문에 너무 많은 문장을
담고 있는 어둡고 습한 자음들의 매음굴
말하지 않아도 울려 퍼지는
메아리의 미로,

탈색된 복선의 시작과 끝을 이어붙이면 눈가루를 뿌리는
겨울 마녀의 꿈속이다
얽히고설킨 몸을 풀며 반인반수의 내가 웅크리고 있다

눈 코 입의 구멍을 빠져나오는 모음 위에 어둡고 습한 자음
을 얹으면
고드름처럼 자라나오는 인형의 얼굴

누군가, 운다

「나는 운다」 전문

위 시에서 시적 자아 '나'는 '나'로서 뚜렷이 내세워지고 있지만 이
때의 '나'는 실상 일반적인 자아라 할 수 없다. 위 시의 '나'는 이성적
이고 독립적인 인격체로서의 자아가 아니라 '인형'이기도 하고 '마
녀'이기도 하며 '반인반수'이기도 한 기묘한 성격을 띠고 있기 때문
이다. '나'는 인간으로서의 정체성을 획득한 온전한 존재가 아니며
오히려 괴물과 같은 기괴한 성질을 드러낸다. 실제로 '나'는 의식을
통해 규정되는 것이 아니라 온도로서, 빛깔로서, 습도라든가 공간적
속성으로서 인식된다. 가령 '나'는 반 정도는 온기를, 반 정도는 냉기
를 지니고 있는데, 온기가 '짐승의 피'에 따른 것이라면 냉기는 '나'
에 따른 것이라 한다. 이는 '나'의 반인반수의 성질을 나타내는 것이
다. 또한 '나'는 그저 보이는 대로의 몸을 지닌 존재가 아니라 '얽히
고설킨' 채 웅크리고 있는 짐승과 같은 자아로 묘사되며, 나아가 '비
어있'거나 '어둡고 습한' '미로'와 같은 공간으로 규정되기도 한다.

'나'는 그저 통상적인 육신과 정신을 지닌 인간이 아니라 기이한 몸과 모호한 의식을 지닌 미지의 존재인 것이다.

자아와 인간에 관한 이와 같은 규정은 매우 낯설고 이채로운 것이다. 이것은 인간을 세계와 분리된 존재로, 혹은 이성적인 정신을 바탕으로 한 독립적인 존재로 보는 대신 세계와의 미분리 상태에서 독자성을 구축하지 못한 존재로 여기는 것이다. 이러한 '나'를 두고 '겨울 마녀'라 하거나 '인형'이라 해도 이를 시원히 부정할 수 없는 사정이 여기에서 비롯된다. 말하자면 위 시의 '나'는 '나'라고 그 정체성을 확정할 만한 근거들을 확보하지 못하고 있다 할 수 있다. 그리고 이처럼 '나'를 온전히 규정짓지 못하는 점은 결국 '나는 운다'가 '누군가 운다'로 전이되는 결과로 나타나게 되는 점과 관련된다.

정다인의 시에서 자아가 분명한 인간으로, 혹은 뚜렷한 '나'로서 경계지워지지 못하는 데에는 그가 사용하는 언어의 속성에 기인하는 바 크다. 그의 언어는 '나'의 의식을 매개하는 도구로서의 상징이 아닌 까닭이다. 언어는 기호인 까닭에 이성적 주체의 표현의 매개체로 사용되는 것이 아니다. 위 시에서 '나'의 언어는 발화되어 의미로서 환기되는 대신 '내'가 그러했듯이 온도나 명암, 습도 등으로서 인식될 뿐이다. '한 방울의 투명한 모음'이라든가 '어둡고 습한 자음들'에서 알 수 있듯 위 시에서 언어는 질료적 감각으로서만 묘사되고 있다.

자아와 언어에 관련한 이와 같은 속성들은 어느 것이 원인이고 결과인지 알 수 없을 정도로 밀착되어 있고 동시적이다. 그것들은 동전의 양면처럼 밀접한 것으로서 서로가 서로에 대한 원인이자 결과가 되고 있음을 알 수 있다. 어느 것도 서로를 다른 속성으로 이끌지 못

하고 있거니와 자아와 언어는 온전히 하나의 동일체로서 구현되어
있다. 즉 정다인 시에서 자아와 언어는 서로 분리되어 상호 목적과
수단의 관계를 이루는 대신 이종의 물질인 채로 동체를 이루고 있다
할 수 있다. 더욱이 하나로 어우러진 동체 속에서 두 개의 서로 다른
물체가 결국 동일한 물체로 전환되는 국면으로까지 나아가고 있다.

　이러한 상황에서 시는 대상을 향해 명명되거나 자아의 의식을 위
해 발화되는 차원의 것이 아니라 자아의 몸에서 뿜어져 나오는 성질
의 것이 된다. 시는 자아의 의식에 따른 기호나 상징성을 띠는 것이
아니라 자아의 연장선이거나 육신의 분비물 같은 것이 된다는 것이
다. 이점에서 '겨울 마녀의 차가운 이야기가 볼을 타고 흘러내린다'
는 표현은 결코 시적 상징이 아닌 사실 그 자체가 됨을 알 수 있다. 즉
위 시에서 시적 언어는 자아와 미분리된 상태에 놓여 있는 질료적 성
질의 그것에 다름 아니다. '반인반수의 숨소리가 맺히는 코끝으로/
한 방울의 투명한 모음'이 '떨어질 듯 말 듯' '번식하는' 현상도 같은
맥락에 놓인다. 위 시에서 언어는 '말하지 않아도 울려 퍼지는', 혹은
'눈코입의 구멍을 빠져나오는' 것일 뿐 대상을 인식하고 의미화 하
는 도구적 성질의 것이 아니다.

　　슬픔의 기울기에서 오늘이 태어났으므로
　　우리는 삐뚜름하다
　　척추 속에 끼워 맞춘 낱자들이 울릴 때
　　우리는 아무도 모르는 얼굴로 조금씩 기우뚱하다
　　조금씩 말 속에 간인 밴
　　시간을 저며 넣고 오랫동안 입지 않은 트렌치코트

자락을 펄럭인다

바람도 끝내는 슬픔의 다음 화요일

이미 와버린 시간에 불을 지피면 타닥타닥

걸어 들어오는 우리라는 불면

사라지지 않을 것처럼 펄럭이다가 울다가

구겨진 코트로 얼굴을 감싼 채 눅눅한 밤을 헤매는

우리는

화요일의 전생, 화요일의 후생

「갈대의 바깥」 부분

　정다인의 시에서 자아와 언어 사이의 미분리된 동체로서의 성질
은 자아와 세계 사이의 관계에도 그대로 이어진다. 아니 그러한 성질
은 자아와 세계 외의 그 사이에 흐르는 시간 및 공간 등 모든 것에 적
용된다. 세계를 인식하고 규정할 수 있던 모든 일반적인 범주들과 도
구들은 그의 세계에서 한꺼번에 녹아내려 마치 거대하게 용해된 용
광로를 이루고 있는 듯하다. 이는 위의 시에서 '슬픔이 기울기에서
오늘이 태어났으므로/ 우리는 삐뚜름하다/ 척추 속에 끼워 맞춘 낱
자들이 울릴 때/ 우리는 아무도 모르는 얼굴로/ 조금씩 기우뚱하다/
조금씩이라는 말 속에 간이 밴/ 시간을 저며 넣고 오랫동안 입지 않
은 트렌치코트/ 자락을 펄럭인다'의 구절에서도 그대로 나타나 있
다. '갈대'와 '오늘'과 '우리'와 '낱자'와, 다시 '우리'와 '말'과 '시간'
과 '갈대'는 서로간 동질성이 순환적으로 구현되고 있다. '갈대'가 기
울면 '오늘'도 '우리'도, '우리 속의 낱자들'도 '삐뚜름'하고, '갈대'가
'펄럭이'면 '시간'도 '시간을 저며 놓은 말'도 '우리'도 '조금씩 기우

189

뚱'하면서 '펄럭인다'.

이와 같은 미분리의 상태에서 '나'라는 독자적 존재를 구하는 것 또한 어불성설이다. 끝내 위 시에서 시적 자아가 '나' 대신 '우리'로서 등장하는 것도 이와 관련되거니와, 이때의 '우리'는 생의 명확한 시점마저 알 수 없는 채 영원히 돌고 도는 존재로서 묘사된다. '우리는 화요일의 전생'이기도 '화요일의 후생'이기도 한 것이라는 점이다. 물론 여기에서의 '화요일'이란 분절된 시간적 개념이 아닌 '불火'이라는 질료적 속성에서의 그것이다. 이때 '우리'와 '시간'과 '세계'는 '불'의 속성으로써 다시 동질성을 얻게 되는바, '불'은 '우리'를 낳는 데서 그치는 것이 아니라 '바람'까지도 '불'의 질료적 성질로서 전화시킨다는 것을 알 수 있다. '바람도 끝내는 슬픔의 다음 화요일'의 '시간에 불을 지핀'다는 것이고, 그곳으로 '우리가 불면/ 사라지지 않을 것처럼' '걸어 들어'와 '바람'처럼 혹은 '불'처럼 '펄럭이다가 울다가' '밤을 헤매다' 할 것이다. 요컨대 '우리'는 '우리'로서 독립된 존재가 되는 것이 아니고 '바람'과 함께 타오르다가 혹은 헤매다가 혹은 무너지다가 혹은 돌아오다를 반복하면서 영원히 '불'의 '시간' 속으로 회귀하고 순환하게 될 것이다. 영원히 돌고 돌아 '나'도 '우리'도 '바람'도 '시간'도 어느 것도 분절되거나 하지 않은 채 모두 하나로 융해되는 상태야말로 위 시에서 만나게 되는 결과라 할 수 있다.

시간은 눈꺼풀 위의 빙하
녹아내리는 빙장氷藏의 기억들이 살아난다
누군가 다녀간 흔적,
살아있지 않은 날 속에 갇힌

여린 날개를 꺼내면

오래된 도시,
폼페이의 불탄 눈꺼풀이 떨린다
검은 심장을 끌어안고 멈춰버린 빙장의 얼굴
붉은 얼음이어서
멈춘 곳에서
시간의 얼굴을 바꾼다
사라져버린 도시의 주소처럼
허공을 맴도는 걸음
한 방울씩 뚝뚝 떨어지는 불과 얼음의
이율배반, 시간이 껴안은 건 까맣게 비어버린 눈동자
거기라고
누군가 거기라고 말하는 순간
얼음은 불의 그림자로 흘러내린다

뜨거움도 차가움도
내 안에 갇힌 잿빛 영혼의 일,
나는 사라진 도시를 걷는다

맨발을 내어주고
얼음의 얼굴로 불의 얼굴로 나는
치렁치렁 흔들린다

　　　　　　　　「얼음과 불의 노래」 부분

자아가 '나'로 구획되지 않는다면, 나아가 그것이 '우리'와 분리되지 않으며 세계와 시간과도 구별되지 않는 궁극의 원형질原形質의 존재라고 한다면, 그러한 '나'의 지대는 무엇을 가리키고 '나'의 범위는 어디까지인가? 자아와 세계의 구분도, 시간의 분절도 무의미하여 모든 것의 용융과 혼돈이 임재한 곳에서 벌어질 세계의 모습은 무엇인가?

위의 시는 여전히 '시간'과 '나'와 '세계'가 하나로 응결된 영원한 원형질의 상태를 그리고 있다. 그것은 모든 것들이 얼어붙어버린 죽음과 같은 상태이자 어느 것도 분화되어 정립되지 못한 원시적 상태를 암시하고 있다. 이곳에서는 '자아'라든가 의식 등속의 분화되고 독립적인 고등高等의 속성은 존재할 수 없다. 세상은 절대적으로 공허한 무無이기도 하고 완전하게 가득 찬 전체이기도 한 것이다. 위 시의 출발이 특정되는 시적 자아가 부재한 상태로부터 이루어지는 것도 이 때문이다. 존재하는 것이란 그저 '빙장氷藏'의 상태일 뿐이다. '빙장氷藏'은 살아있는 것을 포함한 모든 존재들을 용융시킨 후 동결시켜 버렸음을 의미한다. 그것은 마치 심장마저 타버린 채 굳어버린 '오래된 도시 폼페이'와 같은 것이다.

모든 것이 하나이자 전체이므로 원시적 태고와 같은 이같은 상황은 빅뱅 이전 우주의 암흑의 상태에 필적할 만하다. 그것은 시간이 멈춰버린 영원한 미분화의 상태이자 물질과 질료만이 존재하는 상태이기도 하다. 사유나 추상 이전의 절대적인 실질과 구체의 순간이 이것이다. 그런데 이와 같은 무에 이르러서 유를 끌어내는 것이 있으니, 그것은 '불'이다. '얼음과의 이율배반'의 속성을 지니므로 '얼음'과 가장 극렬한 반응을 일으키는 '불'은, 위의 시에서 '얼음이어서/

멈춘 곳에서/ 시간의 얼굴을 바꿀' 수 있는 거의 유일한 질료로서 묘사되고 있다. '불'은 죽음처럼 얼어붙은 절대 무와 혼돈의 상태를 코스모스의 상태로 전환시킬 수 있는 에너지로서 작용하는 것이다. '거기라고 말하는 순간/ 얼음이 불의 그림자로 흘러내릴' 수 있던 것도 이 때문이다. 적소適所의 자리에서 '불'은 마치 천지를 창조하였던 '말씀'과 같은 힘으로 혼돈을 깨고 질서를 구현하고자 한다는 것을 알 수 있다.

정다인의 시세계에서 '얼음'을 일깨우는 '불'의 작용이 있은 이후 시적 자아로서의 '내'가 등장한 것은 의미심장한 일이다. 그것이 비록 완전한 정립적 자아 이전의 여전히 혼란에 차 있는 자라 할지라도 이때의 자아는 세상과의 분리를 이루어 자아로서의 경계를 이룬 자이다. 또한 그는 이를 바탕으로 하여 무언가를 '찾고' '모색하는' 자아임을 알 수 있다. '맨발을 내어주고/ 얼음의 얼굴로 불의 얼굴로 치렁치렁 흔들리'는 '나'는 역시 질료로 다가오는 세계의 한 가운데에서 '나'의 나아갈 바를 구하고자 하는 자아의 모습을 나타낸다.

　　　　찰나는 번개의 입 속에서 꺼내온 것이다

　　　　불꽃 속에서 잉태되는 뜨거움이 이번 생의 유전자다
　　　　스스로를 태우는 형벌 속을 걷는 우리는 불의 아들 딸,
　　　　껴안을수록 커지고, 껴안을수록 사라지는
　　　　찰나와 찰나의 연결고리

　　　　머리카락 한 올 한 올 불을 붙여 이번 생을 소지한다.

타오르는 손과 발의 언어로 너를 껴안는다
금기된 눈빛으로
불탄 이름과 표정을 주고받는다.

사제의 검은 옷을 걸친 밤의 한가운데 서서
훨훨훨훨
우리의 비명은 웃음과 울음의 뒷소절,
마녀의 그림자를 끌고 가는 지금 여기 이 찰나의
골짜기에서 나는, 너의 겹꽃이다
서로를 껴안은 낙화의 뜨거움 속에
박힌 번개의 이니셜

(중략)

날마다 교차되는 체온 속에 번개의 끝을 담금질하는
우리는 감은 눈 속에 서로의 몸을 새겨넣는다

차가워지는 순간이 올 것을 알면서
불탄 공중 속으로 자꾸만 치솟는 번개의 문장들.

「불의 후기」 부분

'불'이 혼돈의 세계에 질서를 부여하고 세계로부터의 자아를 구획
시키는 에너지로 작용하였던 것처럼 위의 시에서 '번개'는 '나'와
'너'를 이어붙이는 또 다른 힘의 실체에 해당한다. 스스로 '불꽃 속에

서 잉태되는 뜨거움이 이번 생의 유전자'라 천명하는 시의 화자 '우리'는 '불의 아들 딸'로서 '스스로를 태워' '서로를 껴안고', '번개의 담금질'을 통해 서로에게 '서로의 몸을 새겨넣고'자 한다. 이미 '불'이 미분화 상태의 세계에 다가가 세계를 창조하였던 것에 비해 위시의 '번개'는 '차가움' 속에 갇혀 있는 '너'와 '나'에게 '불을 붙여' '생을 화르르 흩날리'고 서로를 '껴안'도록 이끈다.

위 시에서 '너'와 '나'가 '우리'가 되는 과정은 '나'가 독립되기 이전의 '우리'라는 미분화된 상태와는 처지가 다른 것이다. 세계와 자아가 분화되기 전의 용융의 상태가 미분화로서의 '우리'였다고 한다면 '번개'가 일으키는 '너'와 '나'의 융합은 미분화로부터 자아의 구획을 이룬 이후의 사태에 해당되기 때문이다. 시에서 '번개'는 그의 '입 속에서' '찰나'를 꺼내놓는 것으로 묘사되거니와 '찰나'야말로 그것들의 연결에 의해 세상에 새로운 변화를 가져오는 계기가 된다. '번개'의 힘에 의한 '찰나'의 순간들은 미분절 상태의 시간에 미세한 틈을 내어 역사를 창출하는 장본인이라 할 수 있거니와, 이들 '찰나'가 틈입함으로써 '너'와 '나' 사이엔 '우리'가 될 수 있는 '연결고리'가 생겨나는 것일 테다.

혼돈의 세계에 가해진 '불'의 에너지에 의해 '우리'로부터 자아가 된 '너'와 '내'가 다시 '찰나'의 힘을 빌어 '우리'가 되고자 함은 '나'의 상태가 여전히 카오스 속에 놓여 있음을 의미한다. '나'의 혼란은 '내'가 '사제의 검은 옷을 걸친 밤의 한가운데'에서 '마녀의 그림자를 끌고 가는 골짜기'에 처해 있다는 점에서 비롯하는바, 설령 세계와 경계지워진 '나'로서 존재한다 하더라도 '나'에게 세상은 변함없이 어두운 밤의 카오스와 같다. '자아'의 분립이 이루어진 후일지라도

195

본래 질료로 가득찬 세상에서 그것을 지배할 만한 주체의 정립은 그렇게 쉽게 이루어지는 일이 아니다. 여전히 세상은 '나'를 압도하여 '나의 생'은 언제나 '날카롭고 참혹한 것들'로 채워져 있는 듯하다. 이러한 사정을 두고 화자는 '날마다 교차되는 체온'이라 일컫거니와 이는 세계가 온통 질료로 다가오는 상태에서 자아가 느끼는 무질서와 혼돈의 상태를 암시한다. 이에 비해 '내'가 '너'를 만나 '우리'가 되는 일은 이전과는 다른 새로이 창조된 질서의 한 양상에 해당될 것이다. 이점에서 '너'는 '나'에게 분명한 희망이자 위로인 셈이다.

사정이 이러하므로 혼돈에 처한 '내'가 '너'를 조우할 수 있는 크나큰 에너지를 꿈꾸는 것은 자연스런 일이다. 그러한 그에게 '번개'가 떠올랐던 것도 합당하다. '번개'는 '우리'로 하여금 얼음장과 같은 '차가운' 상태를 넘어서 서로의 몸에 '번개의 이니셜'을 박히게 해주는 강력한 질료라 할 것인바, 여기에서 '번개의 문장들'이란 또한 질료로서 현상하는 시인의 시적 언어의 속성을 나타내고 있다.

> 모든 현악기의 소리는 누군가의 영혼이다
> 손을 넣어 휘휘 저어 보면 아무것도 잡히지 않는 어스름 속에서
> 태어난 소리들
> 공중을 한 켜 한 켜 저며서 일으킨 음들을 얇은 이불처럼 두르고 나는 눈 쌓인 겨울을 걷는다
> 푹푹 빠지는 발목에서부터 귀까지 목적지 없는 여정을 새겨 넣은
> 음들의 동면을 생각하면서 영혼을 투명하게 얼리고 싶은

날들이 있다
　어떤 선율은 현악기의 오래된 물관에서 생겨난다는데
　보이지 않는 저 굴곡들을 안으로 옮겨 심으면 내게도 음계
가 생겨날까
　저녁의 눈빛으로 한 음씩 물들어가는 얼굴 위에
　음계를 그려본다
　(중략)

　아직 이름 짓지 못한 내가 쏟아져 내리는 겨울 한가운데
　현악기의 가지들이 일제히 운다
　모든 것을 버린 후에야 영혼을 가질 수 있는 걸까
　꽁꽁 언 잠 위에 우수수 떨어지는 음표들,

　폭설이 쌓인 현악기의 주름 속에서 가늘고 차가운 첫 음이
시작된다

「겨울 변주」 부분

　위 시에서 세상을 온통 '겨울'과 '폭설'로 묘사하고 있는 점은 위 시의 자아가 세계에 대해 느끼는 질료적 성질을 나타낸다. 세상은 추위와 냉기로 가득한 '얼음장' 같은 그것이다. 그것은 세계 내의 모든 것을 흡수하여 하나로 응축시키고 응결시킨 결과에 해당되는 것이다. 그런 만큼 세계는 단일한 질료인 '차가움'으로 현상하는 것이며 이로부터 벗어날 수 있는 존재는 없음을 암시한다. 모두가 구분 없이 동일한 질료를 지니게 됨은 세계의 원시성과 미분화성을 말해

주는 동시에 '나' 역시 그에 속박된 상태임을 가리킨다. 결국 세계를 지배하는 '겨울'의 상황은 자아와 세계를 둘러싼 총체적인 혼돈을 말해준다.

이 속에서 언어가 유일하게 세계의 동일성으로부터 벗어날 리 없다. 언어가 세계를 대상화시켜 지시하게 됨에 따라 '차가움'의 질료로부터 일정한 거리를 둘 수 있다면 그러한 언어를 발화하는 자아는 세계에 종속되는 길을 걷지 않을 것이다. 자아는 세계와 분리된 언어와 더불어 세계로부터의 독립성을 구축하게 될 것이다. 그러나 정다인 시인의 세계에서 언어는 세계와 혹은 자아와 제각각으로 분리되어 있지 않다. 그의 시에서 언어와 세계와 자아는 모두 하나의 전체이다. 철저히 질료로서 인식되는 세계는 자아 역시 그러한 성질의 세계에 그대로 노출되도록 하고 있으며 이때의 언어 역시 질료적 세계에 압도된 자아의 분비물처럼 질료화되어 현상할 뿐이다.

상황이 이러할진대 언어가 세계와의 거리를 전제로 하는 기호와 상징이 될 리 만무하다. 여기에서 언어는 자아의 주체성을 강화하는 이지의 언어가 될 수 없다. 언어가 기호와 상징 이전의 질료에 해당하는 상황이 이것이거니와, 이때 언어는 곧 물질이 되어 차가움이든 뜨거움이든 세계의 질료적 성질을 고스란히 담아내게 된다. 위의 시에서 언어가 '추운 겨울'의 세계와 동일하게 다가오는 것도 이와 관련된다. 언어의 이러한 사정은 '현악기의 소리'에서도 마찬가지로 이어진다.

위 시에서 '현악기의 소리'가 '누군가의 영혼'이라 한다거나 '공중을 한 켜 한 켜 저미서 일으킨 음들'이라 한 점들은 '소리'가 그것을 연주하는 자아나 세계와 분리되지 않은 동일한 것임을 말하고 있다.

'소리들'은 '손을 넣어 휘휘 저어 보면 아무것도 잡히지 않는'다고 한 데서 알 수 있듯 감각적으로 질료화된 세계 속에서 세계와의 동일성 아래 발생하는 것이다. '현을 건드리는 차갑고 골똘한 바람을 따라/ 떠도는 영혼들의 허밍'인 현악기의 소리는 세계의 표정을 그대로 담아내고 있는 것임을 알 수 있다. 자아와 세계와의 동일성을 고스란히 드러낸다는 점에서 '현악기의 소리'는 시인의 언어처럼 질료의 차원에서 벗어나지 않는다는 것을 알 수 있다. 위 시에서 현악기의 '차가운 첫 음'이 '폭설이 쌓인 현악기의 주름 속에서 시작된다'고 말한 이유도 이와 관련된다.

세계뿐만이 아니라 '소리'와 자아가 일치되어 존재하는 상황은 '현악기의 물관'을 닮은 '음계'를 얻고자 하는 데에서 나아가 '영혼을 투명하게 얼리고 싶다'는 자아의 바람으로 귀결된다. '음계로 그려지'는 '영혼'을 지니고 싶어 하는 자아에게 '소리'는 자아를 순수하게 이끌어나가는 매개로 작용한다. 위 시에서 드러나는 '음계'와 '영혼' 사이의 이같은 관련성은 '소리'와 자아가 모두 질료적 차원에서 서로 융합하는 동일한 것임을 가리킨다. '현악기의 가지들이 일제히 운다' 하는 것은 '소리'와 자아 사이의 상호간 동일성을 나타내는 것이다.

질료적 차원에서 서로 분리되지 않음으로써 '소리'가 자아가 되고 '영혼'이 되는 관계는 정다인의 시세계에서 '언어'와 자아 사이의 관계에도 그대로 적용되는 것이다. 시인에게 '언어'는 '현악기의 소리'와 마찬가지로 자아 그 자체이자 '영혼'에 해당될 것이라는 점이다. 이는 시인의 시적 언어가 역시 이지적인 기호나 상징이 아니라 순수히 물질이자 질료의 성질을 나타내고 있음을 말해준다. 정다인의 시가 물질적인 이미지로 가득 차 있는 이유도 이 때문이거니와, 그가 보여주는 언어와 자아 사이의, 그리고 세계 간의 이와 같은 동일성의 세계는 일반화된 세계가 아닌 세계의 원시성과 시원성을 드러내주고 있다는 점에서 주목된다. 질료로써 상호간 융합되고 일치되는 이러한 세계 속에서 자아는 혼돈에 처할지라도 세계와 하나가 될 수 있으며 언어는 자아의 영혼에 조응하는 순수성을 확보하게 될 것이다.

정다인 시인이 보여주는 이러한 시적 특징은 세계와 교감하는 정다인 시인의 섬세하고 민감한 감수성을 말해주는 것인 동시에 그가 추구하는 언어의 고유성을 보여주는 것이다. 기호나 상징이 아닌 물질과 질료로서의 언어는 언어의 일차적이고도 원시적인 성질에 해당하는 것으로 이에 천착하고 있음은 정다인의 시세계가 원시적 순수성을 지향하고 있음을 의미한다. 질료로서의 언어는 의미에 의해 오염되거나 왜곡되지 않은 순수한 차원의 언어임을 말해주기 때문이다. 또한 그것이 질료인 까닭에 그때의 언어는 스스로 물질이 되어 자아와 세계 사이를 흐르는 에너지가 된다. 질료로서의 언어에 의해 자아와 세계 사이엔 융합와 조화를 위한 계기가 형성될 수 있게 된다. 이에 따라 언어는 때로 '불'이 되어 혼돈의 자아에게 질서를 부여하기도 하고 때로는 '번개'가 되어 자아와 세계를 서로 용융시키는 힘으로 작용하기도 하였던바, 실제로 정다인 시인의 독특한 시적 언어는 그의 시세계 속에서 자아와 세계 모두를 온전하고 전체적인 순수의 상태로 고양시키고 있음을 알 수 있다.

■ 『시사사』 2018년 11, 12월호

일상성의 초월을 통한
웃음의 시적 공간

― 신원철 론

    시는 일상적 시간에 속하는 것인가 그것을 초월한 자리에서 빚어지는 것인가? 시는 세속적인 것인가 신성한 것인가? 시를 일컬어 세계와의 융합이라 할 때 그것은 시적 순간에 놓인 자아의 고유한 정서적 상태를 지시함과 동시에 시가 발생하는 성과 속의 상관적 지점을 가리킨다 할 수 있다. 끝없이 반복되는 일상의 시간 속에서 예외적으로 구현되는 초월의 순간은 시적 자아를 속된 세계로부터 상승시키는 계기이자 구원의 지점일 것이다. 이때의 자아는 온전히 세계로 통하는 듯 막힘도 장애도 없이 세계와 하나가 되고 전체가 된다. 시적 순간은 자아의 의식이 우주를 향해 한껏 개진됨으로써 세속적 시간들로 인한 구속과 제한이 무화되었을 그때라 할 수 있거니와 이때 자아가 경험하는 자유와 해방의 정서는 시를 발생시키는 고유한 심적 상태에 해당한다. 그것이 언제 어디에서 구해지는가 하는 것의 각각의 개별성에도 불구하고 시인들은 바로 이와 같은 자유와 해방의 순간에 시가 탄생하는 경험을 하게 된다. 그때야말로 시가 다가오는 순간이며 무의미한 일상의 한가운데에서 드물게 만나게 되는 구원과 초월의 시간이다. 또한 이것은 자아를 질식시키는 세속의 시간들 사이에 슬며시 새어드는 거룩하고도 신성한 시간이라 할 수 있다. 인간은 실로 이러한 순간 없이는 삶을 살아갈 수가 없으며 언제나 이를 구하기 위해 마음의 여행을 떠날 준비가 되어 있다.

시적 순간이 구현되는 일상적 시간과 초월적 시간 사이의 상관성은 신원철의 경우에도 그대로 적용된다. 그의 시는 철저히 일상 속에서 겪는 평범한 경험들을 기반으로 하고 있기 때문이다. 때로 그러한 일상들은 지극히 세속적인 뉘앙스를 띠며 등장하기도 한다. 그러나 그 경험들은 여과되지 않은 채 그 자체로 놓여 있는 것이 아니라 시인의 고유한 정서에 의해 전유되어 새로운 지평 속에 던져지게 된다. 그때의 새로운 지평은 세속적인 시인의 일상을 전혀 다른 차원으로 상승시키고 승화시키는 계기가 될 것이거니와 이것이야말로 그가 시를 쓰는 이유가 되고 그가 삶을 살아갈 수 있는 힘이 될 터이다. 그가 구하는 새로운 지평은 언제나 겪게 되는 일상을 끌어올려 그것에 의미의 옷을 입힌 후 그에게 되돌려 준다. 일상적 시간이 획득한 새로운 지평을 통해 일상적 경험들은 초월적 시간과 만나고 세속적 시간들은 비로소 아름답게 의미화된다.

신원철의 시에서 만나게 되는 새로운 지평은 이처럼 일상적 시간과 초월적 시간 사이의 긴밀한 짜임을 통해 개진되는 것으로 시인의 경우 그것은 무엇보다 시인이 제시하는 긍정과 화해의 관점에서 비롯된다. 시인의 시선에 의해 일상의 모든 속되고도 사소한 일들은 어느덧 웃음과 사랑, 어울림과 따뜻함으로 변모한다. 평범하고도 반복적인 일상들이어서 자칫 권태와 분노를 유발할 수 있는 상황들

속에서도 시인은 그것들에 긍정의 시선을 부여함으로써 삶을 조화
와 융합의 차원으로 상승시키는 것이다. 삶에 대한 화해로운 태도
없이 불가능할 이러한 지평의 전개는 급기야 그의 시를 경쾌한 리
듬으로 출렁이는 축제적 공간이 되게 한다. 그의 시 사이사이에서는
어느덧 유쾌한 웃음의 소리가 새어나오는 듯한 기묘한 느낌이 드는
것이다.

> 30년 넘어 직장과 집만 오가다가 어느 날
> 접질려 부러진 발목에 깁스를 하고 들어앉은
> 아내
> 금강산 선녀처럼 붙잡혔다고
> 나무꾼 남편이 아이 둘 업혀놓고 멀리 달아났다고
>
> 젊어서부터 투덜대더니
> 이제 자유롭게 여행 다녀야겠다고 꿈에 부풀어 있더니
> 실망과 팔자가 한숨처럼 떠다닌다
> 커피도 타서 바치고
> 콩나물국도 끓여서 대령하고
> 빵도 잘라서 입에 넣어주고
> 반경 30미터를 뱅뱅 돌고 있으니
>
> 하지만 우리 사이 이렇게 좋았던 적 있었던가
> 늘어가는 잔주름
> 마주 보며 호호 돌아 서서 허허

　　보시게나

　　그저 내 곁에 딱 붙어살라는 운명이라네.

「발목」 부분

　아내의 부상으로 불편함을 겪는 상황을 다루고 있는 위의 시는 신원철의 대부분의 시가 그러하듯 일상적 경험을 바탕으로 하고 있다. 아픈 아내를 위해 '커피를 타서 바친'다거나 '콩나물국을 끓여'낸다거나 '빵도 잘라서 입에 넣어주고' 하는 등의 사소한 일상의 행위들은 시적 아우라로부터 아주 거리가 먼 것들이다. 이러한 행동들은 '30년 동안 직장과 집만 오가'던 끝없이 되풀이 된 행동 못지않게 일상적이고 권태로우며 불유쾌한 일들이기도 하다. 불편한 아내를 위해 시중을 드는 행동을 가리켜 '반경 30미터를 뱅뱅 돌고 있'다는 표현은 반복되는 일상의 무의미함과 권태로움을 상기시킨다. 더욱이 '나무꾼과 선녀' 이야기가 환기하는 남편과 아내 사이의 부당함이 오랜 시간 축적된 것이라면 일상이 일으키는 불쾌함은 극에 달할 수 있다. '아내의 투덜거림'은 무의미한 일상을 향한 원망을 나타낸다.

　일상에 대한 이러한 불유쾌함은 그러나 위 시의 시적 자아에 의해 별다른 매개 없이 유쾌함으로 전복되고 있다. 동일한 상황에서 불편함과 불쾌함은 행복과 유쾌함으로 탈바꿈되고 있는 것이다. 그 사이에 새로이 개입되는 조건이라든가 사건은 전혀 있지 않다. 그럼에도 사정은 불만에서 '호호' '허허' 하는 웃음으로 뒤바뀌고 있다. 이러한 상황을 두고 시적 자아는 오히려 '우리 사이 이렇게 좋았던 적 있었던가' 하며 만족과 기쁨으로 전유하고 있다. '마주 보며 호호'와 '돌아 서서 허허'는 추호의 허위도 개재되지 않은 완벽한 즐거움을 형상화한다. 이 속에서 부당한 만남을 상징하는 '선녀와 나무꾼'의 관계는 '곁에 딱 붙어살라는 운명'으로 전환된다. 어느덧 불유쾌한 상황은 유쾌함으로, 또한 유쾌함은 행복과 운명에의 긍정으로 차츰 변모해나가고 있는 것이다.

위의 시에서 일상의 불쾌함과 운명의 부당함이 일상의 유쾌함과 운명의 정당함으로 자리바꿈하는 데엔 다른 조건이 아닌 시적 자아의 정서적 특질만이 작용하고 있다. 동일한 상황을 두고 이처럼 극명하게 상반되게 전유하는 것은 오직 상황을 인지하는 시적 자아의 고유한 정서에 따른 것이다. 같은 조건과 상황에 대해 시적 자아는 매우 적극적으로 긍정의 자세를 취함으로써 사태를 급반전시키고 있거니와 결국 최초의 권태롭기만 한 일상의 사태가 만족과 행복의 사태로 전환된 데에는 긍정이라는 시적 자아의 고유한 정서적 특질만이 가로놓여 있음을 알 수 있다. 이때 시적 자아의 고유한 정서는 동일한 상황을 전혀 상반되게 전유하는 조건이 됨으로써 일상적 사태를 초월적 차원으로 이끌어가는 유일하고도 결정적인 계기가 된다. 말하자면 시적 자아가 보이는 긍정의 정서적 특질은 사태를 전환시켜 일상을 초월케 하는 요인이 되는 것이다. 이는 곧 세계를 대하는 시인의 화해의 태도를 나타내는 것이자 신원철 시인에게 있어 비로소 시가 탄생하는 장면을 보여주는 지점이라 하겠다.

　　누가 부르나
　　누가 자꾸 나를 부르나

　　집 앞의 수락산 등성이를 따라 오늘

요란하게 흔들리는 숲
수직으로 내리 꽂히는 빗줄기에

목마른 땅이 젖어드는 날
푸시시 솟아오르는 아내의 부추전

그토록 오래 기다리게 하더니
밖에선 요란하게 비 떨어지고
안에선 노릇노릇 피어오르는 고요
　　　　　「시가 찾아오는 날」 전문

　일상적 사태와 초월적 사태 사이에 가로 놓인 것이 단지 시적 자아
의 정서적 특질이라 함은 신원철의 시가 이 두 국면 사이에서 매우
촘촘히 짜여지고 있음을 짐작하게 한다. 신원철의 시에서 이 두 국
면 사이에는 커다란 간격이 벌어져 있지 않는바, 그에게 일상과 초월
은 동전의 양면처럼 긴밀히 밀착되어 있는 것이다. 또한 이는 신원철
의 시적 발생의 지점이 어디인가를 말해주는 대목이기도 하다. 마찬
가지로 '시가 찾아오는 날'이라는 제목의 위의 시는 신원철의 시가
일상적 시간과 초월적 시간의 상관성 속에서 발생하는 것임을 뚜렷
이 보여주고 있다.
　위 시는 '시가 찾아오는 날'이라 하여 시인에게 시가 쓰여지는 시
점이 언제인지를 제시해주고 있거니와 시적 자아가 '나를 부르는'
소리를 따라가다 조우한 상황은 단적으로 말해서 일상적 시간과 초
월적 시간이 교차하는 지점, 일상적 사태가 초월적 사태와 만나 기

묘한 조화와 어울림을 이루는 시점이다. 물론 위의 시에서 그것은 '안에선 아내의 부추전이 노릇노릇 피어오르고' '밖에선 요란하게 비 떨어져 목마른 땅이 젖어드는 날'로 지정되고 있다.

'안에서 부추전'을 부치고 '밖에선 비'가 내리는 상황은 우리의 일상 속에서 너무도 쉽고 빈번하게 접하는 장면이다. 비오는 날 따뜻한 집안에서 전을 부쳐 먹는 모습은 새삼스러울 것도 없는 지극히 일상적인 풍경이다. 밖에선 소란스럽게 빗소리가 들리는 반면 안에선 부침개가 지글거리는 소리는 내부의 평화와 고요함을 반영하는 듯하여 매우 만족스럽게 다가오기 마련이다. 그러한 상황에서 가족과 함께 즐기는 부추전은 소소하지만 선명한 행복을 나타내는 것으로 충분할 것이다. 요컨대 이러한 습성과 장면은 누구에게든 익숙한 행복의 일상적 사태인 것이다. 그런데 이러한 사태야말로 신원철의 시적 발생의 지점이기도 하다는 점을 위 시는 말해주고 있다. 단 시인에게 '시가 찾아오는 날'은 단지 '비오는 날 부침개 부쳐 먹는 상황'이라는 일상적이고도 세속적인 시간만으로 이루어지는 것이 아니라 이러한 시간성이 '누가 자꾸 나를 부르'는 신비로운 사태와 만나고 '수직으로 내리 꽂히는 빗줄기에/ 요란하게 숲이 흔들리고/ 목마른 땅이 젖어드는' 거룩한 사태와 어우러질 때 비로소 구현되는 복합적이고도 초월적인 것이다. '시'는 일상적 시간과 초월적 시간이 만나고 세속적 사태와 신성한 사태가 충돌하는 지점에서 비로소 섬광처럼 '찾아오는' 것이다.

'밖에선 요란하게 비 떨어지고/ 안에선 노릇노릇 피어오르는 고요'의 순간은 시적 자아에게 단순한 일상의 시간이 아니라 '그토록 오래 기다린' 만큼 축복처럼 다가오는 순간이다. 오래도록 가물었던

땅과 숲에 쏟아지는 빗줄기는 '푸시시 솟아오르는 아내의 부추전'에
서 환기되는 정성과 사랑만큼이나 소중하고 귀한 것이리라. 그것을
통해 보이지 않는 우주의 주재자를 떠올리게 되는 것도 가능할 법하
다. 말하자면 그것은 시적 자아에게 신성함을 느끼게 해주는 계기가
되고 있는 것이다. 이는 위 시가 나타내고 있는 상황이 단지 일상적
측면이 아닌 거룩함과 조우하고 교차하는 그것임을 말해주는 것으
로, 신원철의 시가 발생하는 자리란 이처럼 일상적 사태가 초월적
사태와 서로 만나고 어우러지는 바로 그 지점인 것이다.

> 밥에다 시금치, 콩나물, 김치, 졸인 멸치, 콩자반 두루 섞고
> 찌개국물도 뿌려서 비비면
> 온갖 맛이 한꺼번에 우러나는 걸
> 이맛 저맛 다 나게 하려면
> 널찍한 데 모아서 잘 섞어야 한다네
>
> 그래야 세상이 도는 거라구
> 우리 단과대 교수 간담회
> 넓은 방에 보기 싫은 사람들 마주 앉혀 놓으니
> 온갖 버릇 나오고
> 돌린 옆얼굴로
> 연구실 들어앉아 욕하던 것 다 튀어나오네
> 그 넓은 대접시가 반으로 쩍 갈라지는 줄 알았지
>
> 배부르고 술 몇 잔 들어가니 노래가 나오더군

학장이 할 일은 그저 썩썩 비비는 거라네
　　　　「접시에 비빔밥」 전문

　　신원철의 시가 일상적 사태와 신성한 사태가 조화롭게 어울리는 가운데 발생하는 것이라 할 때 위 시의 내용 역시 이러한 맥락으로부터 벗어나 있지 않다. 「접시에 비빔밥」에서 등장하고 있는 일상적 사태는 '비빔밥'을 만드는 상황과 마찬가지로 서로 뒤섞임과 어울림을 통해 그 이상의 가치에로 전환되는 상황에 놓여있기에 그러하다. 실제로 '비빔밥'은 일상성을 대변하고 있으며 '비빔밥'을 위해 되는 대로 섞어대는 일은 품위나 우아함과 거리가 먼 세속성을 나타낸다. 그러나 이러한 '비빔밥'이 '잘 섞여' '온갖 맛이 한꺼번에 우러'날 때는 각각의 재료로 분리되었을 때와는 전혀 다른 차원의 맛을 구현하므로 이때의 비빔밥은 일상성과 세속성을 초월한 국면으로 또한 이해될 수 있다.

　　'비빔밥'을 통해 일상성과 초월성 두 측면을 동시적으로 제시함으로써 시적 발생의 지점을 보여주고 있는 시인은 위의 시에서 이를 인간사에로까지 연장시켜 삶에 대한 이해의 깊이를 드러내고 있다. 원리로서의 '비빔밥'의 성질은 시적 창조에만 해당되는 것이 아니라 인간관계에까지 이어진다는 것이다. '교수간담회'에서 마주한 삶의 실상은 세상이 저절로 굴러가는 것이 아니라 온갖 개성과 성격을 지닌 제각각의 인간들이 서로 어우러질 때 비로소 성립되는 것임을 말해주고 있다. 각각의 버릇과 성질들로 서로들 '보기 싫은 사람들'이지만 이들이 한데 '마주 앉'아 '썩썩 비벼지'니 결국 '노래'도 '나오'고 '세상'도 '돈다'는 것이다. 시인의 눈에 비친 세상 역시 각각의 인격들이 따로 존재할 때엔 아무런 의미도 없던 것이 서로 뒤섞이고 어울릴 때 승화된 차원을 나타낸다는 점에서 예외가 아닌 것이다.

단지 비벼지는 것으로 격상된 맛을 실현한다는 데서 착안된 '비빔밥'의 원리가 신원철의 시적 지점 및 세계관과 관련된다 할 때 여기에는 일상성이 초월성과 초밀착되어 있다는 성질과 함께 이를 가능하게 하는 시인의 고유한 정서적 특질이 또한 담겨 있다 하겠다. 세상을 대하는 시인의 긍정적이고 화해로운 자세가 그것이다. 위의 시에서도 짐작할 수 있는 바 시인에게는 어떤 불협화음과 부조화의 상태 속에서도 이를 수용하고 화해시키려는 적극적인 태도가 있거니와 이러한 시인의 긍정의 자세야말로 그 속에서 조화를 이끌어내 그것을 더 높은 차원으로 승화시키는 계기가 되고 있다. 또한 그것은 그가 놓인 모든 일상의 국면을 그저 일상의 차원에 내던져두는 대신 이를 의미있는 차원으로 초월시키는 요인으로 작용하고 있다. 이로써 우리는 시인의 긍정과 화해의 정서적 특질이야말로 그의 삶을 이끌어가는 동력이자 시적 성취를 가능하게 하는 근거임을 확인하게 된다.

> 홍천에서 인제, 양양까지
> 하늘 아래보다
> 땅 속을 더 오래 달린다
> 캄캄한 땅 아래를 끝없이 달리다 한계령 솔숲아래 시퍼런
> 동해바다로
> 갑자기 뛰어나오면
> 땅 속 물길을 흘러가다가 갑자기 햇살을 만난

신천지의 신드밧드,

고래잡이 가겠다던 내 청춘 아득한 동해바다
고개 넘어 허위허위 먼 길을 달려갔었다
생각하면 지하수처럼 유순하게 흐르던 인생

움츠리고
숙이면서
포기하지 않고

「터널」전문

   어둠의 시간을 지속하다가 종국에 환한 빛에 이르는 '터널'은 시인이 지니고 있는 긍정의 자세를 단적으로 이미지화한다 하겠다. '터널' 속 어둠과 그 끝에서 만나게 되는 밝음은 시인에게 있는 일상적 국면과 그 초월, 속되고 비루한 세속성과 그것의 승화라는 양 측면을 상징한다. 터널이 어둠과 밝음을 필연적 조건으로 포함하고 있듯이 삶 역시 이들 두 국면의 동시적 결합으로 이루어지고 있다. 또한 터널에서 어둠을 지나왔을 때 필연적으로 밝음을 만날 수 있는 것처럼 삶의 모든 일상적 차원은 신성하고 거룩한 차원으로 거듭날 수 있게 된다.

   그런데 지금까지 살펴보았던 바 시인에게 있던 일상성과 초월의 상관성은 그것들이 초밀착되어 있던 만큼 그 안에 내재되어 있던 계기적 시간들에 대해서는 이해할 수 있는 기회가 별로 없었다. 지금껏 시인이 보여준 실상들은 '비빔밥'에서도 짐작할 수 있듯 일상과 그

초월이 무매개적이고 급작스럽게 이루어졌던 것이다. 세속성과 일
상성이 국면 전환하는 것은 순전히 시인의 적극적인 초긍정과 화해
의 자세에서 비롯한 것이었음을 확인할 수 있었을 뿐이다. 그런데
위의 시는 '터널'이 지닌 어둠과 밝음 사이의 시간적 길이를 통해 일
상성과 초월성 사이에 놓인 과정의 시간들을 짐작하게 해주고 있어
주목된다. 이는 일상의 세속성을 초월하고 승화시켜나가고자 하는
시인의 내면적 추이를 조명하는 일과 관련되는 것이기도 하다.

일상성과 초월성이 아무런 조건도 없이 밀착되어 있는 것처럼 보
였지만 초월에 이르기까지의 과정이 그토록 무계기적이고 손쉬울
리는 없을 것이다. 그 속에 자아의 내적 갈등이 없을 리 없다는 것이
다. 일상의 국면들이 속되고 사소하며 무의미하고 권태로울수록 그
것을 승화시키는 일은 지난한 일이었을 것임은 물론이다. 이러한 정
황을 위의 시는 '하늘 아래보다/ 땅 속을 더 오래 달린다'라고, '캄캄
한 땅 아래를 끝없이 달린'다라고 표현하고 있다. 또한 시인은 그 '땅
속'이 쉽게 걸을 수 있는 평지가 아니라 '물길'처럼 허우적대야 하는
곳이었다고, '고개 넘어 허위허위 달려'야 하는 곳이었다고 함으로
써 그 길이 지나오기에 험난한 곳이었음을 암시하고 있다.

이러한 조건들 속에서 위 시의 시적 자아는 이를 충분히 인내하고
감내하였다고 말하고 있다. '생각하면 지하수처럼 유순하게 흐르던
인생'은 일상의 고되고 험난한 상황을 거부하거나 회피하지 않고 그
에 순응하고 받아들였음을 말해주는 대목이다. 어둠이 이어지던 오
랜 시간 동안 위 시의 시적 자아는 자아를 내세우기보다 '움츠리고/
숙이면서' 살아왔다고 고백한다. 그러나 그러는 가운데 그는 상황에
굴복하여 자신을 저버리지도 않았다. 그에게 '움츠리고 숙이며' 살

아왔던 시간들은 굴종을 위한 것이라기보다 견딤을 위한 것으로서,
그는 '포기하지 않고' 계속하여 '더 오래 달렸'던 것이다. 그에게 인
내와 견딤이 있었다는 것은 어둠의 시간을 넘어서 새로운 지평에 대
한 기대가 있었음을 의미한다. 밝음과 환한 빛으로 다가오는 새로운
지평은 그에게 어둠의 현재적 국면에 대한 초월에 해당되었거니와
그것은 위의 시에서 '시퍼런 동해바다'의 이미지를 얻고 있다. '한계
령 솔숲아래 시퍼런 동해바다'를 향해 '고래잡이 가겠다던' 시적 자
아의 꿈은 곧 지루하고 무의미하게 반복되는 속된 일상 속에서 이에
주저앉지 않고 그것을 의미화된 삶으로 초월시키고자 하는 시인의
의지를 반영하는 것이다. 지금까지 확인할 수 있었던 시인의 긍정과
화해의 자세는 곧 이와 같은 오랜 인내와 초월에의 의지가 있었기에
가능했던 것이다.

> 방학동 산길 해 잘 드는 언덕
> 세종임금의 둘째 딸이 잠들어 있고
> 길 건너 아래쪽 그늘진 곳에 연산군이 누워 있다
> 해동성군의 총명하던 딸과
> 해동패륜 혼군이
> 지척에 누워 도란도란 이야기를 나눈다
> 왕궁은 금빛 가시 울타리
> 구석구석에서 차가운 눈길을 받았던 연산과
> 푸짐한 아버지의 사랑에 싸여
> 만인의 따뜻한 눈길을 받았던 공주,
> 죽어서도 따뜻한 언덕을 차지한 할머니 공주와

죽어서도 응달에 손가락질 받는 폐군,
오늘도 인자한 할머니가 버릇없는 손자를 달래는 소리
불뚝 툭툭!
오냐 오냐 그래!
무덤 위 잔디로 돋아나고 있다.

「정의공주연산군」 전문

「터널」을 통해 일상에서 초월에로 나아가는 과정 속에서의 시간적 계기들에 대해 확인할 수 있었다면 「정의공주연산군」은 그와 관련한 사태의 구성적 계기들에 관한 정보를 담고 있다. 즉 「정의공주연산군」은 일상으로부터 초월적 국면으로의 전환의 과정 속에서 이를 가능하게 하는 사태의 구성적 요인을 말해주고 있는 것이다. 「정의공주연산군」에 의하면 신원철 시인이 시적 발생의 근거로 삼았던 일상성의 초월이 외부에서 보였던 것처럼 무매개적이고 무조건적인 것이 아니라 내적으로 구성적 요인을 지니고 있는 것이었음을 알수 있게 된다. 말하자면 「정의공주연산군」은 일상과 초월의 상관성에 대한 내적 조명을 시도하고 있는 시라 하겠다. 지금까지 살펴보았던 대로 시인의 시적 발생이 일상성의 초월 및 그 근저에 있는 시인의 긍정의 자세에 기인한 것이라 한다면 「터널」과 「정의공주연산군」은 그것들을 이룩하는 내면적 요인들을 구체적으로 제시해주고 있는 시들이라 할 만하다. 그런 점에서 앞의 「발목」과 「시가 찾아오는 날」, 「접시에 비빔밥」이 신원철의 시에 관한 거시적 측면을 다루고 있다면 「터널」과 「정의공주연산군」은 미시적 측면을 다루고 있다고 해도 틀리지 않다.

「정의공주연산군」이 일상성으로부터 초월로 나아가는 과정 속에서의 구성적 계기를 담고 있다고 했던 것처럼 이 시에는 '정의공주'와 '연산군'으로 대변되는 서로 부조화하고 대립적이기까지 한 두 조건이 놓여 있다. 그것은 '정의공주'가 상징하는 우월하고 완전한 것과 '연산군'으로 상징되는 열등하고 불완전한 두 조건을 가리킨다. 세종의 딸로서 온갖 사랑과 따뜻함을 받고 자란 데서 알 수 있듯 '정의공주'가 최대의 좋은 조건을 대변하는 쪽이라면 패륜을 일삼았던 '연산군'은 온갖 멸시와 차가움을 받았던 점에서 최대의 악조건을 대변한다. 공교롭게도 이 두 상반된 조건의 인물들은 같은 지역에서 서로를 마주하며 잠들어 있다. '방학동 산길 해 잘 드는 언덕'에 '정의공주'가 누워있는 반면 '연산군'은 '길 건너 아래쪽 그늘진 곳'에 누워있는 것이다.

상호 대립적 존재들이 마주하면서 같은 장소에 놓여 있는 상황은 결코 조화롭거나 편안하게 다가오지 않는다. 이런 경우 두 존재들은 필경 서로 대결하고 갈등하는 양상으로 치달을 것이기에 그러하다. 상호간 반목과 질시, 원한과 멸시가 끊임없이 오고가면서 치열한 긴장 국면이 전개되는 것이 이러한 조건 속에서 펼쳐질 일반적인 상황이라 할 수 있다. 물론 이같은 상황 속에서 승자를 꼽는 것은 어려운 일이다. 대신 서로 뜯고 뜯기는 관계는 모두를 패자로 만들기 십상이다. 그만큼 대립 속에서의 갈등과 투쟁이 일으킬 상처와 피해가 극심할 것이라는 점이다. 그러나 위 시에서 제시되고 있는 상황은 이러한 일반적 양상과는 퍽 다르다. 위 시의 '정의공주'와 '연산군'은 제목인 '정의공주연산군'에서도 짐작할 수 있듯이 하나로 융합되어 있기 때문이다. 이 둘은 상반된 조건을 지닌 존재이듯 서로 반목하고 대립하는 것이 아니라 상반된 조건임에도 불구하고 서로 조화롭게 어우러져 있다. 이들은 따로 구분이 되지 않을 정도로 하나로 융화되어 있는 것이다. 심지어 이들 사이엔 어떤 이음새조차 보이지 않는다.

'해동성군의 총명하던 딸'이므로 '만인의 따뜻한 눈길을 받았던 공주'와 '해동패륜 혼군'으로 '죽어서도 응달에 손가락질을 받는 폐군' 사이에는 처지와 조건의 극심한 대립이 있을지라도 '지척에 누워 도란도란 이야기를 나누'는 정겨움이 있다. 오히려 '정의공주'와 '연산군' 사이엔 '인자한 할머니'와 '버릇없는 손자' 간에 성립되는 따뜻하고 부드러운 관계가 놓여 있다. '연산군'의 패악은 '정의공주'의 인자함과 온화함에 의해 '달래'고 순화된다. '정의공주'의 푸짐한 사랑은 연산군의 날선 광기를 부드럽게 잠재우고 누그러뜨리는 요인이 된다. '연산군'의 '불뚝 툭툭'거리는 심사는 '정의공주'의 '오냐 오냐 그래!' 하는 넉넉한 마음으로 쉬이 다스려지곤 하는 것이다.

'정의공주'와 '연산군' 간의 이와 같은 관계는 대립하는 조건들이 어떻게 융합과 화해로 나아갈 수 있는지를 잘 보여준다. '정의공주'와 '연산군'처럼 일평생 동안 서로 상반된 조건을 짊어졌을 존재들 간에도 그들처럼 조화와 어우러짐이 가능함을 위 시는 말해주고 있다. 그것은 위 시에서 알 수 있듯 상호간 사랑과 포용, 온화함과 따뜻함에서 비롯된다. 보다 좋은 조건의 존재가 베푸는 너그러움과 인자함은 악조건 속에 놓인 존재를 감싸주는 구원의 손길에 해당한다. 이러한 마음이 오고갈 때 가능해지는 조화와 화해를 가리켜 위의 시는 '무덤 위에 돋아나는 잔디'라고 표현하고 있거니와 이것이야말로 시인이 일관되게 구해왔던 초월과 승화의 국면에 해당하는 것이라 하겠다.

'정의공주'와 '연산군'이 보이는 대립적 조건 및 조화의 관계는 신원철 시인이 노정했던 일상과 초월, 세속과 신성함 사이의 상관성에 대한 구체적 일면을 나타낸다. '정의공주'와 '연산군' 사이의 관계는 신원철 시인의 고유한 시적 특질이라 할 수 있는 일상성과 초월성 간의 짜임과 관련한 내적이고 구성적인 양상을 해명해준다. 이때 '정의공주'와 '연산군' 사이에 오갔던 따뜻한 마음이야말로 일상을 신성하고도 거룩하게 초월할 수 있게 해주는 주요한 근거라 할 수 있다. 즉 시인이 일상의 초월을 통해 보여주었던 긍정과 화해의 자세 이면에는 이와 같은 내적인 조건이 가로놓여 있었던 것이다.

「터널」과 「정의공주연산군」이 일상성의 초월에 대한 시인의 내면적 조건을 다루고 있는 것이었던 만큼 그것들을 통해 확인할 수 있던 것은 지난함을 극복하고자 하였던 시인의 오랜 견딤의 시간과 그 속에서 지켜냈던 따뜻한 마음이다. 시인은 오랜 일상의 시간을 견디는 가운데 밝고 환한 빛에 대한 꿈을 포기하지 않았으며 그 과정에서 인정과 사랑에 굶주린 존재들을 향한 인자하고 너그러운 마음을 잃지 않았다. 그리고 시인이 내면에서 벌인 이 같은 오랜 쟁투의 과정들은 일상성의 초월이라는 그의 시적 미학을 결정지은 요인으로 작용하였다. 긍정의 자세를 통해 일상의 초월을 이룩하는 그의 시에서는 언제나 유쾌한 웃음이 들려오듯 하거니와 이는 그의 내면에 자리하고 있는 이 모든 조건들에서 비롯하는 것이다. 그의 내면에 두텁게 자리잡고 있는 인내의 시간과 사랑에 대한 굳은 믿음은 일상의 한가운데에 놓인 그의 시를 전복과 초월을 꾀하는 웃음의 시공성으로 이끌고 가는 동력이 되고 있음을 알 수 있다.

■ 『동안』 2019년 봄호

217

소멸해가는 것에 대한
사랑과 달관의 방식

－ 정일남 론

우리가 사랑하는 것들은 대부분 강하고 화려한 것들이다. 쉽게 눈에 띄는 것, 목소리가 높고 강한 존재감의 것들에 세상은 눈길을 준다. 많은 경우 우리들의 사는 이유라든가 사는 방식도 이러한 관점에서 비롯된다. 대부분의 사람들에게 더 강하고 눈부시고 주목받는 것은 삶의 목적이 되기도 하는 것이다. 또한 이를 획득할 때야말로 세계의 중심에 서서 낙오되지 않을 수 있는 길이라고 여긴다. 살아있는 존재들이라면 이같은 삶의 목적을 외면하려 하지 않는다. 사실상 인간사회에서 벌어지는 경쟁 역시 이를 추구하는 삶의 태도에 기인한다 해도 과언이 아니다.

이러한 일반적인 삶의 태도에 비해 볼 때 정일남의 시는 매우 독특하다 하겠다. 그의 시에 등장하는 소재의 대부분은 눈에 잘 띄지 않는 것, 작고 왜소한 것, 소멸하여 흔적만 겨우 남아있는 것, 설령 현재 존재한다 해도 곧이어 사라질 것들이기 때문이다. 정일남 시인이 눈여겨보는 대상은 세계의 중심에 있는 것이 아니다. 그에게 화려하고 강한 것들이 보여주는 삶의 위력은 전혀 관심의 영역에 있지 않다. 그는 격동하는 세계의 한복판에서 찬란하게 존재하는 것보다 오히려 누구에게도 주목받지 못한 채 빛바래고 희미해져 가는 것들에 주목한다.

강한 것보다는 약한 것을, 화려한 것보다는 왜소한 것을, 중심에 있는 것보다는 주변적인 것을 응시하는 습성은 시인의 온화한 성품에서 비롯되었을 것으로, 아주 오래전부터 시작되었을 듯한 이러한 습성은 시인에겐 너무도 자연스럽고 익숙한 것으로 보인다. 이같은 판단은 시적 대상을 선별하는 그의 시각이 매우 일관적이라는 점과, 소위 소외된 것들을 시적 대상으로 취할 때 나타날 수 있는 쓸쓸하고 비관적인 경향을 시인 특유의 미학으로 전환시키고 있다는 점에 근거한다. 세상의 뒤편으로 밀려나 있는 것들을 다루면서도 그의 시는 패배적인 분위기로 빠져드는 대신 따뜻하고 견고한 미학성을 구현하고 있는 것이다.

실제로 세상으로부터 잊혀져 외따로 떨어져있는 것들은 그의 시에서 초라하고 누추한 모습으로 묘사되는 것이 아니라 가장 아름답게 그려지고 있음을 알 수 있다. 특히 그의 시에는 이러한 시적 대상을 선택하는 데 있어서 매우 일관성이 있으며 그것을 대하는 시선에는 끈끈한 친근감이 있다. 그의 시를 이끌어가는 것은 바로 이같은 일관되고 완결된 미학에의 의지인바 이에 따라 그의 시에는 깊고도 신비로운 아름다움이 깃들어 있다.

> 서역으로 가는 낮달은 차다
> 낙엽 깔린 길이 산발치로 돌아갔다
> 길이 있어 철새들이 왔고 무엇으로 연명할지 걱정이다

갈대숲에 새의 깃털 하나 떨어져 있다

아직 온기가 묻어있는 깃털

풀은 바람에 풀씨를 날려 보낸다

낮달은 부고장보다 희고 풀벌레 소리는 잦아든다

전망 좋은 곳이 울기 좋은 곳

마음이 끌려 오래 서성거렸다

장방형 무덤 위에 구름은 머물다 떠나고

몸을 비비는 갈대 소리에

생각은 맑아지고 하늘은 깊어진다

하구로 가는 물길은 우원迂遠 하고

물새 떼가 무수히 날아든다

「갈대밭 근처」 전문

　　가을날 물가의 풍경을 무심한 듯 그리고 있지만 위의 시에는 사물을 대하는 시인 고유의 습성이 선명하게 드러나고 있다. 위 시에 등장하고 있는 사물들의 존재와 존재성은 시인 특유의 시각을 잘 반영하고 있는 것이다. 가령 철새들이라든가 낮달, 구름, 갈대 등의 소재에서 확인할 수 있는 공통점은 그것들이 결코 세상의 중심에서 강한 존재감을 뿜어대는 것들은 아니라는 사실이다. 새의 깃털도 마찬가지이며, 풀이라든가 풀씨 혹은 풀벌레들도 그러하다. 이들 모두는 세계에 있는 듯 없는 듯 존재하는 힘없고 약한 존재들에 해당한다.

　　더욱이 이들 소재들이 존재하는 방식은 흔히 시에서 은유화되듯 자연의 영구성이라든가 불변성을 드러내는 것으로서가 아니다. 이들의 존재성은 철저히 부재와 소멸을 향해 있는 것으로서 조명되고 있다. 이들은 지금 화자의 눈앞에 놓여 있으되 영원한 것으로서가 아니라 스쳐 지나가는 것으로서 존재하는 것이다. 예컨대 '낮달'은 '서역으로 *가고*' 있으며 '낙엽 깔린 길'도 '산발치로 돌아*갔다*'. '철새들'은 '길이 있어' '왔을' 뿐 또다시 길을 따라 *갈 것*임이 틀림없는 일이다. '구름'도 '머물다 *떠나고*' '물길' 역시 멀리 '하구로 *가*'고 있음을 알 수 있다. 시인의 관점에 의하면 이 모든 사물들은 자연의 영원한 순환성 내에 포섭되어 있는 것이 아니라 일시적이고 찰나적인 것들이다. 분명 '나'의 안전에서 살아 움직이고 있지만 이들은 소멸과 부재를 전제하여 인식되고 있다. 그런 점에서 이들의 존재함은 불완전한 것이며 이들 존재는 실낱처럼 엷은 것이다.

미약하고 불완전한 존재 방식은 시인의 시선에 포착된 모든 사물들에 대하여 제시되고 있거니와, 특히 지금 이곳으로부터의 부재와 소멸의 과정 중에 있는 이들이 그 방향에 있어 죽음을 향하여 있다는 점은 시의 분위기를 쓸쓸하게 하는 것이 사실이다. '차가운' '낮달'이 가는 방향이 '서역'이라 한 부분이라든가 또 그것이 '부고장보다 희'다는 묘사, '구름이 머물'던 곳이 '장방형 무덤'이라는 언급들은 '나'에게 포착된 사물들의 여정의 끝이 죽음과 관련된 곳임을 암시하는 대목이어서 시적 정조를 우울하게 이끌어가고 있는 것이다. 결국 이들 사물들의 소멸의 과정은 단순히 '내'가 있는 지금 이곳으로부터의 떠남과 사라짐에서 그치는 것이 아니고 현세로부터의 항구적인 이탈을 내포하고 있음을 알 수 있다.

그것을 정지해 있는 것이 아니라 일사불란한 이동의 양상으로 포착하고 있는 것이나 그때의 이동이 단순히 시간의 흐름이라는 계기로써 해명되기보다 죽음이라든가 미지의 먼 곳이라는 방향성을 지

니고 있다는 점은 사실상 매우 독특한 상상력으로서 여러 층위에서
의 의미를 지닌다. 모든 사물들이 일관된 부재 과정을 보여준다는 점
에서 그것은 일차적으로 시인의 고유한 세계관을 반영하고 있다 할
것이다. 그의 관점에 따르면 현존하는 어떤 존재도 시간의 일부에 한
해 현상하는 것일 뿐 영원한 것도 불변의 것도 없으며, 이점에서 모
든 존재는 예외 없이 평등한 것이 된다.

　한편 세계에 관한 이러한 관점은 '나'를 포함한 모든 인간에게도
적용되는바, 이는 일견 세계에 관한 허무주의적 인식을 나타내지만
다른 한편 세계에 관한 달관의 자세를 함의한다고도 말할 수 있다.
모든 존재의 궁극적인 죽음과 소멸을 상정하는 시인은 세계를 비극
적인 것으로 보고 있으나 이러한 사실을 수용하는 자세가 어떠한지
에 따라 그것은 세계를 바라보는 허무적 인식이 될 수도 혹은 달관적
인식이 될 수도 있는 것이다.

　위 시의 경우 사물들을 죽음과의 필연적이고 절대적인 연관성을
지닌 존재로 간주하되, 시에 그려지고 있는 풍경은 비단 우울함과 쓸
쓸함이라는 무거운 정조 일색으로 드리워져 있지 않다는 것을 알 수
있다. 예외 없이 소멸과 죽음이 예정되어 있는 사물들임에도 불구하
고 이들을 대하는 시인의 어조는 대체로 평온하며 균형을 유지하고
있다. 사태의 비극성에도 이때 시인의 목소리에는 동요나 불안 등의
부정적 요소 대신 오히려 온화함이라든가 담담함이 크게 느껴지는
것이다. 이점은 '철새'의 부재를 다루고 있는 중에도 '아직 온기가 묻
어 있는 깃털'이라든가 '풀이 바람에 풀씨를 날려 보내'는 대목, 혹은
'몸을 비비는 갈대 소리에 생각이 맑아지고 하늘은 깊어진다'는 묘
사 등으로 현상한다. 요컨대 죽음을 전제로 한 소멸과 부재를 다루고

있는 상황에서도 위 시를 지배하고 있는 분위기는 결코 어둡거나 절
망적이지 않다는 것이다. 이러한 상황은 '전망 좋은 곳이 울기 좋은
곳'이라는 화자의 고백이 있다 해도 크게 달라지지 않는다.

위 시에 나타나 있는 이같은 정서상의 특징은 시인의 태도가 허무
주의적이기보다 달관에 가까운 것임을 말해준다. 모든 사물들이 처
한 비극적 조건을 응시하면서도 시인은 이에 대한 정서상의 절제와
긴장을 놓아버리는 일이 없다. 끝까지 고요함을 잃지 않은 채 시인은
세계 내에 놓인 사물들의 현존을 냉철하고도 따뜻하게 묘파하고 있
는 것이다. 시인이 보여주고 있는 이러한 태도는 결코 흔한 것이 아
니다. 그것은 오랜 세월 동안 세계에 대한 수용과 긍정의 자세를 내
면화한 자에게 비로소 주어지는 태도이기 때문이다. 이는 시인의 고
유성이자 위 시가 왜 그토록 아름다울 수 있는지를 해명해주는 대목
이기도 하다. 시인이 위 시에서 보여주고 있는 세계에 관한 달관의
자세는 위 시의 미학성을 견고하게 해주는 요인이 되고 있다 하겠다.

지옥문 앞에서 기죽을 것 없다
큰소리로 공갈을 쳐보는 것이다
어차피 당하는 일 너 죽고 나 죽자 맞서는 게 아니겠어
고독사를 면하려면 고독을 사랑하고
유용하게 써먹는 방법을 익혀야 한다
사색과 명상을 즐길 수 있다면
고독은 돌부리에 걸려 넘어지는 인연이 되고 만다
얼마간 고독을 안고 그 공간에서
여유를 갖고 담배 한 대 피우는 사이

죽음이란 녀석이 와서 어깨를 툭 친다
날 따라오라는 눈짓이다
나와 멀리 있는 줄 알았던 녀석이
코 앞에 와서 애교를 부린다 엉큼한 놈
고독의 본색은 고동색이다

「고독이란 녀석」 전문

시인이 모든 존재의 평등한 조건이라 하여 죽음에 대해 초월하는 자세를 취하고 있다고 해서 그것이 죽음의 공포와 두려움에 대한 완전한 해소를 의미하지는 않음은 물론이다. 그가 아무리 초월과 달관의 태도를 지닌다 해도 죽음에 대한 완전한 극복은 언제까지나 불가능할지 모른다. 이러한 사정은 죽음에 대한 초월이 최대한의 감정적 절제와 통제에 다름 아니라는 점을 짐작하게 해준다. 죽음이 야기하는 두려움에 대해 대자對自적 상태가 되는 것이야말로 존재가 취할 수 있는 최선의 자세이자 그것이 곧 달관이라는 이름에 값하는 것이라는 점이다.

죽음을 둘러싼 이러한 정황은 위 시를 통해 쉽게 이해할 수 있다. 죽음에 대한 초월은 그가 특별히 예외적인 인물이라 하여 가능한 것이 아니고 죽음에 대한 대자화된 자세에서 비롯하는 것이다. 위 시의 화자가 "지옥문 앞에서 기죽을 것 없다"라며 스스로에게 다짐처럼 하는 '공갈'이 이를 대변한다. 실제로는 죽음에 대한 두려움이 없는 것이 아니라 이에 대해 맞서는 시인의 결연한 태도가 그의 모습을 의연한 것으로 이끌어갔던 것이다. 그는 '어차피 당하는 일 너 죽고 나 죽자 맞서'는 태도로 죽음을 대해왔음을 확인할 수 있다.

　이와 같은 죽음에 대한 대자적 태도는 죽음이 불러일으키는 고독을 회피하는 대신 그것을 끌어안는 길로 나아가게 하였다. 그는 고독을 사랑하는 방법을 취하였던 것이다. 죽음에 의한 공포에 굴복하지 않는 길은 '사색과 명상'을 통해 그것의 수용을 위한 '공간'을 마련하는 일이었다. 이는 죽음이란 사태가 존재하는 모든 것들의 보편적이고도 평등한 조건임을 스스로에게 받아들이게 하는 일이기도 하였다. 죽음과의 대결의 자세로 시인은 죽음의 공포로부터 자신을 지킬 수 있는 여지를 확보하고 초월을 위한 여유를 구할 수 있었던 것이다. 이것이 시인으로 하여금 죽음을 비관적인 것으로서가 아닌 달관의 태도로 대할 수 있게 한 요인이다.

　그러나 '내'가 '여유를 갖고 담배 한 대 피우'려는 호기를 부린다 해도 갑작스럽게 나타나 '어깨를 툭 치'고 '따라오라'는 '손짓'을 하게 되면 '죽음'이란 사태가 결코 마주하기 쉬운 상대가 아니라는 사실을 새삼 깨닫게 된다. 그것이 얼굴을 디밀면 언제고 당황스럽지 않을 수 없는 것이다. 그러할 때 시인은 '죽음'을 가리켜 '엉큼한 놈'이라며 '코앞에 와서 애교를 부린다'는 응대를 하거니와 이는 죽음의 무도함 앞에서 자신을 잃지 않기 위해 시인이 행하는 수사에 해당한다. 요컨대 '죽음'과 관련하여 시인이 보여주는 이러한 일련의 과정들은 시인에게 일종의 죽음의 공포를 극복하는 방편이자 이로부터 초월하여 죽음과 대결할 수 있는 힘을 확보하는 일이다.

　　어느 시대에도 노숙자는 있었다
　　노숙을 명예로 생각하라
　　배고픔도 견디기 어렵지만

그렇다고 포식을 구하겠느냐

석가도 예수도 발을 뻗고 누울 집이 없었다
뭉게구름의 층층을 공원의 벤치에 누워서 보면
걸어온 길이 명료해지겠지

광야에서 견디어 보라
사막에서 목말라 보라
걸식하라
생각에 잠긴 눈을 문득 뜨면
가을은 하루의 눈부신 작별에 들고
저녁은 온갖 새들의 노래로 배가 부르다

우리가 진정한 고뇌를 맞보지 않으면
누가 달관의 경지에 이르겠느냐

「노숙자」 전문

　죽음의 비극성을 감정적으로 초월할 수 있게 되면 인간의 현존의
실상은 보다 사실적으로 직시될 것이다. 지금 이곳에서의 인간의 삶
이 아무리 부귀하고 영화로울지라도 현존의 객관적 사태는 소멸하
는 과정 중에 놓여 있는 것이고 곧이어 도래할 부재의 전조일 따름
이다. 이는 가장 객관적이고 보편적인 조건으로서 인간의 모든 희로
애락의 부침과 상관없이 관철되는 현존의 실상이라 할 만하다. 즉 인
간에게 죽음을 전제한 소멸의 진행은 좋든 싫든 주어지는 것이자 기

227

쁘든 슬프든 감당해야 하는 양상에 해당한다. 소멸의 사태에 관한 한 인간이 반응하게 되는 어떤 종류의 정서적 내용들도 그것의 객관적 전개에 영향을 미치지 못한다. 그런 점에서 죽음은 인간 위에 폭군처럼 군림하는 절대 타자라 할 수 있다.

죽음과 인간의 이와 같은 관계는 시인을 오래도록 철저히 괴롭혀 왔음을 짐작할 수 있다. 죽음의 성질과 인간의 실상을 인식하면 할수록 그는 죽음과의 대면이 자신을 점령군처럼 압도한다는 것을 느꼈을 것이다. 죽음 앞에서 인간은 영원한 패자일 수밖에 없다는 사실에 시인은 망연자실하곤 했을 것이다. 인간이 어떠한 감정적 반응을 제출하더라도 그에 대해 죽음은 아무런 응대도 하지 않는 냉엄하기 그지없는 비극의 집행자로 다가왔을 것이고, 그것을 목도하면서 시인은 절망을 거듭하였을 것이다. 사실상 위 시에서 언급하는 '달관의 경지'는 바로 이러한 경험을 수차례 거친 후의 안식처럼 다가온 심적 상황일 것이다. 또한 그가 말하는바 '달관의 경지에 이르'기 위한 '진정한 고뇌'란 곧 이러한 치열했던 절망의 과정들을 포함하는 것일 터이다.

죽음이라는 절대타자 앞에서 인간이 갖게 되는 자기 인식은 '노숙자'와 다르지 않다. 가장 빈한하고 무력하며 그 누구로부터도 무엇으로부터도 보호받지 못한다는 생생한 '빈손'의 느낌이 그것이다. 편안한 안식처도 최소한의 정주도 허락하지 않는 노숙자의 삶은 죽음을 향한 소멸의 과정 속에 던져진 인간의 현존성을 상징한다. 시인이 '노숙자'를 통해 인간의 존재조건을 말하려 하는 것이나 '노숙자'의 존재성을 수용함으로써 죽음과 대결하고 '달관의 경지'에 이르고자 하는 것도 이와 관련된다. 실제로 시인은 "노숙을 명예로 생각하라”고 하면서 가장 비천한 노숙자의 삶을 '석가'나 '예수'의 그것과 연계시키거니와, 이는 '노숙자'를 죽음과의 관계망 속에 위치시켜 죽음을 초월하는 계기로 삼고자 하는 시인의 의도를 나타낸다.

'노숙자'로서의 석가와 예수의 삶이란 삶을 '광야'나 '사막'에서 '견디는' 것으로 간주하는 태도를 가리킨다. 여기에는 희로애락은 물론이고 '포식'이 의미하는 안락과 부귀 등이 끼어들 여지가 없다. 극한 상황의 그것은 삶의 온갖 장식과 꾸밈이 제거된 순수한 현존성의 상태를 나타낸다. 어떤 허위도 가세하지 않은 채 삶과 죽음의 실상만이 남게 되는 상태가 그것이다. 이 속에서 비로소 삶과 죽음과 인간의 맨얼굴이 그대로 드러날 것인바, 이때의 세계상을 수용할 경우 '가을의 작별'은 '눈부시'게 보일 것이고 소멸에 이르는 '저녁'이 '새들의 노래로 배가 부르'게 되는 무심의 경지에 도달할 수 있게 될 것이다. 시인이 제시하는 '달관의 경지'가 곧 이와 같다.

> 예의범절 윤리도덕 부모공경 애국심 등의
> 체험실습이 끝나고 죽음을 체험하는 과정이 남았다
> 줄을 서서 차례를 기다렸다
> 앞사람이 관棺 속에서 나오며 눈물을 흘렸다
> 드디어 내 차례, 관속에 들어가 하늘을 보고 누웠다
> 관리자가 관 뚜껑을 꽝 닫고 검은 천을 덮었다
> 눈을 떠도 눈을 감아도 캄캄한 어둠
>
> 이게 무덤이고 죽음이구나
> 육체는 썩고 흙이 되겠구나

얼마가 지났을까 관 뚜껑이 열렸다
죽음을 체험하고 밖으로 나왔다
내가 내일 없어질지 모르는 일
영혼을 꽃피워야겠다는 생각을 했다
「죽음 연습장」 부분

죽음과 관련한 인간의 현존성을 있는 그대로 받아들임으로써 그 것을 초월하겠다는 시인의 의지는 위 시를 통해 보다 뚜렷이 드러나 고 있다. 지구상의 모든 존재의 현존성을 소멸을 향한 과정에 놓여 있는 것으로 규정하는 시인은 스스로 죽음을 가상적으로 체험함으 로써 죽음의 실제적 의미를 확인코자 한다. 직접 관 속에 들어가 죽 음의 상황에 임해보는 체험이 그것인데 이는 영면의 감각을 피부로 느끼게 해준다는 점에서 섬뜩하기도 하고 두렵기도 한 극단적 체험 이라 할 수 있다.

실제로 '관 속에서 나오며 눈물을 흘리'는 사람도 있던 이러한 체 험은 시인에게 여러 생각을 하게 하는 계기로서 작용하였다. 우선 그 것은 '눈을 떠도 감아도 캄캄한 어둠'으로 묘사되듯 완전한 암흑의 세계로서 다가오는 것이었다. 죽음은 모든 빛과 밝음이 소멸한 상태 에서 맞이하게 되는 절대적 어둠의 사태였던 것이다. 그리고 이점은 시인으로 하여금 죽음에 대한 실제 감각을 형성하도록 하였음을 짐 작할 수 있다. 모든 것과 차단된 상태에서의 절대적이고 완전한 무無 가 죽음인 것이다.

죽음의 가상체험에 임해서 여느 사람들의 경우 평정을 잃고 울음 을 터뜨린 데 비해 평소 죽음에 관한 냉철한 성찰을 지속해오던 시인으로서는 그것이 죽음을 고요히 인식하게 할지언정 감정의 균형을 깨는 일은 아니었던 듯하다. 그에게 죽음 체험은 죽음의 사태를 더욱 깊이 이해하게 하는 계기로서 작용하였던 것이다. '내가 내일 없어질지 모르는' 생각을 하게 되었던 것도 이에 기인한다. 시인에게 죽음은 더 이상의 감정상의 문제가 아닌 삶과의 관계망 속에서 의미화되는 성질의 것이었다. 삶이 죽음을 향한 소멸의 일 양상이었던 것처럼 시인에게 죽음은 삶의 일부로서 대자화되어 초월되고 극복되어야 했던 것에 속하였다. 죽음은 그에게 자신을 압박하는 공포의 대상으로서의 성질을 떠나 오히려 달관하는 삶의 태도를 갖게 하는 계기에 해당하였다. 삶의 현존성이 소멸과 분리되어 있는 것이 아니라면 삶의 의미 또한 죽음에 대한 대자적 관계를 통해 구축되는 것이라는 점이다. 이는 시인에게 삶과 죽음이 한 가지 뿌리의 두 가지 사태에 해당할 만큼 불가분리의 것임을 말해준다.

삶과 죽음에 관한 이러한 관점은 시인으로 하여금 삶을 보다 객관적으로 이해하고 죽음을 보다 냉정하게 받아들이도록 하는 요인이 된다. 그의 달관의 자세는 삶과 죽음에 관한 이같은 균형 잡힌 인식에서 비롯된다 해도 틀리지 않다. 위 시에서 죽음 체험 후의 그가 '영혼을 꽃피워야겠다는 생각을 했'던 것도 이 때문이다. 서로 분리되지 않는 삶과 죽음은 시인에게 삶과 죽음 모두를 동시에 초월토록 하였던바 그 길은 삶에 대한 집착도 죽음에 대한 두려움도 아닌 두 사태 모두를 실상 그대로 인식하고 그것들을 온전히 수용하는 일에 해당하였다. 위 시의 '영혼을 꽃피우'는 일이란 결국 시인이 보여주는 삶과 죽음 모두에 걸친 초월적 태도의 일면을 드러내는 것이라 할 수 있다. 이러한 삶과 죽음에 대한 달관의 태도는 「초혼」에 이르러 눈부신 결정의 형태를 이루게 된다.

> 사자使者들은 돌아 서거라
> 노 저어갈 허공 천만 길이지만
> 비에 깎인 내 목소리
> 세 번 이상 부르지 않겠으니
> 그 이름, 내 옷가슴에 넣고 다닌 이름
> 목젖이 아리도록 길게 뽑는다
> 떨리는 내 손은 허공을 움켜쥔다
> 은하수에 쪽배 띄우고 혼만 실어 보낸다
> 미안했었어, 받아주지 않아도 어쩔 수 없지
> 내 아니면 누가 불러주기나 하겠어
> 그 이름, 마흔다섯이란 이름
> 꽃나무에서 연기가 피어오른다
> 적막이 내 뼛속에 들어와 박히니
> 한 생애 혼불의 마지막은
> 신혼처럼 아름다워진다

「초혼招魂」 전문

　정일남 시인의 시적 소재가 희미하고 약한 것들 위주로 이루어져 있다면 주제는 단연 죽음을 둘러싼 것이다. 그의 시에는 그 누구의 시에서도 보기 힘든 만큼의 죽음에 관한 집중적 성찰이 놓여 있다. 그는 누구보다도 냉철하게 죽음을 인식하고 있으며 전체 사물에 깃든 죽음의 뿌리를 철저히 응시하고 있다. 지금 살아있는 존재의 현존성마저도 죽음을 향해 있는 것으로서 이해할 만큼 그에게 죽음은 확고부동하고 절대적인 생의 조건이다. 세계 내의 모든 존재가 소멸해감으로써 삶의 존재성을 입증할 수 있다는 측면에서 볼 때 죽음의 비중은 삶의 비중을 웃돈다고 해도 과언이 아닐 것이다. 시인이 죽음과 소멸해가는 존재성에 대한 탐구를 계속해 나가는 것도 이 때문이다.

이와 관련하여 위 시는 시인의 죽음에 대한 천착이 얼마나 깊은 것인지 잘 말해준다 하겠다. 또한 위 시는 그의 죽음에 대한 태도가 지금까지 살펴보았던 대로 어느 한쪽의 감정에 치우치지 않는 매우 절제되고 대자적인 것임을 뚜렷하게 드러내고 있다. 이러한 점들은 위 시에 묘사된 '초혼' 의식儀式을 통해 확인할 수 있다.

위 시에서 '초혼'의 대상이 되는 인물은 '마흔다섯이란 이름'의 사랑하는 사람이다. '그 이름'을 '내 옷가슴에 넣고 다'닐 정도로 그 사람은 사무치게 애틋한 인물이었음을 알 수 있다. 그처럼 사랑하는 이의 죽음 앞에서 진정 평정을 지킬 수 있는 이는 이 세상에 단 한 사람도 없을 것이다. '초혼'이란 의식 자체가 그의 죽음에 대한 강렬한 저항과 좌절을 내포하는 것이다. 시인이 '초혼'을 노래한 것 역시 이러한 사정을 말해준다. 사랑하는 이의 죽음은 죽음보다도 더 깊은 절망을 담고 있는 최대의 고통인 것이다.

그러나 시인이 보여주는 모습은 이러한 격정적인 슬픔마저 넘어서 있는 죽음에 관한 절제의 태도이다. '사자使者들은 돌아 서거라' 하는 노기가 서려 있을 만큼의 단호한 목소리는 그로부터 비롯된 것이다. '허공 천만 길'을 두고도 '세 번 이상 부르지 않겠'다는 결연함은 절망의 깊이만큼이나 깊은 절제를 나타낸다. 죽은 이를 향해 '목젖이 아리도록 길게 뽑는' 초혼의 목소리는 울부짖는 소리처럼 처절하

게 들리며 '허공을 움켜쥐'는 '떨리는 내 손'은 가신 이에 대한 절망
적인 그리움을 선명하게 보여준다. 그러나 그뿐이다. 그것들은 사랑
하는 이의 죽음에 의한 절망을 확인하는 것일 뿐 그 외 어떤 것도 품
고 있지 않다. 절망은 그 밖의 감정이나 기대 등 어떤 의식도 향해 있
지 않다. 절망은 그것으로써 모든 것을 정지하게 한다. '은하수에 쪽
배 띄우고 혼만 실어 보낸다'는 화자의 말에는 냉정한 달관의 태도
가 드러나 있다.

　가장 격한 슬픔과 좌절을 담고 있으되 그와 동일한 무게의 절제로
표출되는 위 시의 '초혼' 행위는 죽음에 관한 지속적인 성찰을 견지
해온 이가 보여줄 수 있는 결코 쉽지 않은 경지의 모습이다. 그것은
죽음에 대한 객관적이고도 냉철한 인식에서 비로소 가능한 초월의
태도이자 시인 특유의 달관의 자세에 해당한다 할 수 있을 것인바,
그의 초월과 달관은 아주 특이하게도 무심과 생략에서 비롯되는 것
이 아니라 이처럼 절제와 균형을 통해 구현된다는 것을 알 수 있다.
이는 시인의 달관이 체념이나 허무 의식으로 귀결되는 대신 죽음에
대한 초극을 통해 이루어지는 것임을 말해준다. 또한 이점은 위 시가
죽음의 사태 속에서도 품격 있는 미학을 구축할 수 있던 요인이기도
하다. '적막이 내 뼛속에 들어와 박히니/ 한 생애 혼불의 마지막은/
신혼처럼 아름다워진다'의 아름다운 구절은 시인의 절제를 통한 달
관이 미적 승화로 이어지고 있음을 잘 보여준다.

　이처럼 정일남 시인에게 죽음에 대한 성찰은 그의 시적 주제 가운
데 가장 중심에 놓이는 것이다. 그에게 죽음은 가장 극복하기 힘든 사
태이자 자신을 상실하지 않기 위해서라도 극복해야 하는 것으로 자리
하고 있다. 이점은 시인으로 하여금 고유한 초월의 방식을 구축하도

록 하는 계기가 되었다. 이때 시인이 보여준 방식은 죽음이 불러일으키는 격한 감정들을 제어하고 절제하는 일이었다. 시인은 죽음에 대한 냉철하고 대자적인 인식을 통해 자신을 압도하는 죽음의 공포를 극복하고자 한다는 것을 알 수 있다. 이로써 시인은 죽음의 사태 속에서도 여유와 균형을 보일 수 있었고 시적 미학마저도 구현할 수 있었다.

죽음에 관한 시인의 이같은 관심은 시적 소재에 있어서도 강하고 화려한 것보다 작고 소외된 것을 위주로 하는 데에로 이어진다. 그는 소멸해가는 것이나 이미 소멸하여 부재하는 것 등을 소재로 취한다. 이러한 경향은 그가 세계를 바라보는 관점에 있어 죽음이 그만큼 큰 비중으로 작용하고 있음을 말해준다. 시인이 주목하는 시적 소재에는 모두 죽음이라는 사태가 대전제로서 깔려 있는 것이다. 즉 시인이 생각하는 사물들의 현존성은 지금 이 순간에도 소멸하는 과정 속에 놓여 있다는 사실로부터 규명된다. 시인의 관점에 따르면 지구상의 모든 존재는 부재와 소멸의 진행 속에서 존립하고 있는 것이다. 이는 모든 삶이 죽음과의 양면성 속에서 성립된다는 사실을 내포한다.

세계의 본질을 죽음으로 보는 시인의 관점과 시적 소재상의 이같은 연관성은 사물을 대하는 시인의 태도가 온화함으로 현상하는 이유를 말해주는 대목이다. 죽음을 향해 있는 모든 소멸해가는 존재들을 향해 시인은 따뜻한 연민의 시선을 던지는 것이다. 정일남의 시에서 느껴지던 온화함의 정서는 삶과 죽음을 아우르는 시인의 고유한 세계관에서 비롯되는 것이라 할 만하다. 또한 이것은 죽음의 비극적 사태에 이르러서도 시가 견고한 미학성을 잃지 않는 이유로 작용하고 있다.

■ 『동안』 2019년 가을호

문명의 바깥에서 타오르는
야생의 '불'

─이은 론

문명을 지탱하는 것이 이성과 합리성이라는 사실은 이 시대의 견고함에 대해 의심하지 않게 한다. 인간이 구축한 투명하고도 예리한 과학기술의 성과는 우리가 살고 있는 시대에 대한 무한한 신뢰와 동경을 일으키기에 충분하다. 그러나 이러한 문명의 견고함은 문명 외부의 힘 앞에서 극도로 무력한 것 또한 사실이다. 야생 동물에 의해 매개된 바이러스는 인간의 위대함에 대한 믿음을 붕괴시켰다. 우리는 인간의 이성이 야생으로부터 발원한 바이러스 앞에서 속수무책임을 확인할 수 있을 뿐이다. 바이러스가 아니라도 인간의 삶의 터전을 파괴하는 자연의 위력은 문명의 견고함이 한갓 허상일 뿐임을 말해준다. 문명 바깥의 세계는 문명의 울타리 내에서 그것을 전부로 여기는 인간의 치밀함을 간단하게 조롱한다.

이처럼, 흔히 문명은 야생보다 우월한 것으로 간주되지만 결국 그것은 야생이 허용하는 한에서 비로소 존립할 수 있는 극소의 세계임을 알 수 있다. 이에 비해 야생의 세계는 문명의 주변을 에워싸며 그것의 경계를 붕괴시킬 수 있는 상시적 존재가 아닐 수 없다. 야생은 문명에 의해 저 멀리 밀려난 지대가 아니라 문명에 밀착한 채 상존하는 문명의 배경이라 할 수 있다. 야생과 문명의 이러한 관계망 속에서 아이러니하게도 야생은 문명의 벽이 높으면 높을수록 문명에 대해 더욱 더 맹렬하고도 공격적으로 다가온다. 야생은 결코 문명이 명령하는 대로 고요히 잠든 채 존재하지 않는다.

 이은의 신작시 「불의 아수라」는 '불'을 모티프로 하고 있다. 「불의 아수라」로 엮인 「불타산」, 「그을린 사랑」, 「늙은 불」, 「불의 시」, 「불탄 집」, 「불꾼」, 「어머니, 불 들어갑니다」 7편의 연작시들 모두가 '불'을 중심 소재로 취하고 있다. 주목할 것은 그들 시에 묘사되고 있는 '불'이 얼마 전 강원도에서 발생했던 거대한 산불을 연상시키듯 매우 거세고 위협적으로 느껴진다는 점이다. 시인은 '불'이 온세상을 집어삼킬 듯한 기세로 인간의 오랜 터전을 초토화시키는 과정을 초근거리에서 조명하고 있다. 시인의 세밀한 묘사에 의해 '불'은 그 어느 때보다도 위력적이고 공포스럽게 다가온다. '불'은 단순한 생활을 위한 도구가 아닌, 인간을 소멸시키고 문명의 근간을 뒤흔드는 거대한 힘으로 여겨지는 것이다.

　몸이 데워지기도 전에 손을 잡아끌 새도 없이 가슴이 뜯겨나갈 새도 없이 엄마 엄마 부를 새도 없이 빗자루로 쓸어 담을 새도 없이 바가지로 물을 부을 새도 없이 전기코드를 뺄 새도 없이 불길 속에서 강아지 목줄을 풀 새도 없이 장롱 속의 옷가지를 챙길 새도 없이 소 한 마리를 풀어놓을 새도 없이 돼지가 뒷발길질을 할 새도 없이 목구멍에 그을음으로 가득 찰 새도 없이 차기도 전에 데인 마음이 벌겋게 부어오를 새도 없이 마음이 쩍쩍 갈라질 새도 없이 흙이 녹아내릴 새도 없이 불을 꾹꾹 누를 새도 없이 지그시 불의 감정을 읽을 새도 없이 샌드백을 칠 새도 없이

「불탄 집」 부분

꿈 속이 뒤숭숭하여 책도 던져버리고 불 타버린 산을 향해 걷는다 내 몸에 불이 옮겨붙지는 않겠지 시커멓게 그을린 산이 앞에 나타났다

나는 연기에 쐬인 사람처럼 쿨럭거리며 올라간다 불 탄 냄새가 코를 막는다 죽은 나무는 죽은 나무들끼리 모여있는데 산 것들은 어디로 갔지?

너 불이 부르는 소리 들어봤니? 소름끼치는 소리, 귀에 쟁쟁 울리는 나는 무슨 불에 이끌려 이곳까지 왔는지

(불타산은 죽은 세계가 아니라 아수라입니다)

「불타산」 부분

2019년 4월 강원도 고성을 시작으로 양강지풍(양양과 강릉 사이의 바람)을 타고 속초로 산불이 번져 1757ha에 달하는 규모의 화재가 발생한 사건이 있었다. 같은 날 강릉 남쪽 지역에서 발생한 산불은 동해로 이어져 강릉을 사이에 두고 동해안 일대가 화마에 휩싸였었다. 저녁에 시작되어 새벽에 이르기까지 초속 30m의 강풍을 타고

239

번진 불길로 집이며 일터며 가축 등이 소실되는 엄청난 양의 재산 피해가 발생했다. 당시 삽시간에 불길이 번지던 모습을 두고 도깨비불이 획획 날아다니는 것 같다는 표현을 하곤 했었는데, 위 시들의 장면은 당시의 상황과 그대로 일치한다.

불이 미쳐 날뛰듯 넘실대는 현장을 목격한 이들은 과연 정신이 온전할 수 있었을까? 「불탄 집」은 이같은 급박한 상황을 잘 나타내고 있다. 다급함에 가축들이나 세간살이는 물론 식솔들 챙기는 것도 쉽지 않았을 것이다. '불'의 급습에 사람들은 혼비백산하여 달아나기 바빴을 테지만 반면에 '불'은 인간들의 사정은 아랑곳없이 자신의 위력을 과시했으리라. 바람을 등에 업은 '불'의 에너지는 인간의 생명을 위협하고 그의 터전을 점령해나가는 데 부족함이 없었던 것이다. 미친 듯 덤벼드는 불길이 평생을 두고 가꿔온 생의 역사를 붕괴시키는데도 손 쓸 도리가 없었다는 점은 자연 앞에서의 인간의 무력함을 극명히 보여준다. 이는 야생의 힘 앞에서의 문명의 허약함을 의미한다. 당시 전국의 소방관들이 집결하여 불길과 싸웠는데 정작 불길이 잡힌 것이 바람이 잦아들면서부터였다는 사실은 난폭한 자연 앞에서의 인간의 한계에 대해 새삼 상기시킨다. 인간의 삶은 자연이 부여하는 여유에 의해 가능한 것이고 인간의 문명은 오직 야생의 허용에 의해 비롯되는 것이 아닐까.

「불타산」은 불길이 휩쓸고 간 자리에서 인간이 겪게 되는 정신적 트라우마에 대해 말해주고 있다. "너 불이 부르는 소리 들어봤니? 소름끼치는 소리, 귀에 쟁쟁 울리는 나는 무슨 불에 이끌려 이곳까지 왔는지"의 대목은 불의 공포가 정신을 어떻게 지배하는지 잘 보여준다. 자신을 '부르는 소리'로서 '불'을 환기하는 것은 화재로 인한 공포가 순간으로 끝나는 것이 아니라 끈질기게 영향을 미치는 정신적 외상에 해당함을 가리킨다. '불'은 '나'의 의식을 지배하듯 '나'를 이리저리 끌고 다니는 것이다. '나'가 '연기에 쐬인 사람처럼 쿨럭거리'면서도, 또 '불 탄 냄새가 코를 막는'데도 기어이 '불 타버린 산을 향해' 걸음을 옮겼던 것도 이 때문이다. 화자의 불에 의한 공포는 "내 몸에 불이 옮겨붙지는 않겠지"라는 불안의식으로도 표출되고 있다.

공포에 이끌려 오른 산에서 화자가 만난 것은 모든 것이 불에 타 사라진 죽음뿐이었다. '죽은 나무는 죽은 나무들끼리 모여있'을 뿐 '산 것들'의 흔적은 남아있지 않은 '불 탄 산'은, 생명이 소멸한 죽음의 지대이자 삶과 죽음의 경계에 놓인 '아수라'장이었던 것이다. 이처럼 '불'은 인간과 문명을 압도하며 그 위력을 드러내고 있거니와, 그러한 '불'의 힘은 위의 시들 외에 「불의 시」에서도 생생하게 확인할 수 있다.

먹잇감을 찾지 못한 야생의 불이 어슬렁거린다 봄이 지나가도록 먹잇감을 찾지 못한 불이 허기졌다 불은 먹잇감을 찾기 위해 몸을 낮추고 자세를 가다듬는다 한낮의 세렝게티 초원 먹잇감을 노리고 있는 사자의 눈이 불탄다 얼룩말 한 마리를 발견한 사자 오형제는 달리기 시작했다 심장이 불타고 있는 그들은 멈칫거릴 시간이 없다 불이 날카로운 이빨로 먹잇감의 목을 조인다

불이 얼룩말을 쓸어드리고 뱃속으로 들어갔다 내장이 비워진 얼룩말의 뱃속은 궁륭 속이었다 배를 채운 불이 불을

잡아먹고 흐느적거린다 그 속에서 숯검뎅이 사람들이 기어
나온다

수천마리 새들이 날아오른다

「불의 시」 전문

건조한 봄에 자주 발생하는 산불의 특성을 환기시키며 위 시는
"봄이 지나가도록 먹잇감을 찾지 못한 불이 허기졌다"라고 표현하
고 있다. 위 시에서 '사자'로 비유되는 '불'은 주변을 삼키는 포식자
에 해당하고 '불'로 타들어갈 모든 대상들은 '먹잇감'이 된다. 또한
'불'이 맹렬히 번지는 모습은 먹잇감을 발견했을 때 달려드는 사자
의 모습에 빗대어진다. '얼룩말 한 마리'를 발견하고 '눈'이 불타고
'심장'이 불타는 '사자'는 거침없는 불길의 위세를 선명하게 형상화
한다. 그것은 인간을 압도하는 불길의 이미지이며 문명을 위협하는
야생의 상징이다.

위 시에서 '얼룩말'을 제압한 '불'이 그것을 파괴하는 양상은 그야
말로 철저하다. '불'은 '얼룩말'의 '뱃속으로' 들어가 '내장'을 온통
휘젓고 뒤집어놓는다. '불'이 '얼룩말'을 헤집는 모습은 외부로 밀려
났던 야생의 위력이 문명 내부로 진입하여 그것의 질서를 파헤쳐놓
는 일에 견줄 만하다. 야생에 의해 전복된 문명은 뱃속의 물질을 토
해내듯 혼란에 처하게 될 것이다. 그것의 견고함에도 불구하고 문명
은 야생에 의해 언제든 잠식될 수 있는 '먹잇감'의 운명과 다르지 않
은 것이다. 문명이 온전히 유지될 수 있는 것은 단지 야생의 횡포가
정지하는 한에서라고 말할 수 있는 것일까.

 야생과 문명의 관계가 이러할진대 이 속에서 인간의 삶의 형태는 어떻게 이루어져야 할까? 이성에 의지한 채 구축된 문명 속에서 인간이 의도적으로 야생의 혼돈을 외면한다 한들 야생이 그에 승복하고 고요히 존재할 것인가 하는 것이다. 문명이 야생을 배척하고 억압할 때 야생은 그러한 문명의 의도에 곱게 순응할 것인가?

 문명과 야생은 인간 정신에 있어서 이성과 무의식의 관계로도 규정할 수 있다. 무의식을 포함하여 이성에 의해 억압되는 감성, 몽상과 같은 비합리적 의식들은 이성 중심의 문명이 구축되면서 그 외부로 밀려나고 소외되기 마련이었다. 그러나 이성 중심의 세계가 온전히 이루어졌다 하더라도 이성 외의 정신들이 부재할 리 없다. 우리의 정신사는 이들 정신들이 이성에 의해 억압될수록 더욱 거친 형태로 그 존재를 드러내었음을 말해준다. 이성이 혹독하게 이들 정신들을 억압할 경우 인간의 정신은 더욱 참혹하게 정신적 질환에 시달리곤 하였던 것이다.

 이성에 비해 열등한 것으로 간주되지만 사실상 이들 정신은 이성을 포함한 전체 정신의 근간이자 기반이라 할 수 있다. 이들 정신이 있음으로써 인간의 창조적 영감이 발휘될 만큼 오히려 이들은 생명성의 근원이라 할 만하다. 이들 정신을 이성의 테두리 내로 진입시킬 때와 배제할 경우 정신적 창조성에는 커다란 차이가 있다. 이들 정신 영역을 외부로 밀어내는 대신 이성과 융합시킬 때 인간은 고도의 정신성을 발휘할 수 있게 되는 것이다.

 정신에서의 이러한 사정은 세계에서의 문명과 야생의 관계에 그대로 적용된다. 문명이 야생을 밀쳐낸다 해서 야생이 소멸하거나 부재하는 것이 아니라는 점은 문명의 야생에 관한 관점을 재정립할 것을 요구한다. 문명이 야생의 존재를 외면하고 문명 외부로 밀쳐낼수록 야생은 보다 거칠고 사납게 자신을 드러내고자 할 것이다. 즉 문명이 야생에 등 돌리고 문명의 바벨탑을 높이 쌓을수록 야생은 더욱 맹렬하게 그것을 무너뜨리고자 할 것이라는 점이다. 반면에 문명이 야생과의 공존을 시도하게 된다면 사태는 매우 달라질 것이다. 이때 야생의 생명력은 광포하게 그 존재를 드러내는 대신 문명의 메커니즘으로 발전적으로 수용될 수 있겠기에 그러하다. 야생에 관한 공포나 외면 대신 이에 대한 인정은 야생의 힘을 포함하는 보다 다른 차원의 문명을 설계할 수 있게 될 것이며, 이는 문명과 야생의 상극 관계를 극복하는 것으로 귀결될 것이다.

　문명과 야생에 관한 이 같은 새로운 관점은 시인의 경우 불을 응시하는 행위에서부터 시작된다는 것을 알 수 있다. '불 탄 산'에 올라 '불'에 의한 공포와 불안을 직시하고 처참한 '불의 아수라'를 직면하는 일, '불'의 광기에 찬 소리를 듣고 그것의 힘을 목도하는 일은 '불'의 야생적 본질을 응시하는 일에 속한다. 이는 곧 문명이 외면하고자 했던 '불'의 야생성을 인정하고 그것을 새로운 비약의 계기로 수용하는 일이라 할 수 있다. 힘겹게 '불 탄 산'에 올라 그것을 '불타산'(「불타산」)이라 새로이 명명하게 된 것도 이와 관련된다. '불타산'은 '불 탄 산'이기도 하지만 부처를 가리키는 '불타佛陀산'이기도 한 까닭이다. 깨달음의 의미를 내포하는 붓다가 '불 탄 산'을 계기로 하여 '불타佛陀'라는 음차를 얻게 되는 과정이 여기에 고스란히 놓여 있거니와, 이는 야생의 수용을 통한 새로운 문명에로의 전환을 기대하는 대목이라 할 것이다. 즉 시인에 의해 '죽음' 대신 '아수라'의 사태로 규정되는 '불 탄 산'은 완전한 무와 소멸이 아닌, 새로운 창조의 가능성을 함의하게 된다.

   그렇다면 새로운 문명에로의 전환을 이룩할 수 있는 야생에 관한 방법적 태도에는 어떤 것이 있을까? 광포하고 파괴적이어서 문명에 대해 적대적으로 보이는 야생의 지대를 문명적 계기로 포회할 수 있는 길은 무엇이 있을까? 이와 관련하여 시인은 「불꾼」에서 그 방편에 대해 암시하고 있다.

   마지막 불꾼, 그는 17일째 불을 바라보고 있다. 그의 얼굴은 불에 그을렀고 눈동자는 불 을 지나 가마를 지나 굴뚝을 지나 더 깊은 곳을 바라보고 있다.

   불이 타기 시작했다. 그는 굴뚝에서 불이 솟기를 기다리고 있다. 불이 불가마 속에서 꿈틀거리고 있다. "붉불을 봐라. 불꽃이 홍시 색깔이 될 때까지 기다려라"

   불을 땐지 19일째, 불꽃이 견딜 때까지 불길이 안으로 들어가지 못하게 만드는 것이다. 가마에 불꽃이 많이 들어가면 청자가 붉어져 실패하기 때문이다

   불을 가마 속에 가두고 그의 기다림은 시작되었다. 불꽃이 구석구석 갈라질 때까지 가마 속이 온전히 하나의 불덩어리가 될 때까지 온전히 기다리는 것이다.

   그의 얼굴에 어두운 그림자가 지나갔다. 불 건너편에 서서

불빛을 바라본다. 그 순간, 맑은 불이 솟구친다. 투명한 불 속에 그가 들어가 있다.

「불꾼」 부분

　다큐멘터리 〈공감〉에서 촬영했던 "'청자를 꿈꾸다' 불의 남자 김해익"을 제재로 한다는 위 시에서 주인공인 '불꾼'은 '불의 남자'답게 불을 다룰 줄 아는 인물로 제시되고 있다. 초고온의 불을 이용해 청자를 굽는 그에게 '불'은 두려우면서도 필수불가결한 존재다. 그에게 필요한 것은 가장 뜨거우면서도 절제 있는 '불'이다. 그는 '가마 속에 불을 가둔' 후 '불이 솟구치는' 것을, '꿈틀거리는' 것을, '불꽃이 구석구석 갈라져' '가마 속이 온전히 하나의 불덩어리가 되'는 것을 오롯이 지켜보고 있다. 이때 '붉은 불'이 '홍시 색깔이 될 때까지 기다리'되 '가마에 불꽃이 많이 들어가' '청자가 붉어'지는 일이 없도록 경계해야 한다. 때문에 '그'의 일은 '기다리는 것'이고, 그러한 '그'의 기다림은 '불을 땐지 19일째'에 이른다. 그리고 그 끝에서 그는 '맑고 투명한 불'을 보게 된다.

　위 시에서 묘사하고 있는 '불꾼'의 모습은 광포한 불 앞에서 그와 똑같이 광분하는 자가 아니라 한없이 인내하고 절제하는 인물이다. 그는 가장 뜨거운 불을 가장 차가운 자세로 응시하면서 붉고 탁한 불이 그 성질을 갈음하여 '맑고 투명한 불'로 전환되는 순간을 포착한다. 그와 같은 매우 뜨겁고도 차가운 과정 속에서 비로소 위대한 창조물이 탄생하게 되는바, 가장 아름다운 '청자'가 빚어지는 것도 바로 그 때임을 알 수 있다. 말하자면 '청자'는 '불꾼'에 의해 제어된 '불'의 소산이요, 불의 광기가 창조적 형태로 승화된 산물이다. 아이

러니하게도 가장 푸르고 맑은 빛깔의 '청자'는 가장 뜨겁고 '붉은 불'
로부터 비롯된 것이다.

'불꾼'에 의해 '청자'가 탄생하는 과정은 야생과 문명이 만나는 장
면을 떠올리게 한다. 문명 바깥의 야생의 지대가 문명의 지평 내로
유입되는 데 충돌과 갈등은 필연적 조건이 된다. 그러나 야만이라는
이유로 배척되었던 야생이 문명에 의해 포획되고 다스려질 때 그것
은 전혀 다른 성질과 차원으로 변화된다는 것을 알 수 있다. 그때의
야생은 본질로서 지니고 있던 거친 생명력을 위대한 실체로서 현현
시키게 될 것이다. 인간의 위대한 창조물은 야생과 문명 간의 대립과
충돌을 극복한 지평에서 비로소 구현되는 것이다. 이는 야생과 문명
사이에는 여전히 반목과 갈등이 상존하되, 이 가운데 뜨겁고도 냉철
한 융합이 요구됨을 의미한다.

이와 같은 야생과 문명의 창조적 결합은 특히 「우리 허들링 할까요?」
에서 펭귄들의 허들링Huddling과 지하철 내 사람들의 허들링huddling의
변주를 통해 이미지화되고 있다.

> 남극 블리자드가 불어오기 시작했어요 누군가 먼저 휘파람
> 을 불었어요 황제펭귄 수천 마리가 일사분란하게 허들링하
> 기 시작했어요 안으로 안으로 밖으로 밖으로 몸을 비비며 나
> 선형을 그리며 돌고 있었어요 안에 들어 있던 펭귄들이 몸이
> 녹여지면 바깥으로 나오고 바깥 펭귄들은 안으로 안으로 몸
> 을 세우고 밀고 들어가고 있었어요

> 지하철 역사 안 눈폭풍을 피해 사람들이 뛰어들었어요 킬

힐을 신은 여자들과 스모키 화장을 한 남자들 모두 검은 펭귄
들처럼 우글거렸어요 빙산같은 콘크리트 벽을 배경으로 서
있었어요 어둠 저 너머 눈은 멈추지 않았어요 **빽빽이 들어찬
지하철** 안 사람들은 지하철이 흔들릴 때마다 조금씩 조금씩
발을 옮기며 자리이동을 하고 있었어요

둥글게 둥글게 안으로 안으로 바깥으로 바깥으로 몸을 비
틀며 들어왔어요 모자를 눌러쓴 남자의 콧김이 얼굴에 닿을
듯 했어요 이제 곧 겨울 지나 빙하기가 올지도 몰라요

우리가 견뎌야 할 야생의 시간, 내 발등에서 네 발등으로 네
발등에서 내 발등으로 옮겨다니며 우리는 다음 역사에 도착
할 때까지 기다렸어요 문이 열리고 어디서 눈보라가 들이치
는지 한 무리 펭귄들이 들어와 몸을 비볐어요

옆구리로 옆구리로 온기를 전달하며 몸 비비는 동안 철커
덕철커덕 환승역이었어요 눈 떠보니 줄지어 자리에서 일어
나 문을 **빠져나가**고 있었어요 조금 전에 난 잠시 허들링 한
걸까요?

「우리 허들링 할까요?」 부분

보통 huddle이라 하면 춥거나 무서울 때 여럿이 옹기종기 모여 있
는 양태를 가리키는 것으로, 위 시에서 시인은 남극의 황제펭귄들이
추위를 견디기 위해 몸을 밀착시키며 행하는 집단행동으로서 '허들

링Huddling'의 의미를 제시하고 있다. 인용 부분의 첫 연에서 그려지고 있듯 펭귄들은 눈폭풍이 몰아치자 나선형의 무리를 짓더니 안에서 밖으로, 밖에서 안으로의 일사불란한 뒤섞음을 하는 것이다. 밖에서 안으로 진입하면서 펭귄들은 언 몸을 녹이고 몸이 데워진 펭귄들은 안에서 밖으로 이동하면서 밖에 있던 펭귄들이 안으로 들어올 수 있게 하거니와, 이러한 행동들을 통해 펭귄무리들은 전체적으로 추위를 견딜 수 있게 되고 안과 밖의 펭귄들은 자연스럽게 뒤섞이고 공존하게 된다는 것을 알 수 있다.

황제펭귄들이 보여주는 이 같은 집단적 허들링의 모습은 야생에서 발견되는 고차원적 상호공존의 양상이라는 점에서 인상적이다. 그것은 야생이라 하여 야만에 가까운 것이 아닌 오히려 성숙한 문명사회에서나 볼 수 있을 법한 평화롭고도 평등한 모습이다. 야생의 펭귄은 추위라는 극한 상황 속에서 생존을 위해서라도 완벽한 상호공존의 행동을 창출하고 있었던 것이다.

한편 시인은 겨울철 지하철에서 옹송그리는 인간들의 모습에서 펭귄들의 허들링을 연상한다. '킬힐을 신은 여자들, 스모키 화장을 한 남자들' 등 생김새는 다르지만 지하철에 모여드는 사람들은 모두 눈폭풍에서 벗어나 온기를 찾는 사람들이다. 바깥의 눈폭풍이 거세짐에 따라 더 **빼곡해지는** 지하철 안에서 사람들은 마치 펭귄들이 '안에서 밖으로, 밖에서 안으로' 종종걸음치며 자리옮김 하듯이 '조금씩 조금씩 발을 옮기며 자리이동을 하고 있'었다. 이때의 지하철은 밖에서 갓들어온 사람들이 차가운 입김을 뿜으면 안에 있던 사람들이 발을 옮겨 그들에게 자리를 양보하게 되는 구조를 형성한다. 이를 통해 사람들은 자연스럽게 뒤섞이며 서로 온기를 나누게 된다.

지하철 안 사람들의 행동들에서 황제펭귄의 허들링을 떠올리는 시인에게 '지하철' 밖의 눈폭풍은 단순한 추위라기보다 인간이 겪을 수 있을 극한 상황에 대한 상징으로 간주된다. '우리가 견뎌야 할 야생의 시간'이라든가 '이제 곧 겨울 지나 빙하기가 올지도 몰라요'에서 암시되는 것은 극한의 환경 속에서 생존을 위해 인간이 구해야 할 새로운 방식의 삶의 태도에 관한 것이다. 그것은 '불의 아수라'에서 마주했던바 야생의 광폭함이 몰아치는 상황을 상정하는 것이거니와, 따라서 위 시는 그러한 극한 상황 속에서의 인간의 삶의 방식을 질문하는 것이리라. 펭귄의 허들링을 통해 본 야생에서의 상호 공존의 방식이 인간 삶의 새로운 방식이 되어야 한다는 점도 이러한 관점에서다. 안과 밖을 뒤섞는 행동을 통한 자연스런 융합과 평화롭고 평등한 공존의 방식은 인간이 추구해야 할 고차원적 삶의 태도가 된다. 요컨대 시인은 위 시에서 문명 외부의 세계에 관한 인간의 변화를 촉구하고 있으며 야생과 문명의 새로운 관계 정립을 추구하고 있다 할 것이다.

문명의 관점에서 볼 때 야생은 비이성이자 무질서와 혼돈일 테지만 야생은 문명에 의해 배척되거나 차별될 성질의 것이 아니라는 것은 분명하다. 실제로 야생은 언제나 생명을 잉태하고 있으며 세상을 풍요롭게 하는 지대다. 야생은 문명의 원천이자 생명의 근원인 것이다. 시인은 「꽃 몰아가는 힘」에서 우리가 생각하는 야생의 모습이 얼마나 피상적이고 왜곡된 것인지 잘 말해주고 있다.

　　가 닿아야 할 곳이 있다 팔다리가 허공에 결박당한 채
　　꽃눈을 얹혀야 할 곳을 찾아

얼었다 녹았다 한 생이 흐물흐물해질 때까지
목질 내부를 왔다 갔다 하는

물줄기의 끝
도화선 속으로 타들어가면서 붉은 피를 몰아간다

꽃이 올라오는 것을 볼 수 있다면
온몸에 새겨진 지문에서 뿌리가 자라난다면

피어라 꽃이여
목질 내부에서 울부짖는 소리가 깊어진다

본래 너는, 누구의 말을 받아 적는 땅이었느냐
녹색 광선이었느냐 발광 엘이디였느냐

너는 어디 있어 아직 가 닿지않느냐

바람이 바람이기 전에 숨이었듯 나무가 나무이기 전에
숨이었듯
나는 나이기 전에 숨이었느냐

꽃이 꽃이기 전의 꽃이여
꽃 피우러 가는 목질의 내부여

네가 마지막으로 두드렸던 가지 끝에서
어느 몸이 욱씬거린다

「꽃 몰아가는 힘」 전문

인간의 눈으로 바라볼 때의 꽃은 단순히 외적 사물로서 존재한다.
인간의 인지는 꽃을 시각적 미의 대상이자 물질적 성분으로 전유한
다. 시각적 사물로서의 꽃은 균형과 질서가 완벽히 갖추어진 미의 실
체이다. 그것은 혼돈이나 무질서와 전혀 상관없는 완전한 구조체인
것이다. 이같은 꽃의 완벽한 모습은 인간 이성의 관점에서 취해진 것
이며 이때의 꽃은 온전하고 합당한 존재다.

그러나 위 시가 형상화하고 있는 꽃의 실상은 일반적으로 우리가
바라볼 때의 꽃의 모습과 매우 다르다는 것을 알 수 있다. 위 시에서
묘사되고 있는 꽃은 외적 대상으로서의 사물이 아닌 내부를 지닌 생
명체다. 위 시는 꽃의 내부가 우리가 익히 알고 있던 꽃의 외면과는
현격한 차이가 있음을 보여주고 있다. 그곳은 고요하거나 평화롭거
나 아름다운 곳이 전혀 아닌, 소란스럽고 요동치고 거친 지대다. 꽃
의 내부는 외부에서는 결코 볼 수도 짐작도 할 수 없는 격한 혼돈과
부침이 있다. 그곳에는 자신의 생명을 억압하는 실체에 맞서는 강한
저항과 대결이 있고 꽃의 현현이라는 자신의 목적을 이루기 위한 치
열한 몸부림이 있으며 외부의 환경과 싸우는 내면의 울부짖음이 있
다. 꽃의 내부에는 외부에서 보이는 화려한 색채 대신 거칠고 투박한
질료가 있을 뿐이며, 완벽한 균형과 질서 대신 혼란에 찬 투쟁과 통
증이 있을 뿐이다. 이처럼 꽃의 외부에서는 볼 수도 없고 상상할 수

도 없을 뿐만 아니라 사실상 보고 싶지도 않고 상상하고 싶지도 않은 모습이 꽃의 내부에서 펼쳐지고 있거니와, 그러나 이러한 꽃의 내부야말로 꽃의 생명성이 지탱되는 근간이자 외면할 수 없는 꽃의 본질이라 할 수 있다.

시인이 포착하는 꽃의 지대가 외부가 아닌 꽃의 내부인 점은 시인이 문명 세계가 아니라 그 바깥으로 밀쳐져 있는 야생의 지대를 보고 있음을 의미한다. 시인은 문명 세계에서 보고자 하는 외면을 보는 것이 아니라 문명 세계가 보지 않으려 외면하는 이면을 보고 있다. 질서로 이루어진 꽃의 아름다운 모습이 문명세계가 보고 싶어 하는 측면이라면 무질서로 가득 찬 꽃의 야생성은 문명세계가 배제하고 싶어 하는 부면이다. 전자와 달리 후자는 혼란스럽고 그악스럽고 거칠다. 문명세계는 그것을 추하고 악하다고 규정한다. 그러나 시인이 묘파하고 있는 것처럼 그곳이야말로 꽃을 피워내는 힘의 원천이자 꽃의 실체인 것이며 그러한 야생의 지대가 있기에 꽃이 생명을 유지하며 꽃으로서 피어나게 된다. 시인이 말한 대로 '바람이 바람이기 전에 숨이었듯 나무가 나무이기 전에 숨이었듯' 꽃도 꽃이기 전에 '숨'이었던 것이다.

시인이 보여주는 꽃의 내면은 우리에게 야생의 본질을 상기시킨다. 야생성은 생명체가 자신의 생존과 존립을 위해 취하게 되는 생명성의 다른 이름이다. 또한 그것은 존재의 내면과 존재 전체를 구성한다. 이에 비해 존재의 외부는 야생성의 결과이자 극소의 외적 현상인 셈이다. 사정이 이러한데도 문명이 야생의 지대를 외면하고 배격한다면 그것은 크나큰 오류가 아닐 수 없다. 이은의 시들은 야생의 본질을 끊임없이 응시하면서 쓰이고 있거니와, 시인이 역설하는 이같

은 야생의 진실 앞에서 우리가 취해야 할 태도는 야생성에 대한 공포
와 막연한 불안, 혹은 억압과 소외 대신 그것의 실체를 인정함과 동
시에 야생성을 우리의 삶의 지평 내부로 포회하는 일이 될 것이다.
지금껏 살펴본 시인의 시세계는 그러할 때 우리가 사는 세계가 무질
서와 혼돈으로 치닫기보다 오히려 보다 성숙하고 고차원적인 평화
와 공존의 세계로 나아가게 될 것임을 보여주고 있다.

■ 『동안』 2020년 가을호

주—객主客분리를 넘어서는
새로운 세계 인식

— 이지호 · 진혜진 · 김민철의 시

    지금까지의 우리의 세계에 관한 인식이 주-객主客의 틀로써 이루어지고 주객 간의 철저한 분리가 모든 관계의 전제로 작용하고 있었다면, 우리는 앞으로 전혀 다른 인식론을 가지고 살아가야 할지 모르겠다. 물질주의적 세계에 의해 더욱 분명해졌던 나와 너의 분리, 자아와 타자 사이의 뚜렷한 경계는 우리가 생각했던 것처럼 그렇게 확고하지 않은 것 같다는 점이다. 너 아니면 나에게 귀속되는 물질의 속성 탓에 자본으로 대표되는 오늘날의 세계가 소유와 경계에 관한 매서운 관념을 낳은 것은 잘 알려진 사실이다. 내가 존재하는 한 세계는 나를 중심으로 존재하며 또 세상이 존재하는 한 나와 세계는 대립과 대결의 관계망 속에 놓이는 것이 아니었던가. 그 냉혹한 세계의 원리가 또한 자아를 언제나 세상에 기투된 채로 몰아갔던 것이 아닌가.

    세계와의 분리·대립의 관계망 속에서 자아를 주인의 지위로 일으켜 세웠던 주체객체 인식의 논리는 오늘날 한낱 바이러스에 의해 붕괴될 지경에 놓여있다. 대결의 관계 아래 세계를 지배해갈 수 있었던 인간의 주체적 의지는 바이러스가 개입하는 순간 속수무책으로 무너져 내린다. 세계와의 투쟁과 그에 대한 지배를 통해 인간의 주인됨을 확인하였던 이 시대의 패러다임은 세상의 가장 미천하고 불완전한 존재인 바이러스에 의해 흔들리기 시작하는 것이다. 어쩌면 세계와의 분리와 대립을 보다 철저하게 인식하고 그 안에서 인간의 우수성과 지배력을 보장받아왔다면 그럴수록 바이러스는 더욱 기습적으로 인간의 허를 찌르고 있는 듯하다.

이는 강력한 바이러스야말로 견고하게 지켜왔던 우리의 인식론과 세계의 패러다임을 무너뜨리는 장본인임을 말해주는 대목이다. 세계에 대해 누구보다 자신감을 보여주었을 강력한 주체들이야말로 바이러스 앞에 가장 먼저 굴복하는 존재로 전락하고 있다. 말하자면 바이러스는 주객 분리의 인식론의 틈새에 존재하면서 이러한 관계망을 조롱하는 가장 위력적인 교란자인 것이다.

이지호의 「울음이 지극하다」는 세계 내의 '나'가 외부 세력에 의해 속절없이 '망명정부'가 되어 감에 따라 내가 더 이상 내가 아닌 상태, 즉 내가 세계 내에서 주체임을 주장하지 못한 채 혼란해 빠지는 모습을 그리고 있다.

　　몸이 곧 말^末
　　숙주를 옮겨 다니는 고단함은 차가움은 알지만 따뜻함은 모른다

　　어쩌다 겨울 동안 나의 내부에서 죽어갈 몇 종의 원산지와
　　계절과 계절의 접경에 숨어

나의 게으른 애착과 냄새에 섞여야 하는 것
오전에 가벼운 기침으로 병원 갔다
내 몸을 망명지로 선택한 기침, 이 허술한 접경
각자 망명들을 품고 의자에 혹은 서서
또 다른 세계에 보낼 몇 개의 알약을 기다리고 있는 마스크
쓴 얼굴들

전염은 입으로 꼬리를 삼키는 뱀처럼
울퉁불퉁 들쑥날쑥 예측할 수 없는 속도로
가둘 수 있는 발이나 뿔도 없는 무례함으로
늘찐늘찐하다

「울음이 지극하다」 부분

우리의 의식이 나와 세계를 저만치 분리시키는 데 비해 실제 존재의 육체들이 외적 타자에 의해 손쉽게 분리되어 있지 못하다면 인간의 세계 인식은 수정되어야 한다. 인간들의 몸의 경계가 외부 세력과의 영향 관계에 의해 이토록 희미하게 구획되어 있는 것이라면 자아와 세계를 절대적 거리 하에 두었던 인간의 인식론은 근거가 희박한 오만하기 그지없는 것이라 할 수 있다.

위 시에서 그려지고 있듯 오늘날 자아가 알고 있던 '나'의 내부의 따뜻함과 여유로움과 통제력은 걷잡을 수 없이 확산되는 외부 세력에 의해 혼돈 속에 휘말리기 시작한다. '화면 속 장면'에 시야를 점령당한 즈음 자아는 본능적으로 세계의 추위에 서둘러 빗장을 걸어야 한다고 여기지만 그러한 의식은 '나'의 이전의 상태를 보장해주지

못한다. 나의 내부는 더 이상 온화하거나 평화롭지 않은 것이다. 나의 몸은 '망명정부'처럼 혼란스럽고 부산스럽게 느껴진다. 출처를 알 수 없는 외적 타자들이 헤적이는 듯한 '나의 몸은 미지의 존재들로 인한 부대낌으로 온통 '비좁게' 인식된다.

이러한 상황에서 '나'는 이제 더이상 세계의 중심도 세계를 호령하는 콘트롤 타워도 될 수 없다. 대신 자아는 온 세계의 냉기에 움츠러든 '고단'하고 불안한 '말단末端'이 된다. '기침'이 '내 몸을 망명지로 선택한' 이 어찌할 도리 없는 상황 속에서 시적 자아는 나와 세계 사이의 뚜렷했던 경계가 지극히 '허술한' 것이었음을, 나와 세계 사이의 경계가 결국 무화되고 있음을 경험한다. 세계를 향한 도저한 중심성과 주도성을 외치던 인간의 몸들은 철저하게 무기력해진다.

상황이 이러할진대 '마스크'는 이토록 허약한 나와 타자 사이의 경계를 인위적으로 가름하기 위한 필사적인 노력에 해당한다. 자아와 세계 사이의 거리가 우리의 의식만큼 명확하지 않은 상황 속에서 인간들은 '마스크'에 겨우 의지한 채 지친 날들을 보내고 있다. '마스크'는 나와 타자 사이의 분리가 애초에 존재하지 않았던 세계의 객관적인 조건을 역설적으로 반영한다. 말하자면 '마스크'는 나와 세계가 우리의 인식론처럼 그토록 뚜렷하게 분리되어 있기를 바라는 소망의 표현이 된다. 그것은 질서도 분별도 없이 온통 '무례함'으로 세계를 점령해가는 '전염'에 대한 우리의 최소한의 자기주장인 것이다.

그런데 우리가 금과옥조로 여겨온 주객 분리의 인식론에 대해 회의케 하는 것은 바이러스만이 아니다. 이지호의 「조용한 꽃밭」에서 그려지고 있는 시적 자아의 체험은 나와 타자가 분리와 단절보다는 융합과 연결의 관계 속에 놓여 있음을 말해주기 때문이다. 타인이 살다가 떠나간 집은 「조용한 꽃밭」에서 묘사되고 있듯 과거의 흔적을 고스란히 담고 있다. 존재들의 삶을 지탱해온 공간은 그동안의 시간을 자신의 내부에 간직하기 마련이다. 그리고 그것은 또 다른 존재들의 경험 속에 그대로 이어지게 된다. 공간을 매개로 이루어지는 특정 존재의 경험은 그것이 설사 지금 여기에서의 나만의 체험인 것으로 보일지라도 사실상 그 이전 존재들의 시간을 기반으로 하여 형성된다는 것이다. 이러한 정황은 현재의 내가 오롯이 나로서 존재하는 것으로 여겨진다 해도 실질적으로 자아는 타자와 분리되지 않은 채 상호 융합되어 있음을 말해준다. 요컨대 이러한 사실들은 우리의 주객 인식론이 과연 현실에 정합적인 것인가 질문하게 하는 것이다.

진혜진 시인의 「물을 따라 번지는 불의 장미」 역시 자아와 타자 사이의 불가분리성에 관한 인식을 담고 있다. 진혜진의 시에서 그려지고 있듯 자아와 타자의 관계가 그토록 이질적이고 부조화할지라도 그것이 자아와 타자 사이의 단절을 보장하는 조건은 될 수 없다. 인간은 자신의 주체적 의지와 달리 미지의 요소들에 휘말린 채 타자와의 관계 속으로 빨려 들어가곤 한다. 나와 타자의 연속성과 뒤섞임은 불가항력적이다. 그리고 그것이야말로 인간의 운명이자 번민의 근원이라 할 수 있을 터이다.

　　물결치는 당신에게 휩쓸리면 허우적거리는 나를 삼켜버릴
　것 같아
　　나는 물을 따라 번지는 불
　　불이 숨을 쉬면 전체가 소문이야

물불을 가리지 않는 것일까 헤어지자 우리

우린 닮아서 다름과 다름 아닌 것도 증명하는 서로의 극, 불
에도 비린내

도드라진 몸이 도장으로 박히고 붉어지는데

사람들은 하루에도 수백 번 결별하고 수천 번 감정을 사고
팔지

「물을 따라 번지는 불의 장미」 부분

'나'와 '너'의 비분리의 조건은 너의 상태에 의해 내가 고스란히 영
향 받는다는 점에서도 알 수 있다. 때로 그러한 영향 관계는 나를 압
도하여 나를 존립할 수 없게도 이끌어갈 수 있다. '물결치는 당신' 앞
에서 몸을 움츠리고 회피하고 싶은 심정이 일어나는 것은 이 때문이
다. 너의 존재에 조응하고 귀 기울일수록 그것은 나에게 위협이 되고
혼돈이 되는 것이다. 나와 너의 성질이 불과 물로 표현되듯 극단적으
로 다를지라도 그것은 오히려 너와 나의 영향 관계의 극대성을 말해
줄 따름이다. '불'이 '물'을 피하고자 하나 '불'은 '물을 따라 번지'고
'불이 숨을 쉬면' 세계는 더욱 격하게 반응하게 된다. '불'과 '물'로
표상되는 존재들의 차이는 존재의 근원으로 거슬러 올라가면 갈수
록 서로간의 유사성과 중첩성을 나타낼 뿐이다. 그들은 가령 '불에
도 비린내'가 날 정도로 물과 불이 뒤섞여 있는 까닭에 상호간 '다름

과 다름 아닌 것도 증명'해야 할 정도의 '닮음'을 나타낸다.

이러한 사정은 자아가 자신의 존립을 위해 더욱 필사적이게끔 한다. 자아와 타자 사이의 주객 분리의 원칙을 상기해내는 것은 '내'가 자신을 유지하기 위해 행할 수 있는 가장 우선적인 일에 해당한다. '나'는 기억을 더듬어 너와 나의 인연의 자락을 헤집고는 그 끝에 도달하고자 한다. 각자의 존재의 근원을 이해한다면 너와 나의 분리가능성도 가늠해볼 수 있지 않을까 하는 것이다. 그러나 이 역시도 신통치 않아서 내가 확인하는 것은 '장미'의 '발바닥이 없'다는 사실이거나 '만발했던 5월'의 '진원지가 없'다는 인식 정도이다. 이들이 너와 나의 분리가능성에 대한 확신을 줄 수 없는 것은 물론이다. 대신 '더 처음으로 가'서 발견하게 되는 '끈에 묶인 물고기자리와 통하는 물'의 모습은 오히려 너와 나의 연기緣起의 필연성을 말해준다. '끈에 묶인' 너의 운명이 불가피한 것이었다면 나의 운명 또한 불가피한 것이 아니었겠는가. 너와 나의 운명이 그러하다면 나와 너의 만남 또한 피할 수 없는 일에 속한다. 그리고 이점은 너와 나의 차이에도 불구하고 우리의 '닮음'에 대한 근거라 할 만하다. 마치 '벼락 맞은 서로의 대추나무가 몸속에 있'는 것처럼 우리는 닮아 있는 것이고 바로 그 점이 너와 나를 만나게 하였다는 것이다.

너와 나를 에워싸는 이같은 불가분리성은 「빗방울 랩소디」에서 보다 복합적인 표정을 얻는다. '빗방울'은 나를 세계로부터 단절시키는 동시에 나에게 그것을 '감옥'으로 여기도록 하기 때문이다. '우산'은 나와 세계를 안전하게 분리시키는 것이 아니라 나를 세계로부터 단절시키고 고립시키는 요인으로 그려진다. 화자가 빗방울을 가리켜 '이질감'이 드는 것으로 묘사하거나, 빗방울 속에 갇힌 '나의 몸'에서 '쇠창살 소리가 난다'고 하는 까닭도 이와 관련된다. 세계와 고립된 자아는 기어이 '울음'을 터뜨리고 나는 '빗방울'을 향해 '심장이 없고 웃기만 하는 물의 가면'에 대해 폭로한다.

'빗방울'로 인한 고립감을 호소하는 화자에게 타자와의 분리는 당연함이나 편안함이 아닌 상실과 슬픔으로 다가오고 있다는 것을 알수 있다. '검은 우산과 정차하지 않는 버스 바퀴와 폭우가 만들어내는 피날레'는 세계와의 단절 속에서 화자가 느끼는 고독과 좌절을 단적으로 드러낸다. 이때 나와 세계를 차단한 '빗방울'은 죄와 용서를 논할 만큼 나에게 절대적인 폭력성으로 느껴진다.

감각적 형상성을 얻고 있지만 이들 시에서 진혜진이 보여주는 것은 자아와 세계 사이에 관한 깊은 인식이다. 시인의 시적 인식들에 의해 우리는 자아와 타자 사이에 놓인 관계의 미묘한 양가성을, 그리고 그것으로 인한 혼돈을 확인하게 된다. 타자가 자아의 현재적 상태뿐 아니라 운명까지도 지배한다는 점은 자아로 하여금 타자로부터의 회피와 탈주를 꿈꾸게 하지만 자아가 느끼게 되는 절대적 고립감 역시 자아에게 견딜 수 없는 감정임은 물론이다. 이는 우리의 고전적인 인식론이 말해주고 있는 바, 주체와 객체 사이에 안전한 거리가 확보되어 있고 그 거리에 의해 자아가 자유롭게 주체성을 실현할수 있다는 것이 인간의 소망이자 망상에 불과하다는 사실을 말해준다. 사람 간의 관계로 이루어지는 인간의 삶은 더욱 더 복잡하고 복합적인 것이다. 시인의 말대로 '사람들이 하루에도 수백 번 결별하고 수천 번 감정을 사고파'는 것도 이에 기인한다. 우리의 삶에서 나와 너의 관계는 그토록 뚜렷하거나 분명한 것이 아니라 오히려 모호하고 알 수 없는 것에 해당한다는 것이다.

　진혜진의 경우에서처럼 분리와 비분리 사이에서 혼란을 안고 살아가야 하는 것이 인간의 삶이라면 시선을 인간 세상 밖으로 돌리는 순간 세계의 위대하고 아름다운 질서를 확인하게 되는 것 또한 사실이다. 김민철의 시는 세계 내에서 인간이 겪는 타자와의 갈등과 혼란이 자연의 미적 신비와 선명하게 대비되고 있음을 보여준다.

　　　　소나기가 갑자기 그치면 태양은 당황스러울까
　　　　햇빛이 구름 위에 앉아 느긋하게 쉬다가
　　　　정리하지 못한 빛들을 쏘아 보낸 것이 무지개이다

　　　　수명이 짧은 무지개의 뿌리는
　　　　반달곰만이 자주 발견하곤 하는데
　　　　산맥 꼭대기에서 내려다보는
　　　　무지개의 둥근 선을 볼 때마다
　　　　크게 노래했고
　　　　음정과 음정을 잇는 긴 호흡으로 한낮의 길이와 습도를 가
　　늠했다

　　　　무지개가 뿌리를 내리는 곳은
　　　　늘 민들레가 듬성듬성 피어있는 고갯길,

　　　　높새바람이 반달곰의 등을 밀어주고
　　　　때까치가 반달곰의 손을 잡고 끌어당겨 데리고 간 곳에서

>무지개의 뿌리를 캐면
>하필이면 김치, 귤, 바나나, 알로에, 아이스크림이 생각난다
>　　　　　　　　　　　　　　　　　「보물 상자」 부분

인간의 세계에 대한 인식이 자아와 타자 사이의 분리를 전제로 하여 형성되고 있다면, 인간적 범주를 벗어나 있는 세계에서 그러한 인식은 허망하기 짝이 없다. 인간에 의해 만들어진 인위적 세계를 벗어날 경우 우리가 내세우는 주객분리의 인식론은 거의 허구에 가까울지 모른다. 자연에서의 사물들의 존재 방식은 분리 혹은 단절이 아니라 융합과 공존이기 때문이다. 인간의 인공적 손길이 닿지 않은 자연의 존재방식이야말로 인간의 인식론적 구조와 대비되는 것으로서, 그것은 인간 세계가 지닌 의식의 편협함에 대해 자각하게 하는 계기로 작용한다. 자연의 아름다움은 곧 인간의 인위적 세계 및 불완전한 인식론과 구별되는 이치로서의 완전함을 지니는 것이 아닐까 하는 것이다.

위 시에서 제시하고 있는 '무지개'는 이러한 모든 질문을 포회하는 상징물과 같다. '무지개'는 인간의 의식처럼 날카롭거나 모나지 않고 존재들 사이의 뚜렷한 거리에 의해 생성되거나 포착되는 것도 아니다. 무지개는 신을 대체한 인간이 치밀한 계산으로 세상을 건설하듯 생산되는 것과 전혀 다른 성질을 지닌다. 그것은 '햇빛이 구름 위에 앉아 느긋하게 쉬다가/정리하지 못한 빛들을 쏘아 보낸 것'에 해당하기 때문이다. 그것은 예견되지 않은 채 급작스럽고도 당황스럽게 창조된 우연의 산물이라고 화자는 말하고 있다. 그렇게 하여 세상에 모습을 드러낸 무지개는 '수명이 짧'기도 하고 길기도 한데, 그러한 '무지개가 뿌리를 내리는 곳'은 세상으로부터 단절되거나 고

립된 곳이 아니라 '늘 민들레가 듬성듬성 피어있는 고갯길'이라는 것이다. 그곳은 외진 곳이 아니면서 또한 '높새바람이 반달곰의 등을 밀어주고/ 때까치가 반달곰의 손을 잡고 끌어당겨 데리고 간 곳'이다. 이는 '무지개'가 생성되는 곳이야말로 여러 존재들이 함께 하는 공존과 화해의 공간임을 말해준다 하겠다. 말하자면 '무지개'는 혼자의 힘으로 단독으로 피어나는 것도 홀로 독자적으로 존재하는 것도 아니고 여럿의 협력에 의해 생성되고 여타의 존재들과 더불어 존립한다는 것을 의미한다.

이러한 존재 방식에 기인하는 듯 무지개의 모습은 누가 어느 위치에서 보든 둥글고 원만하다. 무지개는 어느 한 구석 분열되거나 쪼개지거나 하지 않고 언제나 완만하고 부드럽게 이어진다. 이러한 무지개는 그 모습을 보는 모든 이로 하여금 '크게 노래하'도록, '음정과 음정을 긴 호흡으로 잇'게 하는 것이다. 그것이 인간이든 반달곰이든 무지개를 바라보는 모든 존재를 크고 원만하게 이끈다는 점에서 무지개는 '보물 상자'라 할 만하거니와 이는 단순한 비유를 넘어 자연의 무위성에 대해 부여될 수 있는 합당한 명칭이라 할 수 있다.

사정이 이러하다면 '무지개'로 대변되는 위대한 자연이 품는 대상에서 인간 역시 제외되지 않는다는 사실은 우리에게 위안이 아닐 수 없다. 우리의 인식론에 따라 자연은 인간과 대립하는 인간의 타자인가, 혹은 인간은 오히려 자연의 일부로서 자연과 인간은 상호 공존하는 관계인가. 김민철의 「담배 연기 속 중력」은 '담배 연기'를 통해, 인간도 여타의 존재들과 마찬가지로 중력의 지배를 받는다는 점에서 인간이 세계와 대결하는 독자적인 존재가 아니라 자연에 귀속되는 존재임을 보여주고 있다. 예컨대 시의 화자는 "아저씨, 담배를 피우면서 왜 손을 떠시나요?"라고 질문하면서 그것이 '아저씨의 몸무게를 꺼내어 하늘로 보내는 것'임에 따라, 즉 '담배연기가 중력이 이동하는 곳으로 흘러가는' 것임에 따라 발생하는 흔들림의 현상이라 말하거니와, 이러한 현상은 여타의 존재들, 가령 '벚나무 꽃향기가 나를 끌어당기는 힘과/ 강아지가 신호등의 녹색빛을 밀어내는 힘'과 더불어 모두 중력에 귀속되는 일 현상이라는 것이다. 이와 같은 화자의 진술에는 사실상 인간과 자연의 관계에 관한 깊은 성찰이 가로놓여 있는바, 인간과 자연 사이에는 우리가 생각하는 것처럼 그토록 뚜렷하게 주체와 객체 간 분리 및 대결이라는 관계가 놓여 있지 않다는 것이다. 인간 외의 세계가 인간과 구분되는 별도의 타자라는 것은 인간의 착각에 불과하다. 그가 지구상에 존재하는 한 인간은 자연과 대립하여 자연을 지배하는 존재가 아니라 타자와 분리되지 않는 타자의 일부이자 타자와 동일한 존재라는 것이다.

지금까지 살펴본 여러 측면에서의 고찰에 따르면 인간이 진리처럼 여겨 왔던 주객 분리의 인식론은 더 이상 타당한 것으로 간주되기 힘들다는 것을 알 수 있다. 근대라는 패러다임 속에서 문명 건설에 기여해왔던 주객분리의 인식론은 폐기되어야 할 시점에 놓여 있다 해도 과언이 아니다. 세상을 건설하는 데 기여했을 뿐만 아니라 세상을 파괴하기도 했던 그것의 견고함은 단적으로 말해 지금 눈에 보이지도 않는 미물에 의해 흔들리고 있다. 물론 이러한 인식론을 위협하는 것은 바이러스만이 아니다. 오늘날 그것을 흔들고 있는 것은 바이러스뿐 아니라 오랜 세월 인간을 이끌어 온 운명의 연기緣起적 필연성과 나아가 자연의 무위성인 것이다.

■『시산맥』 2020년 여름호

4부
서평과 해설

21세기
한국시의
표정

'섬'에 비친 '섬사람'들의
초상肖像과 '섬'의 신화

– 이중도의 『섬사람』(푸른사상, 2017)

    이중도의 네 번째 시집이 되는 『섬사람』은 그가 주로 다루었던 '통영'에 관한 이야기의 연장선상에 놓여 있다. 『통영』, 『새벽시장』, 『당신을 통째로 삼킬 것입니다』 등의 일련의 시집들이 모두 그가 '통영'으로 이주한 후 연속적으로 쓰여졌던 만큼 이중도의 시에 있어서 '통영'은 분리되지 않는 바탕화면이다. 그에게 '통영'은 나서 자란 고향이자 작정하고 시를 쓰기 위해 찾은 고장이며 유치환·김춘수·윤이상 등 한국의 쟁쟁한 예술가의 혼이 서려 있는 곳이자 그리고 지금은 매일을 숨 쉬는 공간이다. 그만큼 피상적일 수 없는 곳이다.

    『섬사람』에서 '섬'은 다양한 의미로 변주된다. 그것은 처음에 지형으로서의 '섬'(「야생」, 「밤비」, 「빈집」, 「단맛」, 「새끼 섬」)이었다가 '사람'(「시골집」, 「노파」, 「명태」, 「중년의 갯벌」)의 비유가 되었다가 '마음'(「욕망」, 「신화의 시간」, 「대섬」, 「붉은 흙더미」, 「새벽」)의 현상現象을 얻기도 하고 '안식처'(「흙냄새」, 「그 섬에 가고 싶다」)를 상징하기도 한다. 『섬사람』에서의 '섬'은 단순히 통영의 앞바다에 놓여 있는 아름다운 관조의 대상이 아니다. 때문에 선입견대로 『섬사

269

람』에서 '섬'에 관한 서정적이고 편안한 형상화를 기대하였다면 조금은 당황스러울 것이다. 마찬가지로 『섬사람』의 '사람' 역시 단지 '섬'에서 목가적으로 살고 있는 사람을 가리키는 것이 아니다.

시집에서 '섬'을 이토록 다양하게 변용시키는 것은 『섬사람』이 주인공으로 삼고 있는 것이 복합적이라는 사실을 의미한다. 『섬사람』의 '섬사람'은 주체가 되기도 하고 대상이 되기도 한다. 그것은 시를 쓰는 주체이자 시의 대상이 된다. 또한 『섬사람』의 주인공은 '사람'이기도 하였다가 지형으로서의 '섬'이 되기도 한다. 즉 '섬사람'은 '섬'과 '사람'을 각각 혹은 하나로 포함하는 개념이다. 요컨대 '섬사람'이란 어느 특정한 존재를 가리키는 것이 아니라 '섬'과 함께 살아가면서 '섬'과 더불어 '섬'에 흔적을 드리우는 모든 존재를 지시한다. 이때 '섬'과 '사람'은 서로에게 거울이 되고 그림자가 된다.

이는 '사람'이 '섬'에 동화되어 살아가는 것도 아니고 '섬'이 '사람'을 품는다는 뜻도 될 수 없다. '사람'이 갈수록 타락해가고 문명이 황폐해가는 사정은 '섬'을 단순히 절대적 안식처의 장소로 만들지 못한다. 『섬사람』에서 시인은 통영에서 살아가는 사람들의 초상을 그려내고 있거니와, 그러한 사람들의 모습은 '섬'에 고스란히 그 흔적을 새기면서 '섬'의 모습 또한 조금씩 바꾸어 간다. 그에 따라 원시적이고 태고적 신화를 간직하고 있었던 '섬'은, 또 그래야 할 '섬'은 서서히 자본과 문명에 물들어 가고 마침내 육지로부터 뿌리 뽑힌 자의 운명처럼 애처로이 퇴락해 간다. 말하자면 시인은 위태롭게 파괴되어 가는 문명의 얼굴과 섬의 모습을 겹쳐 보고 있는 것이리라. 『섬사람』이 '섬'에 관한 서정의 노래가 아니라 '섬'을 매개로 하여 본 오늘날의 문명론이라 할 수 있는 까닭도 여기에 있다.

기억 속에 굴참나무 빽빽한 숫총각 섬으로 떠 있는 그 시절을
길게 늘이고 팽팽하게 당겨 활을 만든다

땅을 후려친다
지진이 일어난다 산짐승들의 낮잠 산산조각이 난다
무덤이 갈라진다 뼈들이 일어선다 살 걸치고 걸어 나온다

갯벌 억만 연탄구멍에서 분수가 치솟아 오른다

남해가 쩍 갈라진다

「그 시절」 전문

유년 시절 시인에게 통영은 어떻게 비췄을까? 바다를 면해 있는
지역치고 그와 관련된 신화를 지니고 있지 않은 곳은 없을 것이다.
지역 주민들의 삶의 터전이었던 바다는 은혜를 베풀어주는 존재이
자 섬겨야 하는 대상이기도 하다. 바다는 외경스런 삶의 근원으로서
그 중심에는 늘 신이 놓여 있다. 바다의 신화를 듣고 자란 어린 아이
들은 바다에 대해 경외와 신비를 품고 살게 된다. 아이들은 바다를
향해 때론 공포와 때론 안식을 느꼈을 것이며 그런 바다가 하늘처럼
거대하게 느껴지는가 하면 자신과 동일하게 느껴지기도 하였을 것이
다. 바다의 신화는 그곳 사람들의 의식의 중심에서 삶과 죽음을 다
스리는 근거로 작용하였을 것이다.

이중도 시인에게 '그 시절'은 자신의 기억 속에서 불러낼 수 있는
시간, 곧 '굴참나무 빽빽한 숫총각 섬으로 떠 있'던 때를 가리킨다.

271

현재가 아닌 그 시간은 지금 여기에 숨겨지듯 녹아 있는 과거의 시간
이자 자신의 유년 시절이 될 것이다. 그때의 바다의 풍경은 어린 시
인에게 태고의 신비를 안겨준 장면이며, 절대적이고 순수한 공간에
해당하였을 것이다. 그것은 '땅을 후려쳐 지진을 내고' '산짐승들'을
호령하고 죽어가는 것도 살아나게 하고, 힘이 솟구쳐 '남해'도 '쩍 갈
라지'게 할 정도의 위용을 지니는 것이었으리라. 유년의 시인에게
바다는 우주의 창조주처럼 강력한 존재가 아니었을까.

　실제로 『섬사람』의 시편들에는 신화적 상상력이 두드러지게 나타
나 있거니와 이러한 상상력이 그가 늘상 바라보는 '섬'을 중심으로
펼쳐지고 있다는 점은 시인에게서 바다의 신화가 차지하는 비중을
짐작하게 한다.

> 하늘에 사는 사람 밧줄 타고 내려와
> 땅의 여자와 잠자리하고 다시 하늘로 돌아가던 시절
> 여인이 알을 낳고 알에서 태어난 아들이
> 아버지 찾으러 박 넌출 타고 올라가 하늘 문 두들기던 시절
> 용이 끄는 수레 타고 하늘로 바다로 돌아다니던 시절
>
> 그때 꽃은 이름이 없었지요
> (중략)
>
> 이름 없는 꽃을 뜯어 먹는 사람들
> 모두 이름이 없었지요
> 흙에 뿌리 내리고 나무처럼 살았지요

달빛 은은히 부서지는 물 같은 마음으로 살다가
바람에 실려 갔지요
실려 간 사람들 가끔씩 박 바가지만 한 별이 되어
서쪽 하늘에 떠올랐지요
(중략)

신화의 시간!

흙을 밀어제치고 불쑥 튀어나와 놀라게 하는 대나무 뿌리처럼
마음의 지층 어딘가에 푸른 마그마로 살아 있는 섬

「신화의 시간」 부분

위 시의 화자가 이야기하는 '신화의 시간'은 문명 탄생 이전에 해당한다. 인간이 처음 탄생하여 이름도 규범도 없던 태고의 시절이 그것이다. 인간의 삶을 이루는 것은 단지 '땅'과 '흙', '나무' 등과 같은 것들일 뿐이었고 생이 자연스러웠던 것처럼 죽음도 자연스러워 죽으면 '바람'에 실려가 '서쪽 하늘'의 '별'로 뜨곤 하였다. 신화에 등장하는 이러한 원시자연의 시간은 어느 것도 거스름이 없는 완전했던 시절을 나타낸다. 이때 모든 사물엔 생명이 깃들어 있어서 '바위 속에는 피가 흐르'고, '산은 한 덩어리 살'이었으며 '산의 영혼은 밤마다 소쩍소쩍 울'기도 하였다.

'신화의 시간'이 '마음의 지층 어딘가에' 감춰져 있는 것이라는 언급은 그것이 현재의 것이 아니라 과거의 기억 속에 있는 것임을 암시한다. 곧 그것은 어린 시절부터 들어왔을 고장의 신화이거나 현재의

시간을 넘어서 있는 상상의 이야기에 해당한다. 시인은 그러한 시간의 이야기를 행복하고 완전한 환상의 그것으로 기억한다. 문명의 때가 끼지 않은 순수 자연의 시간은 문명이 범접할 수 없는 초월의 세계이기도 하다. 그것은 결코 현실의 것이 될 수 없지만 그런 만큼 시인은 그것을 마음속에서 되살리고 싶어 한다. 그는 그것이 '마음의 지층 어딘가에 푸른 마그마로 살아 있'기를 바란다.

이 외에도 『섬사람』에서 신화적 담론은 빈번히 등장한다. 물론 그가 기억하는 신화는 현재적 질서 속에 있는 것이 아니므로 아주 미약하게 느껴진다. 그것은 남아 있는 흔적을 기어이 기억하려는 자에 의해 비로소 살짝 얼굴을 내비치게 되는 성질의 것이다. 이처럼 현 시대에 사라진 신화를 두고 안타까워하는 시인의 목소리는 시편들 곳곳에서 들려온다.

> 복숭아처럼 주렁주렁 열려 있던
> 그 많던 신神들 모두 어디로 가버렸나
> 제상에 오른 돼지머리처럼 면도하고
> 돼지머리 표정을 짓고 있는 하늘
> 은하수도 계수나무도
> 직녀도 항아도 모두 떠나버린 허공
> 성대 없는 장끼 같은
> 성욕의 벼락 모두 거세당한 수소 같은
> 민낯의 하늘
>
> 「민낯」 부분

사람은 땅을 닮고 땅은 하늘을 닮아
하늘과 땅과 사람 사이에는 따뜻한 피가 흘렀는데
사람과 땅과 하늘의 혈액순환을 주재하던 신선들
싸늘한 고체가 되어 갇혀 있다
이제 하늘은 하늘이고 땅은 땅일 뿐이다
사람은 그냥 사람일 뿐이다

「신선들」 부분

유년 시절 듣고 자랐던 지역의 신화가 더 이상 경이와 신비로 다가오지 않는 경우 그것을 더욱 아프게 경험하는 자는 고장을 사랑하는 자일 것이다. 고장이 지닌 신비성이 탈각되어 현실의 생경함이 밀려들 때 시인은 이를 두고 현실의 '민낯'이라 말한다. 사라진 신화를 안타까워하는 일도 이러한 현실의 '민낯'을 대할 때일 것이다. '사람은 땅을 닮고 땅은 하늘을 담은' 천지인의 세계는 오늘날 어디서고 구할 수 없다. 사람이 땅을 사랑하고 하늘을 두려워하던 외경畏敬의 태도는 오늘날 신화 속에서나 접할 먼 이야기가 되어 버린 것이다. 오늘의 세계는 '하늘은 하늘이고 땅은 땅이며 사람은 사람일 뿐'인 척박하고 메마른 탈신화의 그것일 따름이다.

시인에게 탈신화의 세계는 실낙원의 세계와 다르지 않다. 복사꽃 만발한 꿈결 같은 세계, 신의 과일이라 할 복숭아 탐스럽던 세계는 동화 속 이야기로 화석화되어 있을 뿐이다. 더 이상 외경스럽지 않은 '하늘'은 '면도한 돼지머리'처럼 상스럽고 어릴 적 동심은 공허함으로 바뀌었다. '성대를 상실한 장끼', '성욕을 거세당한 수소'는 낙원으로부터 추방당한 불모성의 인간을 상징한다. 이처럼 시인에게 신화는 과거적 사태이자 현재의 황량함을 드러내는 비어 있는 기호라 할 수 있다. '통영'에 대한 탈신화화가 이루어지는 과정은 시인의 경우 어렵사리 현실의 실상을 대면하는 일과 함께 진행된다.

> 온갖 비린내들의 만국박람회
> 기름 번진 물 위를
> 머리를 내민 물개처럼 떠다니는 검은 비닐봉지들
> 뒤섞인 언어들
> 김치 먹고 자란 언어들
> 망고 먹고 야자 먹고 자란 언어들
> 대낮부터 갈보처럼 다린 벌린 주점의 컴컴한 동굴 속에서
> 낮술 바가지에 취한 언어들
> 애비도 에미도 모르는 언어들
> 먼바다 지나가는 태풍의 헛기침 소리에
> **뼈**마디 **삐**걱거리는 철선들
> (중략)
>
> 천국도 지옥도 없는
> 두운頭韻도 각운脚韻도 없는
> 기승전결 따위 아예 없는
> 무심한 허공에서 던져진 생들
> 한 덩어리 몸통만으로 퍼덕거리는
> 늙은 포구
>
> 「정량동 포구」 부분

　'섬'이 더 이상 신비롭게 느껴지지 않는 것은 무엇보다 현실의 황폐함 때문일 것이다. 시인의 눈에 비친 통영에서 살아가는 이들의 모습은 모두 뿌리 뽑힌 자들의 그것이다. 어디에서 왔는지 출신도 국적도 알 수 없는 자들로 넘쳐나는 '정량동 포구'는 낯설음으로 인해 불안하고 위태로워 보인다. '애비도 에미도 모르는 언어들'로 뒤섞이는 그곳은 어린 시절 겪었을 순수하고 풍요롭던 고장의 모습과는 판이한 것이리라. '대낮부터 갈보처럼 다리 벌린 주점'의 '취한 언어들'은 퇴폐적으로 변한 통영의 모습을 말해준다.

　낯선 이들을 꾸역꾸역 통영으로 모이게 하는 요인은 말할 것도 없이 '돈'이다. '돈'은 국경이나 민족, 언어나 문화의 경계도 없이 사람들을 모여들게 한다. 목숨의 위협도 불법체류도 불사하게 하는 '돈'은 이곳에 몰리는 사람들의 척박한 삶을 암시한다. '바다'가 가져왔던 통영의 신비로움은 바로 배 만드는 것 등속의 산업과 더불어 서서히 사라지게 된다. 통영에 몰려든 '돈'의 추종자들은 통영의 오랜 고유성이라든가 신비성을 해체시켜 버리고 통영이 상술과 향락으로 지쳐 가게 한다. 이처럼 변질된 통영의 사정은 과거 통영 사람들로 하여금 위대한 자연 앞에서 경이로움을 느끼게 하던 상황과는 크게 달라진 것이다. 시인은 이러한 사정을 두고 '천국도 지옥도 없는 무심한 허공'이라 말한다. 또한 이같은 척박한 땅에서 오직 '돈'에만 의지하며 살아가는 사람들이야말로 '한 덩어리 몸통만으로 퍼덕거리는' 근본을 잃은 자들이라 한다. 이처럼 '돈'에 휩쓸리는 고장엔 더 이상 '천국과 지옥'을 논하는 신화는 자리할 수 없게 된다. 시인의 '자본'에 대한 비판은 「시골 버스」에서 더욱 신랄하다.

　　목백일홍 자욱한 노을 너머 협곡 아래
　　왜가리 서 있는 선창 붉은 고추를 널어놓은 지붕들
　　길따라 늘어선 부동산 사무소 낚시점
　　외지에서 던진 미끼에 모두 낚여버린 멍청한 땅들
　　육지를 집어삼키고
　　아득한 철탑에서 뻗어 나가는 전선을 따라
　　바다를 건너가는 자본들
　　무주공간을 통째로 삼키는 칡넝쿨 파도 같은
　　늘 공복空腹인 자본들

　　　　　　　　　　　　　　　　　　　「시골 버스」 부분

　버스를 타고 달리는 한적한 시골의 길가에서 발견한 '부동산 사무소'는 씁쓸한 심정을 가져온다. 대부분 개발 특수를 노려 외지에서 몰려든 '떴다방'들일 것이기 때문이다. 근처에 조선소가 생기든 대기업 공장이 들어서든 뭔가 개발 소식이 있을 때 앞 다퉈 '부동산 사무소'들이 늘어선 것이리라. 투기꾼들이 '자본'을 들고 지역에 발을 디디면 현지인들은 '낚이지' 않을 도리가 없다. 현지인들은 '돈'을 얻는 대신 많을 것을 내주게 된다. 땅과 흙 등의 자연과 신神과 역사와 전통 등등의 것들이 그것이다. 그 자리에 오래도록 자리하고 있던 순연하고 고유한 것들은 '돈'으로 한꺼번에 매매되고는 순식간에 흔적도 없이 사라지고 만다. '자본'은 특정 장소의 모든 것을 송두리째 뿌리 뽑아 버리는 것이다.
　'자본'이 들이닥칠 때 이를 막을 수 있는 '주인'은 없다. 시인은 그것을 '자본'의 힘을 가리켜 '무주공간을 통째로 삼키는 공복인 자본'

이라 일컫는다. 그 지역을 일거에 파괴하는 자본은 걸신들인 괴물과 같다. '자본'은 자신의 배를 불리는 것이라면 무엇이든 삼키는 괴물이다. 그것이 두려워하거나 경계하는 것은 없다. '전선을 따라 뻗어나가는' 그것은 '바다'마저도 가로질러 간다. 바다의 신화를 들으면서 바다를 외경하며 살아오던 지역민들에게 그것은 충격적이고 치욕스런 경험이다. 이제 바다의 주인은 신이 아니라 자본인 것처럼 보인다. 자본은 바다의 신마저도 단칼에 죽이는 가공할 권력이다. 신화 속 신들의 이야기에 귀기울이며 그와 동화되어왔던 어린 자아가 세상을 품을 수 있을 듯 커다란 자아로 성장할 수 있었다면 자본의 패권주의는 자아를 한없이 왜소하게 만든다. 무소불위의 얼굴을 한 자본의 위력을 본 자아는 세상에 대한 좌절과 소외를 겪으며 간신히 살아가게 된다.

일가, 소쿠리에 담긴 자두들처럼 붙어 사는
슬레이트 지붕 아래
군데군데 살 떨어져 나간 늙은 문둥이 같은 평상에 누워
아이, 영어 몇 도막을 외우고 있다

낯선 낱말들이 다리가 될 수 있을까?
알파벳 하나하나가 까치
까마귀가 되어 다리를 놓아줄까?
아이가 털 빠진 늙은 개 같은 이 섬을
걸어 나갈 다리를 놓아줄까?

　　　아니면, 이제 가난이라는 놈도
　　　외국어 몇 마디 문신 새겨진 알몸으로
　　　돌아다녀야 하는 시대인가?

　　　　　　　　　　　　　　　　　　　　　「아이」

　'자본'의 논리에 편입된 '섬'은 슬프고 암담하게 느껴진다. 가난한 '아이'가 자본의 한 귀퉁이에 놓인 외딴 섬에 갇혀 있는 일은 도무지 희망 없는 일이다. 아이가 힘겹게 '영어 몇 도막을 외우는' 모습이 화자의 눈에 몹시 안타깝게 보이는 것도 이 때문이다. '낯선 낱말들이 다리가 될 수 있을까?'는 오늘날 이 사회에서 아이의 노력이 결실을 맺기 힘들 것이라는 절망 섞인 인식을 드러낸다.

　위 시의 아이가 놓인 현재의 처지는 과거의 어린 아이들을 길러 주었던 신화적 환경과 대비되는 것이다. 신화에 등장하던 '까치와 까마귀'가 과거의 아이에게 세상에 대한 믿음과 기대를 줄 수 있었다면 신화가 사라져버린 오늘날 아이들이 긍정적인 에너지를 얻을 수 있는 근거는 쉽게 찾기 힘들다. 자본이 신의 자리를 대체하여 스스로 자본의 신화를 구축한 오늘날 그것이 줄 수 있는 것은 아이의 성장이기보다는 좌절일 것이다. 시인은 이를 두고 '이제 가난이라는 놈도' '문신 새겨진 알몸으로 돌아다녀야 하는 시대'라고 지적한다. 아이가 자본이라는 감옥에 갇혀 버린 현실은 그가 '털 빠진 늙은 개 같은 섬'에 갇혀 버린 것과 같다. 이때의 '섬'은 신비와 환상에 싸여 있는 곳이 아니라 자본의 논리를 족쇄처럼 차고 있는 노예의 터전이 된다.

　이즈음에 이르면 시인에게 『섬사람』이 결코 아름다운 서정의 세계를 그리고 있는 것이 아님을 뚜렷이 확인하게 된다. 『섬사람』의 배면에 신화적 상상력이 깔려 있어도 사정을 다르지 않다. 시인은 신화적 배음을 통해 낙원을 그리는 것이 아니라 그것을 상실한 실낙원의 세계를 그리고 있기 때문이다. '섬'을 통해 기대하기 마련인 목가적이고 서정적인 공간에 대한 환상은 그저 환상으로 끝나 버리게 된다. 오히려 '섬'은 섬사람들의 삶의 모습을 닮아가고 새기는 배경이 될 따름이고, 그것은 결국 사람들과 함께 침몰할 위기에 놓인 위태롭고 외로운 형상을 띠게 되는 것이다. 「묵시록」이 쓰여진 것도 이러한 맥락에서다.

　　　바다! 대나무에 낚싯줄 매달고 던지면
　　　농어 새끼 돔 새끼 퍼덕거리며 올라오던 바다
　　　뜰채로 멸치 떼 퍼 올리던 바다
　　　청둥오리 억만 대군 털옷 걸치던 바다
　　　푸른 잉크로 쓴 그때의 편지
　　　부치지 못한 편지 종이배 접어 띄우면
　　　비늘 지느러미 돋아나 용궁 속으로 사라지던
　　　유리 바다! 납 거울이 되었다

　　　골다공증을 앓는 나무들
　　　검버섯 핀 동네 목욕탕에서 걸어 나오는 노파를 닮은
　　　느릅나무 사타구니에는 빈 새집
　　　어금니로 씹어 단물 빨아 먹고 뱉어버린
　　　칡뿌리 같은 빈 새집

자동차 바퀴가 밀고 간
유기견을 뜯어 먹고 있는 까마귀들
저승 옷 걸친 까마귀들

「묵시록」 부분

　세상의 종말을 알린다는 의미의 「묵시록」에서 시인은 그의 시가
지금까지 드러내었던 사유의 궤적 그대로 바다의 신화와 현실의 문
명 사이의 대립 속에서 겪는 절망을 그리고 있다. 그에게 자본주의는
가장 파괴적인 문명의 실체로서, 그것을 대변하는 '자동차 바퀴'는
위 시에서 동화적 모티프인 '까마귀'를 '밀고 간' 것으로 표현되고 있
다. 이는 현대 문명에 의해 짓밟힌 신화적 세계를 상징하거니와, 자
본주의가 지배하는 곳에서 신화적 세계는 설 자리를 잃게 되는 것이
다. '유기견을 뜯어 먹'는다거나 '저승 옷 걸친'의 기괴한 심상은 신
화의 중심에 있던 '까마귀'의 추락을 의미한다.
　이와 같은 신화적 세계의 붕괴에 의해 시인의 유년기의 성장을 이
끌어주던 '바다' 역시 제 의미를 상실하게 된다. 시인의 기억 속에 있
는 '바다'가 '농어 새끼 돔 새끼 퍼덕거리며 올라오던', '뜰채로 멸치
떼 퍼 올리던', '청둥오리 억만 대군 털옷 걸치던 바다'에서처럼 풍요
롭게 묘사되는 것이라면, 현재의 바다는 그렇지 못하다. 풍요로움이
아름다움으로 기억되던 '바다'는 오늘날 '납 거울'이 되어 버렸다.
'납'은 현대문명의 기계성과 불모성을 단적으로 상징하거니와 '납
거울'이 된 바다에서 길어 올릴 수 있는 것은 소외와 절망뿐이다.
'납'이 된 '바다'란 하늘이 내려앉는 것과 같은 충격을 전해주는 것으

로, 자본 중심의 문명 속에서 '비늘 지느러미 돋아나 용궁 속으로 사라지던' 신화적 바다는 역사의 뒤안길로 사라질 운명에 놓여 있다. 이러한 상황 속에서 '나무'와 '새'들 역시 '골다공증을 앓'고, '단물 빨아 먹'힌 '노파'와 같은 처지가 된다.

그렇다면 이와 같은 총체적인 디스토피아의 세계 속에서 시인의 행한 선택은 무엇인가? 시인은 허무와 좌절의 실낙원을 형상화하는 데서 주저앉는 대신 이를 돌파할 수 있는 계기를 제시하고 있는가. 이때 우리가 떠올릴 것은 시인이 '섬'을 지형으로서의 그것이라든가 섬사람들을 지시하는 것에 그치지 않고 '마음'의 형상화로 제시하였던 점이다. 가령 앞의 「신화의 시간」에서는 '마음의 지층 어딘가에 푸른 마그마로 살아 있는 섬'이라 하고 있는데, 이것은 '마음'이 '섬'에 관한 기억을 간직함으로써 '섬'의 근원을 회복하고 그것에 일관된 정체성을 부여하는 거점으로 작용하고 있음을 암시하는 것이다. 그런 점에서 '섬'의 신화를 기억하고 있는 마음이야말로 오늘날 '섬'이 처한 실낙원의 상태를 복구할 수 있는 계기가 될 것이라 할 수 있다.

소가 아프면 저녁 내내 소의 배를 쓰다듬던
굳은살 박인 커다란 손이 있었다

일어설 수 없는 생도 한 지붕 아래서
당당히 방 한 칸을 차지하고 있었다

어떤 지붕이 콜록거리면 섬 전체가 콜록거렸다

한 몸 되어 콜록거리는 일이 섬의 호흡이었다

그 푸른 숨결에 복사꽃 구름처럼 피어났다
맑은 샘물 끊어지지 않았다

그 섬에 가고 싶다

*그 섬에 가고 싶다: 정현종의 「섬」 중에서
「그 섬에 가고 싶다」 전문

'섬'이 사람들의 삶의 터전이 됨으로써 사람들의 삶의 모습을 담아내는 거울이자 그림자가 된다는 점은 섬의 훼손과 오염을 암시한다. 원시적인 자연과 숭고한 신화를 탄생시켰던 그것이라 할지라도 오랜 세속의 세월은 섬을 문명의 일부로 귀속시킨다. 문명화된 사람들 속에서 '섬'은 더 이상 고립된 세계로서의 함의를 띠지 않는다. 모든 것의 경계를 무너뜨리고 확장해가는 자본 앞에서 지배의 대상이 되지 않는 것은 어디에도 없다. '섬'도 예외는 아니고 그런 점에서 우리는 문명의 광포함을 확인할 따름이다.

이러한 관점은 이중도의 시에 등장하는 '섬'이 한반도의 최남단에 위치해 있다는 사실을 떠올릴 때 더욱 경각심을 불러일으킨다. '통영'이라는 최남단 지역 중에서도 더욱 외따로 떨어져 있을 '섬'조차 문명의 지배력으로부터 벗어나지 못한다는 점은 우리를 더욱 무기력하게 한다. 과거에 '섬'을 지배하였을 신화가 불과 한 세대 만에 무너지면서 섬을 자본의 논리에 종속시켰다는 점은 우리에게 더욱 큰 허무감을 안겨주는 것이다. 이러한 상황 속에서 우리가 기댈 곳은 과연 무엇인가? 세상 끝 어디에서도 순수와 절대를 구할 곳이 없다면 우리를 구원할 수 있는 존재는 무엇일까?

위의 시는 그것이 유일하게도 우리의 '기억'임을 암시하고 있다. 모든 것이 훼손되고 붕괴된 오늘날 '섬'에 대한 과거의 기억이야말로 지금 여기에 없는 것들을 유일하게 간직하고 있는 지대이며, 그 속에 비로소 섬의 원형이 보존되어 있을 것이기 때문이다. 위 시에 그려져 있는 '섬'의 옛 모습이 영원한 안식처와 같은 형상을 띠고 있는 것은 의미심장하다. '푸른 숨결에 복사꽃 구름처럼 피어났다'거나 '맑은 샘물 끊어지지 않았다'고 묘사되는 대목은 자본이나 문명에 의해 퇴락하기 이전의 '섬'의 순수성의 상태를 가리킨다. 그것은 시간의 흐름 속에서 사라진 것이되 시간을 거슬러 여전히 '나'의 마음속에 남아 있는 것이다. '섬'에 대한 기억은 '나'의 의식 속에서 사라지지 않은 채 살아 있음으로써 현실의 부재를 보완하고 '섬'의 진정한 가치를 되살린다. '그 섬에 가고 싶다'는 곧 '섬'의 원형에 대한 회복에의 갈망을 나타낸다. 그리고 이러한 '섬'의 신화성에 기댐으로써 시인은 부패한 현실에 압도당하는 대신 그것에 도전하고 현실에 보다 능동적으로 대처할 수 있게 됨을 알 수 있다.

톡톡 튀어 오르는 탄피들
희뿌연 살에 자상을 입히는 칼날들
돌보는 이 없는 노파의 유방을
빽빽한 거웃 같은 잔디를
이무기 허물 같은 오솔길을

대나무를 소나무를 잣나무를

절개를 세한도를 삼림욕을

모두 삼킨 무한 식욕 칡넝쿨들

푸른 침 질질 흘리는 거대한 도사견

물 가득 찬 몸통을 통째로 뭉쳐

환약을 만들어 먹고 싶다

혈관을 흐르는 불에 사흘 밤낮을 앓다가

벌떡 일어나 폭포를 누고 싶다

벼락을 누고 싶다

검은 비닐봉지 세 겹의 관棺 단칼에 찢고 나오는

감성돔 은비늘 갑옷 속에서 출렁거리는 혼

대양을 누고 싶다

「여름 산」 전문

신화의 상실은 세계의 탈마법화에 기여함으로써 인간을 이성적이게 하지만 다른 한편 인간을 속악하고 왜소하게 만든다. 그것은 두려워할 대상과 의지해야 할 대상을 동시에 상실한 인간의 실존적 조건이 된다. 신으로부터 분리됨에 따라 인간은 홀로 던져진 채 척박하고 거대한 세상과 마주해야 한다. 자아가 찢겨 분열되고 스스로 위안을 찾아 여기저기 헤매는 일이 벌어지는 것도 이러한 사정에 기인한다. 신화의 아우라가 사라진 세계에서 인간은 무장 해제된 사람처럼 무기력하기만 하다.

문명이 발달할수록 더욱 심화되는 인간의 부조리한 상황 속에서 위 시의 자아는 신과 같은 위엄과 힘을 꿈꾸게 된다. 마치 어린 시절

신과의 동일시를 통해 세계를 제패하는 영웅을 상상하였던 것처럼 그러하다. '벌떡 일어나 폭포를 누고 싶다'거나 '벼락을 누고 싶다'와 같은 과장되고 환상적인 어법은 현실에서의 패배할 운명을 지닌 인간 조건을 넘어서고자 하는 의지를 드러낸다. 이때의 '신'은 유일신도 종교의 그것도 아닌 시인이 살고 있는 고장의 신, 곧 바다의 신화와 관련된다. '감성동 은비늘 갑옷 속에서 출렁거리는 혼'은 시인의 의식이 바다의 신화를 향해 있음을 말해주는 대목이다. '대양을 누고 싶다' 하는 데서 보이는 스케일은 바다의 신과 하나가 된 시적 자아를 상상하게 한다.

신과 동일시함으로써 무장한 자아에게 세계는 제 아무리 거칠고 험악하다 하더라도 손쉽게 다룰 수 있는 대상으로 보이게 된다. 신의 위용에 힘입은 자아는 조악한 세상을 손 안의 조약돌 다루듯이 손쉽게 대할 수 있다. '튀어 오르는 탄피들', '자상을 입히는 칼날들' 조차 '모두 집어삼킬' 수 있을 것처럼 여겨지는 것도 그러한 상황을 가리킨다. 인간을 소스라치듯 움츠러들게 하는 살기 띤 이들 문명적 요소들 앞에서 신의 환상을 두른 자아는 두려움을 느끼지 않는다. 오히려 그러한 자아는 위 시에서처럼 세상의 모든 대상들을 '통째로 뭉쳐 환약을 만들어 먹고 싶다'고 할 만큼 기개가 넘친다. 신과 같은 기개를 지닌 자에게 세상의 수난은 그를 패배하게 하는 대신 거듭나게 한다. '혈관을 흐르는 불에 사흘 밤낮을 앓다가 벌떡 일어나'는 자란 어떤 어려움 앞에서도 영웅처럼 재기하는 인물을 가리킨다. 이처럼 신화를 둘러싼 상상력을 바탕으로 시인은 인간이 문명에 대적할 수 있기를 소망해 본다.

오랜 세월이 지난 후 돌아와 바라본 자신의 고향이 옛모습을 잃어

버린 채 퇴락해 가는 것을 지켜보는 일은 가슴 아픈 일이다. 아름다 웠던 고장이 세월에 휩쓸려 피폐해져 가는 일은 그곳에 발 딛고 선 자아의 삶마저도 허망하게 하는 것이다. '섬'을 둘러싼 주변 어디에 서도 희망을 구할 수 없을 때 자아가 찾게 된 것은 결국 지금 여기에 보이지 않되 부재하는 것 또한 아닌 흔적의 무엇이었다. 그것은 과거 에 속한 것이기도 하고 상상의 것이기도 하며 자아의 마음속에 깃들어 있는 것이기도 하다. 이중도 시인이 『섬사람』에서 온 힘을 기울여 내보 이고 있는 상상력은 바로 이 지점에서 구해진 것들이라 할 수 있다.

■『시현실』 2017년 여름호

완성을 향한
단독자의 자유의지

— 정숙자의 『액체계단 살아남은 니체들』(파란, 2017)

1. 운명의 주름과 주체의 능동성

한 개인이 다른 개인과 다른 것은 그에게 발생하는 사건이나 운명, 지각작용, 욕망 등의 복합적 차이들에 기인한다. 존재는 데카르트가 말했던 것처럼 의식만으로 규정되지 않으며 물질적인 것과 비물질적인 것들을 모두 포함하거니와, 신체와 의식은 하나의 단일한 단위로서 타자와 구별되는 개별자를 형성한다. 더 이상 나눌 수도 없으며 타자와도 구별되는 개별적 자아는 단독자[1]로서 자신의 운명에 대면해야 한다. 단독자는 자기 내에 주름 접힌 채 포회되어 있는 운명을 바탕으로 세계와 부딪히고 사건을 겪어나간다. 이 과정에서 자아는 라이프니츠의 관점대로 신에 의해 모든 것이 예정되어 있다는 결정

---

[1] 단독자(monade)는 라이프니츠의 용어다. 「모나드론」에서 라이프니츠는 세상을 구성하는 실체이자 단위(unity)를 모나드라고 하면서 그것을 하나, 순수하고 단순한 것으로 규정하였다. 때문에 일자(the one, 一者), 단독자(單獨者)라 번역되는 monade는 더 이상 나눌 수 없고 또 다른 타자를 허용하지 않는다는 내포를 지닌다. 이정우, 『주름, 갈래, 울림』, 거름, 2001, pp.19-25.

론과 자아의 주체적 의지 사이에 걸쳐진 채 삶을 영위해가도록 되어
있다.[2] 인간에겐 태어나면서부터 결정된 신체적·환경적 조건과 운
명이라고밖에 할 수 없는 것들이 있는 것처럼 그러한 조건을 넘어서
는 주체적 정신 작용 또한 존재한다. 그렇다면 인간에게 결정론적으
로 주어지는 것은 어디까지이고 인간이 주체적으로 만들어가는 것
은 어디부터인가?

정숙자의 9번째 시집인 이번 시집에서 드러나는 가장 큰 특징은
시인 스스로 인간을 지배하는 삶의 객관성이 어디까지이고 그것을
넘어서는 인간의 주관성이 어디부터인지를 '철저하게' 가름하고 그
것들 사이에서 자신의 정체성이 어떻게 형성되는지를 '치열하게' 가
늠하고자 한다는 데 있다. 철저하고도 치열하게라고 말했거니와 이
점은 그의 시가 순간적인 감동이나 정서에 의해서가 아니라 냉철한
오성에 의해 쓰여졌다는 사실과 관련된다. 시집에서 그가 보여주는
주제는 일차적으로 인간을 둘러싼 조건에 관한 객관적 인식이다. 인
간에게 결정된 운명은 과연 있는 것인가. 우연한 사고는 어떻게 다
가오며 인간에게 죽음은 무엇인가 등은 그의 시에서 감성에 의해서
가 아닌 논리적 지성으로써 사유된다. 이 속에서 그가 규명하는 인간
조건은 우주적 시간과 공간의 차원을 아우르게 된다.

---

2 이 글은 라이프니츠의 단독자의 개념을 출발점으로 하면서 은연중 두 철학자 라이
프니츠와 칸트 사이의 차이를 확인하면서 쓰여질 것이다. 라이프니츠는 단독자라
는 유연한 개념을 제시하였음에도 인간과 세계가 신과 법칙에 의해 결정되어 있다
는 예정조화설을 이야기한다. 반면 칸트는 결정론을 부정하고 인간의 주체적 의
식을 강조한다. 이 둘 사이의 차이는 중세 이후 근대 관념철학이 탄생 발전해가는
장면을 환기시킨다. 칸트야말로 근대 주체 철학을 대표하는 인물인 것이다. 이 두
철학자들 사이의 거리는 운명에 구속당한 인간이 자신의 정체성을 위해 찾아 헤
매는 방황의 너비와 일치한다. 정숙자론을 통해 밝히고자 하는 내용도 바로 그것
이다.

인간의 주어진 조건에 관한 탐색이 객관성의 측면이라고 한다면 주관성의 측면은 그러한 인식을 전제한 후에 펼쳐진다. 시집의 또 다른 주제가 이 부분인데, 그것은 정숙자 시인이 어떠한 상황에서도 긍정과 자유에의 의지를 저버리지 않는다는 점과 관련된다. 그의 의지의 주관성은 가장 참혹한 사건과 운명에도 불구하고 발휘된다. 매우 혹독한 이성에 의해 가능하기 마련인 그의 주관적 의지는 자신에게 닥친 어떤 가혹한 시련 앞에서도 잦아들지 않는다. 기계처럼 강력한 의지를 통해 시인은 주어진 조건에 무기력하게 머물러 있는 대신 그것을 부수고 초월하고자 한다.

이러한 그의 초월은 우주의 한가운데서 볼 때 어디쯤에 이르는 것일까? 그는 자신의 존재의 근거로 작동하는 시공간의 조건으로부터 자유로울 수 있을까? 그는 자신을 둘러싼 객관적 조건을 넘어서는 실제적이고 주체적인 힘을 증명해 보일 수 있을까? 만일 그것이 가능하다고 한다면 그것은 신의 뜻일까 아니면 그의 강인한 자유의지 탓일까?

2. 단독자로서의 인간의 조건들

라이프니츠는 인간이 더 이상 분할되지 않는 순수한 실체를 모나드라 하면서 그것이 세계를 구성하는 가장 기본적인 원소와 같다고 하였다. 모나드는 전체적 유기체인 대자연의 부분이자 그 자체로 통일된 원리를 따르는 유기체이다. 라이프니츠는 단자인 모든 사물들이 목적지향적인 유기적 원리에 따라 작용하며 각자의 동일성을 확보한다고 보았다.[3] 라이프니츠의 모나드론은 주체와 개인을 강조하던 근대의 철학 상의 기류를 반영하고 있다. 그러면서도 라이프니츠는 의식과 의지를 사유의 중심에 두었던 당시의 관념철학자들과 다른 과학자로서의 면모를 보였는데 그것은 그가 모나드론을 통해 인간의 객관적 조건을 탐구하였던 점과 관련된다. 그는 각각의 단자가 자신의 신체뿐 아니라 우주 전체의 법칙으로부터 영향 받는다고 주장하였다.[4]

라이프니츠의 모나드론을 언급하는 일은 정숙자 시인의 시세계를 이해하기 위한 한 요령을 제시한다. 그것은 앞서도 언급하였던 바 인간 조건에 관한 시인의 객관적 탐구 자세에 기인한다. 정숙자 시인이 보여주는 과학적 지식에의 열정은 이러한 정황과도 연관되는바, 그가 고찰하는 인간의 객관적 조건은 엄정한 현대 과학의 성과에 기반하고 있음을 알 수 있다. 더욱이 개인을 절대적 고독의 실체로 바라보는 시인의 시선은 라이프니츠가 말한 단순 실체로서의 모나드의 외연과 크게 다르지 않다. 가령 시인의 "그는 그를 만든다. 타인은 그의 공간에 겹칠지언정 그를 만들어 주지 못한다"(「절름발이 바다」)라든가 "공간과 공간들, 한 칸 한 칸 그 모두가/ 독특한 색과 소리와 내면을 지닌/ 유일 공간"(「인칭공간」)이라는 언급들은 '타자가 출입할 수 있는 창'마저 부정한[5] 라이프니츠의 모나드론을 떠올리게 한다. 시인이 규정하는 인간의 일자성一者性은 여러 시편들에서 반복되고 있다.

---

3 조지 맥도날드 로스, 『라이프니츠』, 문창옥 역, 시공사, 2000, p.127.
4 위의 글, p.142.
5 라이프니츠, 「모나드론」, 이정우 역, 앞의 책, p.300.

다른 잎 모두 잔잔하건만, 한 기둥에 난 이들이건만 한 잎
한 잎… 무엇이 다른 한 잎들일까? 제각각 다른 하늘 노 젓는
딴 잎들일까

이 또한 아랑곳없는 투명이로다

지금껏 그래 왔다면, 장차 어떤 잎이라 해도 저리 혼자 여위
는 날, 캄캄한 날, 흐느끼지 않을 수 없는 날 끊임없이 닥칠 수
있단 말인가

먼 데서부터 악몽이 꿈틀거리면
그 둘레가 점점 좁혀져 오면
혼자, 몹시도
흔들리는 나뭇잎 아래
나이테 사이사이 잠 못 드는 눈

꽃 한 송이 맺히기가 어디 그리 쉽던가요?

나무는 제자리서 그렇게 먼 길을 가고…

「각자시대」 부분

인간이 세상에 던져진 고독한 존재라는 관점은 그다지 특별한 것
이 아니다. 그것은 실존주의 철학이 등장한 이래 보편화된 생각이고
현대인의 일반적 조건에 해당하기 때문이다. 그러나 시인이 '각자시

대'에서 말하고 있는 것이 비단 고독한 현대인의 실존에 관련한 것
으로는 보이지 않는다. 시에서 형상화하고 있는 대로 '한 잎'이 겪는
불안과 아픔, 열정과 좌절 등의 실존적 정황이 고스란히 전달되고
있음에도 그러하다. 대신 위 시는 개인의 절대적 일자the one에 대한
인식으로 이루어져 있다. '한 기둥에 난 잎들이건만 한 잎 한 잎'이
'다르다'고 말한 것은 인간의 '단독자'로서의 조건을 가리키는 것이
라 할 수 있다.

'제각각 다른 하늘 노 젓는 딴 잎들'은 단독자의 철저함을 암시한
다. 단독자는 외부와의 영향이나 타자와의 소통이 철저히 차단된 순
수한 단순 실체인 까닭이다. 이러한 단독자의 개념을 통해서 개인의
통일성과 개체성이 강조되고 있음을 알 수 있다. 시인이 위의 시에서
제시하고 있는 '아랑곳없는 투명'이라든지 '꽃 한 송이'를 위한 완성
에의 지향성은 모나드가 세계 속에서 살아가는 방식을 나타낸다. 단
독자로서의 인간은 유기체다운 내부 동인에 의해 완성을 추구해 나
간다. '나무는 제자리서 그렇게 먼 길을 간다'는 위 시의 언급은 곧
타자와의 결탁을 배제한 자아의 순수한 일자적 삶을 지시하고 있다.

인간을 규정하는 이와 같은 시인의 인식은 실제로 「무중력 상태로
의 진입을 위한 반들」에서 '단독자'라는 명칭을 얻고 있다.

　　　예민은 차원입니다

　　　걸핏 통증을 분산하지만 추스르고 나면 궤도가 되기도 하죠

　　　싸락눈 들이치는 텅 빈 밤

창가에 놓인 촛불을 보았습니다. 촛불은 새어 드는 바람결 따라 (어쩔 수 없이) 흔들렸습니다. 조금씩 휘청거리다가 긴장하다가 까무러치다가 문득 일어서기도 하더군요. 그리고 그 무너짐은 날이 샐 때까지 반복되었습니다.

촛불은 단독자였습니다

제 안의 자기를 놓치지 않으려고 연해—연신 애끊었지만

그는 기류를 사랑했습니다
무엇이 들이치더라도… 눈금만큼이라도 덜 자극받는 촛불이 되려고… 무척이나 많은 밤을 축냈습니다. '예민'은 미래의 개입입니다. '섣불리 흔들리지 말기를' 간곡한 메시지가 담겨 있어요. 하지만 어디 그 일이 수월할까요?

「무중력 상태로의 진입을 위한 밤들」 부분

흔히 외로움과 고독, 불안을 상징하곤 하는 '촛불'이 위의 시에서 다른 느낌으로 다가오는 것은 무엇 때문일까? 그것은 위의 시에서 '촛불'이 그저 세상 속에서 피동적으로 놓여 있는 무기력한 개인을 상정하는 것이 아니라 스스로의 '궤도'를 찾고자 하는 능동적 존재로서 형상화되고 있다는 점에 기인한다. '촛불'은 세상의 험악함 앞에서 흔들리다가 결국 스러질 운명을 지니는 존재가 아니라 '현기증 넘은 빛으로 창가의 밤들을 지켜낼' 창조적인 존재다. 그것은 타자에 의해 좌지우지되지 않으며 자신의 내적 동인을 바탕으로 세계 속에 자신을 실현시키는 능동적인 개체가 된다. 그러니까 위 시의 초점은 '바람결 따라 흔들리다가 휘청거리다가 긴장하다가 까무러치다가' 끝나는 것이 아니라 '그 무너짐을 반복'하면서 '일어서는' 존재, 즉 자체 내에 능동성과 창조성의 동인을 내포함으로써 우주 속에서 항구적인 실체로서 현신하는 존재에 놓여 있다. 그것이 곧 '단독자로서의 촛불'인 것이다.

이러한 단독자는 타자와의 부대낌 속에서 자신을 상실한 채 살아가는 대부분의 현대인과는 매우 다른 모습을 보인다. 그는 세계 속에 당당히 자기 '궤도'를 지니게 된다. 그는 역시 유기체인 전체 우주의 법칙 속에서 자신의 고유한 활동을 유지해가는 존재다. 그러나 이러한 모나드에게도 타자와의 접촉은 불편하게 다가온다. 시에서는 늘상 자극에 노출되어 있는 '예민'한 자아가 괴로워하는 모습이 그려져 있다. 이런 상황 속에서 자아는 타자의 영향력을 줄이고 '눈금만큼이라도 덜 자극받는' '수월하지 않은' 길을 위해 고군분투하기도 한다. 시인이 '예민'이 '차원'이 된다고 말한 것은 단독자와 타자 사이의 거리를 명시적으로 보여주는 것이다. 시인은 '예민'한 감각을 실존주의적 조건이라기보다 통일적 개체라는 모나드의 측면에서 자리매김하고 있다. 다시 말해 '예민'함이라는 조건은 세계에 무방비로 피투된 자의 약점에 해당되는 것이 아니라 우주 속에서 자기다운 궤도를 운행할 수 있는 전제가 된다. 즉 '차원'의 구별은 자아와 타자와 자신을 구별짓고 평균적인 인간들로부터 초월하고자 하는 소망을 반영하는 것으로, 시인의 믿음에 의하면 '차원'을 달리하는 자들이야말로 변화와 창조를 실현하는 자들이자, 완성을 향해 나아가는 단독자에 해당한다.

그렇다면 특정한 궤도와 또 다른 차원의 삶을 가능하게 하는 것은 무엇인가? 그것은 위 시에서처럼 자아의 능동적 태도와 의지에 의한 것인가? 개인의 삶의 현상들은 이처럼 자아의 주관적 의식에 의해 작동될 뿐인 것인가? 바로 여기가 시인의 객관성에 대한 탐색이 시작되는 지점이다.

> 며칠 전 투신 자살자가 행인을 덮쳐 두 명이 즉사했다… 는, 그 어처구니를 설명할 길이란 부재. 우연이라고 밀어붙여도 석연치 않다. 천 년 전에 출발한 시간과 시간이 된통 엉킨 거라고밖엔…,

> 시간에도 관성이 있는가 보다
> 천 년을 달려온 속도와 방향이라면
> 휠 틈도 꺾을 수도 없는 거겠지
> 감각을 넘어선 그 시간의 실체가 바로
> 나, 자신의 신체 아닐까?

> 가령 어느 날 내가 죽었다 해도
> 나를 통과한 시간만큼은 더 멀리 가고 있을 거야
> 지구를 벗어난 어딘가로, 수수 광년 밖으로
> 거기 또 내가 서 있을지도 모르지
> 「시간의 충돌」 부분

나는 누구인가? 나를 규정하는 다양한 요소들 가운데 가장 객관적인 것은 무엇인가? 위 시에서 시인은 '시간'에 대해 주목하고 있다. 그에 의하면 현재의 '시간'은 현재로 국한되어 있는 것이 아니라 과거의 먼 우주로부터 생기한 것이다. 우주로부터 시작된 '시간'은 끊어지지 않는 끈처럼 천 년의 시공을 뚫고 지나 와 '지금 이 순간'에 이른다는 것이다. 그리고 그 '시간'성이 현재의 여기에 이르러 '나'를 빚었을 것이라고 한다. '나'뿐 아니라 우주의 모든 사물들, '꽃'과 '바위', '살쾡이' 등도 모두 언젠가로부터 시작된 시간이 '여기'라는 공간에 이르러 존재케 된 것들이다. 말하자면 모든 사물은 특정한 시간과 공간의 결합체, 하나의 시공성이 된다.

시간에 관한 이러한 관점은 인간의 운명에 대해서도 해명해 준다. 왜 '나'와 '너'의 운명은 그토록 다른 것인가? '너'와 '나'의 삶의 궤적이 다른 것은 어떤 인과성 때문인가? '너'와 '내'가 만난 것은 어떤 요인에서인가? 이같은 인간사에 있어서의 원인을 알 수 없는 사건들은 그저 우연히 벌어진 것이 아니라 시간과 시간의 충돌에 의해 이루어진 필연적인 것이라는 점을 시인은 말하고 있다. 가령 '며칠 전 투신자살자가 행인을 덮쳐 두 명이 즉사'한 어처구니 없는 사건은 단지 사고이자 우연일 뿐인가 하는 것이다. 우주적 시간의 관점에서 보면 그렇지 않다는 것이 시인의 대답이다. 시간이란 기원을 알 수 없는 채 뻗어 나와 나름의 '방향과 속도'를 달려 특정한 공간에서 돌기를 형성한다. 그리고 그 돌기가 '나, 자신의 신체'를 만든다. 시인은 그것이 '감각을 넘어선 시간의 실체'라고 한다. 요컨대 '시간'은 자아의 신체와 운명을 결정하는 객관적인 조건인 것이다.

결국 인간은 불가역적인 시간성에 의해 자신의 정체성을 규정당하며 그러한 시간성은 자아를 둘러싼 사건을 만드는 요인이라 할 수 있다. 그리고 개인의 신체를 형성한 시간은 그것에서 멈추지 않고 그것을 관통하여 곧장 우주로 빠져나간다. 시간의 화살이야말로 개인의 처지에는 아랑곳하지 않고 '휠 틈도 꺾을 수도 없이' 직진하는 존재다. 이러한 관점에 서면 시간은 세계를 형성하는 가장 객관적인 요소이다. 또한 이 점에서 시간은 '나'를 규정하는 가장 객관적인 요소이기도 하다.

시간에 관한 이와 같은 관점은 부정할 수 없는 사실fact로 여겨진다. 시간을 둘러싼 현대물리학 역시 이를 지지하고 있기 때문이다. 시간의 이같은 성질이 우리에게 어떻게 표상되든 간에 시간에 관한 추상적 개념은 이로부터 크게 벗어나지 않을 것이다. 또한 그러하다면 인간이 가장 강력하게 구속되는 실체 역시 시간일 것이다. 이는 바꾸어 말하면 인간에게 운명은 정해져 있다는 것이 된다!

시인의 경우 시간에 관한 성찰은 개인의 삶을 형성하는 객관성에 대해 조명하는 것이다. 시간은 단독자로서의 개인의 일 요소를 드러내는 계기가 된다. 시인은 '시간'을 통해 개인이라는 단독자에게 가장 중요하다 할 수 있는 객관적 조건의 주름 접힘에 관해 인식하게 되는 것이다.

3. 객관과 주관의 융합과 초월

인간과 자연에 과학적으로 접근했던 라이프니츠는 인간 역시 곧 펼쳐질 요소들의 잠재태로 여겼다. 탄생하여 성장하는 과정 중에 나타나는 모든 현상들은 그에 의하면 태어나기 전부터 이미 결정되어 있는 것이다. 신체와 정신의 복합체이자 하나의 단위로서의 모나드엔 그의 운명과 사건과 지각과 욕망 등이 주름처럼 접혀 있으며 그것들은 곧 삶의 과정에서 펼쳐진다는 것이다.[6] 그리고 주어진 이 모든 것들은 신에 의해 이미 예비된 것이다. 라이프니츠의 예정조화설이 여기에서 비롯된다.

우주적 시간의 절대성을 이해할 경우 비단 창조주로서의 신의 존재를 떠올리지 않더라도 인간의 삶은 예비된 것이다. 시간이 신체를 관통하면서 돌기를 형성함은 인간의 운명이 불가역적으로 결정되어 있음을 짐작하게 한다. 그런 점에서 인간은 때로 어처구니없는 사건에 맞닥뜨려야 하고 납득할 수 없는 사건에 무방비한 채 놓여 있어야 한다. 더욱이 우주로 향하는 시간의 화살이 인간을 끌고 날아가버리는 날엔 인간은 그것에 저항하지도 못한 채 죽음을 맞이해야 할 것이다.

시인이 운명의 극복을 욕망하게 되는 것도 이 지점이 아닐까. 그가 인간의 객관성의 조건을 파악하고 이를 뛰어넘고자 자유의지를 발휘하는 부분, 정신과 영혼을 다하여 주어진 물적 조건들을 가로지르고자 하는 대목이 여기에서 펼쳐지는 것이 아닐까 한다. 그는 그것을 '벗어남'이라고 표현하고 있다. '벗어남'에의 의지와 그것을 위한 방법 찾기의 충동들은 그의 시 곳곳에서 종횡무진으로 나타나 있다.

> 그들, 발자국은 뜨겁다
> 그들이 그런 발자국을 만든 게 아니라

---

6 이정우, 위의 책, p.79.

그들에게 그런 불/길이 맡겨졌던 것이다

오른발이 타 버리기 전
왼발을 내딛고
왼발 내딛는 사이
오른발을 식혀야 했다

그들에겐 휴식이라곤 주어지지 않았다
누군가 도움이 될 수도 없었다
태어나기 이전에 벌써
그런 불/길이 채워졌기에

삶이란 견딤일 뿐이었다. 게다가 그 목록은 자신이 택하거나 설정한 것도 아니었다. 다만 그럴 수밖에 없었으므로 왼발과 오른발에 (끊임없이) 달빛과 모래를 끼얹을 뿐이었다.

우기雨期에조차 불/길은 지지 않았다. 혹자는 스스로, 혹자는 느긋이 죽음에 주검을 납부했다…고, 머나먼… 묘비명을 읽는 자들이… 뒤늦은 꽃을 바치며… 대신…울었다.

늘 생각해야 했고
생각에서 벗어나야 했던 그들
피해도, 피하려 해도, 어쩌지 못한 불꽃들
결코 퇴화할 수 없는 독백들

물결치는 산맥들

강물을 거스르는 서고書庫에서, 이제 막 광기에 진입한 니체
들의 술잔 속에서…마침내 도달해야 할…불/길, 속에서… 달
아나도, 달아나도 쫓아오는 세상 밖 숲 속에서.

「살아남은 니체들」 전문

인간의 조건에 대한 객관적 탐색은 인간에게 삶이란 신에 의해 짜
여진 결정론적 운명과 다르지 않다는 사실을 깨닫게 한다. 신체와
영혼을 단일한 복합체로서 이루고 있음에도 불구하고 인간이 객관
적인 조건을 넘어서는 일은 결코 쉬운 일이 아니다. 능동성 이전에
인간은 시간의 법칙 속에 구속되어 있고, 창조성 이전에 인간은 물적
조건에 얽매어 있다. 시인은 이러한 인간의 조건을 두고 "내 자신이
내 형틀"이라고, "태어나기도 이전에 벌써, 나는/ 내 형틀을 낳고 형
틀은/ 형량을 끌고 형량은 삶을 몰았다"(「객담 및」)고 말하고 있다.

위의 시에서 말하고 있는 '삶이란 견딤일 뿐이었다'는 고백은 인
간이 처한 이같은 객관적 조건을 암시한다. 시인은 '게다가 그 목록
은 자신이 택하거나 설정한 것도 아니었다'고 토로한다. 어쩌면 실
상 모든 것이 예정되어 있던 것이었을까. 이러한 상황에서 인간이 유
효하게 발휘할 수 있는 능동성과 창조성은 과연 얼마나 될까. 결국
인간이 할 수 있는 일이란 위의 시에서 시인이 언급하고 있듯 기껏해
야 '오른발이 타 버리기 전/ 왼발을 내딛고/ 왼발을 내딛는 사이/ 오
른발을 식혀야' 하는 일 정도가 아닐까.

시인이 말하고 있는 이러한 행동은 니체의 영원 회귀의 철학을 상

기시킨다. 삶의 허무를 극복하기 위해 현재의 시간을 긍정하고 영원히 되풀이되는 인간의 운명을 기꺼이 받아들이라는 대목이 그것이다. 그것은 시간의 인과성도 불가역성도 부정하는, 아니 시간의 축 자체를 거부하는 초월의 태도에 해당한다. 니체의 영원 회귀는 신에 의해 부과된 인간의 운명을 극복하는 생성과 창조의 방법이다.

그것이 고통스럽기 때문에 수용해야 한다는 니체적 역설의 행위는 뜨겁지만 피로하게 느껴진다. 삶의 무게는 기꺼이 짊어지지 않으면 감당할 수 없는 성질의 것이라는 사실은 삶을 정면에서 응시하기보다 회피하고 싶게 만든다. '그들에게 주어진 것이 불/길'이라는 위 시의 인식은 이러한 인간의 조건을 암시하는 것에 다름 아니다. '불/길'은 도달해야 하는 목적인 동시에 도달하기 위해 걸어가야 하는 과정이기도 한 것이다. 다시 말해 '불/길'은 형틀과 같은 인간 삶의 조건이자 그 형틀에서 벗어날 수 있는 유일한 통로이기도 하다. 삶의 과정과 목적이 모두 '불/길'인 까닭에 인간에게 필요한 것은 그저 미치는 것이 아니겠는가. '늘 생각해야 했고/ 생각에서 벗어나야 했던 그들/ 피해도 피하려 해도 어쩌지 못한 불꽃들/ 결코 퇴화될 수 없는 독백들'은 숙명적으로 광기에 들린 채 살아가야 하는 인간의 모습을 나타낸다. 이러한 상황에서 시인은 '다만 그럴 수밖에 없었으므로 왼발과 오른발에 (끊임없이) 달빛과 모래를 끼얹을 뿐이었다'고 말한다.

철학자들의 인식은 인간이 스스로 과도한 자유의지를 발휘한다 해도 삶의 객관성 자체는 쉽게 극복될 수 있는 것이 아님을 재차 확인시켜 주는 듯하다. 결정론을 넘어서는 주체의식은 어쩌면 관념에 불과한지도 모르겠다. 무엇이고 손쉬운 것은 없는 것이며 저절로 되는 것은 더더욱 없는 법이다. 아무리 생각에 생각을 거듭해도 달라지는 것은 없다. '죽음에 주검을 바쳐도' 안 될 것은 안 된다는 이 도저한 허무와 운명 앞에서 인간은 어찌 해야 한단 말인가. 인간의 이러한 운명 앞에서 절망한 이가 어디 니체뿐이겠는가. 철학자들뿐이었겠는가.

흔들린다. 그 흔들림 하나가 쌓인다
흔들리지 않는다. 그 흔들리지 않음 하나가 쌓인다

흔들리지 않으려고 흔들린다
흔들림과 흔들리지 않음 사이에 반복이 자리한다

'살다'를 흔들어 한 음절로 줄이면 삶
파자破字된 '사람'을 한 점으로 꾸려도 삶
그리고 모음 하나가 남는다

ㅏ,

홀로 선 'ㅏ'의 무게가 한쪽으로 쏠린다. 발목에 힘을 준다. 자신도 모르는 사이 땅에 꽂힌다. 지하세계. 공기가 어둠이다.
어둠? 함께할밖에. 그를 대면하고 풀어 가는 거기서부터가 진짜 삶일 수밖에. 그게 곧 파자 이전의 성어로의 복귀 혹은 진일보,

절대로 흔들리지 않는
흔들릴 수 없는
사다리도 닿지 않는 거기서

새벽을 물어 가는 거다
뿌리를 세워 가는 거다

「싯다르타」 부분

인간의 운명에 관해 '싯다르타'가 보여주는 것도 절망의 깊이일 뿐이 아니겠는가. '싯다르타'를 통해 엿볼 수 있는 것 또한 '사다리도 닿지 않는' 아득한 초월의 높이일 뿐이다. 초월이란 그토록 불가능에 찬 것이다. 그러나 시인은 '싯다르타'에게서 시간의 역설을 본다. '흔들림과 흔들리지 않음'의 무한반복에 의한 시간의 축적, 그것을 통한 시간의 '누적의 용량'이 그것이다. 이 역시 영원히 되풀이되는 삶을 또다시 되풀이하겠다고 말하는 니체적 역설과 다르지 않은 것이다. 궁극의 차원에서 '흔들림과 흔들리지 않음' 사이에는 참과 거짓의 구별도 선과 악의 차별도 없다. 유의미한 것은 오로지 '어둠과 함께할밖에' 없음을 받아들이는 견딤과 수용의 자세일 터이다. '어둠'을 '불/길'처럼 감내하며 무한 시간을 반복하는 일, 그 피로하면서도 뜨거운 과정이 운명 극복의 길에 속하는 것이다. 시인은 그것에서 오히려 희망을 구하고자 하고 있다. '새벽을 물고' '뿌리를 세워 가고' 싶은 것이다.

한편 위의 시는 싯다르타가 '흔들림과 흔들리지 않음'의 과정에서 'ㅏ'를 얻게 되었다고도 말하고 있다. 시인에 의하면 'ㅏ'는 '사람'과

305

'살다'가 명사 '삶'으로 축약되는 과정에서 남게 되는 것으로, 그 '무게'로 어두운 '지하세계'에 '꽂혀' 삶을 이끄는 요인이 된다. 즉 'ㅏ'는 점차 기울어지다가 'ㅜ'가 되어 땅에 도달하고 그곳에서 '움'으로 피어난다는 것이다. 여기에서 시인은 파자된 'ㅏ'가 '홀로' 되었다가 'ㅜ'를 거치며 점차적으로 생성에 이른다고 하는 매우 놀라운 상상력을 보여주고 있다. 더욱이 '움'이 '부처로의 출발을 가능하게 해주었다'는 시인의 언급에서 우리는 만트라(mantra, 眞言)를 의미하는 '옴'을 떠올리게도 된다. 불교에서는 '옴'을 '태초의 소리이자 우주의 진동을 응축한 기본음'이라 하여 꾸준히 암송하면 복을 얻을 수 있다고 말하고 있거니와, '옴'은 싯다르타에게 '흔들림과 어둠과 홀로'의 소용돌이 속에서 '누적의' 시간을 보다 잘 견디게 한 방편에 해당한다. 우주의 소리인 '옴'은 혼란의 굴레에 갇힌 단독자로 하여금 우주와 통할 수 있게 해주는 매개자의 기능을 하는 것이다. 요컨대 'ㅏ'는 'ㅜ'로 그리고 'ㅗ'로 이르는 과정을 통해 점차적으로 생성과 창조를 열어가게 된다는 것을 알 수 있다.

시인에게 주어진 운명을 극복하고 자유를 향해 나아가겠다고 하는 의지는 매우 도저到底해서 우리는 시의 곳곳에서 모든 상황을 초인과 같은 강인함으로 뛰어넘고자 하는 시인의 매서운 정신을 만나게 된다. 특히 '죽음에게 주어진 방점이란…/ 역시 완벽한 피리어드죠'(「절망 추월하기」)라든가 자신의 교통사고로 인한 '죽음의 맛을 반추하는' 것(「나는 죽음을 맛보았다네」), '이제 프로니까 프로답게 죽어야겠다'(「나는 죽음의 프로다」)고 하는 장면에서처럼 '죽음'을 공포로서가 아니라 삶의 일 과정 정도로 처리하는 시인의 태도는 그의 정신력의 강도를 짐작하게 해준다. 그의 자유에의 의지는 설사 그

것이 순수 관념에 해당할지라도 끊임없이 추구될 것이다. 그의 시
「액체계단」은 객관적으로 불가능할 것 같은 상황 속에서도 순전히
강한 의지로 그것을 뛰어넘고자 하는 의지를 형상화하고 있다.

    직각이 흐르네
    직각을 노래하네
    직각
     직각
      직각 한사코 객관적인
    도시의 계단들은 경사와 수평, 깊이까지도
    하늘 깊숙이 끌고 흐르네

    날개가 푸르네
    날개가 솟구치네
    다음
     다음
      다음 기필코 상승하는
    건축의 날개들은 수직과 나선, 측면까지도
    성운 깊숙이 깃을 들이네

    설계와 이상. 노고와 탄력. 눈물의 범주. 계단은 피와 뼈와
    근면의 조직을 요구하네

                  「액체계단」 부분

　'액체계단'은 논리적으로 성립되지 않는 어휘이다. 액체는 계단을 이룰 수 없기 때문이다. 형체가 없는 '액체'와 가장 견고한 '계단'을 연결짓는 시인의 상상력은 무엇에서 비롯되는 것이며 무엇을 의미하는 것일까. 그것은 일차적으로 '액체'에 의한 수직 상승의 어려움을 말하는 한편 동시에 '계단'에서 암시되듯 수직 상승에의 의지의 견고함을 암시하고 있는 것이리라. 이는 달리 말하면 인간의 욕망과 주관적 의지에도 불구하고 실질적으로 발휘되는 초월과 상승의 효과는 미미하고 불가능하다 점과 관련된다. 액체로 계단을 이루는 것은 불가하기 때문이다.

　그러나 이 모든 조건과 정황에도 불구하고 시인의 강인한 정신력은 이마저도 뛰어넘고자 한다. 주관이 객관을 능가하지 못할지라도, 주관적 의지가 주어진 운명을 넘어서지 못할지라도 의지는 포기되지 않는 것이다. 영원한 반복과 순환, 도전과 회귀가 여기에서 펼쳐진다. '액체계단'은 불가능을 상징하는 것이었으나 그것은 다시 가능을 위한 도전으로 의미화 된다. 비논리와 역설로 된 어휘인 '액체계단'이야말로 현실의 불가능함을 전복시키고자 하는 의지를 반영한다. 이로써 '액체계단'은 불가능과 가능의 동시적이고 대립적이며 직선적이자 순환적인 의미를 내포하게 된다.

　액체계단을 오르는 길은 물방울이 바위를 뚫는 일에 비유될지도 모르겠다. '액체'라는 질료에 비하면 '도시의 계단'은 얼마나 견고한 것인가. 수직 상승을 위한 계단은 '노고와 탄력'을, '눈물'을, 그리고 '피와 뼈와 근면'을, 어쩌면 그 이상을 요구한다. 그러나 그것이 아무리 단단하고 두터울지라도 영원한 회귀와 반복은 마침내 새로운 생성과 창조의 길로 통할지 모를 일이다. 마치 영겁의 시간을 두고 흐르는 물방울이 기어이 바위를 모래알로 부수는 것처럼 말이다.

지금까지『액체계단 살아남은 니체들』을 인간의 삶을 이루는 객관적 조건과 주관적 의식이라는 논의틀로 살펴보았던 것은 무엇보다 시인이 보여주듯 그의 운명과 그것을 극복하고자 하는 초월에의 의지에서 비롯한다. 정숙자 시인은 인간의 조건을 엄정한 과학적 지식을 토대로 파악하고 있으며 이들 객관적 사태를 주체적 태도로써 극복하고자 하고 있다. 이 과정에서 시인은 자신의 본령이라 할 수 있는 강하고 힘찬 에너지를 발산한다. 그 에너지는 시적 표현에 있어서의 과감하고 창조적인 상상력으로 또한 구현되고 있어 주목된다.

■『시현실』 2017년 가을호

빛의 틈새에서 자라나는
사물의 본질

— 고은수의 『히아신스를 포기해』(시산맥, 2018)

    우리가 바라보는 대상이 진실일 수 있는 것은 그것이 이면을 드러내고 있기 때문이다. 우리 앞에 놓인 사물이 화려함과 경박함으로 그치지 않을 수 있는 것은 우리의 시선이 사물의 뒤란을 함께 응시하기 때문이다. 사물은 빛에 의해 눈부시고 아름다워지지만 빛은 또한 그림자를 통해 사물을 더욱 깊고 풍부하게 한다. 빛과 어둠의 양면에 의해 사물은 자신의 복합적인 층위를 만들고 본질을 구성한다는 것이다. 조은수의 『히아신스를 포기해』는 곧 세계의 본질에 다가가기 위한 삶의 태도를 말하고 있거니와 그것은 사물에 대한 피상적 인식으로부터 벗어나 시선의 깊이를 획득하는 일과 관련된다.

    사물의 본질을 인식하기 위해 그것의 이면과 뒤꼍을 응시할 것을 요구하는 시인의 태도는 단지 관념에서 그치는 것이 아니라 삶의 구체성에 밀착한 생의 철학이 되고 시의 기반이 된다. 그것은 대상이 지나온 시간의 결들을 켜켜이 들여다보는 것이자 그것이 살아온 삶의 출렁거림을 함께 느끼고 체험하는 일이다. 그러한 복합적인 층위들에 대해 외면할 때 대상은 화려하게 보일지언정 온전히 자신을 드러내 보이지 않는다. 사물이 겪어온 삶의 환함과 어둠을 동시적으로 인식하는 것이야말로 사물에 대한 진지하고도 정직한 접근법이다. 사물에 대한 그와 같은 태도를 보일 때 인간의 시선은 더욱 따뜻해지고 깊어질 것이다.

조은수가 시집을 통해 일관되게 제시하는 이와 같은 전언은 온화하고 부드러운 감성적 시편들에 대한 철학적인 기반이 되어준다. 아름다운 언어들로 이루어진 시의 화려함 속에서 사물을 대하는 방식을 다루는 이같은 관점은 그의 시의 굳건한 바탕이 되고 뼈대가 된다. 고은수의 감성적 시편들이 삶에 대한 성찰과 철학으로 단단해지는 이유도 여기에 있다. 고운 감성을 다루면서도 그의 시가 삶의 본질적 사태에로 치닫는 것도 이 때문이다. 사물의 이면에 다가가려는 그의 관점으로 인해 시는 단지 사물을 서정적으로 묘사하는 데 그치지 않고 삶의 철학성을 구축하기에 이른다는 것이다.

사물과 관련한 시인의 이러한 태도는 그가 '꽃'이나 '빛'이나 '색'을 다루는 데에서 명시적으로 드러난다. 그에게 이들은 모두 외면적인 화려함과 눈부심과 아름다움을 대변하는 것들이다. 그런 점에서 이들은 모든 사람들의 사랑과 시선을 한 몸에 받는 대상이기도 하다. 또한 그런 점에서 이들은 세계 내에서 가장 소중하고 절대적인 가치가 된다. 대부분의 사람들은 이들 밖의 이상도 이하도 보려 하지 않는다. 이들 모습이야말로 사물의 가장 적극적인 면들이라 보이기 때문이다. 그러나 시인에게 이들은 대상의 일면이자 표면에 불과하다. '꽃'은 식물이 생장하는 과정의 일부이며 '빛'은 '그늘'의 이면일 뿐이고 '색'에는 밝은 색만이 아니라 어두운 색도 공존하는 것이다. 이처럼 시인은 의식적으로 외적으로 환하고 밝은 이들 이외의 층위들

에 시선을 들이고자 하거니와 이는 시인이 세상의 진실에 닿기 위한
시도이자 세계를 내부에서 사랑하는 길에 해당한다.

> 꽃 피면 우리 놀러 가자,
> 약속했던 사람은 정작
> 어디로 갔는지
> 나는 이쪽 의자 빼 저쪽에 놓고
> 다시 햇살의 반대로 돌려놓고,
> 그러다 소리 나지 않는 궁리로 저문다
> 그늘이 뜨겁게 울어주고 있다
> 우는 얼굴은 개별적이지 않다
> 세상의 우는 모습은 하나같이 누군가의
> 이름을 부르고 있다
> 무릎을 꿇고 고개를 떨군 절망에게
> 지금 굴러 떨어지는 절벽의 위도와 경도를
> 말하라 하지 않는다
> 터널을 따라 걸으며
> 아직 슬픈 기억이 없는 사람들은
> 아무데나 카메라를 들어대는데,
> 이곳으로 오지 못하는 모든 바람아,
> 그늘의 이름을 기억하라
> 뜨겁고도 무거운 꽃은 빨리 진다
> 바닥에다, 없는 이름들을 적는다
> 우리가 처음 꽃구경 갔을 때도 그랬다

비를 맞듯이, 그 사이로 서로를
찾아 적었다
어두워서, 너를 사랑한 적이 많다
「그늘의 시간」 부분

'꽃'이 피기를 기다려 나들이를 나서는 이들로 몸살을 앓기 마련
인 봄철은 모두가 환함을 상찬하고 아름다움을 칭송하는 시기이다.
봄날의 화사한 '꽃'은 모든 이의 마음을 사로잡는 절대적 존재가 된
다. 이 시기 '꽃'의 아름다움에 반대를 가하는 이는 아무도 없다. 눈
부신 화려함으로 '꽃'은 그것만이 전부인 듯 세상 사람들의 시선을
끌어모은다. 그러나 그것이 화려한 만큼 그것 이면에서 그를 지탱해
주는 보이지 않는 거대한 요소들이 자리하고 있다. 화려함의 뒤란엔
겨울의 견딤이 있었을 것이고 오랜 밤의 터널이 존재했을 것이며 기
다림의 오랜 시간들이 지나왔을 것이다. 또한 꽃의 만개 뒤엔 또 다
른 상실과 적막이 이어지게 마련이다. 이들 이면의 길고도 지루한
시간의 연속이 없을진대 '꽃'의 만개의 순간은 존재하지 않을 것이
다. 요컨대 '꽃'의 눈부신 화려함은 그것의 이면이 있기에 가능한 것
이고 아름다움 또한 보이지 않는 시간이 존재하는 데서 비롯되는 것
이다.

그런 점에서 시인이 바라보고자 하는 대상의 모습은 뚜렷하다. 그
것은 대상의 화려한 얼굴 뒤에 숨겨져 있는 그늘의 흔적들이다. 시인
은 꽃이 지닌 외적인 눈부심 이외에 눈물로 얼룩진 '그늘의 시간'을
보고자 한다. 그가 '이쪽 의자 빼 저쪽에 놓고/ 다시 햇살의 반대로
돌려놓고/ 소리 나지 않는 궁리로' 시간을 보내는 이유도 여기에 있

다. 그는 햇살의 눈부신 부면들보다 이면에 시선을 드리우거니와 그
곳에서 보게 되는 '그늘'의 '뜨거운 울음'은 '우는 얼굴은 개별적이
지 않다'에서 의미하듯 생명의 보편적인 양태들에 해당한다는 것을
알 수 있다.

한편 대상의 뒤안길에서 만나게 되는 대상의 '뜨거운 울음'의 모
습은 시인으로 하여금 존재의 절망에 대해 느끼게 한다. '무릎을 꿇
고 고개를 떨군' 채 '하나같이 누군가의 이름을 부르고 있'는 그것들
은 필경 생의 전체 속에서 구원을 바라는 몸짓을 보이고 있다. 그러
나 구원이 화사한 '꽃'의 찰나적인 외양을 통해 이루어지는 것이 아
님은 물론일 텐데 대부분의 인식은 그러한 점에 놓여 있지 않다. 시
인의 한탄이 비롯되는 지점도 여기에 있다. 사람들의 인식이 향하는
지점과 '꽃'의 본질 사이엔 괴리와 왜곡이 있을 따름이다. 이속에서
'꽃'들이야말로 자신의 순간적 아름다움에 스스로 절망하게 되는 것
이 아닐까. 사물의 이면을 응시함으로써 그것들의 생의 진실태에 도
달하고자 하는 시인에게 사람들의 이같은 경박한 태도는 비애 섞
인 통탄을 자아낸다. 그가 '아직 슬픈 기억이 없는 사람들은/ 아무
데나 카메라를 들어댄'다고 말하는 것도 이와 관련된다. 또한 시인
이 '바람'을 향하여 '그늘의 이름을 기억하라'고 호소하는 것도 이
때문이다.

시인에게 진실은 이면에서 나오고 본질은 깊이에서 비롯하는 것
처럼 통찰은 슬픔에 기인한다. '꽃'이 지닌 그늘과 슬픔을 이해하지
않는 한 '꽃'은 그것의 운명을 사람들에게 드러내지 않을 것이다.
'꽃'의 화려함만을 즐기려 할 뿐 그 뒤에 숨겨진 슬픔의 시간들을 인
식하려 하지 않는 이들 앞에서 꽃이 느낄 수 있는 것은 환희보다는

더욱 깊은 슬픔의 그늘일 것이다. 이들 앞에서 꽃의 아름다움은 추문처럼 가벼워질 따름이다. 꽃의 조락은 습관이 될 것이고 꽃의 이 후는 기억되지 않을 것이다. 이는 꽃을 더욱 처연하게 만든다.

이러한 사정은 시인이 '그늘의 이름을 기억하라'고 외치는 정황을 잘 말해준다. 그가 바닥에 떨어져 기어이 '없는 이름들'을 적어내는 '꽃'들을 아파하는 것도 같은 맥락이다. 시인의 관점은 그만큼 분명하다. 그는 그것들이 '어두워서' '사랑'하는 것이다. 그것의 어둠이야 말로 그에 대해서 더욱 많은 것을 이야기해주는 까닭이다. 또한 그것이 지닌 그늘이야말로 그것이 지나왔을 오랜 시간과 운명을, 따라서 본질을 말해주는 것이다.

이러한 관점은 시인의 시집에 자주 등장하는 '꽃'이 그것의 아름다움을 상찬하기 위해서 제시되는 것이 아님을 말해준다. 그에게 '꽃'이라는 소재는 아름다움을 대변하기 위한 것이 아니라 '꽃'의 아름다움을 어떻게 이해해야 하는가와 관련하여 제시되는 것이다. 시집의 제목인 '히아신스를 포기해' 역시 이와 같은 관점에서 이해될 수 있다. 이는 화려하고 눈부신 대상을 어떻게 대해야 하는지에 대한 시인의 철학적 입장을 말해주고 있다.

기쁘고 싶지 않구나. 오히려 위로가 필요하단다. 너를 안고 깔깔거릴 기분이 아니란다. 너는 화려한 물감을 뒤집어 쓴 듯 했지. 밝기만 한 인생이 있을까. 너를 들고 할 일이 없다는 사실을 알게 된 것은 금세야. 곧 연회가 시작될 것 같은 분위기. 나는 어디에 있어야 할지.

　　지금 기쁘고 싶지 않구나. 오히려 위로가 필요하단다. 나는
열심히 사는 것을 열심히 했지. 하지만 구석이 없는 자리엔
가지 않아. 내 그늘은 그늘을 좋아해. 네가 나무가 될 듯이 튼
튼하게 자라는 동안, 그동안 못 잔 잠이나 자야겠다. 내가 조
금씩 시들 때 너는 뭐할래?

「히아신스를 포기해,」 전문

　‘히아신스를 포기해’가 단지 감성적 발언이 아니라 사물과 생을
대하는 철학인 것은 시인이 보여주는 외적 화려함에 대한 태도를 통
해 짐작할 수 있다. 찰나적인 화려함을 향해 바치는 일시적인 기쁨은
그들 대상들을 향한 숭앙이 아니라 오히려 그들에 대한 소외이다. 대
상의 외면만을 향유하겠다는 그것은 대상의 내면을 응시하는 일에
는 인색한 향유자 중심적인 태도를 반영하는 것이기 때문이다. 그것
은 향유자와 대상 사이의 합일이라기보다 괴리이고 대상에 관한 이
해이기보다는 왜곡에 해당한다. 위 시의 화자가 ‘기쁘고 싶지 않구
나’를 반복적으로 말하며 냉소적으로 일관하는 것도 이러한 배경에
의해서이다.

　위 시에서 시인은 다소 직설적으로 사물의 바른 이치에 대해서 말
하고 있다. ‘너는 화려한 물감을 뒤집어 쓴 듯했지’라고 한 것은 결단
코 사물의 외면에 집중하지 않겠다는 의식을 반영하는 대목이다. 또
한 그것은 눈에 보이는 화려한 외면만 보려고 드는 세태를 조롱하려
는 의도 또한 나타내고 있다. ‘너를 들고 할 일이 없다는 사실’을 ‘금
세 알게 되는’ 것도 이와 관련된다. 실제로 ‘밝기만 한 인생’은 어디
에도 없는 것이다. 눈에 보이는 것이 밝고 화려할지라도 그것이 오직

317

순수히 기쁨의 대상이 될 리는 없다. 외적인 모습에 해당하는 그것은 대상의 본질이기는커녕 빙산의 일각처럼 극히 일부분에 속하는 면모일 뿐이기 때문이다. 그러므로 지금 우리에게 필요한 것은 외면을 향해 '기뻐하는' 일보다는 내면에 대한 '위로'임이 틀림없다. 그것이야말로 사태의 본질을 직시할 때 비로소 가능해지는 마음의 온전한 소통에 속하는 일인 것이다.

'위로가 필요하다'는 것은 내면에 있었을 시련과 고통, 상처와 오랜 인내의 시간들을 암시한다. 그것은 외적으로 만나기보다는 내적인 공감을 요구하는 대목이다. 또한 그것은 대상의 화려함과 이반되는 부정적인 면들이 아니라 대상의 아름다움을 결과할 수 있었던 필연적인 요소들이기도 하다. 더욱이 그것들은 일시적인 '꽃'을 피워내는 데 목적을 두는 것이 아니라 사물을 '튼튼한 나무'가 될 수 있게 하는 데 필수불가결한 과정들에 해당한다. 이처럼 감춰진 '그늘'의 영역이 있었기에 '꽃'의 화려함도 있을 수 있고 더 나아가 '나무'의 '그늘'도 마련해갈 수 있었던 것이거니와, '히아신스를 포기해'는 결국 사물의 이면을 응시함으로써 사태의 본질을 인식하고자 하는 시인의 주장을 담아내고 있다.

외면보다는 내면을, 표면보다는 그 이면을 통해 세계의 본질을 이해하고자 하는 시인에게 사물의 '틈'은 좋은 인식의 계기를 제공한다. 그의 시에 '골목'(「꽃의 골목」), '빈 자리'(「크레바스」), '미궁'(「구멍」), '틈'(「틈이 자란다」) 등 '후면'과 '사이'를 지시하는 시어들이 자주 등장하는 것도 이에 기인하는바, 이들은 사물의 표면에 있는 상처들로서 사물의 깊이와 진실에 닿기 위한 경로에 속하는 셈이다.

미세한 틈도 놓치지 않는 것은 누군가의 법칙이다. 심심할 사이도 없이 무언가로 채워진다. 틈은 틈을 보라고 만든 말. 일부러 곁을 주는 것. 누가 와도 좋은 것.

왕복 8차로 노란 중앙선 위, 나무 한 그루 자란다.

인도코끼리 귀 같은 이파리를 펄럭이며 오동나무가 놀고 있다. 자동차가 쌩, 지나갈 때마다 잠시 어리둥절하지만 곧 싱그럽다. 파란 신호등이 켜지는 방향으로, 목울대가 씩씩 하다.

「틈이 자란다」 전문

외면의 눈부시고 화려한 모습은 그 자체로 완벽해 보여 그 속에 숨겨져 있을 또 다른 측면에 대한 상상을 차단시킨다. 마찬가지로 표면의 매끄러움과 반짝임은 그것의 부드러운 촉감에 취하게 하여 이면의 결점과 상처에 외면하게 한다. 그러나 외적인 완벽함에도 불구하고 대부분의 사물은 그것 이외의 층위들을 내포하기 마련이라는 것이다. 또한 표면적으로는 단순해보일지라도 내면에는 얼마든지 복합적인 구조가 적층되어 있을 것이다. '틈'은 이처럼 외면상 완전하고 균일해 보이는 조직위에 드러난 미세한 균열로서 외면을 지나 내면으로의 시선의 이동을 이끌어내는 계기에 해당한다. 그것은 사물의 내부로 파고들어가는 상상력의 출발이 되고 실제로 사물의 내면을 파헤치게 되는 근거가 된다. 외적 모습보다는 내적 사실에 주목함으로써 사물의 본질을 이해하고자 하는 시인에게 '틈'은 사물의 전체를 인식하게 하는 긴요한 근거가 아닐 수 없다.

이점에서 '미세한 틈도 놓치지 않는 것은 누군가의 법칙이다'라는 시인의 말의 의미를 짐작할 수 있다. 이때의 '누군가'는 시인을 비롯한 본질을 중시하는 많은 사람들을 가리킬 것이다. 그들에게 '틈'은 '틈은 틈을 보라고 만든 말'에서처럼 응시와 인식을 위한 필연적이고 절대적인 지점이다. 또한 내부를 전제하는 그것은 사물이 외면으로만 이루어진 공허한 것이 아니라 그 안을 채우고 있는 거대한 공간을 상상하게 한다. 물론 그것은 사물을 형성하게 된 시간과 과정을 상정케 하는 것이며 그것을 바탕으로 한 외부의 시선들과의 상호 공감과 소통을 야기하는 것이다. 다시 말해 '틈'은 사물을 표면적인 존재로서 한정시켜 놓는 대신 내면의 충만함으로 인해 사물을 이해하고 소통할 만한 존재로서 격상시킨다. '틈'을 가진 이면의 성질로 말미암아 사물은 스스로 본질을 지니게 되고 나아가 세계 속에서 소통되는 의미있는 존재가 된다는 것이다. '일부러 곁을 주는 것', '누가 와도 좋은 것'은 이러한 관점에서 이해될 수 있다. 뿐만 아니라 내면을 지닌 존재인 까닭에 그것은 속이 튼실한 '나무 한 그루'로서도 자라날 수도 있다. '왕복 8차로 노란 중앙선 위 나무 한 그루'는 그에 대한 선명한 이미지가 되고 있다.

시인이 위 시에서 묘사하고 있는 '나무'의 이미지는 단순한 '나무'의 그것에 머물러 있는 것이 아니라 '틈'이 이끌어가는 내면의 본질적 사태를 겨냥하고 있는 것이다. 표면의 미세한 균열이야말로 사물의 매끄러움을 훼손하는 흠집이 아니라 존재의 충실함과 생명력을 증명하는 근거임을 짐작할 수 있다. '틈'은 속이 가득한 내부에로 통하는 길이 된다는 점에서 그러하다. 실제로 위의 시에서 묘사되고 있는 '나무'는 '인도코끼리 귀 같은 이파리를 펄럭이는' 싱싱한 것이자 '자동차가 쌩, 지나갈 때 어리둥절하다가도 싱그러움'을 잃지 않는 강인한 것이다. 또한 그것은 '파란 신호등이 켜지는 방향으로 목울대가 씩씩한' 희망에 찬 것이다. 이처럼 '틈'은 내부를 응시하게 함으로써 사물의 내면적인 에너지를 인식하게 하는 것으로서, 외적 반짝임과 매끄러움을 손상시키는 대신 오히려 내면의 강인한 생명력을 입증하는 것에 해당됨을 알 수 있다. '틈이 자란다'는 시의 제목은 '틈'과 그 사이에 놓여 있을 내적 실체로 인해 존재가 세계 내에서 어떻게 자신을 정립해갈 수 있는지를 암시하고 있다.

'틈'이 있음이 사물의 내부 역시 존재함을 의미하는 시인에게 그러한 사태는 사물에만 국한되는 것이 아니라 자기 자신에게도 해당되는 일이다. 사물의 본질을 이루게 되는 계기인 '틈'은 인간에게도 그대로 적용된다는 것이다.

나를 제 속에 담는다
오후 햇살 다 지나간 그늘을
담아두듯이,
아무 소리도 나지 않는 집안 공기를
가만히 물고 있듯이,
그러면 나는 무척 한가해져서
깊은 구렁이 된다
나도 나를 찾을 필요 없이,
책장도 넘기고 계절도 넘긴다
어렸을 때 우물 속이 궁금해서

허리 접어 아, 불러보곤 했다

이런 기분이었을 것이다

둥글게 시선을 굴린다는 것, 아무런

가시랭이도 일어나지 않는다는 것

나를 빼고, 바람을 빼고, 구름을 뺀다

나는 아주 작아져서, 말간

본질로만 남아,

곰곰이 숨어 있어도 좋겠다

세월이 툭툭 터진 옆구리마다

여름 노을이 자잘하게 내려앉는,

「다완은,」 전문

　시인에게 '담는다'의 외연은 내부를 채우는 것과 관련된다. 그것은 외면적인 것과 구별되는 것으로서의 내적인 충실성을 가리키며 외적인 것 이면의 본질적인 것을 가리킨다. 그런데 위 시에서 '담는다'는 '나를 제 속에 담는다'로 일컬어지게 됨에 따라 자아의 내적 충일성 내지 내적 본질의 의미로 전유되고 있음을 알 수 있다. 이때 사물을 향했던 인식의 태도는 자아에게로 향함으로써 자아의 존재론으로 나타나고 있다. '나'란 '나 속에 담김'으로써 비로소 '나'가 되는 형국이다. 말하자면 '나'는 외면적인 반짝임이나 화려함이 아니라 내면에의 충일에 따라 비로소 '나'일 수 있다는 것이다.

　시인에게 내면을 향한 사유는 이처럼 공고한 것이다. 그에게 그것은 추상적이거나 당연시되는 것이 아니라 사물과 존재를 대하는 명확한 관점이 되고 있음이 여기에서도 드러난다. 그에게 사물과 존재는 보이는 것 이상의 것들이고 그런 점에서 보이지 않는 세계를 품고 있는 것이다. 그리고 사물과 존재에게 있어서 그와 같은 이면적인 세계는 빛이라든가 꽃과 같은 눈부시거나 화려한 등속의 것들이 자리하지 않는 순수 어둠의 것이자 그늘의 것이고 불순물이 섞이지 않는 영역이다. 위 시에서 '나를 빼고, 바람을 빼고, 구름을 뺀' 것이라 한다거나 '나는 아주 작아져서, 말간/ 본질로만 남아'라고 말하고 있는 것도 그러한 사정에 기인한다. 순수한 그곳은 심지어 헛된 성질로서의 '나'마저 빼고 오직 진실로서의 '나'만을 함유하는 것에 해당한다는 것이다.

그런데 그러한 내면의 세계는 위 시에서 독특한 질감을 지니는 것으로 묘사된다. 그곳은 소란스럽거나 거칠고 날카로운 것과는 거리가 멀다. 그곳은 '오후 햇살 다 지나간 그늘을 담아두듯' '아무 소리도 나지 않는 집안 공기를 가만히 물고 있는' 고요의 느낌이다. 그곳은 '무척 한가한' '깊은 구렁'같은 비소요의 느낌이다. 그곳은 '나를 찾을 필요도 없이' '책장도 계절도' 물 흐르는 흘러가는 무시간의 느낌이다. 그곳은 어릴 적 '허리 굽혀' 귀를 대보았을 '우물 속' 공허하면서도 무언가 가득 차 있는 듯한 적막과 충일의 느낌이었을 것이다. 또한 그곳은 '가시랭이' 하나 없는 원만한 곳으로도 다가온다. 무언가를 위해 날을 세운다거나 뾰족한 태도는 여기에서 느껴지지 않는다. 그곳에선 마음도 순하게 흐르듯 담담해진다. '둥글게 시선을 굴린다는 것'은 이와 같은 마음 상태를 나타내는 것이다. 요컨대 자아의 내면이란 우물에 대고 '아 불러보'았을 때의 우물 속 고요와 둥글림의 느낌을 그대로 담아내는 것이다.

유년기의 기억과 여러 다양한 이미지를 동원하여 표현된 내면의 느낌은 외적 세계에서 경험하게 되는 혼돈과 떠들썩함의 느낌과는 정반대의 것들이다. 화려함이나 눈부심이 없는 대신 그곳은 적막과 조용함이 자리한다. 그리고 그와 같은 고요와 원만함은 자아로 하여금 그 무엇과의 부대낌도 없이 '곰곰이' 자아의 본질과 마주할 수 있는 공간이 되도록 해줄 것이다. 이곳은 내가 비로소 '내'가 되고 맑고 잠잠한 본질이 될 수 있는 곳이라 할 수 있는 것이다. 위의 시의 제목이 되고 있는 '다완은,'을 '다완茶碗은,'으로 여긴다면 이것이 명사형으로 끝나지 않고 있다는 점에서 음성적 이미지에서나 의미적 측면에서 공히 연이어 부드럽게 흐르는 듯한 내면의 느낌을 형상화하고 있는 것이라 할 수 있다. 더욱이 내면의 그릇은 그대로 열려 있는 채 지속적으로 채워져야 할 성질이기도 한 것이다.

사물뿐 아니라 자아의 본질을 이해함에 있어서도 내적 요소를 중요시하는 태도는 시인의 경우 구체적인 감각을 동반한 매우 확고한 것임을 짐작할 수 있다. 이는 세계를 이해하는 시인의 뚜렷한 관점을 제시하는 것이며 그의 가치의식을 반영하는 것이다. 외적 현상보다 내적 본질을 추구하는 시인에게 세계는 계속해서 채워지고 깊어지며 더욱 성숙해져야 하는 것에 속한다. 이러한 태도는 오늘날 수다한 사람들의 세계를 대하는 태도와 다른 것으로서 세계 내에서 진리를 추구하고자 하는 매우 진지한 태도라 할 수 있다.

> 늦여름까지 자신을 익히는 과일은
> 생각이 깊다
> 별도 없는 밤처럼 검고 깊은 맛이 난다
> 한 알씩 깨물 때마다

누군가의 방에 들어갔다 나오는 기분이다
그 방은 창이 없고, 낮은 책상만 있어
단단한 삶을 숙성시키기에 좋다
어린 포도는 세상을 듣는다
태양이 바글거리는 소리
다시 서늘하여 나무로 젖는 소리
몸을 굴린다, 가슴을 굴린다
바람이 어디서 오는지
사랑이 어떻게 시작되는다
단 것을 밝히는 벌레가 노트를 넘겨주고,
방방의 반성이 푸르다
나날의 일지가 둥글다
귀퉁이가 찢어지는 일은 잘 없어,
황혼이 두 손을 모은다
울컥하는 순간, 한 권의
아름다운 삶이 당도할 것이다

「포도」 전문

위 시에서 '포도'는 '다완茶碗'과 마찬가지로 비어있는 것인 까닭에 충일하게 채워야 하는 내부에 해당한다. 외적 세계와 구별되는 내적 세계의 그것은 따라서 시인이 지금까지 말한 바 내적 영역의 성질을 모두 그대로 내포한다. 보이지 않는 곳에서의 채움과 충일을 지향하는 것은 '포도'에서도 동일하게 확인할 수 있는 바이다. 그처럼 '포도'는 '생각이 깊'고 '밤처럼 검고 깊은 맛'을 지닌다. 그것은 그늘진 어둠 속에서 고요를 품고 자라나는 모든 내부와 동일한 속성을 드러 내는 것이라 할 수 있다. 위 시에서 그것을 가리켜 '누군가의 방에 들 어갔다 나오는 기분'이 든다고 말한 것도 이와 관련된다. 다른 모든 내부들처럼 '포도' 역시 어둠 속 깊이에 있는 것이므로 '창이 없고 낮 은 책상만 있'는 것으로 묘사된다.

내면적인 그것이 사물의 본질을 가리킨다는 점에서 시인은 '포도' 를 통해 삶의 성숙과 완성의 과정을 확인하고자 한다. '포도'의 검고 충일한 이미지는 '단단하게 숙성되는' 삶의 표상으로 여겨지는 것이 다. 햇살을 받으며 그저 눈부심으로 반사하는 것이 아니라 햇살을 알 알이 머금고 영글어가는 '포도'는 빛을 품는 내부의 그것에 다름 아 니거니와, '포도'가 익어가는 과정은 곧 외적 요소를 안으로 끌어들 여 내부를 충일케 하는 과정과 동일한 것이다. '태양'도 '바람'도 예 외없이 '포도'의 안을 더욱 깊게 채우는 요소라 할 수 있다. 그리고 이때의 '포도'는 모든 본질적인 내부가 그러한 것처럼 내면의 질감 인 고요와 원만의 속성을 지니게 된다. '포도'는 '몸을 굴리'고 '가슴 을 굴린다'는 것이다.

이처럼 외적 자극들을 받아들이되 그것을 원만하게 순화시켜 영 글어가는 '포도'야말로 숙성과 성장의 상징이 아닐 수 없다. 특히 '포 도'가 다른 내부와 동일하게 검은 내부를 상정하는 것이되 '크레바 스'라든가 '골목', '구멍'과 같은 다른 내부들과 달리 외부에 직접 노 출된 채 있다는 점은 그것이 외부의 요소들을 어떻게 수용하고 내면 화하는지를 상상하게 한다. 외적 요소와 단절되어 있지 않은 그것은 오히려 외적 자극들을 '굴려' 자신의 내부로 용해시켜야 하는바, 이 는 외부의 부대낌들에 흔들리지 않은 채 그것들을 안으로 단단히 끌어안는 행위에 비견할 만하다. 이때 내부에서 이루어지는 '굴림'은 마치 자아가 세계와의 동일성을 구축하는 과정에서 회감回感을 시도하는 것과 동일한 체험이라 할 수 있을 것이다. 그것은 외적 세계와 내적 세계 사이의 동화의 과정이며 외적 요소를 내면화시키는 순화의 과정에 해당한다. 이러한 과정들이 내면의 성숙과 완성을 향해 나아가는 일임도 물론이다.

여기에서 시인이 '포도'를 통해 내적 성숙을 이루어가는 과정에 대한 생생한 이미지를 얻고 있음을 알 수 있거니와, 내적 성숙이 존재의 완성과 분리되지 않는다는 점에서 그것은 진지하고도 간절히 꿈꾸어지는 일이기도 하다. 위 시에서의 '방방의 반성이 푸르다'거나 '나날이 일지가 둥글다'는 언급들은 '포도'를 통해 시인이 염원하는 것이 무엇인지를 짐작하게 한다. 그것은 곧 성찰과 순화를 통한 내적 성숙에 다름 아닌바, 이에 대한 염원의 간절함은 위 시에서 '황혼이 두 손을 모으'는 행위로도 구체화된다. 그리고 결국 그것은 '한 권의 아름다운 삶'으로 꿈꾸어지는 것이다.

지금까지 고은수 시인의 시편들에 형상화되어 있는 내적 요소들의 의미를 중점적으로 살펴보았거니와 시인에게 이것들은 외적 세계와 구분되는 것으로서의 본질적인 것이자 가치 부여되는 것임을 알 수 있다. 또한 그러한 점에서 내적 세계는 충실하게 채워져야 하는 것인 동시에 성숙되어야 하는 것에 속한다. 이는 내적 세계가 충만과 완성을 지향하게 된다는 것을 의미한다. 사물과 존재에 대하여 화려한 외양보다 보이지 않는 내면을 응시하고자 하는 시인의 태도는 밝음보다는 어둠을, 빛보다는 그늘을 끌어안고자 한다는 점에서 대상을 더욱 깊이 사랑하는 태도라 할 만하다. 특히 대상에게 있어

내면이 어떻게 형성되며 그것이 어떻게 세계를 구축하게 되는지 잘 보여주고 있는 시편들을 통해 우리는 아름다운 삶의 완성을 향한 시인의 확고하고도 견고한 의지를 확인할 수 있게 된다.

■ 시집 『히아신스를 포기해』 해설

시간의 삭임을 통해 빚은
잘 발효된 말의 와인

－ 최정란의 『장미 키스』(시산맥, 2018)

　살아있는 동안 마주해야 할 번다한 일상들과 수다한 인연들은 언제나 그것들이 축복으로 다가올 리 없다. 필연과 당위의 굴레를 끌어안고 수없는 번민으로 뒹굴면서 인간은 얼마나 인내하고 견뎌야 할 것인가. 선택할 수도 중지할 수도 없는 생의 잘 짜여진 운명 속에서 인간이 할 수 있는 일이란 간신히 스스로를 구원하는 일이다. 그리고 그것은 신神도 누구도 말해주지 않는 것이므로 나 홀로 구해야 하는 미정의 답이라 할 것이다. 당연히 확고하지도 정답이 될 수도 없는 길인 그것은, 또한 명확한 끝맺음을 이루고 있는 것도 아닌 그것은 그저 시간과의 대결 속에서 한 걸음씩을 더함으로써 성립되는 성질일 터이다.

　최정란 시인의 네 번째 시집 『위험한 침대』에 수록된 아름다운 시들 속에서 생에 내재된 전쟁 같은 고투를 읽어내는 것은 어려운 일이 아니다. "몇 번이나 이 생에 더 와야 충분히 사랑할 수 있을까"(「시인의 말」)로 시작되는 시집의 서정이 그가 말하는 것처럼 '사랑'을 향해 있다 하더라도, 그것이 무매개적인 관념의 차원에 놓이는 것이라 여겨서는 곤란하다. 그의 '사랑'은 신의 가르침이라든가 윤리적 명제와 같은 추상의 것이기 이전에 생의 리얼리티 속에서의 치열한 분투를 통해 증류되는 구체적인 것이다. 그것은 진행의 과정 속에 놓이는 것이고 삶의 내부에서 파열되듯 이루어지는 것이다. 그의 시가 시간의 함수 내 쉼 없는 역학에 의해 쓰여지는 것도 이 때문이다. 최정란 시인에게 '사랑'은 삶의 목표인 동시에 방법인 셈이다.

흔히 삶의 명령으로 끝나버릴 '사랑'에 관한 최정란 시인의 이 같은 접근은 삶을 대하는 그의 진지함과 치열성을 말해주는 대목이기도 하다. 그에게 일상은 대부분의 사람들에게 그러하듯 단지 주어지는 것이자 시간의 흐름에 따라 흘러가버리는 것이 아닌, 부여되는 것과 살아내야 하는 것을 가늠하고 그가 처한 극한 속에서 최고 선善을 끌어내는 일과 관련된다. 시인에게 일상은 양적 동질성으로 치부되어 폐기되는 대신 그가 부딪치고 관여하여 고양된 차원으로 변화시켜야 하는 질적 계기이다. 말하자면 시인에게 일상은 삶의 모든 국면에서 그가 선택하고 구성하는 극한의 상황이거니와, 이속에서 그는 조금의 머뭇거림이나 흐트러짐도 없이 자신의 삶의 내용을 가꾸어나가는 길로 나아간다. 그의 시가 일상의 주변에 있으면서도 상투적이지 않고 언제나 들끓음으로 동시에 아름다움으로 일렁이는 것도 이러한 사정에 기인한다.

일상의 시간을 수용하되 이로부터 삶의 진실을 끌어내고자 한다는 점에서 그의 시는 과정 중에 놓인 최고선의 그것이라 할 수 있다. '과정중'인 것은 그것이 절대관념으로 주어지는 것이 아니라 스스로 능동적으로 만들어간다는 점에서 그러하다. 주어지는 일상을 정면으로 응시하며 그와 대결하는 시인에게 선善은 정언명령인 까닭에 순종해야 하는 것이 아니라 자신의 삶인 이유로 빚어내야 하는 일에 해당한다. 시인이 매 시간 성실한 인내와 견딤을 다하는 까닭도 여기에 있거니와, 이는 삶에 대한 무조건적인 순응이 아닌 완성을 향한 능동적인 대응이라 할 수 있다.

　　잠깐만 참으면 될 거야

　　빈손으로 다 받아낼 수 없는, 그 젖은 순간
　　빈손으로 다 받아낼 수 없는, 그 메마른 순간
　　흘러넘쳐 터지거나, 걷잡을 수 없이 타오르기 직전
　　속으로 숫자를 세며, 움켜쥐지요

　　아무 일도 아닌 사소한 일이 될 거야

　　영원처럼 길게 여겨지는 그 잠깐이 지나
　　네 귀퉁이 각이 무너지고
　　미모사 꽃잎이 으깨지고
　　잘 참았다 잘 숨겼다, 구겨진 만큼
　　한숨 쉬며 안도하지만
　　참지 않아도 되는 것까지, 다 참았구나
　　숨기지 않아도 되는 것까지, 다 숨겼구나
　　다시 한숨 쉬지요

331

그 한숨까지 다 받아내자면
생의 거친 들판을 다 걸어 집으로 돌아가는 순간까지
시간의 흰 천을 얼마나 더 구겨져야 할까요

「손수건」 부분

'빳빳하게 풀 먹여 각 잡은' '고집 센 흰 천'인 '손수건'이 '생의 거친 들판을 다 걷'고 '더 구겨진 시간의 흰 천'이 되기까지의 과정을 다루고 있는 위의 시는 일상의 시간에 대한 시인의 태도를 잘 말해주고 있다. 일상은 단번에 훅 왔다가 스치듯 가버리는 시간의 외부자가 아니라 시간의 틈들을 한 땀씩 채우며 시간의 질감을 야기하는 실질적인 내용물에 해당한다. 일상은 시간과 분리되어 존재하는 무의미한 사태가 아니라 시간과 밀착하여 전개되는 시간의 일부이다. 그런 점에서 일상은 그 자체로 중요한 사건이 되며 삶의 중요한 국면이 된다. 일상에 주목하는 일이 삶의 실상을 이해하는 계기가 되는 이유도 여기에 있다.

위의 시에서 화자가 보여주는 시간에 대한 태도는 '견디는' 것으로 이루어진다. '영원처럼 길게 여겨지는' 그것을 '잠깐'으로 간주하여 '참고' '지나'는 일이 그것이다. 그리고 그렇게 시간을 대하였을 때 '손수건'은 '네 귀퉁이 각이 무너지고/ 미모사 꽃잎이 으깨'져 처음에 지녔던 '빳빳하고 앙큼한' 모습이 사라지고 만다. 특히 그러한 과정이 진행되는 동안 화자가 보여주는 인내와 견딤의 자세는 '참지 않아도 되는 것까지', '숨기지 않아도 되는 것까지' '다 참고, 다 숨기'는 것에 해당되었다. 요컨대 시간의 마디들을 '참고 지나'온 결과 화자가 맞이한 것은 그 이상의 것들을 과도하게 '참고 숨긴' 일이었으며 그것은 결국 '손수건'의 더욱 격한 '구겨짐'으로 나타나게 된다는 것이다.

　'손수건'의 '구겨짐'이 상징하는 바 자아의 변화는 그것이 '빳빳이 각 잡은 흰 천'으로부터의 변모라는 점에서 일견 훼손과 손상의 의미를 띠고 다가오게 된다. 또한 그럴 경우 위 시에 그려진 '인내와 견딤'의 시간성은 사태에 대한 맹목적 순응이라는 피동성으로 이해되기 마련이다. 그러나 화자는 이 모든 과정을 '생의 거친 들판을 다 걸어 집으로 돌아가는' 길로 의미화하고 있으며 나아가 이때의 시간성을 '순간'으로 묘사하고 있다. 이는 위 시의 '구겨짐'이 손상이 아닌 성숙과 완성의 의미를 지니는 것이며 또한 그것이 영원한 삶의 시간 가운데에서의 한 과정에 해당하는 것임을 가리킨다 하겠다. 즉 '손수건'의 '구겨짐'의 일상적 사태는 삶의 완성에 이르는 자아의 변화에 해당하는 것으로, 이때 자아의 변화는 '빳빳함'과 '도도함'이 수그러져 결국 부드럽고 원만한 성질이 되어가는 일과 관련된다. 이는 자아가 일상의 시간을 그저 무심히 흘려보내는 것이 아니라 온전하고도 충실히 살아내고 있음을 말해주는 대목이기도 하다.

　이처럼 최정란 시인에게 일상은 외면되거나 회피되는 것이 아니라 시간의 마디 속에 놓인 채 삶을 구성하는 계기가 된다. 더욱이 일상은 그 끝을 알 수 없이 맹목적으로 반복되는 대신 그것을 살아냄에 따라 자아를 변화시키게 되는 매개라 할 수 있다. 사정이 이러하므로 시인의 일상에 대한 태도는 적극적인 개입으로 현상되는 것이고 시간에 대한 태도는 영원을 순간으로 인식하고 이를 잘 견디는 것과 관련될 것이다. 이는 일상의 험난함과 자아의 능동성을 동시적으로 말

해주는 것으로서, 이 모두를 수용할 때 자아는 비로소 삶의 완성을
향한 일정한 변화를 이룰 수 있게 됨을 시인을 말해주고 있다.

<blockquote>

있잖아 우리는 오래 살아야 한대
아이 기르는 일 다 끝나고
뜨거운 숨결 나누는 일 다 끝나고
돈 버는 일 다 끝나고
아무 데도 오란 데가 없어지고
뭐 하라 마라 하나 없어지고
해야 할 세상 일 다 끝내고도
사탕을 물로 마른입을 적시며
우리는 더 살아야 한대

「공공연한 비밀」 부분

</blockquote>

<blockquote>

아궁이에 몸을 넣어 불을 뒤집는다
아직 불붙지 않은 나무들과
이미 불붙은 나무들 한 몸이 되도록
멀리 있는 가지들 가까이 옮기고
바싹 가까운 가지들 틈을 벌린다
공기가 들어갈 틈이 불의 숨길이다
(중략)
불꽃의 절정이 각을 무너뜨리면
불이 옮겨붙은 나는 점점 짧아지고
더 이상 불을 뒤집을 수 없을 만큼

</blockquote>

길이가 짧아지면 불 속으로 몸을 던진다
영원으로 날아오르는 불새 아니어도
인생의 질량만큼 불살랐으니 후회 없다
「부지깽이」 부분

　위의 시들은 일상의 시간성에 대한 시인의 태도가 여전히 수용적
이자 능동적임을 잘 보여주고 있다. 「공공연한 비밀」에는 자신에게
주어진 시간 앞에서 이를 피하지 않고 묵묵히 받아들이는 시인의 자
세가, 「부지깽이」에는 그러한 시간 속에서 일상에 자신을 내맡긴 채
수동적으로 살아가는 것이 아니라 그에 적극적으로 다가가 주어진
일상이 더 나은 일상이 될 수 있도록 궁리하는 시인의 태도가 나타
나 있다. 두 시에 묘사되어 있는 사태는 서로 분리된 것이 아니지만
그렇다고 언제나 서로 일치하는 것도 아니다. 전자가 시간의 양적 성
질을 가리킨다면 후자는 시간의 질적 사태를 의미하는바, 「부지깽이」
에서 보여지듯 주어진 시간에 능동적으로 접근하는 모습은 모든 이
들에게 공통된 것은 아니라는 점이다. 시간의 일정한 양이 모든 이에
게 공통으로 주어지는 것이라면 그러한 시간이 어떤 질을 띠게 하는
가는 그것을 살아가는 각자에게 달린 일이 된다.
　이런 관점에서 보면 위 시들을 통해 알 수 있는 시인의 태도는 주
어진 시간을 최대의 가치로 살아내고자 하는 매우 적극적인 것에 속
한다. 「부지깽이」에서 확인할 수 있는 바 시인은, 가령 불을 한 번 피
우는 일상의 국면 속에서도 그 불이 훨씬 잘 타오를 수 있도록 이리
저리 궁리하고 힘을 기울이는 것을 알 수 있기 때문이다. 「부지깽이」
의 화자는 '아궁이에 몸을 넣어 불을 뒤집'으면서 '아직 불붙지 않은

나무들과' '이미 불붙은 나무들'이 '한 몸이 되도록' '공기가 들어갈 틈'을 내어 '불의 숨길'을 틔우고, 이들이 '활활 불타오르'게 하기 위해 '너무 멀'지도 '너무 가깝'지도 않도록 각을 잡아주는 일을 바지런히 하고 있는 것이다. 그러면서 '불꽃의 절정이 각을 무너뜨리'고 '불이 옮겨붙은 내'가 '점점 짧아지'게 되면 급기야 '불을 뒤집을 수도 없을 만큼 짧아진 나'는 '불 속으로 몸을 던'져 '불'과 하나가 된다.

'불'을 피우다가 '불'과 하나가 되어 타오르는 '나'의 모습은 자아가 보일 수 있는 능동성의 최대치를 나타낸다. 그것은 주어진 일상과 분리된 채 그것을 스쳐지나가는 것이 아니라 그에 적극적으로 개입하여 자신의 전부를 내던지는 일에 해당한다. 대단히 적극적인 시인의 이같은 태도는 대부분의 사람들이 주어지는 일상을 예사로 넘기는 데 비해 매우 다른 지점에 놓인다. 한낱 '부지깽이'를 다루는 데서도 나타나는 시인의 적극적인 면모는 그가 평범한 일상들을 어떻게 여기는지 짐작하게 한다. 그에게 부여된 일상을 능동적으로 겪어내는 일은 곧 시간의 질들을 고양시키는 일이자 모든 이에게 동일하게 주어진 시간의 양을 극대화시키는 작업에 해당한다. 이는 그의 경우 삶을 보람있게 채우는 일에 해당할 것으로 이러한 상황 속에서 위 시의 화자는 '인생의 질량만큼 불살랐으니 후회 없'노라 말하고 있다.

부과되는 삶의 국면들에 처해 이에 뜨겁게 다가가는 일은 모든 이들이 선택하는 길도 아닐뿐더러 결코 쉬운 일도 아니다. 이는 모든 치열한 시간들이 정열적일 수 있을 것이나 또한 고통스러울 수도 있음을 의미한다. 열정으로 태우는 시간들은 결국 자신을 소진시키는 일이기 때문이다. 헌신을 다하는 시간의 마디들 속에서 자아는 얼마나 많이 부서지고 소멸해야 하는가. 더욱이 자신에게 부과되는 일상이 단지 시간의 마디들이라는 점에서 그에 투신해야 하는 것이라면 자신의 맹목적인 태도에 대해 스스로 얼마나 번민하고 갈등할 것인가.

그런 점에서 위의 「공공연한 비밀」에서처럼 주어진 시간의 양에 대해 버거움을 호소하는 화자의 경우는 쉽게 납득이 된다. 모든 일상의 시간에 헌신하고 불사르는 자아에게 '아이 기르는 일', '돈 버는 일' 등 일상적인 일들을 모두 다 치러내고도 눈앞에 '더 살아야 하'는 시간이 펼쳐져 있는 일은, 여느 사람들이 더 많은 양적 시간을 바라는 데 비해, 아득하고도 두려운 일에 속한다. 앞에 놓인 시간들이란 여전히 그의 투신과 소멸을 유도하는 계기들일 것이므로 결코 반갑지 않은 일에 속할 것이다. 이는 역으로 위 시의 화자가 얼마나 치열하게 삶을 살아가고 있는가를 입증해주는 대목이라 할 만하다. 주어진 상황을 최대한으로 살아내는 이에게 모든 시간은 반복이 불필요할 정도로 후회 없는 국면들이 될 것이기 때문이다.

물론 화자는 사정이 그렇다고 해서 스스로 생의 시간을 저버릴 인물은 결코 아니다. 그 어떤 것들을 '해약'할 수는 있어도 '삶을 해약할 수는 없다'(「삶을 해약할 수는 없어」)고 단언한 바 있듯 그는 삶의 시간들이 제 아무리 시리고 고되다 할지라도 그것들을 감내하면서 스스로를 변화시켜갈 자이다. 그리고 그러한 과정들이야말로 그에게 자신을 완성시켜 나가는 일에 해당될 것이다.

> 삶의 가장 깊은 토막에 사다리 내렸을까,
> 마른 아가미 헐떡이는 물고기 여자

비탈을 깎으며 급하게 내닫는 바람에
창자도 알집도 빼주고, 속이란 속 다 빼 주고
불볕에서도 썩지 말라고
깊은 농도의 염분을 살 속에 저장한 여자

비린내 모르던 생의 전반부
가장 기름진 토막부터 썩을까 염려했을까
속속들이 제 몸이 소금우물이다

소금물 긷는 일, 일생의 화두로
산비탈에 어렵사리 나무기둥 세우고
기둥 위에 황토자리 깔아 염전 일구며
짜디짠 삶의 파노라마 펼치는
깡마르고 검게 탄 여자

파도도 해안도 수평선도 본 적 없어
바다라고는 모르던 여자
소금우물과 비탈길 오르내리며 용맹정진,
제 뼈를 갈아 소금 굽던 여자

불 위에 꼬리지느러미 휘청 오그라드는,
독한 소금 간이 된 물고기 여자
반 토막, 등 푸른 부처가 다녀가셨다

「간고등어」 전문

　자신에게 부과된 일상에 최대의 열정을 다하면서 시간의 마디들을 채워가는 시인에게 삶은 언제나 인내와 견딤을 요구하는 극한의 상황으로 다가올 것이다. 그러한 사정을 위의 시는 '제 몸'의 속속들이 '소금'을 저장하는 '간고등어'로 형상화하고 있거니와, '간고등어'는 삶이 그러하듯 '독한 소금 간'을 배인 '물고기 여자'로서의 자신을 가리킨다. 말하자면 위 시는 일상의 시간들을 촘촘이 살아냄으로써 삶의 시림과 독함을 모두 내면으로 삼키며 살아가는 시인에 대한 자화상에 해당한다. 가령 '창자도 알집도 속이란 속 다 빼주고' 대신 '소금'을 '살 속에 저장한 여자'란 삶에 대한 헌신으로 자신을 소멸시키게 됨에 따라 얻게 되는 고통에 찬 시간들을 암시한다. '여자'는 '소금물 긷는 일'을 '일생의 화두'로 여기듯 '산비탈에 어렵사리 염전을 일구'는, '바다라고는 모르'면서도 '소금우물과 비탈길을 오르내리며' '제 뼈를 갈아 소금 굽'는 일을 마치 천직처럼 해내는 그런 자이다.

　이는 지금까지의 시인의 모습이 그러했듯 주어진 일상을 회피하지 않고 그에 깊이 개입하여 최대한의 열정을 투여하는 양상을 나타낸다. 일상의 매듭들을 틈틈이 박아놓은 채 시적 자아에게 그만큼의 시간을 살아낼 것을 요구하는 시간의 양들은 '짜디짜'게 느껴질 수밖에 없다. 마찬가지로 삶은 그에게 '짜디짜게 펼쳐지는 파노라마'와 같다. 과도한 압박감으로 다가오는 이와 같은 '짜디짠' 삶의 무게 앞에서 '여자'는 이를 기꺼이 수용하는 모습을 보여주고 있다. 그것은 그가 '마른 아가미를 헐떡일'지언정 산비탈 염전에 자신의 사다리를 드리우는 데서 알 수 있다. 또한 그것은 그 염전을 일구기 위해 쉬지 않고 오르내리며 '용맹정진' 하는 모습에서 나타난다. '깡마르고 검게 탄 여자'가 된 것은 결국 그가 그와 같은 고된 시간들을 마다 하지 않고 묵묵히 감내한 결과에 해당할 터이다.

'소금'으로 상징되듯 독하고 짠 일상의 시간들을 견디는 일은 시적 자아에게 그저 삶에 대한 맹목적인 순응을 의미하지 않는다. 살이 깡마르고 햇빛에 그을려 검게 탈지라도 그가 반복적으로 행하는 노동은 결코 무의미한 것으로 여겨지지 않는다. 자신의 속을 다 비워내고 그 빈 자리에 소금을 켜켜이 담는 일은 스스로 가하는 학대에 해당하지 않는다. 오히려 그것들은 그에게 '썩을 것을 염려'하는 행위라 할 수 있다. 그것들은 '생의 전반부에 비린내를 모르던' 싱싱함을 최대한 그대로 유지하기 위한 의도를 지니는 것이다. 일상의 짜디짠 '소금'의 시간은 이를 기꺼이 수용하지 않을 경우 발생할 수 있는 부패와 산화를 막아주는 거의 유일한 방편이 된다. 따라서 '독한 소금간'을 한 '간고등어'가 되는 일은 삶의 진실성을 상실하지 않기 위해 애써 기울이는 노력을 의미한다. 그것은 파괴를 향해 치달아가는 시간의 흐름 속에서 최대한의 순수성을 지키려는 행위에 해당한다. 그 점에서 그것들은 주어진 삶의 한가운데에서 최고선을 향해 나아가고자 하는 자아의 의지에도 닿아 있는 것이라 말할 수 있다.

> 똑똑, 초록우산을 쓴 천사가
> 순장 당한 꿈들의 대문을 두드린다
>
> 누구의 심장에도 기꺼이 순장 당하지 않는 삶이란
> 또 얼마나 비장한 것일까

예나 지금이나
살아 있는 모든 시간을
무덤을 만들기 위해 사용할 필요까지는 없는데,

입술을 달싹이며 속삭이는 무덤 속 제비꽃의 말
낡은 꿈을 폭파해 줘,
내년 봄 다시 뛸 심장을 줄게

꿈꾸고, 이곳에 없고
꿈뿐인 삶에서
꿈꾸는 것과 깨어나는 것
갈림길에서 어느 쪽을 선택해야 하든

너무 일찍 순장된 제비꽃의 무릎은 변함없이
파랗게 물들 것이지만

가장 알맞은 그때가
사랑 때문에 죽기에 가장 알맞은 그때가
언제인지 영원히 모를 것이다

나는 천사의 우산 속으로 뛰어들지 않는다
「위험한 침대3」 전문

스스로 부패와 변질을 경계하는 삶의 태도가 일상적 시간을 수용하는 행동으로 나타난다고 했을 때 「위험한 침대」 연작시들은 그로 부터 가장 멀리 떨어져 있는 시편들이라 할 수 있다. 「위험한 침대」 는 일상의 시간보다는 그로부터 벗어난 '꿈'의 시간을 다루고 있으 며 주어진 삶을 수용하고자 하였던 시인의 지금까지의 목소리와 달 리 오히려 순응과 선善을 거부하는 몸짓을 드러내고 있기 때문이다. 대부분 낮이 아닌 '잠'의 순간에 쓰여지고 있는 「위험한 침대」 연작 시들은 지금껏 시인이 보여주었던 현재의 시간성이 아닌 꿈속의 무 시간성을 다루고 있으며 그 속에서 자아의 변화와 멸각보다 영원한 불변의 모습을 추구하고 있음을 알 수 있다. 이러한 사실들은 「위험 한 침대」 연작시들이 시집 『위험한 침대』에서 얼마나 이질적인가를 잘 말해준다 하겠다.

실제로 위 시의 첫 구절은 '천사가 순장 당한 꿈들의 대문을 두드 리'는 것으로 시작된다. 또한 '누구의 심장에도 기꺼이 순장 당하지 않는 삶이란 또 얼마나 비장한 것일까' 함으로써 위 시는 현재의 일 상적 시간에 대한 수용으로 인해 상실된 꿈과 비현재적 시간들을 상 기시키고 있다. 지금까지 선善의 일부로 여겨졌던 '수용'은 '순장'이 라는 격한 의미를 얻으면서 '순장 당하지 않는 삶'의 '비장함'을 언급 하는 데까지 이르고 있다. 뿐만 아니라 주어진 시간을 질적 고양을 위해 살아내는 것이야말로 최고선이라 여겼던 태도는 온데간데 없 이 사라지고 '살아 있는 모든 시간을/ 무덤을 만들기 위해 사용할 필 요까지는 없는데'라고 하면서 그러한 태도를 부정하고 회의하는 모 습까지도 비치고 있다. 이러한 양태들은 모두 시인의 시편들 가운데 에서 「위험한 침대」가 놓인 입지가 매우 특수함을 가리킨다. 지금까 지 확인할 수 있었던 최정란 시인의 삶의 모습 중 「위험한 침대」는 그야말로 '위험한' 의미를 띤다. 또한 이 같은 회의의 시간을 품고 있는 '침대'는 실로 '위험한 침대'라 할 것이다.

「위험한 침대」가 나타내고 있는 이들 '위험'함들은 일상적 시간에 대한 시인의 헌신적인 삶의 태도 가운데 은밀히 숨겨져 있던 내적 갈등을 암시한다. 주어진 현재에 투영되는 열정이 뜨겁고 헌신적일수록 어쩔 수 없이 고개 드는 자아의 본질이 그러한 내적 갈등을 일으키는 근본 요인일 것이다. 일상에의 투신과 그로 인한 자아의 소멸이 자신의 변화를 이끌어내는 선에 해당한다고 하였을 때, 그때의 변화가 과연 의문의 여지없이 긍정적인 것일까? 시간의 온순한 수용으로 자신의 삶이 순화된다 하여 그것이 자아의 본질에 얼마만큼 근접하는 일이 될 것인가? 이러한 질문들은 「위험한 침대」의 연작시 전체에 드러나 있는 '꿈'과 '현실', 비현재적 시간과 현재적 시간 사이의 대립 속에 선명하고도 반복적으로 도사리고 있거니와, 이는 시인의 내면에서의 이같은 갈등이 결코 쉽게 해소될 수 있는 것이 아님을 말해주는 것이면서 또한 이러한 내적 갈등 없이 현실을 살아가는 일이 지극히 어려운 일임을 깨닫게 해준다.

이러한 관점에서 '무덤 속에 순장된 제비꽃'이 '낡은 꿈을 폭파해줘,/ 내년 봄 다시 뛸 심장을 줄게'하는 부분은 비현재의 비현실을 희생할 때라야 현실의 현재는 물론이고 미래까지도 보장될 수 있음을 항변하는 대목이라고 볼 수 있다. 자아는 언제나 '꿈꾸는 것과 깨어나는 것/ 갈림길에서 어느 쪽을 선택하'는 기로에 놓이게 되고, 그 선택에서 '사랑 때문에 죽기에 가장 알맞은 그때'란 '영원히' 미뤄지면서 결국 '아무 일도 없었던 것처럼 두리번거리며 꿈에서 깨어나는' (「위험한 침대5」) 일들을 계속하게 될 것이다. 이에 따라 '위험한 침

대'에서의 '꿈'의 시간은 '혼자 남은 허깨비의 시간'으로 간주되어
역시 자아는 '자고 나니 다시 자야 할 시간이 기다리'(「위험한 침대6」)
는 영원한 현재적 현실의 시간으로 내몰리게 될 것이다. 어쩌면 현재
적 현실에 의한 '꿈'의 잠식으로도 해명할 수 있을 이러한 현상은, 분
명한 것은 시인의 삶 가운데에서 '텅빈 꿈' 혹은 '아홉 겹 굳게 닫힌
꿈'(「위험한 침대7」)과 같은 '꿈'에 관한 의미의 퇴화로 귀결된다는
점이다. 또한 '꿈'에 관한 의미의 퇴락은 또다시 현실적 삶에의 적극
적인 의미화로 이어지게 될 것이라는 사실이다.

포도가 익을 무렵
협궤가 구월을 타고 국경역에 가볼까

얼마나 속이 탔기에 이렇게 깊이
검은 맛이 나는 것일까
이 달콤한 혀의 역에 도착하기 위해서
한결같이 덜컹거리며
땡볕철로를 달려온 것일까

더 깎아낼 하나의 모서리도 허락하지 않는
압축,
한 자리에 매달리기 위해
한 자리를 내주기 위해
각이란 각은 모두 안으로 들여놓은
절제,

어느 하나가 모자라도
향기는 완성되지 않는 것일까

멀리에 등에 어깨에
말의 짐 무겁게 이고 지고 메고 다니는
말의 당나귀, 나도

부패되기 쉬운 말의 화물 한 상자
포도 이파리 선반에 얹어두고
말이 익기를 기다리며
　　　「내가 남긴 잔을 당신이 비울 때」 부분

　'꿈'이 아닌 현실로의 귀환이 이루어지자 시인의 시에서 시간성은
다시 전면에 부각되는 삶의 요소가 된다. 또다시 시간은 현재적 그것
이자 일상과 더불어 존재하고 부과되는 성질의 것이다. 일상 속에서
더디게 이어지는 마디마디의 시간들은 마치 '포도'의 한 알 한 알이
느린 시간에 기대어 익어가는 모습과 흡사하다. 가을의 햇살에 서서
히 익어가는 포도의 알들은 일상의 시간들이 삶을 채워가는 일에 비
견될 만하다. 때문에 '얼마나 속이 탔기에 이렇게 깊이/ 검은 맛이 나
는 것일까'하는 대목은 '포도'와 삶의 유비를 통해 자아의 내면에 관
한 심상을 제시하는 것이리라. 그의 내면이란 오랜 동안의 지난한 일
상의 과정에 의해 다져지고 채워져 포도알처럼 싱싱하게 영근 것일
터이다. 또한 기나긴 인내의 과정들을 거쳐 빚어진 마음자리의 그것
은 포도알이 시간 속에서 검푸른 빛깔을 띠는 것처럼 '검은 맛'으로

다가온다. 화자는 그같은 '검은 맛'을 '속이 탔'던 데서 연유한다고 말하거니와, 이는 시에서 '덜컹거림'과 '땡볕'으로 언급되듯 그간의 시간들이 화자에게 야기했을 고투의 과정들을 암시한다 하겠다.

위 시에 나타난 이러한 해석들은 앞서 「손수건」이나 「간고등어」에서도 확인할 수 있었던 것처럼 시인에게 일상적 시간의 마디들을 겪어내는 일들이 어떻게 의미화되고 있는지 잘 말해준다. 시인에게 일상의 현재적 시간들은 그저 주어지는 것에 그치는 것이 아니라 자아의 적극적인 행동들에 의해 변화되고 고양된다고 하였거니와, 그러한 과정을 위 시에서는 '더 깎아낼 하나의 모서리도 허락하지 않는 압축'이라 함으로써 안으로 둥글게 삭이고 감내하고 순화시켜나가는 것으로 묘사하고 있다. 즉 시간을 수용하는 과정은 자아의 내면에서 '각이란 각은 모두 안으로 들여놓는' '절제'와 포용의 마음 상태들을 유도하는 것이리라. 화자는 날카로운 각들이 모두 마모되어 부드럽게 융화된 상태를 비로소 '향기가 완성'되는 시점이라 말하고 있다.

이렇게 하여 완성된 향기는 시인의 경우 '익어가는 말'에 해당되기도 한다. 그 역시 안으로 삭여 내어 모나지 않고 부드러운 '말'을 가리키는 것으로서, 그것은 고통의 시간을 거쳐 도착한 '달콤한 혀의 역'에서 마주할 수 있는 것에 속한다. 이같은 '말'을 얻기까지 '머리에 등에 어깨에/ 말의 짐 무겁게 이고 지고 메고 다녔'을 자신을 가리켜 화자는 '말의 당나귀'라 일컫거니와, 화자에게 '익은 말'은 분투의 시간을 모두 감내한 뒤 얻게 된 말의 열매를 의미한다.

시간을 두고 천천히 익기를 기다려 얻은 '포도알'처럼 깊게 여문 말은 시인에게 세상에 푸근히 다가갈 수 있는 여유를 안겨준다. 그는

'사려 깊은 승객의 옆 좌석'에 '은근슬쩍 둥글게' 자리를 정하고 싶어
진 것이다. 그리고는 목적지도 잊은 채 '말로 빚은' '반쯤 발효된 시
금털털한 와인'을 '나눠 마시며' 일상의 시간을 보내고 싶어 하게 된
다. 여기에서 '말의 와인'은 옆의 승객과 나누는 시인의 대화를 깊고
은은한 향기로 가득 채우게 될 것이며, 이때의 시간은 말의 숙성을
위해 지금껏 고투 속에서 지나왔을 일상의 마디진 시간들과는 사뭇
다른 질감으로 다가오게 될 것이다.

　지금껏 살펴본 바 최정란 시인의 시편들에서 가장 중심에 놓이는
것은 일상과의 함수 아래 놓인 시간성의 문제이다. 일상적 시간 앞에
서 시인은 이를 온몸으로 감내하는 길을 선택한다. 그것은 일상적 시
간을 회피하지 않고 이에 적극적이고 능동적으로 개입하는 것을 의
미하는데 이를 통해 시인은 스스로를 변화시키면서 삶의 완성에 이
르고자 한다는 것을 알 수 있다. 이때 시인이 꿈꾸는 삶의 완성이란
일상의 시간을 벗어난 초월적인 자리에 놓여 있지 않다. 그것은 여
전히 일상의 시간 한가운데에서 부드러움을 향해 있는 내면을 발견
하는 일에 해당한다. 삶의 성숙을 의미하는 이것을 시인은 시간의 삭
임의 과정을 통해 이루어내고자 하는바, 이러한 과정의 끝에서 만나
게 되는 가장 귀한 열매가 있다면 그것은 깊고 은은히 발효된 말의
와인이라 할 수 있을 것이다.

■ 시집 『장미 키스』 해설

주름진 시간과 부채살로 펼쳐진
모국어의 시

― 김미희의 『자오선을 지날 때는 몸살을 앓는다』(시산맥, 2019)

    침묵하는 자에게 말이 억압과 자유의 양면성 속에 놓인 긴장된 매개체라고 한다면 이러한 성질은 이민자에게 동일하게 적용될 것이다. 이민자에게 말은 낯선 세계 속에서의 생존을 위해 매순간 자신을 기투해야 하는 긴장 속에서 발화되는 까닭이다. 외국어일 수밖에 없을 이민자의 말은 쉽게 발화할 수 없는 데서 비롯되는 억압과 그 해소로 인한 자유의 양면 사이에서 자아를 팽팽하게 줄타기 하게 하는 곤혹스런 매체인 것이다. 그런 점에서 이민자는 말로써 자신을 해방하고 세계와 자유로이 소통하곤 하는 일반인들에 대한 예외적 존재이자 드물게 외딴 세계로 던져진 유배자라 할 수 있다.

    김미희의 시를 논할 때 이민자로서의 조건을 언급하는 것은 불가피하다. 그는 외국에서의 오랜 이민의 삶을 살아가는 중에 있으며 그의 시는 그러한 조건 속에서 융기하듯 피어난 고투의 결정체이기 때문이다. 말이 생존을 위한 척박한 도구가 되게 마련인 이방인의 삶 가운데 모국어로 쓰여지는 시는 자신을 응시할 수 있는 유일하게 고요한 수면水面으로 작용한다. 숱하게 이어지는 낮과 밤의 수레바퀴

속에서 시인은 감춰둔 유물을 연마하듯 모국어를 꺼내 시의 시간을 지켜왔으리라 짐작할 수 있다. 시인에게 시는 그것이 모국어로 발화된다는 점에서 이국어의 압박 가운데 행복하게 자리하고 있는 영혼의 해방구라 할 수 있다.

이때 길어내어진 모국어의 시는 침묵을 강요당하는 고통에 비례하는 밀도와 굴곡의 갈피들을 드러내게 된다. 낯선 세상에서의 삶이 한없이 헛헛할수록 시인은 시에 기대었을 것이며 이에 따라 그의 시는 허기신 삶을 위로해줄 언어의 무게를 지니게 되었을 것이다. 말하자면 그의 시는 이방인으로서 겪기 마련인 경험적 정서들, 외로움과 슬픔과 아픔 등속에 대한 응답이자 이들로부터의 탈주의 기록이라 할 수 있다. 이민자로서의 삶이 고되고 시름 깊을수록 시인은 시를 통해 이로부터 벗어날 창조적 언어를 꿈꾸었을 것이라는 점이다. 그의 시를 억압된 채 쌓여 있는 정서의 응어리들과 이를 토해내는 언어들 사이의 역학 속에서 읽어내는 것이 가능한 것도 이 때문이다.

봄꽃은
물 몇 방울로도 피어나는 것이라고 하는데
나의 두레박질은 밤을 새운다

눈물샘 바닥을 내듯 물을 길어도
밑동만 남은 나무는 아직
움을 틀 기미를 보이지 않는다

바닥이 드러난 속가슴엔

모래 한 줌 뿐인데
실뿌리 하나로 어찌 삶의 무게를 담擔할 수 있을까

참아온 문장들이 넘쳐도
갇혀있던 기척들을 홑청 위에 엎지르고
욕탕 바닥에 드러눕는 나신을 본다

그제야 돋는 눈물 한 방울에 봄밤이 운다
「누수漏水」 전문

  시의 배경을 이루는 봄밤의 이미지에 비한다면 시인이 놓여 있는 삶의 토양은 성글기만 하다. 그가 발 디디고 있는 땅은 서걱이는 '모래 한 줌'인 까닭이다. 아무리 물을 주어도 흔적도 없이 흡수한 채 아랑곳 않는 모래 바닥은 시인의 타지에서의 삶의 실상을 말해준다. 누군가에게는 '물 몇 방울'로도 '봄꽃'을 틔울 세상이 그에겐 한없는 '눈물'로도 채울 수 없는 척박한 세계일 뿐이다. 눈물을 누수漏水처럼 흘린다 해도 이국의 땅이 따뜻한 품을 내어줄 것이라 기대할 수는 없다. 여전히 '움을 틀 기미를 보이지 않는 나무'는 시인의 절망의 깊이를 가늠하게 한다. 그에게 세상은 언제나 자신의 팍팍한 '가슴 바닥'을 확인케 하는 냉혹한 타자에 다름 아니다.
  이 같은 차디찬 인고의 생활 속에서 시인이 할 수 있었던 일은 끊임없이 '물을 긷'는 일이었으리라. '밤을 새우는 두레박질'이라 표현되고 있는 그것은 눈물로 시를 쓰는 일을 가리킨다. 고된 일과를 마치고 마주하는 그의 '속가슴'은 언제고 '모래 한 줌'처럼 차갑고 메말

351

랐을 것이나 그는 '눈물샘 바닥을 내듯' 시의 언어를 길어 올렸던 것
이다. 하염없는 슬픔과 대면하는 시간은 그의 가슴 속에 갇혀 있던
'참아온 문장들'이 아우성치는 시간이기도 하다. 이때는 내내 침묵
을 강요당하던 언어들이 자신의 실존을 주장하기라도 하듯 솟구치
는 시간이라 할 수 있다. 그것들은 지치고 고단한 '기척들'에 의해 때
로 억압되기도 하겠으나 그것들이 시인에게 온전히 자신을 조우하
게 하는 근원의 시간을 이루게 할 것임은 물론이다. 그에게 '삶의 무
게를 담擔할지'를 묻게 하는 '실뿌리 하나'는 곧 온통 타자화된 세계
속에서 자신을 잃지 않고 살아가게 할 근거를 가리키는바, 그것은 미
약하지만 위안의 끈이 될 수 있을 시쓰기가 아닐 수 없다. 시쓰기를
통해 만나게 되는 언어야말로 하루 온종일 결박당한 자신의 영혼을
풀어놓는 통로가 될 것이기 때문이다.

그의 '나신'이 '바닥에 드러눕는' 것과 다르지 않을 시쓰기의 시간
은 시인에게 그것이 또 하나의 '눈물 한 방울'이 되는 때이기도 하다.
이때 시인의 고달픈 삶을 나타내는 '눈물 한 방울'은 부정적으로만
전유되지는 않는다. '눈물 한 방울'은 결국 시인의 가슴 바닥을 이루
는 '모래 한 줌'을 옥토沃土로 바꾸게 하는 원재료인 까닭이다. '그제
야 돋는 눈물 한 방울에 봄밤이 운다'고 한 화자의 말에서 작은 희망
을 느끼게 되는 것도 이러한 사정에 기인한다.

물렁한 것에도 뿌리는 깊어
검붉은 문장 하나 있다

살아야 하는 것과

죽어야 하는 것이 뒤섞여 우글거려도
마침표 하나로 남을 수 있는 말

힘센 말을 만나 낙마하고
사나운 말들에 깨물리고
성난 어금니에 씹히고
말꼬리에 사정없이 채인
얼굴 없는 순간들로 된
낯선 세상

헐벗은 것들은
본디 속도 조절과는 무관해
늘려낸 문장들 쪽쪽
혓바늘에 꽂히어도
감정의 살갗 환하도록 아픔을 견디면
나는 말의 꽃이 된다

「혀」 전문

위 시에서 말하는 바 '얼굴 없는 순간들로 된 낯선 세상'은 시인이 처한 이방인의 처지를 환기시킨다. '얼굴 없는 순간들'은 타자화된 세계로 둘러싸인 세계 속에서 자아가 느끼는 암담함과 고독을 나타낸다. 이는 모든 순간 자신을 확인할 수 없는 극단적 외로움을 가리키고 있거니와 그러한 실상이 '말'에서 비롯된다는 것은 의미심장하다. '힘센 말을 만나 낙마하고', '사나운 말들에 깨물리고', '성난 어금니에 씹히고', '말꼬리에 사정없이 채인'에서 묘사되고 있는 정황은 일견 '말馬'에 의해 비롯된 것처럼 보이지만 사실상 '말言'에 의한 것이라 해도 틀리지 않다. '말言'은 '말馬' 못지않게 동일한 완력을 행사할 수 있는 것이리라. '힘센 말', '사나운 말', '성난 어금니', '말꼬리'는 모두 시인에게 가해지는 이국 언어의 폭력성을 의미한다. 이방인에게 타국의 언어는 자신을 지켜주지 않는 모질고도 냉혹한 실체라는 관점이 여기에 있다. 언어는 낯선 땅이 철저히 타자의 세계일 수밖에 없음을 인지시키는 가장 뚜렷한 매개체인 것이다.

시인이 자신의 '말'을 구하게 되는 것도 이러한 상황에 기인한다. 그에게 모국어는 타국어에 의해 겪게 되는 상처와 설움을 해소시켜주는 주된 요인이라 할 수 있다. 외국에서 같은 말을 쓰는 사람을 만났을 때 느껴지는 가족과 같은 친근감은 언어가 지닌 이러한 힘을 보여주거니와 이는 시인에게 시쓰기가 어떤 의미를 지니는 것인지 새삼 짐작하게 한다. 그에게 시쓰기를 통해 만나게 되는 모국어는 '살아야 하는 것과 죽어야 하는 것이 뒤섞여 우글거려도' '남을 수 있는 말'이라고 한 데서 알 수 있듯 삶과 죽음을 초월하는 지점에 놓인 궁극적이고도 절대적인 것이다. 이는 모국어야말로 온통 타자로 둘러싸인 세계 내에서 거의 유일하고도 확고하게 자신을 확인할 수 있게 해주는 매체가 됨을 말해준다. '물렁한 것에도 뿌리는 깊'다는 전언은 곧 화자에게 모국어가 지니는 근원적 기능을 암시하는 것으로서, 시인은 이에 기반하여 쓰여지는 시를 가리켜 '검붉은 문장'이라 말하고 있다.

'검붉은 문장'은 김미희의 시에서의 '붉은 시어'(「어떤 배역1」), '붉은 심장'(「도난당하다」) 등의 '붉은' 이미지의 연장선에 놓이는 것으로 뜨겁게 타오르는 강한 생명력의 의미를 내포한다. 주어진 냉혹한 현실을 극복하는 강력한 에너지를 포함한다 할 수 있는 그것은 이국의 언어에 의해 굳어진 자신의 혀와 심장을 불살라 강력하게 되살리는 힘을 나타낸다. 물론 그의 일상의 바깥 영역에 존재하는 모국어는 '속도 조절과는 무관한' '헐벗은 것'일 수 있을 것이다. 그러나 시인은 모국어와 더불어 '감정의 살갗 환하도록 아픔을 견디'는 시간을 겪게 된다면 스스로 '말의 꽃'이 될 수 있을 것이라 여긴다. 그에게 시는 감정의 아픔들을 견디게 함으로써 자신을 아름답게 승화시키는 계기에 해당하는 것이다.

> 진물 흐르던 시절 촘촘히 박아 간직해두었던
> 첨삭도 하지 않은 말들 모두 풀어
> 차라리 파도 소리 덮칠 때쯤 큰소리로 외치리
> 사랑한다고
>
> 점자처럼 더듬던
> 뜯어낸 바늘구멍 같은 오래 멈춰있던 말줄임표
> 손끝에서만 바람 소리로 맴돌던 주어가 빠진 문장들에
> 가끔 쉼표도 붙여
> 매듭 가득한 나를 풀어 네 몸속에 오래 흐르게 하리
>
> 낯선 것에 길드는 동안
> 하얗게 얼어있던 그리움의 뇌수는 그어놓은 분계선을 넘어 너를 깨우고

> 목말라있던 너의 심장을 돌아 늘골을 텅텅 울리며 흐르게
> 하리

「너를 만나」 부분

　모국어에 대한 간절함은 이국에서 시인이 겪을 뼈저린 외로움에 대한 증거이기도 하다. 외국어에 의해 침묵당하는 시간이 많아지면 많아질수록 응당 누려야 할 자유와 행복의 감정들은 아픔과 고통으로 일그러진 채 가슴 깊은 곳에 숨어들게 된다. 그의 시 곳곳에 드러나고 있는 슬픔과 그리움, 눈물과 시림, 외로움과 기다림 등의 감정들은 타지에서 보낸 시간만큼 더해져 시인의 기억 속에 '촘촘히' 저장된다. 시인이 말하는 '주름 접힌 시간'(「어떤 배역3」)은 세월에 따라 층층이 쌓인 아픈 감정들의 굴곡들을 가리키는 것이라 할 수 있다. 시인에게 이들 감정으로 주름진 시간의 골들은 '무거운 세월'(「쇠비름은」)이라든지 '진물 흐르던 세월'(「의자」)로 변주된다.

　억압의 상황 속에서 시인의 하루하루는 '재봉틀 소리에 묻힌 한숨들'을 삭이면서 '그늘 되어 앉아있는'(「의자」) 날들의 무한반복으로 여겨진다. 시인에게 생은 '뿌리째 뽑혀나간 내 속 깊은 생채기'(「산을 오른다」)라든가 '너덜해진 인생'(「상 준다는 말은」), 혹은 '헤진 나'(「누빈다는 거」) 등으로 언표된다. '숭숭 구멍'(「누빈다는 거」)난 가슴이 채워지지 않는 '허기진 날들'(「간 맞추는 일」)로 시인은 자신의 생을 공허하고 무기력하게 느끼게 된다. 그러나 이 같은 삶의 현실은 시인으로 하여금 그 속에 '기력 없이'(「어떤 배역3」) 머물게 하는 대신 스스로를 '파 엎고 뒤집으며 담금질'(「도난당하다」)하도록 이끌어간다는 것을 알 수 있다. 그는 이러한 상황에 굴복하는 대신

'가진 것 뜯기고 뽑히지 않기 위해'(「도난당하다」) 결연하게 자신의
길을 찾아 나아가는 것이다. '붉은 심장'(「도난당하다」)을 꿈꾸게 되
는 것도 이 시점에서이다.

그같은 꿈을 향한 과정에서 시인은 위 시에서처럼 '말들 모두 풀
어' '사랑한다고 큰소리로 외치'노라고 하고 있다. 그간의 억압 속에
서의 말들이 '진물 흐른'채 '촘촘히 간직'되어 있었다고 한다면, 혹은
'뜯어낸 바늘구멍'처럼 '말줄임표'로 '오래 멈춰있'었다면 이제는 그
러한 말들을 꺼내어 '주어'도 붙이고 '쉼표'도 붙여 '매듭 가득한 나
를 풀'듯이 모두 풀어내기로 하는 것이다. 그리하여 그러한 말들이
'하얗게 얼어있던' '뇌수'를 자극하고 '분계선을 넘어' '네 몸속에 오
래 흐르'고 '너를 깨우고' '목말라있던 너의 심장을 돌아' '늑골을 텅
텅 울리며 흐르'기를 소망하기로 하는 것이다.

이와 같은 시인의 결연한 의지의 중심에는 '말'이 가로놓여 있다.
물론 이때의 말은 자신을 이방인으로서 위축시키고 무기력하게 만
드는 외국어가 아닌 스스로를 확인케 하는 모국어를 가리킨다. 외국
어를 대체한 모국어는 시인의 가슴 속에 새겨진 세월의 주름들을 죄
다 끌어올려 시인을 해방시키고 자유롭게 하는 힘으로서 작용한다.
뿐만 아니라 그것은 시인 자신을 위로하고 어루만지는 데서 멈추는
것이 아니라 그의 말을 접한 모든 이들의 가슴에 흘러 들어가 그들
역시 치유와 자유의 흐름 속으로 끌어들이는 힘을 발휘한다. 이는 시
인이 꿈꾸던 '붉은 심장'과 '붉은 시어'가 비로소 강한 생명력을 나타
내는 순간일 텐데, 우리는 시인이 겪었을 오랜 고통의 시간들과 그
에 대한 초극의 과정 가운데서 김미희 시인의 시가 지닌 힘의 요인을
발견하게 된다.

357

걸음에 걸음을 보태면
바람이 될까요
몸보다 무거운 마음 버리면
오르게 될까요

삼켜온 것들
하고 싶었던 말 한 마디 한 마디
1,442계단 쌓아
부를 수 없는 이름 없는 세상을 위해
오르고 싶습니다

눈길 닿기만 해도 금련화는
하늘까지 채우는 별로 뜨는 밤
액정 화면 속에서만 계시는
백두의 푸르른 암묵을 깨닫기 위해
당신에게 스며드는 꿈을 꿉니다
　　　　　「당신에게 가는 길」 전문

　이방인으로서 침묵할 수밖에 없었던 말들이 상처를 남기고 마음을 무겁게 짓눌렀다고 한다면 이에 대한 치유는 오직 언어로써 이루어질 수 있을 것이다. 마음속에 새겨진 감정의 무늬들과 무게들을 가늠하면서 그에 대해 섬세히 이름 지을 때 언어의 치유력이 나타나게 되거니와 이러한 언어의 힘을 다할 수 있는 것은 오로지 모국어에 국한된다. 자아의 몸과 마음속에 밀착된 채 존재하는 모국어일 때라야 언어는 자아의 내면에 깊이 침투하여 내면을 다스리는 역할을 하게 될 터이다. 모국어와 외국어의 경계에 놓임으로써 언어에 의한 억압을 뼈저리게 체험한 시인의 경우 언어의 본질과 기능이 보다 선명하게 인식되었을 것이다. 시인이 보이고 있는 언어에 대한 도저한 천착은 여기에서 비롯된 것이다. 시인은 이국의 땅에서 짊어져야 했던 이방인으로서의 설움에 길들여지는 대신 모국어에 대한 갈증과 사랑을 통해 이를 극복하고자 하였음을 알 수 있다.

이에 따라 그의 시에는 삶의 모든 국면들이 주름진 감정들만큼이나 켜켜이 차지하고 있음을 확인하게 된다. 그의 시에는 낯선 땅에서의 고독과 외로움이 피처럼 농도 짙게 흐르고 있으며 짓눌린 감정들로 인한 무기력과 허무의식이 곳곳에 고개를 내밀고 있는 것이다. 그러나 동시에 그의 시에는 말에 대한 애착과 자신이 처한 한계 상황에 대한 초극 의지가 강렬하게 빛나고 있음 또한 발견하게 된다. 이들 국면들은 각기 분리된 채 고정되어 있는 것이 아니라 서로 유기적으로 작용하면서 시인의 시를 살아 숨 쉬는 그것으로 이끌어 나가게 된다. 시인의 시가 침묵을 요구당하는 자의 억압된 내면에 대해 치유의 힘을 발휘할 수 있게 되는 것도 이 때문이다.

실제로 김미희 시인은 위 시에서처럼 자신의 '말 한 마디 한 마디', 시어 하나하나가 자신에게 멈추는 것이 아닌 타인과 세상에게로 닿을 수 있는 것이기를 바라고 있다. 시에서 묘사되고 있는 '1,442계단'은 단순한 계단이 아니라 '삼켜온' '하고 싶었던 말들'에 의해 쌓여지는 것이자 '부를 수 없는 이름 없는 세상을 위해' 존재하는 계단이다. 시인은 그의 언어로 쌓은 1,442개의 계단을 자신만을 위한 것이 아닌 침묵하는 모든 이들을 위한 것으로 삼고자 하고 있다. 이를 위해 시

인은 '걸음에 걸음을 보태듯' 우직하게 '몸보다 무거운 마음을 버리
는' 자세로 시를 쓰겠노라는 다짐을 보이거니와, 이는 인내로써 길
러낸 말을 통해 세상과 소통하고자 하는 시인의 의도를 나타내는 것
이다. 위 시의 '당신에 스며드는 꿈'이야말로 그러한 정황을 대변한
다 하겠다.

　김미희 시인이 이번 시집 『자오선을 지날 때는 몸살을 앓는다』에
서 보여주고 있는 시의 의미화 과정은 이방인으로서의 자신의 운명
을 언어에 그대로 투영시키는 일과 관련된다. 김미희 시인은 이국땅
에서의 삶의 시린 체험들을 온전히 담아내되 그것에 패배하는 것이
아닌 그것을 극복하는 길을 걷고자 한다. 시인에게 초극은 마음 속
응어리진 눈물과 설움 등속의 감정들을 모국어로 길어올려 그것을
부채살처럼 펼쳐내는 일을 통해 가능해진다. 시쓰기가 그것이거니
와 시인은 이러한 모국어에 의한 시쓰기를 통해 상실한 뿌리를 회복
하여 삶의 허무를 건너가려고 함을 알 수 있다. 부채살처럼 펼쳐진
그의 아름다운 시어들은 말에 관하여 동일한 아픔을 지닌 모든 이들
을 위한 자유와 치유의 시가 될 것이다.

　　　　　　　　　　■ 시집 『자오선을 지날 때는 몸살을 앓는다』 해설

세계의 '접기'와 시적 펼침으로
구현되는 생의 진리

— 박숙이의 『하마터면 익을 뻔했네』(시산맥, 2019)

박숙이 시인의 시들에는 살면서 마주하는 자잘하면서도 평범한 생활의 모습들이 자연스럽게 흘러들어와 생기있는 물결을 이룬다. 무심히 스쳐지나가는 법 없이 시선을 던지는 시인에게 되풀이되는 일상과 범상한 자연의 현상들, 일반적인 이웃의 모습들은 시의 주된 소재가 된다. 일을 마치고 돌아오는 길에서의 상념은 긴장된 날들 가운데에서도 삶에 대한 긍정을 보여주고 있으며(「싱그러운 퇴근 길」) 가을이 되어 붉어진 산세는 경이로움 그 자체를 나타낸다(「시월은 만장일치로」). 별 것도 아닌 돌을 보고 세상의 '신비를 발견한 듯' 즐거워하던 이웃(「커리어우먼들」)에게서 시인은 인간의 순수성을 찾아낸다.

박숙이 시인은 생활 속에서 조우하는 소소한 장면들을 사소한 것으로 치부해버리는 대신 어느덧 그들 속에 깃든 의미를 정면으로 마주한다. 시인의 시선에 의해 그것들은 마치 마술사의 손에 의해 이끌려나오는 꽃송이처럼 생의 진실들을 풀어놓는다. 수제비를 끓이면서 떠올리는 혈육 간의 찰진 우애(「수제비」)라든가 마른멸치의 비린

내에서 찾아내는 생의 생생한 증거(「마른멸치」), 무선마이크에서 연상하게 된 단순하고도 자유로운 삶의 자세(「무선 마이크」), 막무가내로 꼬인 등나무의 그늘에서 읽어내는 이웃을 향한 넉넉한 배려(「등나무」) 등은 켜켜이 쌓여진 생활 속 층위들에 시인이 어떻게 다가가 의미를 끌어내는지 잘 보여준다. 시인은 끈기있게 그들을 응시하는가 하면 뜨거운 사랑의 손길로 어루만지면서 그들 내부에 감춰져 있는 삶의 본질들을 현상시킨다는 것을 알 수 있다. 시인의 끈질긴 시선과 치열한 손길에 의해 생활의 편린들은 비로소 겹겹의 껍데기를 벗어내고 진리의 핵을 드러낸다.

　결코 특별할 것이 없다고 간주되는 생활들 속에서 진실의 속내를 발견하는 시인에게 삶은 눈에 보이는 것 이상의 진리로 채워져 있는 것이다. 허위와 기만으로 가득 차 세상이 온통 무용함으로 이루어졌다고 하는 가운데서도 시인의 눈은 그 속에 웅크리고 있는 진리를 찾아내곤 한다. 물론 이때의 진리란 다름 아닌 삶을 향한 열정과 닿아 있는 것이다. 진리는 곧 삶에의 치열한 지향성이 빚어내는 순금 같은 인식의 결과물인 까닭이다. 이는 삶을 향한 의지가 없는 한 인식도 진리도 없음을 의미하거니와 박숙이 시인이 발견하는 진리는 곧 그가 추구하는 삶에의 의지가 얼마나 강렬한 것인지를 짐작하게 한다. 시인은 그 누구보다도 순연하게 생에의 지향성을 나타내고 있다.

　생활의 소소함을 다루는 이유로 일견 소탈하고 무던해 보이지만 사실상 시인은 대단히 완고하게 삶의 진리를 추구하고 있다. 그것은 표제시인 「하마터면 익을 뻔했네」를 보아도 대번에 알 수 있다. 이 시는 시인이 삶의 진실에 대해 어느 정도로 고집스럽게 다가가고자 하는지를 뚜렷하게 보여주고 있다.

맨 처음 나를 깨트려 준 생솔 같은 총각 선생님,
촌 골짜기에서 올라와 혼자 제자리 찾아 서지도 앉지도 못하는
불안 불안한, 갑갑한 이 달걀에게
여린 정신이 번쩍 들도록, 음으로 양으로 깨트려 준 샛별 같은 그 선생님

당신이 날 깨트렸으므로 혁명의 눈을 초롱초롱 떴네
한번뿐인 생달걀, 생이 한번뿐이라는 걸 가르쳐 준 그 후부터 나는
익지 않으려 기를 쓰며 사네, 그러나 하마터면 나 익을 뻔했네,
익으면 나 부화될 수 없네

깨트려 주는 것과 깨지게 한 것과 망가뜨린다는 것의 차이점을
사전 속 아닌 필생 부딪히면서, 익지 않으려 애쓰면서 에그,
하마터면 또 홀랑 반숙될 뻔했네

「하마터면 익을 뻔했네」 전문

위 시에서 '익는다'는 것은 일반적 상징에서 말하는 '성숙하다', '깊어진다'와 같은 긍정적 의미가 아니라 '부화될 수 없'는 조건으로서의 그것이다. 당연히 '부화'는 달걀이 향해 있는 궁극의 목적에 해당하는 것으로, 부화할 수 있는 달걀은 살아 있는 것이지만 부화할 수 없는 달걀이란 더 이상 생명을 연장할 수 없는 죽은 상태를 가리킨다. 이러한 관점에서 '익어서 부화할 수 없는' '나'란 정신이 깨어

363

있지 못한 상태로서, 어떠한 삶의 진리에 대해서도 무감각한 자가 되는 것을 의미한다. 정신이 깨어 있음은 영원히 생명력을 지니는 상태이지만, 정신의 죽음은 생명의 순환성에 진입하지 못하고 포식자의 먹잇감으로 전락하여 종말을 맞이하는 운명에 놓이게 된다.

생명의 단절과 죽음을 의미한다는 점에서 '익음'은 매순간 경계해야 하는 공포의 대상이 된다. 위 시의 화자가 '익지 않으려 기를 쓰며' 살아야 했던 것도 이 때문이다. 그러나 '익지 않'는 것은 결코 쉬운 일이 아니다. "하마터면 익을 뻔했네"라고 한 것은 이러한 상황 속에서 화자가 느끼는 긴장의 강도를 암시해준다.

그런데 화자가 정신의 살아있음을 추구하게 된 것은 학창시절 은사님 덕분이다. 그분은 '내'가 '여린 정신이 번쩍 들도록, 음으로 양으로 깨뜨려 준 샛별 같은 선생님'이시다. '생솔 같은' 그분의 가르침이 있었기에 '나'는 비로소 '혁명의 눈을 초롱초롱 떴'다고 화자는 말하거니와 이후 '나'는 '생이 한번뿐이라'는 자각과 함께 '생달걀'로 남기 위해 '기를 쓰며' 살아왔던 것이다.

'제자리 찾아 서지도 앉지도 못 하'던 '불안 불안한' 상태에 있을 때 화자의 정신을 일깨워준 스승의 가르침은 무엇이었을까? 그 구체적 내용을 우리는 알지 못한다. 그러나 화자가 고백한 바대로, 시인은 이를 계기로 하여 바로 이 시점부터 '생달걀'로 살고자 하는 의지를 품게 되었던 것이리라. 또한 그러한 생에의 의지가 지금까지 시인을 지탱해왔던 정신적 기반이 되어 주었을 것이다. 시인은 이번 시집의 곳곳에서 푸르도록 벼려진 생애의 의지를 드러내고 있거니와, 물론 이러한 삶의 자세가 그를 항상 '애면글면'(「어머니의 목소리」)하도록 긴장시킨 것이 사실이지만, 이야말로 시인을 존립하게 하는 근

거가 되었다는 점을 놓쳐서는 안 될 것이다. 그에게 이와 같은 생애
의 의지는 평생을 두고 항상 깨어있는 정신으로 삶을 인식하고 감내
토록 하는 동력으로서 작용해 온 것이다.

천둥 우레까지
熱戰의 가을까지 다 겪어봤다
무엇이 더 두려우랴

다만, 가을을 겪고 나니
요행이 없는 저 들판,
내가 한없이 넓어져 있음을 알겠다

생각해 보면
들판이 왜 들판이겠나
혼자 아닌
바람과 땡볕과 혹한과 함께 판을 벌인다는 말이지

언 땅속의 보리처럼
주먹은 추위 속에서 불끈 쥐는 것

해보자 까짓,
벌릴 틈만 있다면야
한가락 하는 저 추위도 나는 당찬 의욕으로 달게 받겠네

「겨울들판」 전문

　박숙이 시인의 시들 가운데에는 땅과 흙, 들과 같은 대지와 관련된 모티프들이 자주 등장한다(「삼합」, 「무」, 「생육」, 「거름」 등). 동시에 이들에 뿌리내리고 존재하는 식물들도 시인이 빈번하게 조명하는 시적 대상이 된다(「빼딱한 나무」, 「벚꽃 다 날아 가버리고」, 「등나무」, 「붉은 꽃을 보면」, 「꽃이 가장 쓸쓸할 때」, 「유채꽃」, 「놀고 있는 들꽃들」, 「자작나무」, 「꼭 나 같아서」 등). 대지와 식물이 연달아 시의 주된 소재가 되는 것은 매우 자연스러운 전개라 할 수 있다. 그런데 박숙이 시인의 경우 이들 소재는 이와 관련한 상상력이 대개 그러한 것과 달리 푸근함과 따뜻함의 의미망에서 벗어나고 있다는 점에서 주목된다. 시인의 시에 등장하는 대지와 식물들은 모성적 터전으로서의 넉넉함과 온화함의 양상과는 거리가 있다. 대신 그녀의 시에서의 대지와 식물은 공히 추위와 시련, 혹독함과 강인함의 의미들과 연관되어 있다. 시인의 경우 대지는 그 자체로 매서운 환경에 던져져 있는 토대이며 그곳에 깃들어 살아야 하는 식물들 역시 그것을 견디고 극복할 때 비로소 열매맺는 억척스러운 존재들이다. 이러한 사정은 위의 「겨울들판」에서도 예외가 아니다.

　위 시에서 시인이 다루고자 하는 땅은 아름다운 꽃으로 만발한 화사한 봄의 들판이 결코 아니다. 어쩌면 시인은 화려한 봄의 들판에 대한 근거를 본원적으로 인식하고자 했는지도 모르겠다. 봄의 환함은 겨울의 추위와 어두움을 견딜 때 비로소 맞이할 수 있는 결과일 것이기에 그러하다. 그런 점에서 시인의 접근은 보다 근본적이고 삶의 실상에 더욱 근접해 있다. 실제로 생명을 잉태하는 터전은 온갖 고통과 위험을 끌어안은 채 위태롭게 버텨내는 가운데 존립할 수 있기 때문이다. 생명이 깃드는 품은 따뜻하고 온화하기 그지없지만 그러한 터전을 지켜내는 힘은 그 무엇보다도 서슬 퍼렇고 강인해야 한다. 결국 생명을 키우는 땅은 "겨울들판"이라는 함의를 띤다고 해도 틀리지 않다.

실제로 위 시에서 화자는 '겨울들판'을 가리켜 '천둥 우레까지/ 熱戰의 가을까지 다 겪어봤다'고, 또한 '들판이 들판'인 것은 '바람과 땡볕과 혹한과 함께 판을 벌이기 때문'이라고 말하고 있다. 들판은 외견상 보이는 것처럼 단지 평온함으로써가 아니라, 온갖 시련의 부대낌 가운데 인내함으로써 존재한다는 것이다. 적어도 그것이 생명을 낳고 길러내고자 한다면 그러하다. 모든 존재는 그가 생명성을 지키고자 하는 한 필연적으로 그것을 저해하는 요소들과의 대결과 투쟁을 전제하기 마련이다. 이러한 이치는 위 시에서 '언 땅 속의 보리처럼/ 주먹은 추위 속에서 불끈 쥐는 것'으로써 형상화되고 있다.

'겨울들판'을 통해 알 수 있는 것처럼 시인에게 모든 살아있는 것은 저절로 유지되는 것이 아니라 스스로에게 닥친 거친 환경에 치열하게 대응함으로써 이어갈 수 있는 것으로 여겨진다. 위 시의 화자가 말하는 대로 '요행은 없는' 것이다. 그러한 삶의 조건 속에서 자아를 구현해 나갈 때 자아는 비로소 세계-내의 존재로서 온전히 존립할 수 있게 된다. 위 시의 화자가 '해보자 까짓'거리며 '당찬 의욕'을 발휘할 수 있게 되는 것은 물론 스스로를 두고 '한없이 넓어져 있'다고 느끼게 되는 것도 이러한 상황 아래서 가능하다.

삶의 조건을 부드러움과 따뜻함이라기보다 가혹함과 척박함으로 간주하는 것은 자신을 채찍질하며 매순간 깨어있고자 하는 시인의 삶의 태도에서 비롯되는 것이다. 이는 위선 및 허상과 손쉽게 타협하는 대신 삶의 실재를 직시하겠다는 자세로서, 이러한 관점을 견지해

나갈 때 자아는 자신에게 주어지는 어떤 고난도 극복하여 진정한 승리에 이를 수 있게 된다. 이것이 곧 시인이 보여주고 있는바 진리에의 의지라 할 수 있다. 더욱이 시인이 보여주는 이와 같은 삶의 자세는 사실상 시 쓰기의 이유이자 원리가 된다. 시 쓰기는 오직 진리에의 지향성을 굳게 할 때에 한하여 그 유의미성을 보장받을 수 있기 때문이다.

> 원망을 접고
> 미움을 접고
> 분노를 접고
> 욕심을 접고
> 아픔을 접고
> 그리움을 접고
> 그늘을 접고
> 어둠을 접고
>
> 모가 난 일상을 우로 접고 좌로 접고 뒤집어 접고
> 순간순간에 속절없이 내일도 없이 접어버린 꿈,
>
> 시간도 접고 약속도 접고, 접혀버린 것들이 풀이 팍 죽어 있는데
> 난데없이 구석에서 새싹 같은 詩가 뽀샤시 올라온다
> 「접기의 달인」 전문

삶이 혹독함과 척박함으로부터 분리되지 않는 것이라면 이를 감

내하는 정신이 나아가는 지평은 무엇이라 할 수 있을까? 매서운 추위를 마다하지 않고 그 땅 위에서 억척스레 '보리'를 틔우는 정신의 끝은 어디에 닿아 있을까? '원망'과 '미움', '분노'와 '욕심', '아픔'과 '그리움', '그늘'과 '어둠' 등의 온갖 정서들은 삶의 가혹함이 빚어내는 심적 부산물들에 해당한다. 이들은 삶의 실재에 노출되어 있는 자아에게 끊임없이 밀려오는 감정들로서, 밀물처럼 들이닥치는 이들 감정의 부침으로 인해 자아는 항상 기진맥진한다.

이러한 상황 속에서 위 시의 시적 자아가 보여주는 행동은 이들 감정들에 휘둘리고 부유하는 것이 아닌 이들을 자신의 마음 속 깊은 곳에 '접'는 일이다. '모가 난 일상'이라 표현하고 있는 이들 감정은 위 시의 자아에 의해 거듭하여 '접'힌다. 그는 이들을 '우로 접고 좌로 접고 돌려 접고 뒤집어 접'는다고 하고 있거니와 이는 이들 감정들이 자아를 웃돌며 폭주하는 것을 경계하고 이들을 제어하는 것을 의미한다. '순간순간에 속절없'는 '접기'를 통해 이들 거칠고 사나운 감정들은 자아의 내면으로 잠겨들고는 그 내부에서 봉인된다. 말하자면 시인에게 '접기'는 삶의 혹독함을 견뎌내는 자기만의 방식이라 할 만하다.

이처럼 '접기'의 끝없는 반복을 통해 자신에게 부과되는 혹독한 시련들을 감내해올 수 있었던 시인에게 삶은 언제나 거칠고 냉혹한 것으로 다가왔을 것이다. 그에게 삶은 '겨울들판'처럼 억세고 모질게 대결해야 하는 터전 이상이 아니었을 것이다. 그리고 그러한 삶은 항상적으로 투지만을 불러일으키는 것이 아니고 때로 시인을 '풀이 딱 죽'게도 하였을 것이다. 그러나 위 시는 그러한 광폭한 일상의 소용돌이 가운데에서 "난데없이 구석에서 새싹 같은 詩가 뽀샤시 올

라온다"고 넌지시 말하고 있거니와, 이는 시인의 시쓰기에 대한 자
의식을 나타내는 것으로서 시인에게 시가 삶의 시련을 감내하는 일
에 대한 응분의 보상이자 구원에 이르는 경로에 해당함을 말해주는
대목이라 할 수 있다.

　　음식물 찌꺼기를 마당의 텃밭에 묻는다
　　흙이 표 안 내고 다 받아준다
　　어떠한 불순물도 그럼 그럼하며, 어머니 품처럼 받아 안는다

　　우여곡절의, 그 진물 질질 흐르던 것들 대문 밖에 내버릴까
도 생각했었지만
　　에라 묻자, 인생 선배가 쓰던 달든 무조건 가슴에 묻으라 했던
　　묻으면 조용해진다던 그, 마치 밥 같은 숭고한 말 잊지 않고
　　혹한의 눈물조차 깊숙이 묻어 두었을 뿐인데 선배 말대로 아,
　　이제 막 꽃이 핀다, 생 속에 박힌 파편들이 푹푹 썩어 문드
러졌나보다

　　활짝 핀 봄꽃들이 도란도란 거리는 걸 보면
　　필시, 썩어야만 살아지던 거름의 날들을 떠올리고 있음이야
　　웃으면서 옛말을, 옛말을 꽃들이 하고 있음이야

　　사네 못 사네 하면서도 씨앗처럼 가슴에 묻어 두었던
　　소똥 거름 같은 그 지독하고 지독한 희로애락들,
　　그런데, 내 글의 알맹이가 하필, 저 쿵쿠무리한

묵언의 거름 속에서 배실 배실 빠져나올 줄이야……!

「거름」 부분

시인에게 땅이 단순한 따뜻함의 표상이 아닌 것처럼 흙 역시 단지
무균질의 의미를 띠지 않는다. 땅이 '겨울들판'과 같은 냉혹함의 의
미를 포괄하듯이 위 시에서 흙은 '음식물 찌꺼기' 등의 '불순물'을 포
함한다. '땅'과 '흙'에 관한 이러한 관점은 세계에 대한 시인의 실재
적 인식을 나타내는 것으로, '음식물 쓰레기'와 같은 가장 비루한 요
소를 내포함으로써 흙은 삶의 구체적 실상을 사실적으로 표현하는
매개체로서 기능한다. 삶의 부정적 요건들을 불가불 품어야 한다는
점에서 흙은 땅과 마찬가지로 세계의 혹독한 조건을 드러내는 계기
가 된다. 세계의 시련에 노출된 그대로 흙은 세상과의 대결을 통해
자신을 지켜야 하는 상황에 놓이게 되는 것이다. 특히 시인이 세계의
혹독함을 특유의 '접기'의 방식을 통해 내면화한다는 사실은 시인에
게 흙이 어떻게 의미화 될 것인지 짐작하게 한다.

실제로 위 시에서 흙은 '쓰던 달든 무조건 가슴에 묻'듯 모든 것을
묻는 바탕으로서의 기능을 띠게 된다. 흙은 땅이 그러했던 것처럼
'혹한의 눈물조차 깊숙이 묻어 두어'야 하는 조건을 지닌다. 설령 그
것이 '진물 질질 흘'러 '내버릴' 만큼의 무용한 것일지라도 삶의 터전
으로서의 흙이 그러한 불순물을 포괄하는 것은 시인에겐 자연스러
운 일이다.

물론 삶의 터전을 상징하는 흙이 세상의 가장 더럽고 추악한 요소
들까지 수용해야 한다는 점은 삶에 대한 회의와 환멸을 일으키는 요
인이 될 수 있다. 하지만 그것이 세계를 인내한다는 의미의 '접기'의

371

한 부분이라면 애기는 달라진다. 그것은 결국 시인에게 시 쓰기의 계기로서 작용할 것이라는 점에서 그러하다. 세계의 실상을 있는 그대로 인식할 때 그 극복 또한 가능해진다는 삶의 원리는 진리의 지향성을 근간으로 삼는 시 쓰기의 원리에로 그대로 이어진다. 세계의 시련은 회피함으로써가 아니라 정면으로 응시하고 대결할 때 비로소 긍정적 사태로 귀결될 수 있거니와 시 쓰기는 이러한 행위의 와중에서 실행되는 진리를 향한 열망의 표현인 것이다.

이러한 정황을 시인은 "씨앗처럼 가슴에 묻어 두었던/ 소똥 거름 같은 그 지독하고 지독한 희로애락들,/ 그런데, 내 글의 알맹이가 하필, 저 쿵쿠무리한/ 묵언의 거름 속에서 배실 배실 삐져나올 줄이야"라고 나타내고 있다. 시인에게 시는 결코 순수하고 아름답기만 하지는 않은, 세계 내에서의 거친 대결을 가슴 깊이 품은 자의 고뇌에 찬 발화로 성립되는 것임을 알 수 있다. 시인의 시는 무갈등과 안락의 삶 속에서 피어나는 것이 아니라 세계 내의 나날들이 시인의 내면에서 '썩어져' '거름의 날들'로 변화한 시점에 은연중 탄생하는 것에 해당한다. 다시 말해 시인의 경우 시는 '혹한의 눈물조차 깊숙이 묻어 두어', '생 속에 박힌 파편들이 푹푹 썩어 문드러'질 때 비로소 '꽃이 피'듯 피어난다는 것이다.

사정이 이러하므로 시인에게 세계와 시는 그 실상과 기원이 공유되는 성질의 것이다. 세계가 시련으로 가득 차 있는 만큼 시 역시 아름다운 향기 대신 '거름' 냄새 푹푹 풍기는 축에 속한다. 동시에 그러한 세계와의 대결을 통해 비로소 자아가 세계-내-존재가 될 수 있는 것처럼 이러한 세계와의 투쟁을 내면화시키고 탄생함에 따라 시 또한 자아를 세계 내적 존재로서 정립시키는 데 기여한다. 결국 시인에게 시쓰기는 세계와의 냉혹한 일체 속에 피어나는 것인바, 시와 관련한 이같은 관점은 매순간 살아있는 정신을 잃지 않도록 스스로를 다그치면서 매섭게 생의 진실을 발견하고자 하였던 시인의 삶의 태도에 닿아 있는 것이라 할 수 있다.

■ 시집 『하마터면 익을 뻔했네』 해설

'슬픔'에 의한 시인의
초상肖像과 '바람'에의 승화

— 김고니의 『팔랑』(시산맥, 2019)

격한 감정으로 들썩이지 않아 요란하지 않되 김고니 시인의 시들을 가로지르는 가장 핵심적인 모티프가 있다면 그것은 슬픔이다. 눈물과 울음은 그의 시가 가벼운 일상과 자연에 대한 노래로 청량하게 이루어지는 가운데에서도 시의 중심에서 묵직하게 자리하고 있는 슬픔의 지표들이다. 시인에게 슬픔은 그를 시인으로서의 출발을 이루는 계기로서 작용하며 그가 시인으로서 존립하게 되는 근거가 된다. 실제로 슬픔을 다룰 때 그의 시는 가장 진솔하고 아름다운 서정성을 획득한다. 그에게 슬픔은 자신에 대한 정체성을 구축하는 요체인 것이다.

이러한 사실은 「시인의 말」을 통해서도 확인할 수 있다. "손으로 막아도 새어 나오는 햇살처럼 슬픔이 빠져나오는 말들"이라 하는 고백에는 시인에게 슬픔이 어떤 위상을 차지하고 있는지 잘 드러나 있다. 슬픔은 시인의 내면의 한가운데 놓이는 정서이자 여러 시들 속에 그 흔적을 나타내는 실체이다. 슬픔은 그의 시 곳곳에 물처럼 흘러들어와 시의 근간을 이루고 시인의 초상을 그려낸다. 슬픔에는 시

375

인의 과거와 현재는 물론이고 그의 '전생'(「곡비哭婢」)의 기억이 묻어 있다.

슬픔이 시를 이끄는 가장 주된 동력임에도 불구하고 슬픔을 다루는 시인의 태도는 극도로 절제되어 있다. 그는 슬픔을 사실적 사태로서 제시할지언정 감정으로 다루지 않는다. 오히려 김고니의 시편들에는 슬픔으로 인한 비관적 분위기보다 무심한 듯 소소한 일상을 다루는 데서 느껴지는 경쾌함(「둔한 것들을 읽다」, 「오줌소리」, 「팔랑」, 「누드 소시지 김밥에 고독 추가요」, 「삼각 김밥의 나이」 등)이라든가 어떤 감정의 개입도 없이 아름다운 자연 그 자체를 노래하는 데서 오는 순수함(「대추나무를 배우다」, 「어느 봄날」, 「봄눈」, 「난설헌의 봄」, 「봄날의 날개 등」)이 더 큰 비중을 차지한다 할 만큼, 시들을 흐르는 어조는 결코 무겁거나 비극적이지 않은 것이다. 일상과 자연을 다룰 때 현상하는 경쾌하고 순수한 경향은 슬픔이 시인의 중심된 모티프로 자리하고 있다는 사실과 현격한 괴리로서 다가오는 것도 사실이다. 그만큼 김고니의 시에서 슬픔은 자신의 정체성의 기반이라는 의미를 지니면서도 결코 과장되거나 격앙되게 표현되지 않는다. 슬픔이 감정의 측면에서라기보다 사실로서 제시된다는 점도 이와 관련된다. 이는 시인이 슬픔에 대해 얼마만큼 절제의 태도로 접근하고 있는지 잘 말해준다.

김고니의 시들 전반에 나타나는 이와 같은 특질들, 가령 슬픔의 중심적 요소 및 그것의 절제적 양상, 그리고 슬픔과 모순되리만큼 상반된 시편들의 분포 등에 관한 정황은 시집의 맨 앞자리에 놓이는 시 「세한도歲寒圖」에서 일정 정도의 해명을 얻고 있다.

피가 검게 멍들 때쯤이면 아무것도 필요 없다
붓으로 그려놓은 오두막 한 채라도 괜찮아지는 것이다
푸르던 소나무, 먹빛으로나마
우두커니 서 있기만 해도 되는 것이다
바람도 찾아오지 않는 어느 깊은 골짜기라도
홀로 앉을 집 한 채만 있으면 되는 것이다
창문을 내지 않은 집,
햇살도 없이 먹빛으로
핏줄을 흐르는 나룻배가 되어
남은 생을 둥둥 떠다니면 되는 것이다

그러다가 길가에 핀 제비꽃 한 송이를 만나면
그저 반가운,

「세한도歲寒圖」 전문

제목이 「세한도歲寒圖」이기도 한 위 시는 '추운 계절의 그림'이라는
의미를 지닌 추사 김정희의 「세한도」를 대상으로 하여 쓰여지고 있
다. 「세한도」에서의 소나무가 추운 겨울을 견디듯 굳게 서 있으며 그
뒤의 조촐한 오두막 역시 고적을 감내하고 있는 것처럼 위 시에서
'세한도'는 생에 대한 인고의 의미를 나타내고 있다. 시인에게 삶은
추운 계절을 인내하는 그것들과 다르지 않은 것이다. 모두 '먹빛'으
로 그려진 그림에서 느낄 수 있듯 삶은 춥고 적막한 것이 아닐 수 없
다. 삶의 이러한 쓸쓸함을 시인은 '바람도 찾아오지 않는 어느 깊은
골짜기'라는 상징적 표현을 통해 형상화하고 있다.

이와 같은 춥고 쓸쓸한 삶의 사태 속에서 화자가 표명하고 있는 인고의 방식은 절제와 초탈에 가깝다. 그는 인내를 인내라 말하지 않으며 고통을 고통으로 표현하지 않는다. 대신 그는 '붓으로 그려놓은 오두막 한 채라도 괜찮'은 것이라고, '푸르던 소나무, 먹빛으로나마 우두커니 서 있기만 해도 되는 것'이라고 말한다. 추사가 소나무와 오두막을 그것을 보는 이마저 한기에 몸을 웅크릴 정도로 극도로 쓸쓸하고 외롭게 표현하고 있다면, 시인의 관점은 이들 모든 여건을 향해 '괜찮다'고 하는 것이다.

그런데 화자가 보여주고 있는 이러한 수용의 태도는 '창문을 내지 않은 집', '햇살도 없이 먹빛으로 흐르는 핏줄'이라 한 데서 알 수 있듯 실제로 그것이 견딜 만해서 '괜찮'은 것이 아니라 차라리 견딜 수 없기에 '괜찮다'고 한듯하여 더 슬프게 다가온다. 여기엔 보다 깊은 인내가 자리하고 있거니와 시인의 인고의 방식이 초탈이라 한 것도 이와 관련된다. 그는 자신에게 닥친 더욱 심각한 인고의 조건을 훌쩍 건너뛰고 싶었던 것이 아닐까. 이점에서 그의 초탈은 사실상 절제를 넘어서 억제에 해당하는 것이라 해도 틀리지 않다.

위 시를 통해 시인이 제시하고 있는 이같은 모습은 '피가 검게 멍들 때쯤이면 아무것도 필요 없'는 경지에서 비롯하는 것이다. 그것의 구체적 실상을 알 수 없으되 이는 생명성이 극도로 억압되는 매우 열악한 상황을 암시하거니와, 이러한 경지에서야말로 '나룻배가 되어 남은 생을 둥둥 떠다니면 되는' 초탈의 상태가 될 수 있다. 이것은 주어진 상황과 감정에 대해 말을 덧붙이는 것이 무의미해져, 사태를 체념하다시피 받아들이게 되는 상태이기도 하다. '길가에 핀 제비꽃 한 송이를 만나면 그저 반가운' 것도 이 지점에서 가능해진다.

시인의 일상과 자연 소재의 시편들에서 마주하게 되는 순수성의 미학도 이로써 설명된다.

결국은 일상과 자연에 대한 포용으로 귀결되고 있다는 점에서 시인의 초탈의 자세는 고유하고 아름다운 것이나 그것이 '피가 검게 멍들 때'의 극한에서 비롯되는 초탈이라 한다면 우리는 시인의 아픔에 주목해야 한다. 김고니 시인의 시세계를 논할 때 가장 주요하게 슬픔을 다루어야 하는 까닭도 여기에 있다.

> 고개를 움직일 수도 없고
> 손을 뻗을 수도 없다
>
> 시곗바늘이 원을 그리며
> 방안을 돌고 있다
>
> 눈을 감아도
> 원을 그리며 나를 가두는 소리
>
> 시계보다 빨리 움직이는 심장,
> 내 안에 원을 그린다
>
> 피는 바늘,
> 온몸을 돌며 나를 찌른다
>
> 고개를 움직일 수도 없고

손을 뻗을 수도 없다

심장이 뛰는 소리만
내 안을 돌고 있다.
　　　　「바늘에 갇혀 있다」 전문

위 시는 시인을 체념적 초탈로 이르게 하였던 '피가 검게 멍들 때'의 극한적 실상을 짐작하게 해준다. '고개를 움직일 수도 없고 손을 뻗을 수도 없'는 채 '심장이 뛰는 소리만'을 지각하게 되는 것은 자아가 극도의 억압과 고통의 상황에 놓여 있음을 의미한다. 그것은 숨죽이듯 웅크리고 있을 뿐 세계를 향한 어떤 능동적인 행동과 실천이 불가능한 상황이기도 하다. 온통 매서운 추위로 다가오는 세계 속에서 자아가 할 수 있는 일은 오직 어떠한 소리도 내지 않고 조용히 견디는 일일 따름이다.

실제로 위 시의 화자는 자신을 갇힌 자로서 묘사하고 있다. 옴짝달싹할 수 없는 자아는 '시곗바늘'이 '원을 그리며 나를 가둔'다고 상상하게 된다. 시간은 앞으로 나아감으로써 세계의 진전에 기여하는 것이 아니라 영구히 반복되면서 '나'를 쳇바퀴의 좁은 틀에 구속시킨다는 인식이 여기에 있다. 이때 '내'가 경험하게 되는 것이 철저한 억압과 고통임은 물론이다. 위 시에서 자아의 육체를 돌며 생명을 고양시켜야 할 요소인 '피'를 '온몸을 돌며 찌르는 바늘'로 표현하는 것은 시인이 겪는 아픔이 얼마나 강렬한 것인지를 말해준다. 이에 따라 '바늘에 갇혀 있다'는 시의 제목은 시인의 수인囚人으로서의 조건과 이 속에서 감내해야 하는 아픔의 성질을 나타낸다는 것을 알 수 있다.

위 시는 앞의 「세한도歲寒圖」와 더불어 세계 속에서 시인이 처한 극한의 상황을 암시해준다. 억압과 구속으로 인한 극한의 사태야말로 그를 초탈에 이르도록 하는 요인으로 작용하거니와 이때의 초탈은 사태에 대한 초극이기보다 세계에 대한 회피와 외면의 함의를 띠는 것이라 말할 수 있다. 결국 이들 시는 시인이 놓여 있는 생의 조건을 선명하게 보여주는 것으로서, 이들을 통해 시인은 자신의 내면의 근원적 풍경과 시의 발생적 근거를 제시해주고 있다 하겠다. 그가 마주하고 있는 삶의 처지가 이토록 억압과 고통으로 점철되어 있는 것이라면 시인의 시세계에서 슬픔이 차지하는 의미가 무엇인지는 너무도 뚜렷해진다.

나는 전생에 곡비였다
흐느끼며 곡을 하는 것이 업인 곡비

주인댁 마님보다 서러운,
죽음의 신마저 돌아볼 정도로 처절한 울음

이생엔
세상 모든 죽음을 노래하는 시인으로 태어났다

할 줄 아는 게 우는 것뿐이라서
곡비였다가
시인이었다가

다음 생에는 바람꽃으로 태어났으면 좋겠다

「곡비哭婢」 부분

누군가를 대신하여 구슬프게 울어줄 운명을 안고 살아가는 곡비는 한과 설움에 찬 인간을 상징한다. 죽은 자를 달래주고 위로하여 저승길을 밝혀주는 곡비는 그 울음으로 자신의 설움을 보다 증폭시키는 부조리에 놓인다. 그의 울음이 자신에게 기원하는 것이 아닌 타자의 처지를 대리한 것이라는 점은 곡비의 한을 더욱 깊게 한다. 곡비의 울음은 그의 삶을 한없이 무겁게 하는 요인이다. 이러한 곡비의 운명을 자신의 '전생'의 그것이라 단언하는 일은 시인이 현재 겪는 슬픔에 빗댄 것이 아닐 수 없다. 이는 시인의 슬픔의 깊이를 가늠케 하는 대목으로서 그의 생애의 주된 요소가 울음과 슬픔임을 단적으로 말해준다.

시인에게 '곡비'로서의 역할은 시인으로서의 정체성과 서로 모순되지 않는다. 그 둘 사이엔 '울음'이 공통의 매개로서 놓여 있다. 위시에 의하면 시인은 곡비와 마찬가지로 '세상 모든 죽음을 노래하는' 자이다. 시인과 곡비는 공히 '죽음의 신마저 돌아볼 정도로 처절'하게 울어야 한다. 두 존재는 모두 서럽게 울음으로써 타자의 영혼을 달래주고 또 그리함에 따라 타자와 아픔이 공유되는 자들인 것이다. 이런 점에서 이들은 숙명적으로 슬플 수밖에 없고 슬픔이 이끌어가는 운명에 자신을 내맡겨야 하는 상황에 처하게 된다. 특히 곡비와 시인의 울음이 타자를 향한 것이기에 이들의 슬픔은 자체적인 것이기보다 타자와의 관련 속에서 발생하는 것이라 할 수 있다. 이들의 운명을 좌우하는 요인이 슬픔이되 그것이 타인의 슬픔과 분리된 것이 아니라는 사실은 전생의 곡비와 이생의 시인이 겪어야 할 슬픔이 깊고 지속적이며 극한의 것임을 말해준다.

　이러한 사정들은 시인이 느끼게 되는 구속감이 어느 정도인지 짐작하게 해준다. 이러한 조건 속에서 시인이 자신의 운명의 굴레를 떨쳐내는 해방의 국면을 꿈꾸게 되는 것은 자연스러운 일이다. 시인의 경우 그것이 세계에 대한 체념적 초탈로 이어진다 해도 이상할 것은 없다. 한편 이와 관련하여 위 시는 한 가지 뚜렷한 이미지를 제시하고 있는바, 그것은 '바람'이 되는 일이다. 화자는 '다음 생에는 바람꽃으로 태어났으면 좋겠다'고 하는 것이다. '바람'은 '울음'과 더불어 시편들의 가장 대표적인 모티프 중 하나로 현상하거니와 그것은 슬픔이 숙명이 되어 자신을 옭죄고 있을 때 그로부터 헤어 나오고자 하는 시인의 열망을 반영한다. '바람'이 되고자 하는 것은 세상과의 모든 얽매임으로부터 벗어나는 것을 의미한다. 시인의 시들에서 '바람'의 이미지가 자주 등장하는 것도 이 때문이다. 「첫눈이 오는 소리」의 '첫눈이 내리던 날 바람꽃이 피는 소리를 들었다'고 하는 것이나 「겨우」에서 '살다보면 바람의 숨결이었던 처음의 내가 될 수 있을까'하는 소망, 「흐미 창법으로 노래하다」의 '바람이 되어, 홀로된 바람을 불러본다'의 구절들은 모두 시인에게 '바람'이 차지하는 비중을 짐작하게 해주는 부분들이다. 슬픔의 숙명에 갇혀버린 시인에게 그 무엇에도 구속되지 않는 '바람'이 되는 일은 그가 나아가야 할 꿈의 지평에 해당한다.

　　세상에 혼자인 건 아무것도 없는
　　태초의 시간에

나는 너와 함께 부를 노래를 만들었다
아무리 멀리 떨어져 있어도
알아볼 수 있는 바람의 노래

빅뱅의 소용돌이가 지나고
우주의 모든 것들이 혼자가 되었다

세상에 둘인 건 아무것도 없는
몽골의 어느 초원에서
노래를 부른다

바람이 되어,
홀로된 바람을 불러본다.
　　　　　「흐미 창법으로 노래하다」 부분

　'흐미 창법'이란 부기된 바에 의하면 '한 사람이 두 사람의 목소리를 내는 듯한 창법'을 가리키는 것으로, 이는 시인에게 '바람'이 어떤 의미를 지니는지 이해할 수 있는 계기를 제공한다. 그것은 위 시에서 '바람'이 단지 구속으로부터의 해방의 의미를 지니는 것만이 아니라 '태초의 시간'에 '아무리 멀리 떨어져 있어도' '나'와 '너'를 '알아볼 수 있'게 하는 요인이었다는 점에 연유한다. '태초의 시간에' '바람의 노래'는 '내'가 '너와 함께 부를 노래'였던 것으로서, '바람'은 분리의 요인이기 이전에 연결의 요인이었던 것이다.
　그러나 이러한 '나'와 '너'의 연결이 '빅뱅'에 의해 모두 끊어져 '우주의 모든 것들이 혼자가 되었다'는 것이 시인의 인식이다. 이로써 '세상에 둘인 건 아무것도 없는' 지경이 되어 존재들은 모두 홀로 떠돌아야 하는 국면을 맞이하게 된다. 이때 혼자된 존재들의 존재 방식이 '바람이 되'는 일이었다.

'바람'과 관련한 이러한 사정은 위 시에 형상화되고 있는 '바람'이 일차적으로 슬픔의 운명에 구속된 시인이 꿈꾸게 되는 자유의 지평을 대변하는 데 손색이 없음을 보여준다. '빅뱅'으로 인한 모든 존재들의 '혼자' 됨은 스스로 짊어져야 하는 온갖 원죄와 업연業緣으로부터의 단절을 나타내는 자유의 형상 그대로이다. 이로 인해 존재들은 모든 인연의 그물망으로부터 탈피하여 오로지 순전한 개인으로 환원될 수 있게 된다. 이것이 존재의 완전한 해방과 자유를 의미함은 물론이다.

그러나 보다 '태초'의 근원적 지대로 거슬러 올라가게 되면 그러한 홀로됨은 오히려 존재들의 통합된 상태에 연원을 두고 있는 것에 해당한다. 이때의 통합은 업연에 의한 지배와 구속과 하등 상관없는 조화롭고 아름다운 관계의 그것으로서, 시에 의하면 이러한 관계를 이루게 해주는 것 역시 '바람'이다. 태고의 이 시기에 '바람'은 서로 멀리 떨어져 있는 '나'와 '너' 사이에 상호 불신과 반목을 일으키는 대신 서로를 '알아볼 수 있는' '노래'가 되어 서로를 이어주는 기능을 하였던 것이다.

시인이 펼치고 있는 '바람'에 관한 이와 같은 상상력은 그가 '바람'에 부여하고 있는 의미가 어떤 성격을 띠는지 잘 말해준다. '바람'은 자신을 구속하는 숙명으로부터의 자유를 나타냄과 동시에 근원적 차원에서의 조화롭고 화해로운 인연을 가리킨다 하겠다. 말하자면 시인이 제시하고 있는바 '바람'은 단순히 모든 관계로부터의 단절과 탈피를 가리키는 것이 아니라 존재의 자유 및 그것을 보장하는 통합된 관계를 상정한다. 이는 '흐미 창법'이 '한 사람이 두 사람의 목소리를 내는 듯한 창법'이라 하였듯 시인이 추구하는 자유의 지평이 단지 홀로 존재함으로써 얻게 되는 자유의 상태가 아닌, 함께 함으로써 오히려 자유가 될 수 있는 그것임을 말해준다. 즉 시인이 꿈꾸는 '바람' 타인과의 분리와 통합을 동시에 내포하는 것이다. 타인과의 분리가 자아에게 타인으로부터의 자유를 얻게 해주는 것이라면 타인과의 통합은 그의 자유를 더욱 확고하게 해주는 계기가 된다.

'바람'이 지니는 이러한 역설적 성격은 시인이 극복하고자 하는 것과 꿈꾸는 것이 무엇인지 분명하게 한다. 슬픔에 의한 구속과 억압의 사태는 자유를 통해 극복되어야 할 성질의 것이나, 그러한 개별화된 자유는 타자와의 통합에 의해 또다시 초극되어야 하는 것이기도 하다. 이점에서 시인에게 자유와 통합 두 사태는 개인에게 귀속되는 문제가 아니라 모두 관계 속에서 빚어지는 차원의 것들이라 할 수 있다. 고통과 억압을 주는 것이나 자유와 안식을 주는 것은 결국 관계에 의해 현상하는 서로 다른 사태들이라는 점이다. 시인에게 전자가 '슬픔'의 모티프를 통해 현상하였다면 후자는 '바람'의 모티프를 통해 구현되었거니와, 특히 시인은 그의 고유한 '바람'을 통해 분리와 통합이 함께 어우러진 보다 차원 높은 자유를 추구하고 있음을 확인할 수 있다.

■ 시집 『팔랑』 해설

무위無爲와 순수를 통한
우주적 근원성의 회복

– 장순금의 『얼마나 많은 물이 순정한 시간을 살까』(시산맥, 2020)

장순금 시인의 시적 언어가 향해 있는 곳은 그리 단순하지 않다. 가장 안정되고 고요한 은유의 언어이지만 그것이 지시하는 것들의 폭을 가늠하는 일은 그리 녹록한 일이 아니다. 온전한 서정의 음색으로 쓰인 그의 시들을 접하는 순간 독자는 거센 소용돌이에 휘말리듯 미지의 세계로 끌려가게 된다. 시인의 시는 그렇게 표면과 이면의 전혀 뜻하지 않은 어긋남과 뒤틀림으로 빚어져 있다. 일견 접하게 되는 언어가 고요와 평온의 그것이라면 그것이 놓여 있는 지대 자체는 온통 격랑과 혼돈으로 가득 차 있는 곳이다.

이러한 불일치는 어디에서 비롯되는 것일까? 언어의 정제됨과 세계의 카오스는 서로 만날 수 있는 요소들인가? 이러한 모순은 단적으로 말해 시인의 오랜 숙련의 언어와 함께 구축된 생의 철학에 기반하는 것일 테다. 그의 시를 이루는 한 켠에 언어의 제련된 성채가 놓여 있다면 다른 한 켠에는 그와 병립하였을 생에 관한 깊은 통찰이 작동했을 것이라는 점이다. 장순금 시인의 시는 시를 형성하는 이 두 축이 어떻게 서로를 견제하면서 시적 상태로 구현되는지에 관한 하나의 양상을 우리에게 보여준다. 그의 시는 생의 혼란스런 와중에 언어적 긴장이 아슬아슬하게 걸쳐져 있는 형국이다. 그의 시는 시적 언어의 제련을 추구해야 함과 동시에 생의 거칠고도 황망한 실상을 응시해야 하는 불안하고도 치열한 과정을 온전히 담아내야 했던 것이다.

　이러한 긴장의 시간들을 시인은 어떻게 견뎌왔을까? 시인이 추구했을 언어의 정돈은 그가 인식하는 생의 실상 앞에서 급격히 요동쳤을 것이다. 시인이 응시하는 생의 국면들은 그의 언어를 고요와는 전혀 다른 곳으로 질질 끌고 가려들었을 것이다. 시인은 이러한 격동의 한가운데에서 그만의 독특한 철학을 빚어가게 된다. 요컨대 그의 시적 언어가 단지 생의 경험적 사실들을 단선적으로 표현하는 데서 그치지 않고 생을 둘러싼 시간의 무한한 겹들에 대한 통찰과 그 너머의 세계에 관한 인식들을 포회하는 동안 시인은 흔들리듯 비틀거리듯 이 모든 혼란들 위에서 스스로 고요할 수 있을 자신의 생의 철학들을 구축하게 되었던 것이다.

> 한 사람이 몸속을 지나가는 동안
> 몸 밖은 백 년이 흘렀어
>
> 시작은 책 속에 끝을 숨기고 문장으로 나를 눌러 놓았어
> 심야를 달리는 트럭의 깜깜 속도 속에 우리를 숨겼어
> 생략된 세상에서
> 도벽처럼 가지에 앉아 떠는 동안
> 바람 사이로 피로 물든 잎들을 낳았어

한 알도 부화되지 못한 잎들은 스스로 숨을 끊어
죽은 기억 속으로 들어갔어

우리는 아무도 새가 되지 못했어

기억이 죽음 같은 고요에 발이 빠져
비릿한 향내를 봄의 무덤에 뿌리고
책 속에 숨은 무수한 벽이 서로 눈물을 닦아주며 죽은 잎들
을 펄럭이고 있었어

나는
천천히 물처럼 흘러내리고

한 사람이 지나가는 동안
몸 밖은 보이지 않았어

「지나가는 동안」 전문

   인간으로서의 한 존재의 있음은 어느 정도로 뚜렷하고 확고한 것
일까? 지금 여기에 실재하는 나의 있음은, 이렇게 분명하고 버젓함
에도 불구하고, 그러나 그것은 아무것도 아닌 것이다. 어떤 이는 그
것을 흔적이라 일컬으며 존재의 이같은 가벼움이 무섭다고 한 바 있
거니와, 그러했던 그는 지금 실제로 이 세상에 없다. 흔적이란 분명
실체가 있었으되 그것이 소멸하여 결국 실재했음의 증거마저 사라
져 버릴 때의 사태에 해당한다. 그런 점에서 존재감을 얻으려 제 아

389

무리 온몸으로 발버둥 치더라도 인간 존재가 흔적에 불과함은 너무도 명확한 진실이다. 우리는 모두가 동등하게 일말의 예외도 없이 바람같은 존재들, 흔적들인 것이다.

주목할 것은 이 같은 의심의 여지없는 뚜렷한 생의 진리 앞에서의 시인의 태도에 있다. 대부분 외면하고 회피하게 되는, 따라서 인식의 매서움으로부터 자신을 보호하여 무덤덤하게 일상의 더미들을 살아내기 마련인 대개의 경우와 달리 시인은 퍽 다른 모습을 보여주고 있는 것이다. 그는 인간이 왜 흔적에 불과한 존재인가를 논리적으로 규명할 정도로 날카로운 직관을 발휘한다. 그것은 시간의 문제일 것인데, 시인은 "한 사람의 몸속을 지나가는 동안 몸 밖은 백 년이 흘렀어"에서처럼 존재의 내부와 외부를 가르는 시간성의 차이를 이토록 분명하게 규명하고 있음을 알 수 있다. 인간은 자신을 관통하는 시간이 우주적이고 보편적인 것이라 믿지만 그것이 얼마나 커다란 착각에 해당하는 것인가 하는 것이다. 사실상 우주적 시간은 존재의 찰나적 시간성과 무관한 채 무한히 순환하는 영겁의 그것이기 때문이다. 이러한 보편적인 우주의 시간성에 인간은 얼마나 편승하고 편입되어 있는가. "우리는 아무도 새가 되지 못했다"고 하듯 시인의 통찰에 따르면 인간의 시간성은 우주의 그것과 철저히 단절되어 있다.

인간이 살아내야 하는 시간성은 기껏해야 '심야를 달리는 트럭의 깜깜 속도'에 불과하다. 시인의 표현처럼 인간은 맹목의 시간성에 휘감긴 채 살아가는 존재가 아니겠는가. 이러한 시간성에 갇혀 있는 인간이란 우주의 영원성에 비추어 '생략된' 존재에 다름 아니다. 영겁의 우주는 인간의 현존을 있어도 그만 없어도 그만인 '생략된 세상'으로 내몰기 마련이다. 이 속에서 인간은 '도벽처럼 가지에 앉아

떨'며 '바람 사이로 피로 물든 잎들을 낳'을 뿐이다. '잎들은' '한 알
도 부화되지 못하'고 '스스로 숨을 끊'곤 한다.

  시인이 묘파하는 인간의 실상은 결코 낙관적이지 않다. 영겁의 우
주로부터 떨어져나온 인간은 죽음의 '비릿한' 기억을 벗어나지 못하
고 발버둥치면서 헤맬 따름이다. '죽음 같은 고요'는 인간의 발목을
끌어채고는 그를 인간의 시간성으로부터 헤어나오지 못하도록 몰아
간다. "한 사람이 지나가는 동안 몸 밖은 보이지 않았어"는 시야를
가리는 인간의 맹목의 시간성을 의미하는 한편 존재의 안과 밖 사이
의 현기증 나는 시간성의 격차를 암시한다. 인간의 비극적 시간성은
인간이 영겁의 우주 한복판에서 존재의 근거를 상실한 미아가 되게
하기에 충분하다. 이는 인간이 지금 여기에 이처럼 명백히 있으되 없
음과 다르지 않는 것이며 존재하되 흔적일 뿐이라는 사실을 말해준
다. 이같이 버젓하게 살아 숨 쉬고 있지만 이것이야말로 실상의 인간
에 해당한다는 것이다.

  시간성을 통해 인간 존재를 규명하려는 시인에게 '거품'과 '허공'
은 그 비극성과 허무함을 단적으로 나타내는 이미지라 할 수 있다. 「수
평선」, 「거품이야기」, 「거품」, 「하중」, 「알몸」, 「비상」 등에 등장하는
이들 이미지는 시인이 인식하는 인간의 생의 조건이 얼마나 철저하
게 허무하고 비극적인 시간성 위에 구축되어 있는 것인지 말해준다.

  수족관 속,
  꽃게는 큰 집게로 덥석 잡은 수평선을 아직 놓지 못하고 있다
  뼛속까지 물고 있는 속수무책의 물거품을

주파수에 끓는 비릿한 기포에 싸여
제 몸에서 바다가 다 빠져나간 줄도 모르고
수평선에 이르는 당찬 꿈을 꾸던

한 시절
꽃 같은 몸으로 받아낸 포말의 은빛 몽환에
아직 젖어 있다

보아라,
열려 있는 바다의 더운 피에
절명의 집게로 걸어둔 네 기억의 물결을 놓아라
등허리 피딱지로 굳어진 시간도
네 등 밟고 가는 물거품인 것을

「수평선」 전문

    인간이 영겁의 우주로부터 떨어져 나와 개체적 시간성 속에 유폐되는 존재라 했을 때 위 시에 등장하는 '수평선'을 그리워하는 '꽃게'는 이에 대한 명징한 형상화가 된다. 그것은 영원을 꿈꾸는 인간의 모습과 다르지 않기 때문이다. 특히 '바다'와 단절되어 '수족관'에 잡혀 온 순간의 '꽃게'는 우주의 영원한 시간성으로부터 이탈된 유한한 인간의 운명을 환기시킨다. 영겁의 시간성 속에서 영원히 순환하는 우주의 좌표에 비할 때 인간은 부박하고 초라하기 그지없다. 인간의 삶은 주어진 유한성을 부여잡은 채 이를 지키기 위해 전 생애를 투여해야 하는 고달프고도 하릴없는 존재다. 우주의 시간성과 비껴 있는 이러한 인간의 조건은 인간으로 하여금 영원에로의 초월을 꿈꾸게 하곤 하지만 그것은 '수족 속 꽃게'의 '기억'만큼이나 허망한 것이다. 유한성은 인간의 열렬한 꿈마저 모호한 허상으로 만들어 버리기 때문이다. 인간의 시간성이야말로 인간을 스스로 고독한 개체 속으로 빨아들이는 음험하고도 깊은 동굴과 같다. 이속에서 인간이 탈출할 길은 과연 존재하는가.

　인간 존재에 관한 시인의 이러한 인식은 위 시에서 '수평선'에 대한 기억이 '포말의 은빛 몽환'이자 '속수무책의 물거품'이 되어버린 '꽃게'를 통해 구현되고 있는 것이다. '수족관'에 갇힌 '꽃게'에게 바다에 대한 기억은 흔적도 없이 사라지는 신기루 같은 것이 되어 버린다. 영원한 지평에 대한 기억의 소멸은 흔적으로서의 개체의 존재성을 더욱 강화한다. 그것은 '꽃게'가 결국 아무것도 아닌 존재에 해당함을 의미한다. '꽃게'가 일체화할 수 없는 '바다'는 '꽃게'에게 있어 이미 실재하지 않는 몽상이자 환상으로 전락한다. 이제 '꽃게'에게 '바다'는 사실상 있어도 있지 않은 것, 확고하면서도 불확실한 것이다. 기억이 환상이 되고 열망이 몽상이 되는 지점에서 남는 것은 '꽃게' 스스로에 들러붙어 있는 '등어리 피딱지로 굳어진 시간', 곧 '꽃게'의 개체적 시간성일 뿐이다. 이처럼 영원의 지평으로부터 영구히 단절된 '꽃게'의 운명을 가리켜 시인은 '밟고 가'야 하는 '물거품'이라 말하고 있다.

　영원히 '바다'와 유리되어 경험적 기억이 몽환으로 변하는 과정을 감내해야 하는 '꽃게'의 모습은 우주의 근원으로부터 떨어져 나온 채 살아가는 인간의 실존과 그대로 일치한다. '바다'에의 기억으로 몸부림을 치면 칠수록 그것이 게거품이 될 뿐이라는 현상 또한 인간의 허무한 운명을 사실적으로 나타내는 대목이다. 이러한 사태는 매우 절망적인 것이다. 자신의 유한성을 초월하여 영원성에 닿으려는 꿈마저 허상이 되어버리는 이 같은 상황은 인간이 선택할 수 있는 일이 별로 없다는 것을 의미한다. 이러한 비관적인 상황에서 인간이 할 수 있는 일은 과연 무엇일까 하는 것이다.

햇살이 곱게 빻은 빛을 먹고 자란
잘 익은 참나무가

산에서 내려와

제 몸 쪼개
날것은 익혀주고 추운 손 데워주고 은근히 눈 맞추며
태양의 아궁이 속에서 오래 구워져
묵언의 깊은 자정에 순하게 익어가는 숯이 되고 싶었다

아름다운 것은 손을 대면 피가 그을려

처음,
세상 색 다 섞은 깜장색 파스텔이 손에 왔을 때
천 개의 색은 무념무상이 다듬은 한 가지 빛이었다

첫 손으로 그린 나무의 몸
속살 헝클어 일필로 엎지른 몸통에 무너진 봄, 검은 봄

날리는 파스텔 잿가루 허공으로 무위를 달려

마음을 태우고

색을 태워

봄의 숯덩이에 그을린 피, 불씨로 안고 있는

「숯」 전문

   허무할망정 영원성을 향한 그리움을 여전히 버리지 못하고 이를 마음에 품고 사는 대신 그것을 허상이자 몽상이라 규정하는 시인의 태도는 매우 냉정한 것이다. 인간 존재의 실상에 눈감은 채 그것이 무엇이든 환상을 만들어 좇는 것이 대부분인 인간들 사이에서 인간의 운명을 에누리 없이 허망한 것이라 결론 내는 시인의 인식은 매우 단호한 것이다. 그러나 시인의 경우 이러한 냉철함은 시인의 고유한 생의 철학을 이끌어내도록 하는 기반으로 작용한다. 그것이 곧 무위無爲의 철학이다. 모든 행위에 있어서의 사라짐을 목적으로 하는 것, 그것이 영원한 근원성에 근거한 것이 아니라 인간의 존재 조건답게 아무것도 없는 허공에서 피어나 허공을 향해 이루어지도록 하는 것, 허무를 허무로 용인하고 무無를 이루는 행위 자체를 사랑하는 것, 이것이야말로 시인이 정한 나아갈 길이며 무위의 철학이라 할 수 있다. 위 시의 '숯'은 시인의 이러한 인식과 철학을 효과적으로 구현하는 매개체에 속한다.

   위 시에서 '숯'은 '햇살이 곱게 빻은 빛을 먹고 자란 잘 익은 참나무'인 데서 짐작할 수 있듯 자신의 고유한 시간성을 지녔으되, 결국 '제 몸 쪼개' 자신을 무無로 환원시키는 존재로서 상정되고 있다. 시에서 묘사되는 '숯'은 자신을 무화시켜 '날것은 익혀주고 추운 손 데워주는' 존재이자 '묵언의 깊은 자정에 순하게 익어가는' 매우 특수한 존재다. 특히 '숯'은 자신의 개체성 속에 갇히는 대신 스스로를 산화시킴으로써 '허공'이라는 무의 공간으로 나아가거니와 이러한 행위를 가리켜 '숯'의 무위성이라 할 만하다. '숯'의 무위성은 '세상 색 다 섞은 깜장색 파스텔'이라든가 '천 개의 색은 무념무상이 다듬은 한 가지 빛'이라는 구절에서도 선명하게 표현된다. '숯'은 실로 본래의 무수하고 다양한 색채들을 환원시켜버린 말 그대로의 무의 색을 띠고 있는 것이다.

이러한 무채색의 '숯'이 재가 되어 '허공으로' 날릴 때 그것은 '마음을 태우고 색을 태워' 세상의 '무위'의 지대로 진입하게 될 것이다. 그리고 이때의 무위는 결과는 무無이되 과정에서는 행동이자 실천이 된다는 점을 우리에게 보여준다. 이러한 무위無爲에 대한 관점은 인간 조건에 대한 허무적 인식 후에 시인이 보여주는 생의 철학과 관련되는 것으로, 허무를 패배와 좌절로서 전유하는 대신 허무를 승화시켜내는 태도라 할 수 있다. 시인에게 무위無爲는 허무에 저항하기보다 이를 긍정할 때 가능해진 것이거니와, 이를 통해 시인은 인간 존재성의 허무의 깊이에서 빠져나올 수 있게 된다. 이와 같은 무위의 자세는 시인의 경우 순수에의 의지로 이어진다.

> 할머니는 목욕탕 샤워기 앞에서 몸을 수십 번 헹구고 또 헹궈낸다
> 몸뚱어리에서 먼지와 오물이 쉴 새 없이 묻어나오는지
> 두 시간째 샤워기 앞이다

땡볕에 무방비로 삐져나온 살 속으로
흙바람 욕설 눈총이 박혔는지, 악취도 몸속을 뚫고 들어왔
는지
버려진 시간들이 할머니 발바닥에 달라붙어
세척을 강요하는가 보다

할머니는 몸을 바꾸고 싶었을까, 물로 수백 번 씻어내면
오늘의 골판지 빈병 리어카가 내일은 가벼운 악보로 바뀔
지 몰라
햇살이 몸 덥히는 따끈한 생이 아침 밥상에 오를지도,

날마다
내일은 향긋한 몸으로 햇살을 주워야지, 깨끗한 신발로 순
정한 시간을 걸어야지
갓 나온 싹을 주워 서쪽에 버려진 봄을 사야지

한 번쯤은
비탈진 척추를 볕에 세우고 고른 길 오르고 싶었을까

할머니는 등껍질에 수백 번 물을 끼얹으며
남루한 생을 씻고 또 씻고,
                    「얼마나 많은 물이 순정한 시간을 살까」 전문

397

영원한 시간성과 분리된 인간의 시간성이 인간을 개체적 고독 속으로 몰아가는 현상을 두고 이를 허무로 인식하지 않는 태도는 사실상 위험한 것이다. 인간 조건의 허무성에 대한 무자각은 인간을 끝없는 세속의 나락으로 떨어뜨릴 것이기 때문이다. 인간의 생을 허무한 것으로 여기는 관점에는 절대적 세계에 도달할 수 없다는 데서 오는 좌절이 깔려 있다. 요컨대 인간의 시간성에 관한 허무에의 인식은 절망적이지만 그것은 우주의 영원한 지평에 대한 동경을 전제할 때 가능한 의식이라는 것이다. 이점에서 인간에게 우주적 영원성은, 설령 그것을 꿈꾸는 것이 허상이라 할지라도, 인간을 무자각의 상태로 전락하지 않도록 해주는 안전핀의 역할을 해주는 것이라 할 수 있다. 우주적 영원성과의 단절에 따른 허무에의 자각은 인간을 절망에 빠지게는 할지언정 적어도 그를 타락하게는 하지 않을 것이라는 점이다. 이는 바꾸어 말하면 우주적 영원성이란 인간에게 존재하지 않는 허상이지만 그렇다고 완전한 부재의 것이라고도 말할 수 없음을 의미한다. 그것이 허무로서 전유된다 할지라도 우주의 근원성에 관한 자각이야말로 인간의 삶의 태도를 다르게 이끌 것이라는 점에서 그러하다.

장순금 시인의 시적 궤적을 따라가다 보면 인간에게 영원한 시간성이 지니는 의미가 여러 층위에서 발휘되며 서로 역설의 관계를 취하고 있음을 알 수 있다. 인간의 개체적 시간성과 구별되는 우주의 시간성은 인간에게 있어 그 존재와 부재가 뒤엉켜 있다. 그것은 인간의 개체적 시간성과 구별된다는 점에서 없음으로 전유되지만 그에 대한 의식이 전제됨으로써 있음이 되기도 하기 때문이다. 그것은 인간의 시간성에 개입하지 않는다는 점에서 허상이지만 동시에 그에 관한 허무에의 자각은 인간의 삶에 영향을 준다는 점에서 실재이다. 말하자면 그것은 우주적 실재이되 인간적 부재이고 객관적 부재이되 주관적 실재가 된다.

우주의 절대적 지평을 둘러싼 시인의 이 같은 객관적이고도 주관적인, 그리고 냉철하고도 뜨거운 의식은 그를 허무에의 인식으로부터 순수에의 의지로 나아가게 한다. 순수에의 의지는 우주로부터 단절된 인간의 개체적 시간성이 시간의 축적을 거듭해갈수록 인간을 왜곡시키고 오염시킬 것이라는 점에서 비롯한다. 따라서 그것은 위 시에서처럼 '할머니'가 '등껍질에 수백 번 물을 끼얹으며/ 남루한 생을 씻고 또 씻'는 행위로 구현된다. 그것은 '순정한 시간을 살'기 위해 '할머니'가 '목욕탕 샤워기 앞에서 몸을 수십 번 헹구고 또 헹궈내는' 행위에 견줄 만하다. '몸뚱어리에서 먼지와 오물'을 모두 씻어내기 위해서는 '얼마나 많은 물이' 필요한 걸까? 분명한 것은 '땡볕에 무방비로 삐져나온 살 속으로' 속속들이 박힌 '흙바람 욕설 눈총', '악취', '버려진 시간들'을 모두 맑고 깨끗하게 씻어내려면 '두 시간'이고 세 시간이고 하염없이 많은 시간들이 필요하다는 것이다. 이러한 순수에의 의지를 통해 '순정한 시간'을 마주했을 때엔 '할머니'의 시간들은 '골판지 빈병' 가득한 오늘로부터 '내일'의 '가벼운 악보'로 전환될 수 있을까? '내일은' '향긋한 몸으로 햇살을 주울' 수 있게 될 것인가?

위 시의 '남루한 생을 씻고 또 씻'는 행동에서 나타나는 순수를 위한 시간들은 시인에겐 인간의 고립된 시간성에 따른 좌절이나 비관이 아닌 또 다른 실천이자 희망의 의미를 띠는 것이다. '갓 나온 싹을 주워 서쪽에 버려진 봄을 사야지'라는 화자의 밝은 음성은 씻어냄을 통해 얻게 되는 '순정한 시간'이 시인에게 어떤 의미를 지니는지 암시해준다. '순정한 시간'은 어쩌면 시인에게 개체적 시간성 속에 고립되어 오염의 길을 걷던 존재가 또다시 우주적 근원과 합치될 수 있는 길을 열어주는 것이라 인식되는 듯하다. 말하자면 순수에의 의지는 그것이 인간의 시간성을 되돌이킬 때 우주의 근원적 시간성으로부터의 단절을 극복하게 해줄 요인이 될 것이라는 점이다. 그저 선험적으로 부여된 것이 아닌 까닭에 인간이 스스로 회복하는 순수성은 허무한 인간의 조건을 초월하여 영원성에의 꿈을 꿀 수 있게 하는 것이 아닐까 하는 것이다.

인간 조건에 대한 냉철하면서도 철저한 응시는 시인의 인식을 혼란의 지대로 이끌어 간 것이 사실이다. 인간 존재의 실상을 인식하기 위해 응시해야 했던 지대는 존재와 부재가 뒤엉킨 모호하고도 역설적인 우주적 지평이었기 때문이다. 흔히 상상으로써 전유되는 이 지대에 시인은 날카로운 인식의 촉수를 드리워 이를 논리적으로 규명하는 작업을 행하였음을 알 수 있다. 그것은 시간성을 통해 규명될 수 있었으며 인간의 개체성과 우주의 보편성 사이의 간극으로써 규정될 수 있는 것이었다. 이에 대한 인식은 시인을 허무의식으로 이끌고 갔지만 시인은 이를 바탕으로 자신의 고유의 철학을 구축하게 된다. 무위와 순수에의 지향성이 그것인바, 시인은 행위의 무위성과 시간의 순수성을 통해 스스로를 무로 환원시키고 인간의 개체적 요소들을 지워나가고자 하였다. 이러한 행위들은 시인에게 이후의 생의 국면을 이루게 할 요소들로서, 이들을 통해 시인은 단절되었던 우주적 근원성에 닿고자 하는 무위롭지만 순수한 꿈을 또다시 꿀 수 있게 될 것이다.

■ 시집 『얼마나 많은 물이 순정한 시간을 살까』 해설

인물들의 '날 목소리'를 통해
전하는 사랑에의 희원

– 류재만의 『구름구녕외못빛』(그늘빛, 2020)

1. 인물들의 구체성과 지역성

　류재만 작가의 두 번째 소설집 『구름구녕외못빛』에 수록된 9편의
작품들은 영동 지역, 특히 태백, 도계, 망상, 묵호, 강릉 등지를 중심
으로 가난하고도 척박한 삶의 조건과 싸우면서 살아가는 여러 인물
들의 삶을 다루고 있다. 험한 산지와 망망한 바다로 둘러싸인 이 지
역의 자연 환경은 여기에서 나고 살아가야 했던 사람들의 삶의 절대
적이고도 지배적인 조건으로 작용하면서 그들의 운명과 정서를 이
끌어간 요인이 되었다. 행정구역 상 중앙으로부터 일정 정도 분리된
채 외지고 고립되어 존재하는 이 지역에서의 삶은 흔히 외부인들이
생각하는 것처럼 낭만적이거나 고적한 대신 높고 깊은 산지만큼이
나 험하고 매서운 것이었다. 이들의 삶은 거친 자연 속에서의 생존
투쟁으로 기록되면서 고독과 신산辛酸의 강한 요철을 드러내고 있다.
　이곳의 지역성에 대해 누구보다도 민감한 작가는 이를 배경으로
하여 영동의 지역민들의 극한에 가까운 삶을 선명하게 포착하고 있

401

다. 그가 주인공으로 제시하는 인물들은 밑바닥 인생이라 할 만큼 누구보다도 가난하고 고달픈 이들에 해당한다. 치매에 걸려 정상적인 생활이 불가능해진 인물(「플라스틱 치매」), 구공탄을 찍어 생활하면서 늘상 콜록거리는 가족들(「대장장이와 아다다와」), 먹고살기 위해 네 번을 시집간 여자(「시집 또 가는 엄마의 집」), 탄을 캐거나 배타는 사람들을 상대로 횟집을 하는 아줌마(「대구횟집」), 스물을 갓 넘어 다방을 전전하는 가출 처녀(「나폴리다방」), 일제 말 징용에 끌려가느라 평생소원이던 금강산 기행을 다시 하지 못한 아버지(「보덕암에 모시고, 오다」), 가난한 살림 탓에 묵호에서 강릉까지 도둑기차를 타며 학교를 다니는 이민이(「이미니」), 객지 생활하면서 어린 시절 장작 패며 지내던 초록봉으로 돌아가고 싶어하는 봉필이(「구름구녕 외못빛」), 집이 가난하여 중학교 진학대신 면도 기술을 배우거나 배를 타야 했던 헌이와 그 동생(「정동 이발관 아리랑」) 등은 선택할 수 있는 삶이 탄광촌을 전전하는 것이거나 배를 타는 것으로 제한되곤 하던 이 지역의 소외된 사람들이다.

류재만 작가의 작품들에서 이들 인물들은 가난으로 인한 극단적인 삶의 양상을 보여주지만 그것이 조금의 과장도 허구도 부가되지 않은 채 보편성을 획득하고 있다. 작가가 구현하는 인물상들은 제 아무리 빈한함과 고독의 극한 상황에 놓여 있다 해도 이 지역의 삶의 리얼리티로부터 벗어나 있지 않은 것이다. 이는 작품 속 인물들의 삶의 실상이 강원도 동해안이라는 지역적 특수성을 삶의 터전으로 하여 형성된 데에서 비롯한다. 어쩌면 숙명적으로 광부나 어부의 삶을 살아야 했던 영동의 지역성은 작품 속 등장인물들을 더욱 더 실재에 가까운 생생한 모습으로 여겨지게 하였다고 말할 수 있을 것이다. 실

제로 그의 인물들은 결코 상상된 것이거나 가상의 허구적 존재들이
아니라 현실적으로 실존하였던 구체적 존재들로 다가온다.

2. 인물시점서술에 의한 인물들의 목소리

류재만 작가의 작품상 인물들이 꾸며진 가상의 존재가 아닌 현실
의 실존 인물처럼 지각되는 데에는 지역성을 배경으로 하고 있다는
점 외에도, 작가가 인물들의 삶을 전달하는 데 있어서 서술자로서의
화자를 설정하지 않고 대신 인물 스스로 말하게 하는 독특한 기법을
활용한다는 점이 크게 작용한다. 작가의 작품을 처음 접한 독자들은
그의 소설이 여느 소설과 매우 다르다는 것을 느끼게 되는데, 그것은
작가가 이야기의 전모를 설명해 주는 화자의 존재를 상정하지 않고
있다는 사실과 관련된다. 흔히 작가는 작가 스스로나 작품 속 대표
인물을 화자로 내세워 인물 및 사건을 해명해주는 역할을 부여하게
되지만, 류재만 작가의 작품들 속엔 이러한 기능을 하는 존재가 부재
하다. 말하자면 그의 작품들에서는 서술자로서의 화자의 목소리가
들려오지 않는 것이다. 대신 독자가 접하는 것은 인물의 직접적인 목
소리다. 그것은 표제작 「구름구녕외못빛」을 비롯하여 「플라스틱 치
매」, 「대장장이와 아다다와」, 「시집 또 가는 엄마의 집」 등 대부분의
작품들의 경우에 해당하거니와, 각각의 작품들은 모두 그 속에 등장
하는 주요 인물의 눈과 의식을 빌어 사태를 묘사하고 상황을 전달하
고 있음을 알 수 있다. 즉 류재만 작가의 소설들은 전체적으로 화자
시점 서술대신 인물 시점 서술을 취하고 있는 것이다. 더욱이 이러한

인물 시점 서술이 작품의 일부분에 국한하는 것이 아니라 작품의 처음부터 끝에 이르기까지의 전체적 틀이 된다는 점에서 류재만 작가의 작품들은 소설의 문법 상 매우 특이한 양상을 보여주고 있다 하겠다.

사정이 이렇다 보니 독자는 서술 화자에게 기대할 수 있는 이야기 전체에 관한 안내를 받지 못하게 되며 작품 속 특정 인물에 의해 초점화되는 매우 제한된 이야기를 전해들을 수밖에 없게 된다. 이는 독자가 화자의 서술에 수동적으로 놓여 있을 수 없으며 인물들의 상황이라든가 여타 인물들 간의 관계 등에 관한 전반적인 지형도를 능동적으로 그려내고 추측해야 하는 역할을 떠안게 됨을 의미한다. 무엇보다도 독자는 작품을 읽으며 작품에서 들려오는 목소리가 특정 인물의 그것임을 알아차려야 하고 그것이 독자에게 매우 한정되고도 특수한 정보를 제공하고 있다는 사실에 익숙해져야 한다.

어디로 가지? 이거 뭐야? 가져가서 뭐 하지?

"어서 와. 풀 뜯어 왔네. 무슨 풀이야? 왜 뜯어 왔어?"
"나 알아? 풀이야? 이파리 아니야? 무슨 풀이더라. 왜 뜯었지?"
"나 몰라? 풀이나 이파리나 그게 그거지 뭐. 이름 몰라? 우리 주려고 뜯어온 거 아니야?"
"우리 주려고? 갯바위가 풀이 뭐하는데 필요해? 아! 맞아. 이거 갯방풍 이파리야."
"먹지. 물 풀을 언제 먹어보겠어. 바닷가에 갯방풍이 제일 흔해. 생긴 건 그래도 이밥에 깃국보다 귀해."

"깜박깜박 한다고 말 지껄이고 있네. 먹어 봐. 안 먹기만 해
봐라."

"줘 봐. 고마워. 아가들아 입 크게 아 벌려라."

"입이 있기는 있는 거야? 돌도 새끼가 있냐?"

(「플라스틱 치매」中에서)

위의 인용글은 치매 걸린 노인 인물이 갯방풍 이파리를 뜯어서는
갯바위가 있는 곳으로 가 갯바위와 대화를 나누는 부분에 해당한다.
"집에서 언제 나왔는지, 어디로 가려고 여기로 왔는지" 등등 아무것
도 알 수 없는 노인은 한창 자기의식에 집중하다가 난데없이 대화를
시작하게 되는데 그 대화 상대가 누구도 알아차리거나 납득할 수 없
는 '갯바위'라는 점에서 독자는 위의 대화가 단순한 대화가 아니라
는 사실을 알게 된다. 위의 대화는 오직 노인의 관점에 의해 이루어
진 특수하고 제한된 대화인 것이다. 위의 대화는 노인만이 보고 듣고
인지할 수 있는 노인만의 대화일 뿐이다.

인용된 것과 같은 대화는 '갯바위' 외에 '따개비'와도 오래도록 이
어지면서 작품 속에서 매우 큰 비중을 차지하게 된다. 이에 따라 독
자는 대화가 진행되는 오랜 동안 치매 노인의 의식을 통해 이루어지
는 기이하기 짝이 없는 대화를 따라가면서 스스로 내용과 상황을 파
악하도록 요구된다. 또한 그 과정에서 대화의 내용이 치매 노인의 주
관적 의식이 빚어낸 제한적이고 특수한 그것임을 이해하게 된다. 이
때 작가는 결코 노인 외의 화자를 통해 상황에 대한 안내나 설명을
해주지 않으며, 이야기의 전개 또한 철저히 노인이 보고 듣는 사항을
통해 이루어내는 것이다.

위의 작품에서 인물 외에 제3의 화자가 존재하지 않게 됨에 따라 작품은 대체로 노인의 대화를 통해 구성되고 있다. 갯바위나 따개비와 같은 사물과의 대화가 있는가 하면 아무런 매개나 해명도 없이 아들과의 대화가 이어지고, 또다시 노인의 의식이 놓이다가 구멍가게 주인이나 미역 따러 온 해녀와의 대화가 펼쳐지기도 한다. 각각의 국면들은 치밀한 플롯에 의해 짜여지지 않고 모자이크 식으로 나열되고 있다. 이는 작품을 이끄는 목소리가 서술자로서 따로 있는 것이 아니라 철저하게 개별적 인물의 그것임을 의미하는 것으로, 화자에 의해 외부적 상황이나 객관적 사실을 제시해주지 않음으로써 작가는 그 무엇보다도 인물인 노인의 내적 의식을 따라가며 작품을 펼쳐가고 있는 것이다. 시점서술과 관련한 「플라스틱 치매」에서의 이와 같은 특징은 『구름구녕외못빛』에 수록된 작품들 전반에 걸쳐서 나타나는 양상에 해당한다.

초등학교 다닐 나이의 아이가 학교는 가지 않고 아침부터 대장간 문 앞에 있는 화덕 옆에서 벌건 불이 뜨거울 텐데, 저녁까지 고개를 끄덕이며 손가락을 접으며 망치질을 세고 있는데, 손가락을 펴고 접고 하는 걸 보니 열까지 세고 또 세고 그러는 것 같았다. 만들려고 는 쟁기 꼴이 틀어질 것 같아 아이가 옆에 있는 걸 잊어버리기도 했는데, 해가 저녁 먹으러 들어갈 즈음, 아직 가지 않고 그러고 있는가 싶어 고개를 들어 돌아보면 옆에 있는 연탄공장에서 나오는 새카만 아저씨 보고 '아버지', 같이 나온 깨진 구공탄 같은 아줌마보고 '엄마', 부르며 품에 안기며 가운데서 엄마손 아버지 손을 잡고

입을 헤벌리고 집으로 갔다. 어떤 날은 같이 출근해서 저녁에
만나자고 시키면 무연탄 적치장 앞에서 이별식을 갖기도 했
는데 그게 참 애달프기 짝이 없었다.

"집에 가서 친구들 하고 놀아. 집에서 기다려도 되잖아."

"아부지, 엄마가 집에 가래. 엄마한테 그러지 말라고 해."

(「대장장이와 아다다와」 中에서)

「대장장이와 아다다와」는 인물 대장장이의 시점을 통해 부모의
일터에 따라온 아이와 구공탄 공장에 다니는 그의 부모의 이야기를
하고 있는 작품이다. 대장장이는 부모와 함께 연탄공장에 온 아이와
대화도 하고 아이의 행동을 지켜보기도 하면서 아이를 중심으로 하
는 이야기를 풀어내고 있다. 그런데 이 작품에서 대장장이는 1인칭
화자로서의 주인공이거나 관찰자가 아니다. 그는 한 번도 '나'로 명
명되지 않은 채 그저 대장장이로 언급될 뿐이며, 그의 시선에 놓이는
아이와 아이 부모, 그리고 그의 아내를 보면서 그들에 대해 서술을
하는 인물시점서술자에 해당한다. 말하자면 위 이야기는 인물초점
자인 대장장이의 눈과 목소리를 통해 펼쳐진다 하겠다. 따라서 위 소
설에서는 딱히 주인공이라 할 만한 인물이 없으며 이야기의 주된 내
용은 대장장이의 눈에 비친 모든 대상들과 그에 의해 촉발되는 의식
이 된다. 대장장이는 그저 작품 속의 인물로서 아이를 보거나 아이와
대화하거나 아이의 아버지와 대화하는 등의 존재인 것이다. 작가는
대장장이라는 인물 시점 외의 어떠한 화자 서술자도 제시하지 않음
으로써 대장장이의 시선과 의식을 바탕으로 소설을 이끌어가고 있
다는 것을 알 수 있다. 따라서 이 작품에서 역시 독자는 앞의 「플라스

407

틱 치매」에서와 마찬가지로 작가의 안내 없이 스스로 상황을 파악하고 구성해야 하는 요구를 지닌다.

작품을 이끌어가는 화자가 부재하다는 점은 작가가 제시하고자 하는 메시지라든가 작품 전체의 주제를 도출하는 것을 어렵게 하는 요인이 된다. 그것은 화자가 주로 작가의 목소리에 대한 대변자이자 작가 의식의 구현자로서 등장하는 존재라는 점을 고려할 때 제기할 수 있는 문제다. 화자는 곧 작품의 전체적 내용의 구심점인 것이다. 이는 주로 인물들의 대화와 행동으로 이루어지는 위 작품이 직접적이고 즉자적인 성격의 그것으로 작품의 메시지 또한 화자가 유도하는 바에 따르는 것이 아닌, 인물들의 말과 행동에서 독자 스스로 간취해내야 함을 의미한다.

이러한 측면에서 보았을 때 위 작품에서 주목할 수 있는 대목은 작품의 말미에서의 대장장이와 공장을 그만두겠다고 하는 아이 아버지와의 대화이다. "우리 이 아이들처럼 친구 합시다. 내가 모자라고 모자라지만 서로 모자라는 거 채워주면 어떻겠소?", "나는 부실하고 친구는 건강하잖소. 나 다리가 부실해서 그런지 손재주는 좀 있어요. 오늘 보니까 장사 수완이 보통은 넘는 것 같습디다." 이는 자신은 물건을 만들고 이것을 아이 아버지가 팔아주는 형태로 동업을 하자 하는 대장장이의 제안인데, 작품의 마지막에 이루어지는 이러한 인물들 간의 대화는 작품의 메시지를 비로소 뚜렷하게 드러내는 부분이 된다는 것을 알 수 있다. 일자리를 잃게 되는 아이의 아버지에게 연장을 팔아 함께 살아가자고 하는 데서 확인할 수 있듯 그것은 곧 열악한 환경과 조건 속에서 서로 우애를 발휘할 때 삶의 길이 열릴 것이라는 메시지와 관련된다.

그렇다면 작가가 화자를 설정하는 대신 인물이 스스로 목소리를 내게 하는 이유는 무엇일까? 작가는 왜 화자를 통해 주제의식을 전하는 손쉬운 방법 대신 인물의 말과 행동을 통해 이를 도출하는 우회적인 길을 구하는 것일까? 여기에는 인물의 직접성에서 발휘되는 생생한 현실감이 가로놓여 있음을 짐작할 수 있다. 주로 행동과 대화로 구현되는 인물 시점서술의 소설 전개는 인물의 존재성 자체에 현실감을 부여할 뿐만 아니라 그로 인한 메시지 전달 또한 보다 생생하고 구체적이게 할 것이라는 점이다. 즉 화자라는 매개가 아닌 직접적인 목소리를 통해 구현되는 인물은 스스로 존재성을 구축함으로써 자신의 삶을 생생하게 드러내고 그에 따른 삶의 의미 또한 더욱 더 선명하게 전달하게 될 것이다.

3. 인물들 간 포용과 사랑의 정신

류재만 작가의 작품들에는 「대장장이와 아다다와」에서 보이는 것과 같은 우애와 포용의 정신이 강하게 담겨 있다. 그의 작품들에 형상화되는 인물들 대부분의 실상은 궁핍과 곤경으로 인해 삶의 극한으로 내몰리는 지경이지만 그들은 이에 굴복하고 패배하는 대신 은근하고도 강인한 결기로 이를 극복하려는 모습을 보이고 있다. 인물들에게 힘겨운 삶의 과정은 마지막까지 이겨내야 하는 운명의 현재적 조건이 된다. 인물들은 삶의 조건에 스스로를 맞추어나감으로써 이를 극복하려 할지언정 결코 포기하거나 좌절하지 않는 자세를 드러낸다. 그리고 이러한 삶의 과정에서 언제나 예외 없이 전제되는 요소가 곧 서로에 대한 우애와 사랑의 깊은 마음이다.

> "넷이면 둘인데, 둘은 괜찮을 것 같네요."
> "우리 빼고 넷."
> "안 돼. 돼요."
> "그리고 괜찮아."
> "뭐가 괜찮아요?"
> "엄마 앞에서만 말하지 마."
> "그게 괜찮아요?"
> "엄마한테는 아무 말도 하지 마."
> "무슨 말을 하지 마요?"
> "뱃속에 든 아가, 우리 아가라고 해."
> "괜찮아요?"
> "괜찮아. 정말 괜찮아."
> "정말 괜찮아요?"
> "어떤 아가가 나오더라도 둘 중에 한 사람은 닮았을 거 아니야. 나 닮으면 나처럼 돼."
>
> (「나폴리다방」 中에서)

고등학교 졸업 후 가출하여 5년째 여기저기를 전전하다 지금은 나폴리다방 종업원으로 있는 김양은 벌써 몇 번째 누구의 아기인지도 알 수 없는 임신을 하고는 이런저런 궁리를 하고 있는 인물이다. 지금까지는 가책도 없이 낙태를 해왔지만 그녀는 이제 "여기서는 더 갈 데가 없다", "갈 데도 없고 가서도 안 된다"고 생각하며 상대를 만나 정착하여 살고 싶은 마음이다. 김양이 떠올리는 상대는 그 중 순하고 착해 보이는 한 남자다. "말 더듬는 그 사람, 오늘은 안 오려나. 그 사람 씨라고 우길까. 넘어갈 거야. 좀 마음이 쓰이기는 해도 우겨볼까."하는 그녀의 내면의 갈등은 태중 아기의 애비로서 특정할 수는 없지만 개연성이 있는 남자이자, 게다가 그녀를 마치 자기의 아내라도 되는 것처럼 잔소리를 해대는 남자와 결혼해 더 이상 삶의 끝에서 밀려나고 싶지 않다는 바람을 나타낸다.

그 남자는 오징어잡이를 하러 며칠간 부재중이면서 김양에게는 "몸 간수 잘 하라"고, "배달은 나가더라도 술 먹는 자리나 티켓 끊고 나가면 가만 안 둔다"면서 김양에게 신랑처럼 굴었던 인물이다. 그러나 생계를 이어가야 했던 김양은 그의 당부와는 달리 평소와 다르지 않은 일상을 보냈던 것인데, 이제는 그 남자에게 아기의 애비라고 우기기라도 하여 가정을 꾸리고 싶은 심정인 것이다. 이때 김양의 고민은 과연 그 남자가 그가 아기의 아버지라 하는 자기의 말을 믿어줄까 하는 것이었다. 이에 대해 위 인용 부분은 이같은 김양의 고민이 그 남자에게 하등 문제가 되지 않는다는 것을 보여주고 있다. 위의 대화는 남자가 김양의 뱃속 아기가 누구의 아이인지를 애초부터 문제시하지 않으면서 김양과의 혼인을 바라고 있다는 사실을 말해주기 때문이다. 그에게 아기는 김양의 아기라는 이유만으로도 용인될 수 있는 존재인 것이다. 그는 김양과 결혼하여 아이를 하나 둘 낳아 모두 함께 소풍가듯 작은 배를 타고 살아가는 꿈을 꾸기도 한다.

위의 대화는 「나폴리다방」의 마지막 대화이자 작품의 결미에 해당하는 것이거니와, 주로 류재만 작가가 작품의 맨 마지막에 주제의식을 드러내듯 위 작품 역시 위의 대화에서 작가의 메시지를 끌어낼

수 있게 된다. 그것은 상대방의 조건과 처지를 훌쩍 넘어서는 강한
사랑과 포용의 정신과 관련된다. 위에 인용된 김양에 대한 남자의 말
은 상대방이 처한 상황이 아무리 열악하고 결핍된 것이라 하더라도
사람 사이에는 객관적인 조건보다 따뜻한 사랑의 마음이 더 우선시
되어야 한다는 작가의 관점을 나타낸다. 「나폴리다방」은 외적 조건
보다 내적 사랑을 중시하는 작가의식을 선명히 드러내주는 작품이
라 할 수 있다. 자기의 핏줄인지 불확실한 상황에서 위 대화에서처럼
선뜻 손을 내어주는 일은 쉽게 볼 수 있는 장면이 아닐 것이다. 여기
에는 인간에 대한 온전한 사랑의 정신이 전제되어 있는 것으로, 작가
는 그러한 정신이야말로 인간이 살아갈 수 있는 가장 강력하고도 유
일한 근거임을 강조하고 있다. 인간을 완전하게 포용하는 사랑의 정
신은 그의 가장 험악한 운명마저도 헤쳐 나갈 수 있게 하는 희망의
끈인 것이다. 류재만 작가의 작품들에는 이처럼 운명의 가장 밑바닥
에 이르렀을 때 그것을 딛고 일어서게 하는 인간 간의 뜨거운 신뢰와
화해의 정신이 가로놓여 있다.

  "잠이 안 와. 나중에 어떻게 될지 모르겠지만 나, 이미니 고
개, 걸어서는 안 넘을 거야. 학차도 안 탈 거야. 친구들은 몰
라도 학교 교문 보러 오지는 않을 거야. 나중에 어떻게 할지
모르겠지만 말이야."
  "이미나, 업혀."
  "업혀?"
  "새벽 세 시야. 가자. 다른 소리 하지 말고 업혀. 이미니까지
업어 줄게."

"십 리는 되는데 어떻게 업고 가?"

"말하지 마. 업혀."

"업힌다. 업혀."

"힘들제?"

"말 시키지 마."

"내려. 걸어갈게."

"거의 다 왔어."

"이미니 다 왔다. 이제 니가 업혀."

"길 가운데로 뛰어가자면서?"

"업고 뛸게."

"걷지도 못할 게 뛴다고? 업혔다. 뛰어봐라. 야 봐라. 정말 뛰네."

"하나도 안 무겁다. 새털 같다."

(「이미니」 中에서)

작품에서 '이미니'는 주인공의 이름이기도 하면서 그의 아버지 고향인 강릉의 강릉상고에서 경포로 넘어가던 임영고개를 가리키는 명칭이다. 아버지가 그의 아들을 이민이라고 지어준 것도 임영고개의 이름을 딴 것으로, 발음이 잘 안 돼 이명이, 이멍이, 이밍이 하다가 아예 이미니라 부르게 되었다는 것이다. 위의 장면은 이민이가 자취하며 강릉에서 상고를 다니다가 집이 가난하여 학업을 멈추고 취직을 해야 했던 상황에서 펼쳐지는 대목이다. 친구 웅이와 서로 업고 업히면서 임영고개를 넘는다는 평범한 상황 같지만 인용 부분의 첫 줄을 보더라도 사정이 그리 단순하지 않다는 것을 짐작할 수 있다.

413

"나, 이미니 고개, 걸어서는 안 넘을 거야. 통학차도 안 탈 거야. 친구들은 몰라도 학교 교문 보러 오지는 않을 거야."에는 이민이가 학교를 떠나면서 지니고 있는 복잡한 마음 상태가 잘 나타나 있기 때문이다.

이민이에게 학교는 가난한 자신의 운명을 극복하게 해줄 가느다란 동아줄과도 같은 것이었기에 그는 아버지가 빚을 내어 얻어준 입학금으로 묵호에서 강릉까지 어렵게 통학을 하였던 것이다. 가난한 형편에 기차를 돈 주고 탈 수 없던 이민이는 부상을 입어가며 기차를 훔쳐 타고 다녔고 그러던 중 웅이를 설득하여 자취를 하게 된다. 그러나 웅이에게 얹혀서 하던 자취가 웅이의 사정으로 여의치 않게 되었고 결국 이민이는 졸업을 일 년 남기고 학업을 중단한 채 돈을 벌어야 하는 형편에 놓이게 된다. 가난한 아버지의 도움으로 2년 동안 어렵게 학교를 다니는 중에 배를 곯는 것은 늘상 있는 일이었고 그 와중에 교비가 밀려 이민이는 당장 취직을 하지 않으면 안 되는 상황이었다. 그렇게 소중한 학교였는데 이처럼 떠밀리듯 학교를 떠나게 되었으니 이민이의 심정이 말이 아닌 것은 당연한 일이다. 위의 대화는 이러한 이민이를 위로해주기 위해 웅이가 이민이를 업고 이미니 고개를 넘으면서 이루어진 것이다.

위 인용 부분은 웅이에게 학교를 떠나는 길을 배웅해 달라면서 이미니 고개에서 버스터미널까지를 뛰어서 넘자고 제안한 이민이를 웅이가 들쳐 업는 대목이다. 웅이는 이민이한테 한사코 업히라고 하더니 기어이 그를 업고 고개를 넘는다. 이민이 역시 나머지 길을 웅이를 업고 뛰었다. 두 친구가 서로를 업어주면서 이미니 고개를 넘는다는 설정에는 커다란 상징적 의미가 담겨 있다. 사실상 이민이가 웅이에게 얹혀서 자취를 하게 된 것도 웅이가 이민이를 위해서 한 일이었는데 웅이의 집 또한 그리 넉넉한 편이 못 되었기에 그들의 공동생활은 오래 유지될 수가 없었다. 자신의 집안도 가난하면서 이미니를 도와주는, 그러나 형편상 더한 도움을 줄 수는 없는 웅이와 이민이 사이에는 말로 쉽게 표현하지 못할 끈끈한 마음이 놓여 있다. 웅이가 이민이를 업고 고개를 넘은 것은 친구인 이민이가 인생의 고개를 조금이라도 수월하게 넘기를 바라는 마음을 나타낸다. 웅이는 이민이의 처지를 안타까워하면서 취직을 하더라도 학교로 다시 돌아오라고 말한다. 이러한 친구의 마음을 알아주듯 이민이 역시 웅이를 업고 뛰면서 '하나도 안 무겁다'고, '새털'처럼 가볍다고 하는 것이다.

이민이와 웅이가 보여주는 우정은 사람 사이의 우애가 인생을 살아가는 데 얼마나 값지고 귀한 것인지 잘 말해준다. 그것이 설령 벼랑 끝에 놓인 인간의 운명 자체를 바꾸어줄 수는 없다 하더라도 친구의 따뜻한 사랑의 마음은 운명을 극복하고자 하는 의지를 불러일으키는 힘을 지니기 때문이다. 이민이가 웅이의 등에 업혀 고개를 넘음으로써 경험하게 마련인 신뢰의 감정은 그가 인생의 가장 어려운 처지에 놓일 때마다 되살아나는 든든한 힘의 기억이 될 것이다. 분명 이민이는 인생의 고비 때마다 자신을 업고 걷던 웅이의 등을 떠올리면서 어려운 굽이를 넘어서는 용기를 얻게 될 것이다.

작가가 전하고자 하는 긍정적 메시지는 이처럼 「이미니」에서도 일관되게 적용되고 있음을 확인할 수 있다. 묵호라는 항구를 터전으로 힘겹게 살아가는 사람들에게 여전히 가장 절실하게 요구되는 것은 사람과 사람 사이의 따뜻한 사랑의 마음인 것이다. 그것이야말로 어려움에 처한 인간을 도울 수 있는 유일한 요소이자 인간들이 스스로를 돕기 위해 마련할 수 있는 예외적인 자산이다. 류재만 작가는 이 지역의 척박하고 고달픈 삶의 모습들을 응시하면서 인간 사이의 화해와 사랑의 자세를 강조하고 있거니와 작가에게 그것은 이 지역의 삶의 운명을 극복할 수 있는 동력이자 근거로 여겨지는 것이다. 그리고 그러한 작가의식은 「구름구녕외못빛」에 이르러 보다 뚜렷하게 빛나게 된다.

> "녹동아! 나 초록봉 살던 집으로 돌아가려 해. 자들처럼 도시에 사는 것도 아니고 지인들 사이에 끼어 살면서도 저 시키처럼 틈을 벌리거나 헤집으려는 짓을 할 것 같은 생각이 들어. 요즘 나도 모르게 의도까지 생겨나는 것 같아. 가서 말이야, 두어 뼘 비탈 밭에 기우뚱 서 있는 한 다리에 온 숨을 불어넣고, 달아나려는 날숨에 다른 한 다리의 수고를 거들어주라 닦달하는 것 말고는 아무 것도 하지 않고 있고 싶어서야." (중략) "우리 서로 뜯어 잡아먹고 살잖아. 질경이 새잎에 파르르이는 숨과 끄트머리에 맺힌 이슬에 맺힌 따스한 햇살을 본적이 있어. 미안하지 뭐. 다가가면 스러질 것 같은 고 여림도 아무리 애를 써도 순간일 수밖에 없잖아. 뜯어서 깔고 앉아서 삶아서 무쳐 먹고 말려서 볶아 먹어도 크게 질경인 뭐라지 않았어. 삼겹살 구워 질경이 쌈을 해서 니는 꼭 먹게 해줄게."
>
> (「구름구녕외못빛」 中에서)

초록봉이라는 산지에서 유년 시절을 보내다 장성해서는 객지에 나와 사는 봉필이는 지는 게 이기는 거라는 믿음으로 모질지 않게 살려고 애쓰는 인물이다. 그러던 그가 어느 날부턴가 고향인 초록봉으로 돌아가 살겠다고 한다. 초록봉은 장작이나 패면서 살 정도의 오지 중 오지인 곳이다. 절친인 녹봉이는 어이가 없지만 고향으로 돌아가겠다는 봉필이의 말이 허언이 아니라는 것을 알게 된다. 얼마 전 봉필이는 아내를 데리고 그곳에 가보기까지 하였다는 것이다.

　위의 인용 부분은 봉필이가 먹고 살 거리도 찾을 수 없는 초록봉에 기어코 가려고 하는 한 가지 이유에 대해 해명해주고 있다. 대처大處에 나와 지인들과 어울려 사는 동안 봉필이는 인간관계에 있어서 적지 않은 실망을 하였던 것이다. 자식들에 대해서도 아이들이 영악해지는 게 싫어 돈으로 뭔가를 살 수 있다는 것을 모르게 키우려고 했고 그저 순하고 착하고 아이들답게 커주기를 바라며 양육한 봉필이다. 그런 봉필이에게 사람들은 대개가 모질고 영악하며, 져주면서 살려고 하는 자신에게 오히려 자괴감을 안겨주는 인간들뿐이었다. 말하자면 봉필이에게 그들은 '저 시키처럼 틈을 벌리거나 헤집으려는 짓을 할 것 같은' 사람들인 것이다. 고향을 떠나 살아오는 동안 봉필이가 지인을 포함하여 많은 이들에게 마음의 상처를 입어왔음을 말해주는 대목이다.

　외지의 사람들이 대부분 자신에게 외로움을 안겨주었다면 초록봉은 봉필이에게 안식처와 같은 곳으로 묘사되고 있음을 알 수 있다. 객지가 서로가 서로를 '뜯어 잡아먹고 사는' 곳이라면 초록봉은 '뿌리 채 뽑아도 옆에 앞에 뒤에서 서로 도와 되살아나는 질경이'처럼 푸근하고 넉넉한 생태를 보여주고 있는 곳이다. 그곳은 봉필이가 어릴 때 외지로 가출을 했을 때부터 그의 엄마가 아들을 걱정하며 '여

417

기 쌓고 저기 쌓고 앞에 옆에 뒤에 공중에 가슴에' 쌓아올린 '백탑천 탑……'이 있는 곳이기도 하다. 더욱이 돌아가 살아볼까 하여 아내와 함께 찾아간 그곳에서 봉필이는 '햇빛이 구름을 뚫고 마당에 폭포처럼 쏟아지는' '구름구녕외빛'을, 그러다가 '구녕이 더 뚫려' 개울물에 떨어지더니 '구름구녕두어못빛'이 되는 것을, 그러더니 그 빛이 '막 쏟아져' '구름구녕무리못빛'이 되는 광경을 보게 되거니와, 이때 본 빛의 풍광으로 봉필이는 온 '세상이 환해지는' 체험을 하게 된 것이다. 이를 본 이후 초록봉은 봉필이를 사로잡아 그의 마음속에서 떠나지 않는 영원한 위안의 장소로 각인되었다.

물론 초록봉은 생활의 방편을 구할 수 없는 원시의 장소에 불과하다. 그러나 봉필이에게 초록봉은 경제성의 측면에서 규정할 수 없는 그 이상의 가치를 지니고 있는 곳이다. 초록봉은 온통 돈이 되지 않는 하잘 것 없는 풀들로 가득 차 있지만, 밝은 빛이 쏟아져 온통 환한 그곳은 '지푸라기며 검부재기를 끌어 모아' 불을 지필 수 있는 곳이라는 것이다. 봉필이에게 그곳은 객지에서 늘상 경험하던 소외도 냉대도 없으며 오로지 따스함과 밝음이 가득한 곳으로, 따라서 '아무 것도 아닌 검부재기에 기댈' 수 있는 곳으로 여겨진다.

초록봉을 봉필이가 안식할 수 있는 마음의 고향이자 이상향으로 묘사하는 대목은 작가의 시인다운 감수성과 더불어 그가 『구름구녕외못빛』의 작품들에서 지속적으로 건네 온 메시지를 떠오르게 한다. 『구름구녕외못빛』의 표제작인 이 작품에서 역시 작가는 인간이 살아가는 데 있어서의 절대적인 요건에 대해 환기하고 있는 것이다. 그것은 곧 사랑과 화해, 신뢰와 우애로 표현되는 사람과 사람 사이에 있어야 할 따뜻함이다. 인간 사회에서 따뜻함과 부드러움이 사라질

때 인간은 사람을 떠나 여기가 아닌 저곳의 유토피아를 찾아 헤매기
마련이다. 반면에 그것이 아직 존재할 때 인간은 가장 모진 운명 속
에서도 용기를 잃지 않고 삶을 헤쳐 나갈 수 있게 된다. 「구름구녕외
못빛」은 인간과 훼손되지 않은 자연, 도회지와 원시의 고향을 대비
함으로써 작가가 줄곧 강조해온 메시지를 더욱 분명하게 제시하고
있는 작품이다.

4. 『구름구녕외못빛』의 의미

　'날 목소리'는 오규원의 시론 '날 이미지'에서 따온 용어다. 오규원
은 개념이나 관념으로 왜곡되기 이전의 생생한 이미지를 날 이미지
로 규정하였다. 류재만의 작품을 두고 '날 목소리'라 한 까닭은 작품
에서 들려오는 목소리가 작가에 의해 꾸며지거나 가공되지 않은 것
이었다는 점에 기인한다. 『구름구녕외못빛』에 수록된 9편의 작품들
은 작가에 의해 계산되고 조작된 화자에 의해 서술되는 것이 아니라
인물들이 스스로 자신의 목소리를 내면서 이루어진 것들이다. 이들
작품들에서 화자로서의 작가의 목소리를 듣는다거나 혹은 '나'를 내
세우는 1인칭 화자를 만나는 일은 거의 불가능하다. 『구름구녕외못
빛』의 작품들은 하나같이 그 속에 등장하는 인물들이 자신들의 실제
적 인생을 자신들의 시선과 음성으로 드러낸 것에 해당한다. 여기에
는 '나'도 없고 '그'도 없으며 그저 사람들이 살아가고 있을 뿐이다.
그런 점에서 『구름구녕외못빛』의 작품들은 날 것의 인생을 날 목소
리로 표현하고 있다 말할 수 있다.

　자신을 서술자로 내세워 인물들을 인위적으로 제시하는 방식을 취하지 않음으로써 류재만 작가는 영동 지역을 터전으로 살아가고 있는 사람들의 생생한 모습을 전하는 데 성공한다. 화사시점서술대신 전면적으로 인물시점서술을 구사함으로써 그는 독자로 하여금 이 지역 사람들을 형상화한 그의 소설이 상상적으로 가공된 것이 아니라 실제적인 것이라는 인식을 갖게 하는 것이다. 그의 소설을 통해 고립된 채 소외되어 있던 지역의 인물들은 자신들의 살아가는 모습을 생생하게 개시開示한다는 것을 알 수 있다. 이러한 그들의 모습을 가리켜 가공되지 않은 날 것의 인생이라 할 만하다. 또한 그들의 목소리를 꾸밈없는 날 목소리라 할 수 있을 것이다.

　작가가 이곳 지역민들을 통해 구현하고자 한 삶의 모습은 서로 사랑하는 그것이다. 운명이 굴곡지고 거칠수록 인간에게 필요한 것은 사람들 사이를 흐르는 따뜻한 마음이다. 서로 공유할 수 있는 사랑의 정신이 있을 때 인간은 급기야 모질고 척박한 운명도 극복해낼 수 있다. 결코 평탄하지 않은 환경에서 살아가야 하는 지역민들에게야말로 이러한 마음이 절실한 것이다. 실제로『구름구녕외못빛』의 작품들 속 인물들은 극한 상황에서 더욱 더 끈끈하고 깊은 사랑의 정신을 나타내고 있음을 확인할 수 있다. 이들이 보여주는 사랑의 모습에는 허위나 가식이 끼어있지 않다. 이들은 그저 서로를 보듬고 아끼며 품고 있을 뿐이다. 이들이 서로를 향해 보이는 사랑의 마음들은 가난과 곤궁 속에서 더욱 강하게 빛을 낸다. 작가는 이들 사이에 존재하는 사랑의 정신을 작품 속 '구름구녕외못빛'의 이미지로 표현하고자 하였다.

■ 소설집『구름구녕외못빛』해설

찾아보기

(ㅈ)

저자 약력

▌김 윤 정

　서울대학교 국어국문학과 및 동 대학원 졸업
　문학박사, 문학평론가
　현재강릉원주대학교 국문과 교수

　주요 저서
　　김기림과 그의 세계
　　한국 모더니즘문학의 지형도
　　언어의 진화를 향한 꿈
　　한국 현대시와 구원의 담론
　　문학비평과 시대정신
　　불확정성의 시학
　　기억을 위한 기록의 비평
　　한국 현대시 사상 연구
　　위상 시학 등